A E   I. 1528.

DAVID,

POEME

HEROÏQVE:

DEDIE'

A

MONSEIGNEVR

LE CHANCELIER.

Par le sieur LESFARGVES.

A PARIS,

Chez PIERRE LAMY, au Palais, au
second pilier de la grand' Salle, au
grand Cesar.

M. DC. LX.

Auec Priuilege du Roy.

A
MONSEIGNEVR
LE CHANCELIER.

ONSEIGNEVR,

Ie n'ay rien trouué de si conuenable
à la respectueuse reconnoissance des
bien-faits que i'ay receu de vostre
Grandeur, ny de plus proche du faiste

ã iij

de voſtre vertu que l'ouurage que
ie vous preſente , & qui ſe rendra
ſans doute plus recommandable par la
dignité de ſa matiere que par la beauté de ſes ornemens. Ie vous offre,
MONSEIGNEVR , le portrait
du plus grand & du plus ſaint des
Heros que la venerable Hiſtoire des
premiers ſiecles nous ait fait voir dans
ſes ſacrées repreſentations. Ie parle de
ce fameux Conquerant, de cét incomparable Dauid de qui l'image, quoy
qu'imparfaite & defectueuſe, ne ſçauroit vous eſtre deſagreable de quelque
main & de quelque façon qu'elle
vous ſoit offerte , puis que ce Prince
qui en eſt le digne & le precieux original a merité le choix, & gagné le
cœur de Dieu qui l'a tiré du bercail

pour le porter sur le Trosne, & luy donner la conduite de son peuple. Il est vray, MONSEIGNEVR, qu'il paroist auiourd'huy en vn estat qui n'a rien de magnifique ny de semblable à la splendeur de ses actions ny au merite de sa pieté : Mais il aura cette glorieuse satisfaction de passer en vos mains, & d'attendre de vostre science polie & consommée, l'éclat & le prix qu'il n'a peu receuoir de l'impuissance de mon art, ny de la foiblesse de mon genie. Il espere, MONSEIGNEVR, sous les agreables auspices de vostre celebre nom, d'estre exposé aux yeux & à la consideration de nostre inuincible Monarque qu'on peut appeller les delices de ses peuples & la terreur des estrangers.

EPISTRE.

Il ne doute pas qu'il ne soit receu de luy auec tous les sentimens d'vne estime sincere & veritable, s'il peut estre introduit dans vne Cour où son innocence est cherie & respectée, & où la vertu, lors qu'elle estoit en luy ou naissante ou confirmée, peut seruir de modele à celle de nostre Prince, quoy que sans auoir attendu ces lentes acquisitions de l'âge & ces longs preceptes de l'experience commune, il semble auoir forcé tous les empeschemens de l'enfance & de la nature. Aussi est-il vray, MONSEIGNEVR, qu'il a esté reduit à cette heureuse necessité de preuenir l'ordre du temps, & de haster la possession de sa gloire, par celle de son pere : Ie veux dire de meriter si tost l'esclatante succession

de ce glorieux Monarque de qui la
France reuere auiourd'huy le nom &
la memoire. Il y a encore esté obligé
par l'exemple de cette auguste Princesse à la pieté de laquelle le Ciel l'a
donné pour satisfaire aux vœux publics & aux esperances de l'Vniuers.
Il se plaira de faire voir ce Roy Prophete à cette illustre & pieuse Reine
qui partage glorieusement auec luy la
pureté de son cœur & de ses affectiõs,
Aussi à-t'elle merité d'estre le premier
fruict de la paix publique & le plus
digne gage de la felicité de l'Estat.
Mais encore, MONSEIGNEVR,
ie voy que ce mesme Dauid se flatte
de la iuste esperance de plaire aux
yeux, & de se rendre fauorables, les
sentimens genereux de ce grand &

EPISTRE.

inimitable Cardinal, de qui les soins
tousiours heureux & vigilans ont éleué nostre Monarque au plus éminent
degré de toutes les vertus qui l'ont
rendu digne du premier Sceptre du
monde. Apres ces preceptes domesti-
ques & le bon-heur des aydes estrangeres qui ont instruit sa ieunesse,
& fortifié son courage ; Vous auez
sans doute, MONSEIGNEVR,
la meilleure part à l'accroissement des
felicitez publiques, puis que c'est par
le glorieux ministere de vostre iustice
que celle de nostre grãd Prince est désia
éclairée des plus pures lumieres de la
sagesse, & destachée de ces foibles interests & de toutes ces passions contraires à l'innocence de cette vertu.
Il sçait que la vaste estenduë de vo-

EPISTRE.

stre suffisance & de voftre courage
vous a acquis & confervé fi long-
temps la neceffaire poffeffion de cette
fupréme dignité ; Et toute la France a
veu auecque luy que dans les temps les
plus difficiles & les plus perilleux, il a
fallu fe feruir des genereufes maximes
de cette fameufe Republique qui a
dreßé le plan d'vne heureufe Politique à toutes les puiffances fouuerai-
nes. En effet, MONSEIGNEVR,
on fçait que lors qu'elle fembloit eftre
reduite au peril de fa derniere cheute,
& qu'elle demandoit fes Dictateurs
& fes Magiftrats pour reprendre le
foin & la conduite de fes affaires , ces
grandes charges n'eftoient pas renduës
à ces grands Hommes à qui elle eftoit
obligée de fa gloire & de fes Triom-

EPISTRE.

phes, mais que ces grands Hommes
estoient rendus à ces grandes charges:
Aussi disoit-on de ces deux bien-faits,
que l'vn estoit de la iustice, & l'autre de la necessité & du bon-heur de
l'Empire. On a veu MONSEI-
GNEVR, que vostre zele tousiours
ardant & genereux dans les interests
de l'Estat, n'a iamais, ny connu le peril, ny distingué les temps : Et on
sçait qu'en l'vne & en l'autre occasion vos seruices ont esté également
profitables & necessaires. Vous rem-
plissez auec tant d'honneur & de
succés les premieres fonctions de cette
haute & independante Iustice qui regle les differens, & qui ordonne comme il luy plaist de la vie & de la fortune des particuliers, qu'on peut dire

EPISTRE.

que la faueur des hommes ou des
effaires n'a iamais fait incliner le
poids de voſtre balance que du coſté
des loix & de la bonne cauſe. Celle
de vos amis n'a iamais eſté meilleure
par voſtre authorité, ſi elle ne l'eſt de-
uenuë par la force de vos raiſonne-
mens : Et vous ne voulez pas d'autre
prix de vos iugemens que la ſatisfaction d'auoir bien iugé. Il eſt certain,
MONSEIGNEVR, que ceux qui
ſollicitent voſtre inſtice, ne ſont pas ſi
ſoigneux du ſuccés de leur cauſe, que
du iugement que vous deuez faire de
leurs mœurs : Voſtre accés leur eſt
par tout facile & fauorable ; Et ceux
qui ont l'honneur de s'approcher de
vous, y peuuent eſtre auſſi long-temps
que leur diſcretion ou la neceßité de

leurs affaires le leur peut permettre;
Parce qu'ils sont asseurez de n'estre
point pressez de se taire par vostre impatience, s'ils ne le sont par leur modestie. Mais, MONSEIGNEVR,
ie ne dois pas me mettre en peine de persuader par de foibles rai-
sons, une verité que l'experience
a rendu visible & connuë à tout le
monde, & que la necessité des besoins aduenir peut confirmer si fa-
cilement. Il faut plustost que ie prenne garde de ne pas lasser vostre patience, ny d'offencer vostre pudeur
par des loüanges qui ne peuuent
rien adiôuster à la grandeur de vostre merite, quoy qu'elles soient veri-
tables & legitimes. Il me suffit,
MONSEIGNEVR, de confier à

EPISTRE.

la faueur de voſtre protection, la deſ-
ſtinée de mon ouurage, & de laiſſer
agir pour moy cette indulgente gene-
roſité qui a gagné la bienueillance publique, & qui dans celle qui m'eſt par-
ticuliere, augmente tous les iours
l'ardante paſſion que i'ay d'eſtre auec
reſpect,

MONSEIGNEVR,

De voſtre Grandeur,

Le tres-humble, tres-obeiſſant, &
tres-obligé ſeruiteur,
LESFARGVES.

ADVIS
AV LECTEVR.

MY LECTEVR,

Ie n'ay pas creu qu'il fuſt de la bienſeance ny de la neceſſité de mettre à la teſte de cét ouurage vne Preface pour donner des loüanges aux Auteurs, & des preceptes à ceux qui le veulent deuenir. Ie ne pretends ny à l'vn ny à l'autre, & ie me

ẽ

contente de te faire sçauoir
que dans ce trauail ie ne me suis
point proposé d'autre succés ny
d'autre fin que de le consacrer à
Dieu, & d'auoir l'hóneur de faire, pour le moins en ce genre de
composition, vn essay de mes
dernieres années dans vn des
plus saints & des plus augustes argumens de l'Histoire
sacrée. Et parce qu'ils ne doiuét
pas estre traitez comme ces ma-
tieres communes & profanes,
ie ne crois pas que tu trouues
estrange que ie me fois éloigné des reigles de cét art qui apprend à feindre & à mentir impunément. Il est vray que ie luy
ay donné le nom de Poëme, par-

ADVIS AV LECTEVR.

ce que ie n'ay pas voulu en in-
uenter vn nouueau , ny le faire remarquer par vne inscri-
ption bizarre & inconnuë. Ou-
tre que i'ay creu, que quoy que
ce mot de Poëme presuppose
vne fiction ingenieuse & agreable, ie pouuois pourtant me dis-
péser de m'en seruir dans celuy-
cy, afin de ne pas blesser vne
verité dont la creance est le premier fondement de nostre foy:
De sorte que dans le titre de ce
liure , i'ay mieux aymé faillir
contre les methodes de l'art
que contre les principes de la
Religion. Ce n'est pas, LECTEVR,
que si ie le voulois deffendre
de la iurisdiction d'vne au-

ẽ ij

thorité vſurpée, il ne me fuſt
ayſé de faire voir qu'à la reſerue
ſeulement d'vne fiction fabu-
leuſe, il a tous les autres incidens
qui peuuent entrer en la façon
des Poëmes Heroïques. Mais ie
ne veux pas me mettre en peine de le garantir des reproches
d'vn defaut qui doit faire ſa
beauté & ſon ornement: Ie parle de cette adorable verité que
i'ay ſuiuie preſque iuſques à la
lettre, dans l'expreſſion du ſens
de la venerable Hiſtoire des
Roys dont i'ay tiré la vie & les
incomparables actions de Dauid. I'ay meſme taſché de lier &
de joindre imperceptiblement
les chapitres qui la compoſent,

& d'exprimer leur sens auec vne fidelité si exacte qu'à peine ay-ie osé me seruir d'autres cóparaisons que de celles de la sainte Escriture : Quoy que ie n'ignore pas que ces figures, quelques estrangeres qu'elles soient, sont les plus frequens & les plus necessaires ornemens de la Poësie. Apres cela ie ne doute pas (CHER LECTEVR) que tu ne prennes garde qu'en beaucoup d'endroits de la mienne i'ay porté l'expression du sens de mes paroles au de là des bornes dans lesquelles on veut enfermer la liberté des pensées fecondes & éleuées : Mais ie croy que tu m'aduoüeras que dans

ẽ iij

des sujets graues & serieux, il est
de la majesté de leurs ornemés,
de remplir ces periodes mesu-
rées : Et peut estre que ie ne
manqueray pas d'approbateurs
& de partisans. Quoy qu'il en
soit, ie te donne aduis que si le
nombre des voix l'emporte sur
les suffrages de ceux qui seront
de mon sentiment, & que tu ne
puisses pas accommoder ton esprit ny tes oreilles à cette façon
de n'acheuer le sens des choses
que dans le tour de quatre vers,
& quelquesfois de plus , i'ay
pour toy tant d'estime & de
complaisance, que ie me resou-
dray auec plaisir de changer dás
vne autre impression, cette fa-

çon d'eſtendre mes penſées,
afin de faire repoſer plus ſouuent ton eſprit , & de ſerrer
mon ſens & ma matiere. Ie m'o-
blige encore, ſi tu le trouues à
propos, de tourner en tous les
endroits que tu me marqueras,
les vers d'vne autre façon , &
peut-eſtre d'vn autre ſens : Et
ſi pour cela il eſt neceſſaire d'y
en adiouſter d'autres , ie te promets de groſſir ce petit volume
par la diſtribution de douze liures qu'on void preſque dans
tous les anciens Poëmes. Au
reſte ſi i'ay failly, ou ſi i'ay fait
quelque cheute dans la magnificence de l'expreſſion , & dans
le bon-heur des rimes, qui ne

font pourtant pas toûjours dans
la licence des ordinaires ny
des mediocres , ie t'en fais le
iuge & l'eſtimateur; Et ie crois
que tu me traitteras aſſez fa-
uorablement dans vne cenſure
raiſonnable & des-interreſſée.
Ie te prie encore apres cela
lors que tu trouueras quelque
mot qui bleſſera ton ſens & le
mien,ou qui peut eſtre ſera mal
placé & contraire à l'art & à
la meſure des vers,de ſuſpendre
ton iugement, & de ne me pas
condamner qu'apres auoir veu
l'Errata què i'ay eſtéobligé auec
regret de mettre à la fin de cét
ouurage.

DAVID.

LIVRE PREMIER.

IE CHANTE dans l'ardeur du beau
    feu qui m'anime,
Le Berger Couronné, le vainqueur magnanime
Du Geant Philistin auec honte abattu :
Ie chante ce DAVID qui seul a combattu,
Pour l'interest du Ciel dont la sainte querelle,
Par l'indigne succez de la cause infidelle,
Eust veu sans le secours de sa rare valeur,
D'Israël desconfit la cheute & le malheur.
  Loin d'icy, foible choix des argumens vulgaires,
Des profanes Chansons & des ieux temeraires
Des Esprits emportez d'vne vaine fureur,
Qui leur fait conceuoir le mensonge & l'erreur,
Qui pour flatter l'oreille, & pour rendre agreable
A des yeux complaisans, ou l'Histoire, ou la Fable,

Parez de faux attraits & d'vn visible fard,
Affectent la rigueur des preceptes de l'art :
Ie veux, sans déguiser d'vne docte imposture,
Les sacrez incidens d'vne sainte aduenture ;
Et sans dresser de plan ny former de projet,
Suiure l'ordre & le temps de mon Diuin sujet.
Ie laisse les couleurs aux Scenes mensongeres,
Qui parent leurs Heros de vertus estrangeres,
Et qu'on void rencontrer leur prix & leur beauté,
Ou dans leur destinée, ou dans leur nouueauté.
   Mais, ô DIEV de Dauid! ô Sagesse eternelle!
Si toute autre assistance est foible & criminelle,
Si ie puis par toy seul à ce noble portrait,
D'vn pinceau delicat donner le dernier trait.
Esclaire mon esprit de la sainte lumiere
Qui seule est, & la cause & la source premiere
De ce profond sçauoir dont les sages mortels
Vont chercher les ruisseaux au pied de tes Autels,
   Et toy mesme Dauid, s'il faut que ie publie
La gloire de Sion par ton bras restablie,
Si tu veux qu'auec toy sans me voir égaré,
l'acheue le dessein que tu m'as preparé.
Instruits mon ignorance, & chasse des tenebres
Les confuses erreurs qui de tes faits celebres
Ne feroient que flestrir ou cacher la grandeur,
Et de tes plus beaux iours obscurcir la splendeur,
Si ce chant inconnu, si ce nouueau Poëme
Promet à tes lauriers vn brillant Diadéme,
Sans faire des essais, rudes ou languissans,
Conte-moy de ton bras les efforts plus puissans
Que ceux des Paladins, d'Achile ou d'Alexandre,
Ces grands noms dont encor on respecte la cendre,
Ayde-moy, Saint Heros, & m'inspire des vers,
Dont la rare peinture expose à l'Vniuers

Ce combat renommé , ces nombreuses batailles
Dont la sanglante fin hasta les funerailles
Du peuple Incirconcis & de tant de Tyrans,
Sous son glaiue inuincible, ou soumis, ou mourâs.
  Mais encor , ô Dauid ! faut-il que ie refuse ,
Le soin docte & poli de cette sainte Muse, ·
Qui doit en tant d'endroits que ie ne connois pas,
Obseruer ma demarche & conduire mes pas ?
Non, ie voy que c'est elle à qui le Ciel m'ordonne,
Si dans ce long trauail la force m'abandonne,
De confier mes vœux , & d'attendre de luy,
Par cette ayde estrangere vn infaillible appuy.
Suiuons donc, de ma route, ô fidele compagne !
De ce ieune Guerrier la premiere campagne,
Et pour faire regner dans la suite des temps,
Sa vertu dont la haste a surpassé les ans,
Allons luy voir cueillir dans le choc des armées
Les fecondes moissons des Palmes Idumées,
Et meslons quelquefois, ô triste verité !
Son malheur domestique à sa prosperité.
  DANS la sainte Sion ce Prince frenetique
Saül faisoit regner sa fausse Politique,
Et souffrir son caprice, & ses bizares loix,
A ce peuple inquiet qui demanda des Rois.
Quâd ce DIEV, ce grâd Dieu que l'Vniuers reuere,
Iustement indigné du traitement seuere,
D'Israël qui gemit sous le poids inhumain,
D'vn Sceptre qu'il a mis dans vne indigne main,
Appelle Samuel, & d'vne voix secrette. [crette,
  Iusqu'à quand dans ton cœur, d'vne douleur dis-
Veux-tu, dit-il, cacher le tendre sentiment,
Qui te fait de Saül craindre le chastimen ?
Quand veux-tu, sans le plaindre & sans verser des
De ton ame troublée appaiser les alarmes? [larmes

A iij

Iufqu'icy ta raifon tente inutilement,
D'vn Tyran forcené dans fon aueuglement,
D'arrefter la manie, & d'adoucir ma haine ;
Ceffe dans le deffein de fa cheute prochaine ;
Ceffe de regretter le fort iniurieux,
De mon peuple opprimé par vn Roy furieux :
Puis qu'il a, pour fouftraire vne infidele engeance
Au chaftiment prefcrit par ma iufte veangeance.
Efpargné d'Amalec la profane Cité :
Puis qu'en vain par ta voix ie l'ay follicité,
De la faire tomber & perir toute entiere,
Dans le commun tombeau d'vn vafte cimetiere :
Que contre ma defenfe & contre fon deuoir,
Il a fi mal vfé du fouuerain pouuoir :
Ie veux l'exterminer, ie veux dans fa difgrace
Pour eftouffer fon crime enuelopper fa race ;
Et par le coup fatal qui refpandra fon fang,
Degrader de fes Fils la naiffance & le rang :
Va donc en Bethléem cette illuftre Bourgade,
Où tu dois accomplir ta celebre Ambaffade ;
Apprefte la fainte Huile, & fans autre appareil
Fais reüffir ce Sacre à nul autre pareil :
Oings le Fils de Ieffé, le dernier de fes freres,
Luy feul digne Heritier de fes fideles Peres :
Oings ce noble Berger que mô cœur & mô choix
Rendront le plus aimable & le plus Saint des Rois.
Tel eft de fon Deftin le fecret admirable :
Telle eft de mes Decrets la puiffance adorable
Dont ie veux pour punir ce fier perfecuteur,
Te rendre dans ce iour le digne executeur :
Mais pour ne pas faillir dans ce choix falutaire,
Ie t'inftruiray moy feul d'vn fi fecret myftere,
Par moy tu connoiftras celuy fur qui tu dois
Impofer par mon ordre & ton Huifle & tes doigts :

Ce fera ce Heros dont la race feconde,
Verra par fes Neveux multiplier le monde,
Et qui par vn bon-heur qu'il aura merité,
Fera chanter ma gloire à la posterité :
C'est luy dont la fureur par mon fouffle infpirée,
Prefageant les confeils formez dans l'Empyrée.
Par la foy d'vn miracle efclaircy dans fes vers,
De fon futur falut inftruira l'Vniuers.

Grand Dieu, dit le Prophete, auec quelle affeu-
Pourrois-ie conceuoir vne vaine efperäce, [rance,
De tromper de Saül & les yeux & les foins,
Et d'oindre cet Enfant fans craindre des tefmoins ?
Si ie fuis defcouuert, ce Prince redoutable
Rendra dans ce moment ma perte ineuitable ;
Et tu fçais que i'auray par vn cruel trefpas,
Terminé fans fuccez mon voyage & mes pas.
Il faut, dit ce grand Dieu, pour efuiter l'outrage,
Que d'vn Roy deffiant la foupçonneufe rage
Te peut faire fouffrir dans fon auerfion,
Conduire adroitement cette fainte Onction :
Dis leur que l'Eternel par vn pieux office,
Exige de tes mains vn fanglant Sacrifice ;
Dis leur, puis qu'ils ont veu par de frequents bien-
Leurs defirs accomplis & tes vœux fatisfaits, [faits
Que tu viens pour me rendre auec obeiffance,
Vn genereux effect de ta reconnoiffance.
Ainfi de ce peril tu te garantiras,
Par cette feinte heureufe ainfi tu conduiras
Du decret eternel la celebre aduanture,
Dont tu ne vois icy qu'vne foible peinture,
Mais qui par la grandeur d'vn faint euenement,
Des Siecles plus heureux fera l'eftonnement.

A ces mots Samuël, Miniftre adroit & fage,
Pour hafter le fuccez de ce noble meffage,

A iiij

Et cacher fans faillir du celefte Decret,
Par cet ordre prefcript l'ineffable fecret
Choifit dans fes troupeaux vne tendre Victime,
Et preffé d'vne ardeur fincere & legitime,
Se rend en Bethléem où ce peuple inconftant,
Qu'il trouue entre l'efpoir & la crainte flottant,
Au moment qu'il paroift dans la fainte contrée :

Grand Prophete, fais-tu ta pacifique entrée,
Et viens-tu, luy dit-il, d'vn foin officieux, [Cieux?
Nous prefcher l'indulgence & les biensfaits des

Oüi, dit-il, mes Amis, l'Eternelle puiffance,
Qui cherit des Mortels la prompte obeiffance,
Demande vn Holocaufte & des vœux innocens,
Et fur vn faint Autel veut voir fumer l'encens.
Allons pour meriter vne digne Amniftie
Offrir à fa clemence vne agreable Hoftie.

A peine acheuoit-il, lors que d'vn pas preffé
Entrant dans la maifon du celebre Ieffé :
Il luy demande à voir fa famille nombreufe
Que le bôheur d'vn feul rêdra bien-toft heureufe.
On luy monftre Eliab qui d'vn charmant afpect,
Frappe d'abord fes yeux, & gagne fon refpect :
Quand furpris de fa taille & de fa haute mine,
N'eft-ce pas cet Enfant que le Ciel determine
Au Sceptre dont Sion doit reueter les loix,
Difoit-il dans fon cœur d'vne fecrette voix.
Mais ce Dieu dont l'efprit le guide & le fuggere,
Pour inftruire l'erreur d'vne foy trop legere,
Et pour le voir bien-toft de ce doute efclaircy.

Non, dit-il, Samuël, non il n'eft pas icy ?
Il eft moindre de corps & plus grand d'efperance ;
Ie mefprife l'efclat d'vne vaine apparence ;
Ie penetre des cœurs les inconnus fecrets :
Les iugemens humains font toufiours indifcrets

Quand ils veulent tirer d'vn deceuant visage,
Des passions de l'ame vn asseuré presage.
Le fier Abinadab qui fait voir dans ses yeux,
Par des regards hautains & tousiours serieux,
Que du noble mestier de la guerre & des armes,
Il aime les perils & cherche les alarmes ;
Appellé par Iessé vient, & d'vn graue port
S'approche & ne craint pas le venerable abord,
Du Vieillard qui l'obserue & qui le considere,
Sans que iamais pour luy son choix se delibere.
Samma paroist bien-tost auec les autres trois,
Esloignez comme luy de la pourpre des Rois ;
Mais tousiours Samuël sent son ame flottante
Dans vn doute qu'il void differer son attente:
Il les regarde encor, mais en vain curieux,
Et sur l'vn & sur l'autre il promeine ses yeux
Il ne void point de trait tiré par la nature, :
Qui marque sur leur front la Royauté future :
Il cherche ce Monarque, & ne le treuue pas :
Il les distingue tous par leurs diuers appas ;
Mais il ne sçauroit voir cette haute apparence,
Qui de Dauid & d'eux a fait la difference.
  Iessé qui s'apperçoit que tous ses fils venus,
Ne sont par Samuël, ny choisis ny connus ;
  Grand Prophete, dit-il, puis que le Ciel t'inspire
D'orner l'vn de mes Fils des marques de l'Empire :
N'en vois-tu pas quelqu'vn digne de ce bonheur,
Et qui puisse souffrir l'éclat de cet honneur ?
  Iessé le plus heureux des Mortels & des Peres,
Parmy tous tes Enfans, & parmy tant de Freres,
Dit alors Samuël, ie ne vois pas celuy
A qui seul ce grand Dieu veut dõner auiourd'huy,
Par le choix de ma main & de mon ministere,
Du supreme pouuoir l'auguste caractere ;

Ne t'en reste-t'il pas ? n'en as-tu pas quelqu'vn,
A qui par vn bien-fait qui ne soit pas commun
A la felicité des fortunes mortelles,
Le Ciel ait reserué le Sceptre des Fidelles ?
    Il ne m'en reste qu'vn, dit ce Pere estonné ;
Mais ce n'est qu'vn Cadet que le Ciel m'a donné,
Et qui loing des Citez, sans crainte & sans enuie,
Dans les paisibles soins d'vne innocente vie,
Void, foulât tous les iours la plaine & les coupeaux,
Paistre l'herbe naissante à ses feconds troupeaux.
Ce Berger separé du perilleux commerce
Du mōde & de la Cour qui trouble & qui trauerse
L'esclat des plus beaux iours & le repos des nuicts,
S'estudie & se plaist libre de tous ennuis,
A faire resonner par sa charmante Lyre,
D'vn air melodieux le doux air qu'il respire :
L'ambition qu'il haït ou qu'il ne connoist pas,
Dans cette solitude est pour luy sans appas ;
Et loin du sentiment & du choix de ses Freres,
Il cherit la vertu par des motifs contraires :
Et pour te faire voir que quittant sa maison,
Il passe dans les champs l'vne & l'autre saison ;
A peine du Soleil l'aimable auant-courriere,
A commencé du iour la penible carriere ;
Aprés que fur l'émail des plus brillantes fleurs,
Pour arrouser leur terre elle a versé ses pleurs ;
Que le dispos Berger dans la vaste campagne,
Dont on void les guerets bornez d'vne montagne,
A conduit ses Brebis, & sans autres tesmoins
A repris de ses iours les ordinaires soins :
Peut-estre qu'occupant la prochaine colline
Il attend que des Cieux le bel Astre decline,
Et vers son Occident precipite le iour,
Pour quitter des forests le sauuage seiour,

Et reuenir conter pour tout foin domeftique,
De fon labeur finy l'aduanture ruftique.
   Le Prophete changeant de vifage & de voix;
Va, dit-il, le chercher par les champs, par les bois;
Et pour rendre fans fin celebre & fortunée,
A fes derniers Neveux cette fainte iournée ;
Fais venir promptement cet aymable Berger,
Que l'Eternel cherit, & qui verra changer,
Malgré d'vn fier Tyran la pourfuite importune,
En vn Sceptre brillant fon obfcure fortune;
Dans ce nouuel efclat de gloire & de fplendeur,
Qui fera reuerer fa future grandeur,
On verra dans Solyme heureufe & pacifique ;
Ce Monarque toufiours augufte & magnifique,
Refpecté de fon peuple & craint de l'eftranger ;
On verra que fon Dieu fans rompre & fans chãger.
La foy qu'il a promife à fes fameux Anceftres,
Pour donner aux Hebreux de legitimes maiftres,
Et de ce grand Eftat les rendre poffeffeurs,
Fera de leur maifon regner les Succeffeurs.
Ce fera le premier qui dans fa noble tige
Fera voir fa vertu dont le facré veftige,
Le rendra venerable à la Pofterité ;
Mais pour ne plus cacher dans cette obfcurité,
Et ne plus retarder ce fuperbe fpectacle,
Qui des Siecles pieux deuiendra le miracle;
Hafte-toy de partir : Fay venir cet Enfant
Qui de nos ennemis vainqueur & triomphant,
Doit luy feul eftouffer la rage coniurée,
Et de ce Saint Empire eftablir la durée.
   Ieffé part auec hafte ; & guidé par les Cieux
Rencontrant fur fes pas ce Berger gracieux,
L'ameine à Samuël qui d'abord dans fon ame,
Efclairé de l'ardeur d'vne nouuelle flame,

Par cet aymable obiet conçoit fecrettement,
Et d'amour & d'eſtime vn tendre mouuement :
Il l'obſerue ; Il connoiſt par vn ſoudain preſage,
Sa future grandeur ſur vn charmant viſage,
Dont l'aſpect agreable & la maſle beauté
Meſlent à la douceur la fiere maieſté.
Il void dans ſes cheueux vaincre par la nature,
De l'art ingenieux l'agreable impoſture:
Il void des yeux brillans, par leurs chaſtes attraits,
Lancer d'vn ſaint amour les inuiſibles traits.

David, ſans faire voir l'inciuile contrainte,
Qu'vn ſoudain mouuemét de pudeur & de crainte,
Fait naiſtre dãs le cœur d'vn timide Berger
Sans rougir à l'abord d'vn Vieillard eſtranger
L'approche auec reſpect ; & ſoudain le Prophete
Saintement ſuggeré par vne voix muette,
Par le ſouffle ſecret du grand Dieu de Sion.

Reçoy, Berger, dit-il, reçoy cette Onction
Que par l'ordre du Ciel ma main t'a preparée :
Et ſoudain répandant cette liqueur ſacrée
Sur le chef fortuné de ce noble Paſteur :
Souuiens-toy, luy dit-il, que le diſpenſateur,
Le Maiſtre Souuerain des Sceptres de la Terre,
Dont l'éclat deuant luy brille moins que le verre,
Pour voir tomber Saül de ſon Throſne abattu,
Et regner en ſon temps ta naiſſante vertu,
Dans cet heureux moment te deſtine & te donne
Du celebre Iſraël la ſuperbe Couronne :
Tu ſçauras quelque iour que ce Royal Bandeau,
De cet indigne chef fut le peſant fardeau,
Dont il fut accablé par ſa cheute exemplaire ;
Quand meſpriſant du Ciel & l'ordre & la colere,
Il voulut ſignaler ſa peine & ſon forfait ;
Mais auſſi ie preuoy qu'apres ce grand bienfait,

Par vne pieté tousiours ferme & fidelle
Tu seras des grands Rois le plus digne modelle:
Ainsi puisses-tu l'estre, & par tes beaux explois
Qui feront de ton Dieu craindre les saintes loix,
Et pour son sacré nom rougir ton cimeterre,
Estendre les confins qui bornent cette terre.

Le Prophete employant sa priere & ses soins,
A ce Sacre inconnu qui n'auoit pour tesmoins,
Que sept Freres rauis & Iessé qui l'admire,
Acheue son ouurage & soudain se retire.

Dauid, que du secret la nouueauté surprit,
Sent en luy du grand Dieu l'inconceuable Esprit;
Vne science infuse, vne sainte doctrine,
D'vne ardeur Prophetique allume sa poitrine;
Le prompt & rare effect d'vne noble liqueur,
Se glissant dans son ame & penetrant son cœur,
Aduance de ses iours les sçauantes lumieres
Au delà de l'effort des clartez coustumieres:
De ses membres nerueux la recente vigueur,
Qui des ans & des maux surmonta la rigueur,
Fait voir d'vn ieune corps les forces redoublées,
Et de son onction saintement escoulées.

De ces rares vertus Dauid estoit orné.
Quand tout à coup de Dieu Saül abandonné,
Souffre l'inuasion de cette frenesie,
Dont les frequens trãsports troublent sa fantaisie:
Le Demon qui bourrelle & son ame & ses sens,
Fait ceder l'vn & l'autre à ses efforts puissans;
Et de tous ses amis sa douleur méprisée,
Le rend mesme des Siens la funeste risée.

Grãd Prince, disẽt-ils, puis qu'auec tãt d'horreur,
Sans treve & sans pitié la maligne fureur
D'vn Ministre eschappé de l'infernale flamme,
Agite ton esprit & fait gemir ton ame;

Pour suspendre le cours de ce mal importun,
Appelle dans ta Cour & fais venir quelqu'vn,
Qui par des airs charmás heureusemét s'applique
A chasser loin de toy l'humeur melancolique
Qui te liure sans cesse à des chagrins pressans:
Qui fait voir dans ta Cour tes amis gemissans,
Quand tu veux leur oster le soin & l'esperance
De chercher du remede à ta longue souffrance.
Auant que le Soleil quitte nostre Orison,
Tu peux auec succez tenter ta guerison,
Et voir par vn secours à qui tout autre cede,
Tempeter la rigueur du mal qui te possede.
   Saül pour diuertir sa honte & son malheur,
Et par des chants de ioye adoucir sa douleur:
Qu'on aille, leur dit-il, chercher dans mon Empire
Vn Homme dont la voix ou la sçauante Lyre,
Dans l'effort de mon mal par vn doux changemét,
Me donne du relasche & du soulagement.
   Ie connoy, dit l'vn d'eux, non loin du voisinage,
Vn Berger dont le cœur est plus grand que só âge;
Son front maslé & guerrier, sa charmante douceur,
L'ont rendu des esprits l'aymable possesseur,
Et la commune voix qui presche son adresse,
Luy gagne d'Israël l'estime & la tendresse
De ce ieune Berger la delicate main,
Par le visible effet d'vn secours plus qu'humain,
Peut calmer par les sons d'vne docte harmonie
D'vn Tyran intestin l'inquiete manie.
   On void d'vn pas soudain partir vn Messager,
Auec vn pressant ordre à ce fameux Berger,
De quitter son troupeau, d'abandonner son Pere,
Et de venir charmer l'effroyable misere,
Du Prince possedé de l'Esprit tenebreux,
Dont l'horrible fureur fait gemir les Hebreux:

On accomplit bien-toſt cette própte Ambaſſade,
Qui doit guerir l'Eſtat & le Prince malade :
Ieſſé pour ſatisfaire à ce commandement ,
Et témoigner l'honneur & le contentement
Que luy donne du Roy l'agreable demande,
Fait partir le Berger qui porte pour offrande
Vn don plus connenable à ſa condition,
Qu'au magnifique eſclat du Prince de Sion.
    Dauid vient à la Cour , & dans la confiance
Qn'inſpire dans ſon cœur la celeſte ſcience ;
Sans bleſſer le deuoir , ſans perdre le reſpect,
Qu'imprime d'vn grand Roy le venerable aſpect ;
Court aux pieds de Saül qui par ce noble hômage
Reconnoiſſant les traits & la viſible image,
Des ſecrettes vertus de ce nouueau-venu,
Liure d'abord ſon cœur à ce Prince inconnu ;
Le remplit d'eſperance, & luy donne en l'attente
D'vn lieu plus eminent vne charge importante;
Le fait ſon Eſcuyer, & dans ſa riche Cour
Par ce premier bien-fait eſtablit ſon ſeiour.
    Cependant de Saül la noire maladie,
Exerce tous les iours l'art & la melodie
Du nouueau Medecin de ce Roy furieux
Qui tout à coup roulant ſes effroyables yeux,
Vomit auec effort ſans poux & ſans courage,
D'vne bouche eſcumante & la bile & la rage.
Soudain que des Enfers cet Hoſte infortuné
S'empare de l'eſprit du Prince forcené ;
Qu'on le void agité d'vn violent delire,
L'officieux Dauid prend ſa fameuſe Lyre,
Et par les diuers tons de ce doux inſtrument ,
Arreſte ſa manie & ſuſpend ſon tourment.
On void du mal vaincu la force temperée,
Et de Saül remis la rage moderée ;

On void que par ces airs le Demon enchanté
Luy rend auec l'esprit sa premiere santé.
Dauid par le secours de sa Lyre admirable,
D'vn corps noir & treblant & d'vne ame execrable
Flatte agreablement le possesseur malin :
Et lors le mal fait voir par vn soudain declin,
Sur les yeux adoucis du paisible Monarque,
De sa rage passée vne sensible marque.
Ainsi gagnoit Dauid dans la Cour de Sion,
De ce Prince inquiet la tendre affection ;
Lors que du Philistin la formidable armée,
Fait voir en Israël d'vne guerre allumée
La sanglante fureur dans son dernier effort,
Qui prepare à ce peuple ou les fers ou la mort.
Desia de l'ennemy campé sur la montagne
Qui regarde au dessous vne vaste campagne ;
Paroit auec fierté le Camp audacieux,
Qui méprise la terre & menasse les cieux :
Desia Satil rangeoit sur la croupe opposée,
De soldats ramassez sa troupe composée ;
On voyoit entre-deux vn Vallon renommé,
Par la honteuse mort d'vn Geant diffamé ;
D'vn Geant dont le nom & l'obscure naissance,
Par vn decry public a donné connoissance,
Dans les saints monumens à la posterité,
De l'opprobre eternel de sa temerité.
   Quand cet homme agité de colere & de haine
Au milieu des deux Camps à pas lents se promeine ;
Et puis les redoublant tourne de toutes parts
Ses homicides yeux, dont les sanglans regards
Mesurent fierement dans sa maligne ioye ;
De ses prochains combats l'ineuitable proye ;
Il transporte par tout d'vn port imperieux
De son enorme corps les membres spacieux :
                                    On craint

On craint, à voir marcher cette vaste machine,
D'vne mobile Tour la tremblante ruine :
Il seme, partageant l'effect de sa fureur,
Dans l'vn & l'autre Camp, la ioye & la terreur.
    Mais, ô spectacle affreux ! sa luisante salade
Du fabuleux Alcide ou du feint Encelade,
Eust accablé la teste ; & sous sa pesanteur
Fait ployer des faux Dieux ce vain coniurateur :
De ce fameux Geant la cuirasse sanglante
Qui ceint ses larges flancs est la charge accablâte,
Qu'ē vain de nostre tēps les plus forts des humains
Tenteroient de porter de leurs robustes mains :
D'vn pesant Halecret les brillantes escailles,
Ces funestes apprests de sang & de batailles,
Dont l'aspect fait trembler les plus audacieux,
Frappent mortellement & les cœurs & les yeux :
Ses cuisses & ses bras se cachent sous des armes,
Dont l'esclat & le bruit excitent tant d'alarmes,
Et mettent à couuert des plus rudes efforts,
De ce Monstre inhumain l'impenetrable corps.
D'vn espais Bouclier la largeur memorable,
Dont il croit vainement se rendre invulnerable,
Par vn acier brillant semble de toutes parts
Mespriser les assauts des piques & des dards.
Il bransle dans sa main la formidable Lance,
Qu'ō ne peut repousser quād d'vn bras rude il lâce
Les coups impetueux dont les moindres efforts
Font perir tāt d'humains par de semblables morts :
Son bois dont Israël craint la cheute prochaine,
Dās sa vaste lōgueur ressēble au tronc d'vn chesne,
Que deux Siecles entiers ont veu nō loin des eaux,
Pousser sans se courber ses verdoyans rameaux ;
Sur son faiste esclattant vn long fer se herisse,
Dont il veut qu'Israël sans resource perisse,
                      B

Et dont la pefanteur feroit auec fon bois,
De dix Hommes communs le raifonnable poids.
Deuant luy le plus fier des barbares Gendarmes,
Marche d'vn pas hautain, & porte de fes armes
Les reftes fuperflus dont l'infolent orgueil,
N'a peu le guarantir des horreurs du cercueil :
On void à fes coftez vn vafte Cimeterre,
Dont l'affilé trenchant doit acheuer la guerre,
Et faire par les mains d'vn Berger valeureux,
Perir les Philiftins, triompher les Hebreux.
    Quand tout à coup hauffant fa funefte vifiere,
Et de fes yeux fanglans l'effroyable paupiere.
    Lafche Ifraël, dit-il, toy dont la vanité
Par le fatal orgueil de ton impunité,
A depuis fi long-temps laffé mon indulgence,
Et de mes fortes mains fufpendu la vengeance ;
Puis que tu viens porter tes armes en ce lieu,
Sous le foible eftendart d'vn inuifible Dieu,
De ce Dieu fabuleux à qui ton impofture,
A donné le faux nom d'Auteur de la Nature,
Et qui void par l'erreur des profanes Mortels,
Craindre vne vaine foudre & fumer des Autels.
Puis qu'on dit qu'équippé d'éclairs & de tonnerres
Il entreprend pour toy de foudroyantes guerres ;
Que tu crois, pour perir dans ton aueuglement,
Qu'il arme contre nous l'vn & l'autre element :
Qu'il veille à tõ fecours, que d'vne main puiſſãte
Il fouftient de ton bras la force languiffante.
Que du moindre des tiens les plus foibles efforts,
De tous tes ennemis font tomber les plus forts :
Veux-tu fans plus tenter le hazard des batailles,
Et fans precipiter de triftes funerailles,
Deftourner par le fort d'vn celebre duel,
D'vn combat general l'éuenement cruel ?

Tu ſçais bié que nos Dieux & qu'vn deſtin cõtraire
M'ont rendu d'Iſraël l'implacable aduerſaire.
Et que par l'intereſt qui nous a partagez
Dans vn prochain combat on nous void engagez.
Du Prince Philiſtin i'adore la puiſſance :
Tu ſouſmets à Saül ta laſche obeïſſance ;
Ie preſte à mon party ma main & ma valeur ;
Et tu haſtes du tien la honte & le malheur.
Veux-tu pour voir ceſſer noſtre haine mortelle
Terminer de deux Camps la celebre querelle ?
Veux-tu par vn ſeul coup, & ſans plus engager
Tant de braues Soldats dans vn meſme danger ;
Finir, par tant de maux cette guerre haïſſable ?
Que de vous le plus fier deſcende ſur le ſable ;
Qu'il tente le peril, qu'il vienne auecque moy
Impoſer ou ſouffrir vne derniere loy ;
Et par vne aduenture aux deux peuples commune,
Decider du combat l'vne & l'autre fortune.
Si mon bras affoibly, ſi mon corps abattu
Cede aux puiſſans efforts de ſa rare vertu :
Et ſi ſous le trenchant de ſa ſuperbe lame,
Par ma fumante playe il fait ſortir mon ame :
Il faut & ie conſens qu'alors le Philiſtin
Deuienne d'Iſraël la proye & le butin,
Et que chargé des fers d'vn indigne ſeruage,
On faſſe de ſes maux la fable de noſtre âge :
Mais ſi ie te fais voir ce guerrier impuiſſant,
Apres de vains efforts ſous mes pieds gemiſſant,
Par les coups redoublez d'vn peſant Cimeterre,
Des ruiſſeaux de ſon ſang arroſer cette terre ;
Si bien-toſt tu te plaints honteux & repentant,
De m'auoir oppoſé ce foible combattant :
Si le cœur l'abandonne, & ſi ſon Dieu le laiſſe
Sans force & ſans ſecours perir dans ſa foibleſſe :

B ij

Si ie luy fais fentir qu'vn temeraire orgueil,
Precipite fa fin dans vn honteux cercueil;
Et qu'en luy d'Ifraël les forces redoublées
Se verront par mon bras fous fa cheute accablées ;
Que Saül fe prepare à fouffrir le deftin
Qui doit l'affuiettir au Sceptre Philiftin ;
Et que dans les tranfports de fa noire manie.
Il adioufte fa peine à fon ignominie.
Le Soleil a defia fans arrefter fon cours
Rallumé la clarté de dix fois quatre iours,
Depuis que ie me plains, depuis que ie te preffe:
Que ie fers d'aiguillon à ta lente pareffe:
Ie te prefche fans fin & de gefte & de voix,
De faire d'vn Athlete vn prompt & digne choix.
I'excite ta langueur, & iamais ie n'approche
De ton timide Camp fans te faire vn reproche,
Dont la honte deuroit forcer ta lafcheté.
De tenter vn combat de ton fang acheté ;
Si tu ne l'ofes pas, Peuple, il faut te refoudre
De perir fans defenfe & de mordre la poudre :
Si tu n'acceptes pas ce parti glorieux,
Tu fçauras que ce fer toufiours victorieux
Acheuera des tiens le funefte carnage ;
Et fi quelqu'vn fe fauue, il faudra qu'à la nage
Il paffe ce ruiffeau de ton fang groffiffant,
Pour conter la nouuelle à ton Roy gemiffant.
  A ces profanes mots vne ftupide crainte,
Dõt Saül dans fon cœur fent la premiere atteinte,
Dans le Camp d'Ifraël iette foudainement
La mortelle rigueur d'vn trifte eftonnement.
  MAIS, Mufe, fans couper le fil de cette Hiftoire,
Allons reuoir Dauid auteur de la victoire,
Qui fit choir le Geant mortellement bleffé ;
Sçachons comme il partit par l'ordre de Ieffé ;

Et pour voir triompher ſa valeur renommée
Conduiſons ce Berger dans cette ſainte armée.
  Ce ieune homme laſſé de l'ennuyeux ſeiour ,
Et des ſoins importuns d'vne infidele Cour,
Ou pour flatter les maux d'vn Roy melancolique,
Et rendre ſa fureur traitable & pacifique ,
Il tente d'adoucir par de nouueaux accords
Le bizarre Demon qui poſſede ſon corps;
Mais plutoſt rebutté d'vne penible vie,
Dont le chagrin preſſant & la maligne enuie,
Deſchirant le repos, & des nuits & des iours,
Trauerſe ou peruertit le deplorable cours :
Le Berger ennemy de cette ſeruitude
Qui faiſoit ſes ennuis & ſon inquietude.
Poſſedoit loin du monde & des Palais des Rois,
L'agreable repos des antres & des bois :
C'eſt là que mépriſant par vn degouſt ſincere,
Des laſches Courtiſans l'éclattante miſere ,
Il conduit ſes troupeaux, & que ce ſeul plaiſir
Fait toute ſa fortune, & borne ſon deſir.
Mais l'Eternel qui veut qu'vne ſuperbe teſte ,
D'vn Berger triomphant ſoit l'illuſtre conqueſte,
Par vn ordre ſecret prepare en ce moment
De ce noble deſſein l'heureux éuenement.
  Ieſſé dans la frayeur des frequentes alarmes
Qu'excitoient dans Sion les Philiſtines armes ,
Qui void dans le declin de ſes debiles ans,
Que ſa vigueur eſteinte, & ſes bras impuiſſans,
Ne ſuiuent plus l'effort de ce maſle courage,
Qui fut ſi redoutable en la fleur de ſon âge ;
Rendoit à ſa Patrie vn deuoir genereux,
Par les guerrieres mains de trois Fils valeureux,
Qu'on voyoit expoſer pour la cauſe commune,
Dans le Camp d'Iſraël leur vie & leur fortune ;

Le fuperbe Eliab, l'ambitieux Samma :
Le braue Abinadab dont le cœur s'enflamma'
De la pieufe ardeur de voir dans cette guerre,
Pour le falut commun trancher fon cimeterre ;
Excitez par le bruit de ce foudain effroy,
Exerçoient leur valeur dans le quartier du Roy ;
Et pour ne pas la rendre oifiue & criminelle,
Auoient abandonné la maifon paternelle :
Mais Dauid infpiré d'vn contraire defir,
Et bien-toft rebutté du fafcheux déplaifir
D'vn fejour qui l'afflige & qui le defefpere
De fe voir fi long-temps feparé de fon Pere ;
Auoit quitté la Cour , & de fon cher bercail
Repris auec plaifir l'ordinaire trauail ;
Et loin de ce grand iour & de la tyrannie ,
Poffedoit de Ieffé l'aymable compagnie.

Quand tout à coup le Ciel pour hafter le bôheur
Des armes de Solyme, & venger fon honneur ,
Dans l'ame de ce Pere excité vne tendreffe
Dont le foin inquiet le refueille & le preffe
D'enuoyer le Berger pour fçauoir de fes Fils,
Le fort de ces deux Camps vainqueurs ou décôfits.

Il l'appelle, & luy dit auecque complaifance ,
Mon Fils, mô cher Dauid dont l'aymable prefence
Flatte fi doucement & mon cœur & mes yeux,
Il eft temps de quitter ces agreables lieux.
Qui feuls font ton repos, qui feuls font tes delices,
Et dont l'eftoignement compofa les fupplices ,
Par qui tu fus contraint de reüoir ton troupeau ,
Et de changer la Cour en vn feiour plus beau :
Parts mon Fils & te rends dans le Câp de Solyme,
Tu fçauras quel employ mediocre ou fublime ,
Occupe tes Aifnez, & fous quels eftendards
De cette fainte guerre ils tentent les hazards.

Dauid remply de ioye, & d'vn heureux presage,
Reçoit auec respect le soin de ce message;
Et comme si du Ciel il sçauoit le secret,
Quittât son cher troupeau sâs peine & sâs regret,
Se rend dans le chemin où s'estend la Valée,
Que son futur combat doit rendre signalée,
Marche auec confiance & redoublanr ses pas
Va haster du Geant le celebre trespas.
  Il arriue au quartier, où ses superbes Freres
Repoussent l'ennemy par des armes contraires;
Quand apres le deuoir des premiers complimens
Qui font voir de leurs cœurs les tendres sentimés;
Il void qu'entre deux Câps vn Geant se promeine,
Par tout où le conduit sa fureur inhumaine :
Qui cherche à terminer ce superbe debat,
Par le douteux succez d'vn celebre combat :
Dâs la fureur qu'on void sur son visage empreinte,
Il reproche à Saül sa foiblesse & sa crainte :
Le Peuple Hebreu fremit, & tous esgalement
Sentent les froids glaçôs d'vn soudain trêblement:
On void Saül sans poux, sans voix & sans vaillâce,
Troublé de son malheur tomber en defaillance
Comme vn homme abattu par vn mortel poison :
Il ne peut reuenir de cette pamoison :
Il cede au desespoir, & dans la violence
D'vne douleur stupide il garde le silence :
Mais ce grand Dieu qui void trembler ce Potentat
Et qui ne peut souffrir la cheute d'vn Estat,
L'ouurage de ses mains & de sa prouidence,
Dans le triste moment de cette decadence
Qui semble l'auoir mis dans les derniers abois ,
Fait entendre à son Camp la penetrante voix,
D'vn Homme qui craignant vne triste disgrace
Leur dit ; que si quelqu'vn dont la future race ,

Et le Siecle preſent chantera la valeur,
Pour venger d'Iſraël l'iniure & le malheur;
En la cauſe de Dieu ſur ce fameux Theatre,
Contre le Philiſtin veut monter & combattre:
S'il trempe auec vigueur dans le ſang inhumain
De cet Homme mourant & ſon glaiue & ſa main:
S'il veut donner la fuite à ce Peuple infidelle;
De ce fameux combat la memoire immortelle,
Et la poſterité qui ſçaura ſes exploits,
Adiouſtera ſon nom aux Faſtes de leurs Rois.
Et malgré les efforts de l'aage & de l'ennie,
Au delà de ſa mort fera durer ſa vie;
Qu'il doit ſe propoſer, & pour prix & pour but,
De ſe voir affranchi d'vn indigne Tribut:
Qu'il portera luy ſeul plein d'hôneur & de graces
Le tiltre ambitieux des plus illuſtres races;
Et que dans ſa maiſon les biens & la grandeur,
Surpaſſeront bien-toſt la commune ſplendeur.
Qu'auec cet aduantage il a droit de pretendre,
Pour eſtre de Saül le ſouſtien & le Gendre,
De paſſer de la poudre & d'vn ſort ineſgal,
Au faiſte glorieux de l'honneur coniugal,
Et de voir de ſon Roy la fortune & la Fille,
Par vn auguſte Hymen entrer dans ſa Famille.
   Ces mots, quoy que pouſſez auec tât de chaleur
Dans la neceſſité de ce preſſant malheur:
Des futures grandeurs l'infaillible aſſeurance,
De ce Royal Hymen la ſuperbe eſperance,
Les charges & les prix propoſez aux Vainqueurs,
Ne ſollicitent pas ces inſenſibles cœurs:
L'opprobre d'Iſraël & ces ſanglans outrages,
Qui deuoient enflammer les plus foibles courages,
Ne peuuent exciter leur ſtupide froideur
Ny des ieunes guerriers renouueller l'ardeur:

                                          Ces

Ces Heros redoutez, ces fameux Capitaines
Sous qui flefchit l'orgueil des ames plus hautaines;
Qu'on void, ou mefprifer, ou ne connoiftre pas
Ny la peur des perils, ny l'horreur du trefpas :
Lafchement rebuttez ont perdu leur conftance,
Et les foins de l'honneur & de la refiftance;
Ils n'ofent, abbatus par vn fi rude fort,
Tenter du Philiftin l'épouuentable abord :
Le defir de la gloire eft vne foible amorce
Qui ne peut faire agir ny leur bras ny leur force;
Et de leurs cœurs glacez l'expirante vigueur
Souffre fans mouuement la derniere langueur.
     Dauid ne peut plus voir l'iniurieufe audace
D'vn profane ennemy dont la fierté menace,
A l'afpect de deux Câps fans honte & fans effroy,
D'vn indigne feruage & Solyme & fon Roy :
Son courage s'excite & fon dépit s'enflamme
De voir qu'impunément ce furieux declame,
Auec tant d'infolence, auec tant de bon-heur,
Côtre vn Dieu dôt en vain il croit bleffer l'hôneur;
Il ne peut retenir cette ardeur qui le preffe,
D'arrefter d'Ifraël la mortelle detreffe :
Et tout à coup honteux de voir impunément
Ce Monarque faifi d'vn lafche eftonnement.
     Quoy, dit-il, souffre-t'on que la maligne rage
De ce hardi Maftin aboye auec outrage ?
Le verrons-nous toufiours vomir contre le Ciel
Sans crainte & fans peril fon venin & fon fiel ?
Mais encore faut-il que fans mordre la poudre
Il méprife de Dieu la redoutable foudre ?
Iufqu'à quand verra-t'on que ce Monftre irrité
Reproche l'impuiffance & la temerité
Au peuple de Sion dont l'inuincible armée
Doit voir du Philiftin la fureur opprimée ?

C

Quel prix propofe-t'on à cette forte main
Qui faifant trebucher ce Geant inhumain,
Doit noyer dans le fang d'vne heureufe bleffure
D'Ifraël fatisfait l'indigne fleftriffure ?
  N'as-tu pas entendu, dit quelqu'vn hautement,
Que pour faire perir cet Homme blafphemant
Contre l'ordre du Ciel à fes deffeins contraire :
Que pour nous garantir d'vn blafme temeraire,
On promet d'annoblir le Vainqueur & les fiens;
De remplir fa maifon de charges & de biens ;
Et pour les poffeder auecque confiance,
De luy donner du Roy la premiere alliance ?
  Eliab tout à coup, de ce noble difcours
Par vn foudain caprice interrompant le cours :
Quoy mon Frere, dit-il, eft-c'ainfi qu'à mon Pere
Tu rends fi loin de luy le fecours qu'il efpere ?
Eft-c'ainfi que ce Fils tendrement careffé,
Si peu dans fes ennuis paroift intereffé ?
As-tu pû fans regret & fans inquietude;
Abandonner fi toft ta chere folitude,
Et quitter , pour flatter ton cœur ambitieux,
Vn troupeau qu'autrefois tu tins fi precieux ?
Ie connoy ton humeur infolemment altiere,
Tu cherches vainement vne foible matiere,
A quelque faux honneur dans vne occafion
Qui te charge de honte & de confufion :
Quoy, veux-tu nous rauir ou partager la gloire,
D'vn combat dont la fin doit eftre ta victoire ?
Veux-tu pas nous defendre? Et n'es-tu pas venu
Pour faire triompher vn Berger inconnu ?
Tu crois que de ton bras la force eft neceffaire
Pour voir tôber l'orgueil de ce grand Aduerfaire,
Et que dans le combat nous manquerons fans toy
Pour l'intereft du Prince & de cœur & de foy ?

Que ta creáce est vaine, & qu'elle est mal fondée !
Quoy si nostre valeur de ton fer secondée
N'agit par ton exemple & ne suit tes efforts,
Il faudra nous resoudre à de honteuses morts ?
Mais encor, ô Dauid, cette foible pensée,
Peut-elle entretenir dans ton ame insensée,
Le desir d'emporter cet honneur tout entier,
Et de faire pour nous ce perilleux mestier ?
Croy-moy, va de ce pas reprendre ta Houlette ;
Va faire resonner de ta Lyre muette,
Et nos bois & nos champs dont les riches sillons
Ne sont pas comme icy couuerts de bataillons :
Ta taille, ta foiblesse & tes mains desarmées,
Te doiuent dispenser du peril des armées ;
Et tu peux temperer par de plus doux esbats
Cette indiscrette ardeur qui te porte aux combats.
    Quand Dauid méprisant ce reproche seuere,
Ie viens, dit-il, vous voir par l'ordre de mon Pere,
Il veut sçauoir par moy quelle est vostre santé ;
Et puis changeant de voix : Mais si i'auois tenté
De defendre auec vous mon Prince & ma Patrie,
Ma gloire en seroit-elle indignement flestrie ?
Dans le Camp de Saül ne m'est-il pas permis,
Et de faire & de voir perir nos ennemis ?
Faut-il qu'impunément vne bouche idolastre
Qui nous presche des Dieux d'or, de cuiure & de
Par vne impieté dont ie fremis d'horreur, [plastre,
Contre le Dieu du Ciel exerce sa fureur ?
Ie veux sans qu'on méprise & mõ âge & ma taille,
Faire voir que ie puis arrester la bataille,
Par vn coup de ma main qu'on verra sans danger
Repousser nostre iniure & seule la venger.
Ie sens par le dessein que ce grand Dieu m'inspire,
D'vn combat fauorable à l'honneur de l'Empire

C ij

Que ie dois reſtablir ſa gloire & ſon repos.
  A peine acheuoit-il ce genereux propos,
Qu'il ſe perd dans la foule,& ſoudain fait entédre
La belliqueuſe ardeur qui luy fait entreprendre
De changer d'Iſraël l'infortuné deſtin,
Et de voir à ſes pieds tomber le Philiſtin.
Quand Saül apprenant la nouuelle importante,
Fait venir le Berger dans ſa ſuperbe Tente,
Conſidere ſon port, & de ſes premiers ans
Void fleurir ſur ſon front l'agreable printemps.
  Tandis que la douleur, la crainte & le ſilence
A cette triſte Cour font ſouffrir violence,
Dauid qui s'apperçoit de cette émotion
D'vne voix aſſeurée : O grand Roy de Sion
Dit-il auec reſpect , excite ton courage,
Et pour voir eſtouffer & l'opprobre & la rage,
Dont tu crains ſans raiſon l'inſolente rigueur,
Rappelle ta conſtance & reprends ta vigueur.
Contre ce fier Geant permets moy de combatre;
C'eſt par ſon chef ſanglant que ie pretéds d'abatre
L'orgueil des Philiſtins qu'on verra ſur mes pas
Haſter leur vaine fuite, ou ſouffrir le treſpas.
  Mon fils, luy dit Saül, cette haute promeſſe
Qui meſpriſant l'eſſay d'vne foible ieuneſſe,
Eſt l'effort d'vn Heros ou d'vn fameux ſoldat,
Te defend d'accepter cet inégal combat ;
Cet homme dans la guerre a paſſé ſes années :
Par ſes nombreux exploits il compte ſes iournées ;
Il a trop de fierté pour ſignaler ton ſort,
Et fleſtrir ſon honneur par vne indigne mort.
Ie ne puis conſentir que ta beauté periſſe :
Que ſur toy le Geant ſa vengeance aſſouuiſſe :
Non, ie ne ſçaurois voir ſans pitié ny ſans deüil,
Tomber tes ieunes ans dans vn triſte cercueil ;

Il nous suffit de voir qu'vne haute aduanture,
Qui de tant de Heros feroit la sepulture,
D'vn Berger genereux ait embrasé le sein,
Et fait d'vn grand combat conecuoir le dessein.
Non, non tu ne dois pas flatter ton esperance
De haster de Sion l'heureuse deliurance;
Et par le vain desir d'vn coup audacieux,
Esteindre de tes iours l'esclat ambitieux.
    Grãd Roy, dit le Berger, ma force & mõ courage,
Ont tousiours deuancé la nature & mon âge :
Ie me souuiens encor, que quand sur vn coupeau
I'auois loin du bercail fait grimper mon troupeau;
Ou que par les destours d'vne route incertaine,
Ie m'estois esgaré dans vne vaste plaine :
Qu'vn Lion orgueilleux ou qu'vn Ours affamé,
M'emportoient le mouton plus tendrement aimé;
Auec plus de fierté hardy dans ma disgrace,
Ie me lançois soudain sur leur sanglante trace,
Et de mes seules mains pour haster leur trespas,
Les forçant d'arrester sur leurs rapides pas,
Malgré leurs vains efforts i'arrachois auec ioye,
De leurs auides dents cette sanglante proye;
Et quand pour me pousser dans vn mortel effroy,
Ils tentoient vainement de se ietter sur moy,
Ie serrois leurs gosiers d'vn effort indomptable,
Et les voyois tombant estouffer sur le sable.
Ma forte main qui fit perir ces animaux,
Auiourd'huy dans l'excez du dernier de nos maux,
Qu'elle aura le secours d'vne main plus puissante,
Peut-elle deuenir debile & languissante ?
Ce Dieu dont ie me sens fortemeut protegé,
Par moy seul veut venger son honneur outragé,
Et faisant choir l'appuy de la troupe ennemie,
Effacer d'Israël la honte & l'infamie.
                                    C iij

Que du fier Goliath la menaçante voix,
Se vante d'impoſer des chaiſnes & des loix;
Qu'il prepare les fers de noſtre ſeruitude:
Que pour aigrir nos maux & noſtre inquietude
Il preſche que ſon bras profane & criminel,
Doit fleſtrir noſtre hôneur d'vn opprobre eternel:
Ie veux faire ſçauoir à la future race,
Des Ennemis du Ciel l'infaillible diſgrace,
Et chanter le treſpas d'vn ton melodieux,
Du fier Adorateur de ces infames Dieux.
On verra de mon bras la force merueilleuſe,
Abbatre d'vn ſeul coup cette teſte orgueilleuſe:
Par vne meſme main, par vn ſemblable ſort,
Des Ours & des Lions il ſouffrira la mort.
    Il) ceſſe de parler; Et plein de confiance,
Dans l'eſpoir du combat bruſle d'impatience
D'attaquer l'ennemy que deſia dans ſon cœur
Il voit cheoir ſous l'effort de ſon glaiue vainqueur:
Deſia luit ſur ſon front l'ardeur victorieuſe,
Qui promet à leurs maux vne fin glorieuſe:
Deſia deſabuſez de la commune erreur,
Ils ont tous condamné leur ſtupide terreur:
Le Roy meſme s'eſueille; Et ſa ioye eſclattante
Conçoit de la bataille vne meilleure attente.
    Lors Saül raſſeuré, va tentes, luy dit-il,
Par le ſecours du Ciel cet illuſtre peril,
Qui par l'heureux ſuccez d'vne grande iournée,
Verra d'vn iuſte prix ta valeur couronnée.
Ainſi puiſſe-t'on voir ton bras victorieux,
Dans le ſuperbe éclat d'vn retour glorieux,
De poſer à nos pieds cette lame fatale
Au ſuperbe ennemy de ta terre natale:
Ainſi faſſes-tu voir au gré de l'Eternel,
Dans la felicité d'vn iour ſi ſolemnel,

Les Filles de Sion au milieu de la presse,
Publier dans leurs chants la commune allegresse.
  A ces mots, par son ordre on couure próptement
Le corps de ce Berger d'vn riche vestement ,
Tel qu'on met sur le Roy, quãd de próptes alarmes
Pour chasser l'ennemy le font courir aux armes :
On luy met sur la teste vn Heaume luisant ; ;
On le charge du fer d'vn Halecret pesant
On pend à son costé cette brillante espée,
Que du sang infidelle on voudroit voir trempée.
  Quand Dauid accablé du nouuel armement
Dont le poids inutile & le vain ornement
Surpassent d'vn Berger la taille & la fortune,
Ne sçauroit soustenir cette charge importune
Il tente de marcher ; mais ses efforts sont vains ;
Il a perdu l'vsage & des pieds & des mains ;
On croiroit, à le voir arresté sur la place
Que le sens l'abandonne & que son sang se glace.
  Dauid en ce rencontre immobile & perclus ,
Grand Roy, ces appareils sont, dit-il superflus ;
Les armes dont ie veux ayder mon impuissance,
Ont bien plus de verru que de magnificence ;
Les tiennes ne sçauroient seruir à ce combat :
Desia leur pesanteur m'incommode & m'abbat :
Cet esclat m'esbloüit, & leur vaine lumiere
Dissipe de mes yeux la force coustumiere.
  Il les quitte aussi-tost ; Et sans plus se charger,
Arme sa forte main d'vn baston de Berger :
Il marche d'vn pas graue où son destin le meine,
Quãd il void vn ruisseau qui coupant vne plaine,
Estenduë au milieu de deux fameux coupeaux,
Roule agreablement ses pacifiques eaux.
Il s'approche du bord ; Et non loin de son onde,
Préd cinq cailloux choisis pour armes de sa Frõde ;

Sa Fronde qui fera le fatal inſtrument
De la cheute du Monſtre, & de l'eſtonnement
Qui fera voir d'vn Câp ſans Chefs & ſans côduite,
La mortelle deſroute & la honteuſe fuite.

    Armé de cette ſorte, il ſe rend en ce lieu,
Où le fier ennemy de la grandeur de Dieu,
Se vante tranſporté d'vne fureur altiere,
De faire de Sion ledernier cimetiere :
Et mépriſant la foudre & le courroux des Cieux
Exalte ſa puiſſance & celle de ſes Dieux.

    Le Berger l'approchant ; Ta profane arrogance
A laſſé, luy dit-il, par ſon extrauagance,
L'indulgente bonté du grand Dieu d'Iſraël :
Il veut que par le ſort d'vn celebre duel
Ie decide auec toy la fameuſe querelle,
Du Philiſtin impie & du Peuple fidele,
Et que mon bras pouſſé par vn celeſte effort,
Rende deux Camps témoins de ta prochaine mort.

    Le Geant qui d'abord auec fierté mépriſe,
De ce hardi Berger la ſuperbe entrepriſe,
Ton viſage, dit-il, luit d'vn eſclat trop beau,
Pour le voir obſcurcir des ombres du tombeau :
Ce bel or dont on void briller ta cheuelure,
Te doit ſeul garantir de la mortelle iniure
Que ton Roy ſouffriroit ſi ſa laſche terreur,
Eſtoit vn digne obiet de ma iuſte fureur :
Cherche ailleurs à perir par la force ordinaire,
Et par les moindres coups d'vne main ſanguinaire,

    Le Berger indigné d'vn inſolent meſpris :
Luy fait voir ſon baſton : Et tout à coup ſurpris
D'vn dépit genereux : Ainſi qu'vn ieune Hercule
Contre le vieil Anthée ; il aduance ; il recule ;
Il l'obſerue, & le ſuit d'vn œil fier & hautain,
Pour le fraper d'vn coup plus proche & plus certain.

Goliath deteſtant dans ſa rage obſtinée ,
D'vn combat inégal l'indigne deſtinée :
Quoy d'vn baſton, dit-il , crois-tu foible mutin
Repouſſer les abords d'vn aboyant Maſtin ?
Ce Dieu que tu nous feins t'inſpirer le courage,
Peut-il te garantir de ce mortel orage ?
Sa forcç eſt impuiſſante & l'ayde de ſes mains
Eſt touſiours inutile ou funeſte aux Humains :
Malgré toute ſa foudre & toutes ſes tempeſtes ,
Dont on fait la terreur des criminelles teſtes,
I'ecraſeray la tienne, Et quand ſur le carreau
Ma haine m'aura fait deuenir ton bourreau ;
Ie veux pour aſſouuir ma genereuſe enuie,
Par vne lente mort faire durer ta vie :
Mais ſi ie ſuis contraint de la laiſſer finir
Pour voir paſſer ta honte aux ſiécles à venir.
Ie veux qu'auec horreur ton corps ſans ſepulture
Deuienne des corbeaux la ſanglante paſture :
Qu'Iſraël abattu ſoit du Camp Philiſtin
La ſuperbe conqueſte & le fameux butin :
Ie veux que ton treſpas dont la crainte te glace,
De ton ſang répandu faſſe rougir la place
Où tu viens auiourd'huy de ta temerité,
Signaler le ſupplice à la poſterité.
Ce Dieu veut par mon bras dâs ſa fureur extreme
Punir, dit le Berger, l'execrable blaſpheme
Dont tu viens d'outrager ſa gloire & ſa grandeur,
Mon courage enflammé d'vne plus noble ardeur,
Mépriſe de ton corps la force incomparable ;
Quoy par elle as-tu creu te rendre invulnerable
A l'infaillible coup d'vn Berger deſarmé,
Que ton barbare orgueil n'a iamais alarmé ?
Par l'ayde de ce Dieu dont le vengeur tonnerre
Fait craindre également dans le ſein de la terre ,

Ainſi que dans les Cieux ſon adorable nom,
Tu dois faire eſclatter le celebre renom,
Du vaillant Iſraël que ta foible manie
Croit voir impunément chargé d'ignominie :
Ta ſuperbe Salade, & ce fer orgueilleux
Dont tu viens de preſcher les effects merueilleux,
Attendent de te voir mourant tomber à terre,
Et par ton ſang profane eſteindre cette guerre :
Mais quand de ce grand Dieu le celebre bien-fait
Rendra par ton treſpas ſon Peuple ſatisfait :
Quand ſon honneur vangé par ta teſte coupée
Aura par ce grand coup ſignalé ton eſpée ;
Sion qui te verra dans les derniers abois,
Portera iuſqu'au Ciel & ſes yeux & ſa voix,
Des Philiſtins deffaits la funeſte aſſemblée,
Tout à coup laſchement par ta cheute accablée
Se verra diſſiper ſans auoir eſuité,
Ny ſa mort ny les fers de ſa captiuité.
Ie voy deſia rougir cette fameuſe Plaine :
Et pour faire durer & leur honte & leur peine,
Apres tant d'infamie & de nombreuſes morts,
Ie voy des Philiſtins abandonner les corps,
A l'auide fureur des beſtes carnaſſieres,
Qui d'abord occupant ces vaſtes cimetieres,
Sans ſe pouuoir remplir feront part à leur tour
De leur ſanglante proye à l'affamé vautour.
  A ces mots, du Geant la rage impetueuſe
Excitant de ſon corps la maſſe monſtrueuſe,
Tente de ſe ietter ſur le ruſé Berger,
Qui d'abord ſans frayeur, pour ne pas s'engager
Dans ces puiſſantes mains, ſe deſtourne en arriere :
Et puis ſans ſe baiſſer prend de ſa Pannetiere
Le caillou dont ſoudain il charge adroitement
De la mort du Geant le fatal inſtrument ;

Il s'aduance ; Et meslant à sa ruse subtile,
Les tours d'vne souplesse à son dessein vtile,
Obserue sa demarche & suit iudicieux
L'estourdy Goliath, & des pieds & des yeux.

Le Berger qui le void s'arrester sur la place,
Et pousser contre luy sa derniere menace,
Prend d'abord sa mesure ; Er sans estonnement
Regarde le peril de ce fatal moment ,
Quand bien-tost d'vne force à nulle autre seconde,
Il pousse heureusement la pierre de sa Fronde :
Et vengeant d'Israël l'insupportable affront
Perce de ce Geant le dur & vaste front.
On void que de ce coup la blessure mortelle ,
D'où le barbare sang à gros boüillons ruisselle,
Fait trembler le Colosse & chanceller ses pas ;
Et soudain, va, dit-il, raconter ton trespas,
Va chanter tes beaux faits aux ames criminelles
Qui souffrent les ardeurs des flammes eternelles,
Dis-leur que tu trounas ta perte au mesme lieu,
Où tu vins deffier le peuple aimé de Dieu.

Cependant Goliath sans force & sans courage,
Dans les derniers abois de sa derniere rage,
Qui deteste le Ciel & qui maudit son sort,
Apres auoir cent fois lutté contre la mort,
Mais tousiours foiblement, à la fin tombe à terre,
Comme vn Pin, quand apres vn horrible tonnerre,
Et de contraires vents l'impetueux combat,
La foudre tout à coup le renuerse & l'abbat.
On void auecque bruit cette tremblante masse ,
Couurir du champ voisin vn admirable espace :
On void rougir autour de ce corps estendu
Le sang de toutes parts largement espandu.

Aussi-tost d'vn costé la rage & la detresse ;
De l'autre les transports d'vne sainte allegresse ;

Icy les chants ioyeux,Là les gemissemens
Partagent des deux Camps les diuers mouuemens.
Le Vainqueur animé d'vne nouuelle audace
S'approche , & lors qu'il void estendu sur la place
Ce superbe ennemy qui semble n'auoir pas
Encor cedé du tout aux horreurs du trespas,
Considere son coup qui fracasse & qui mesle,
Le Crane ,le caillou,le sang & la ceruelle,
Et pour haster sa mort arrache impunément
Ce glaiue des Hebreux le vain estonnement.
  Il faut,dit-il, il faut qu'auec ta propre lame,
Ie chasse de ton corps les restes de ton ame :
Fortifie, ô grand Dieu ! mon courage & ma main:
Et puis poussant son bras d'vn effort plus qu'hu-
Separe d'vn seul coup la teste redoutable, [main,
Du long & vaste corps du Monstre espouuentable
Qui seul faisoit le bon & le mauuais destin
Et du Camp d'Israël & du Camp Philistin.
Le Berger plein de ioye & d'vne sainte gloire,
Voicy, dit-il, voicy le prix de ma victoire,[ueux:
Monstrant le chef sanglant qu'il tient par les che-
Mais c'est trop discourir, allons rendre nos vœux,
Et porter cette offrade au Grãd Dieu des batailles;
Sans luy Sion verroit abattre ses murailles ;
Et sans luy d'vn Tyran le detestable orgueil,
Eust changé ce triomphe en vn triste cercueil.
  Desia des Philistins la soudaine deffaite
Dont Israël a veu sa haine satisfaite,
Faisoit de toutes parts courir ces estourdis :
Et desia les Hebreux deuenus plus hardis
Apres le prompt retour d'vne heureuse poursuite,
Dont ils auoient pressé leur terreur & leur fuite,
Lassez d'auoir hasté d'innombrables trespas ,
Vainqueurs & triõphans reuenoient sur leurs pas,

Pour celebrer du iour la memorable feste
Qui doit eternifer la fameufe conquefte
D'vn renommé Berger qui fut leur Protecteur,
Et du falut commun l'incomparable Auteur.

En ce moment le Roy qui feul pour fon partage
Semble auoir eu du Ciel la gloire & l'aduantage.
Du combat fortuné de ce nouueau Vainqueur,
Senfiblement touché dans le profond du cœur.

Mon cher Abner, dit-il, puis qu'il faut que ma
Par vn illuftre Hymen honnore la famille, ⌉ file
D'vn Gendre dont le nom n'eft pas encot connu:
Puis qu'il faut qu'vn Berger, ie ne fçay d'où venu,
Pour auoir d'Ifraël vengé l'indigne offence,
Trouue dans ma maifon le prix de ma defenfe:
Abner, fi tu le fçais, dis-moy quel eft fon rang?
De quels parens tient-il la naiffance & le fang?
Dis-moy de quels Ayeux il tire fa nobleffe?
Ie voy que fon habit m'importune & me bleffe;
Mais fon port, mais fon front doux & majeftueux,
Ces fignes apparens des hommes vertueux,
Font voir que fa valeur par luy feul fouftenuë,
Ne fçauroit furpaffer fa naiffance inconnuë.

Grand Prince, dit Abner, fi ma fincerité
N'a iamais lafchement trahi la verité:
Si dans tous tes confeils i'ay parlé fans contrainte
Et fans ces bas motifs d'intereft & de crainte;
Si i'en prends à témoins & la terre & les cieux:
Ie iure par l'afpect des venerables yeux
De qui l'efloignement feroit feul ma difgrace,
Que i'ignore fon nom, fa patrie & fa race:
Il eft vray que ie fçay que fa rare vertu
Qui vient de triompher du Geant abattu,
Attend pour iufte prix de ta reconnoiffance;
Sans iamais s'efloigner de fon obeiffance,

L'honneur du grand Hymen promis à sa valeur
Par qui Solyme a veu deſtourner ſon malheur.
Apres ces mots, il ſort de la Royale tente,
Pour receuoir Dauid qui s'ennuye en l'attente
De ſaliier ſon Prince, & de faire ſçauoir
Que d'vn coup que n'a pû ny parer ny preuoir
L'infortuné Geant par ſa triſte aduanture,
De tous les Philiſtins a fait la ſepulture.
On le void tout à coup prés du Prince introduit
Par le ſoin genereux d'Abner qui le conduit,
Il porte dans ſa main cette teſte ſuperbe
Dont on a veu le corps precipité ſur l'herbe.
  Lors abordant Saül dans ce haut appareil;
Dans ce pompeux eſtat qui n'a rien de pareil;
Sans paroiſtre eſbloüy de l'eſclat d'vne gloire
Que luy vient d'acquerir ſa recente victoire.
  T'óbant ſur ſes genoux, ô le plus grand des Rois!
L'Oingt du Seigneur, dit-il d'vne agreable voix;
Puis qu'il veut que tu ſois ſa plus viſible image,
Permets à ce Berger de te rendre l'hommage
Qu'il doit à ta vertu qui ſeule a merité
De la faueur du Ciel noſtre proſperité :
Puis que c'eſt par ton ordre & par la ſainte flâme,
Dont l'ardeur embraza mon courage & mon ame;
Qu'au milieu de ta Cour & de tant de Guerriers,
Qu'on a veu tant de fois couronnez de lauriers;
Ta bonté m'a permis de venger ton outrage.
Et de faire vn eſſay digne de mon courage :
Ie t'offre auec reſpect ce precieux butin,
Que ie viens d'emporter ſur vn Peuple mutin,
Qui dónoit au ſeul bruit de ſes nombreuſes armes
A ton camp effrayé tant de triſtes alarmes.
Que maintenant il preſche, & ſes rfaits valeureux,
Et du dernier combat le ſuccez malheureux;

Qu'il deffie Ifraël; Que fa fureur fe vante
D'auoir luy feul donné la mortelle épouuante,
Dont n'agueres Sion conceut aueuglement
La foudaine rigueur d'vn trifte tremblement,
Qu'il faffe triompher fa barbare Patrie,
Et ceder noftre culte à fon Idolaftrie :
Qu'il expofe aux Autels de fes profanes Dieux,
De ma tefte fanglante vn prefent odieux :
Il a mordu la terre : Et fa cheute funefte
A fait auecque luy perir le dernier refte
Des lafches ennemis de la fainte Cité
Qui te doit fon repos & fa felicité.
Reçoy, grand Roy, reçoy la magnifique offrande,
Qu'il faut, & que ma main & que mó cœur te réde :
Ce glaiue de leurs maux le honteux monument,
Et de noftre repos le celebre inftrument,
Doit feruir confacré dans vn augufte Temple
A leur temerité de reproche & d'exemple ;
C'eft à toy de l'offrir au Dieu de qui tu tiens,
Le bonheur de ton Sceptre & le falut des tiens :
Tu luy dois ce prefent dont l'afpect effroyable
Imprime dans nos cœurs vne horreur agreable.
    O Berger, dit le Roy, qui parois à mes yeux
Efgalement chery de la terre & des Cieux ;
Ie ne puis t'exprimer l'inconceuable ioye
Que me donne l'obiet de la fanglante proye
A qui ie dois mon Sceptre & ton heureux retour :
Mais parce que tu fçais qu'en vn celebre iour
Qui vient de fignaler ton nom & ton courage,
La victoire n'eft pas ny l'effort ny l'ouurage
Des impuiffantes mains de quelqu'vn des Mortels,
Allons, mon Fils, allons embraffer les Autels ;
Et portant dans le cœur noftre reconnoiffance,
Chantons de l'Eternel l'adorable puiffance,

Qui seule par ton bras à tes pieds a soumis
La teste du plus fier de tous nos Ennemis.
Mais puis que ton merite, & que ma foy constante,
Doiuent porter si haut ta fortune éclattante ;
Fay nous sçauoir ton nõ : Dis-nous de quels parens
Le Ciel nous a fait naistre vn dõpteur de Tyrans ?

    Le Berger obligé de declarer sa race ;
Grand Prince d'Israël, dit-il de bonne grace,
Bethléem que tu sçais n'estre pas sans renom ,
Est ma douce Patrie , & DAVID est mon nom ,
Et puis que ta bonté veut prendre connoissance
Du Pere à qui ie dois le iour & la naissance,
On l'appelle Iessé de qui les saints Ayeux
Ont autrefois esté les delices des Cieux.

    Apres ces mots Saül & sa troupe fidelle,
Pour faire voir sa ioye & l'ardeur de son zele,
Va chanter dans le Tẽple & de bouche & de cœur
Les loüäges de Dieu leur maistre & leur vainqueur.

DAVID.

DAVID.

LIVRE SECOND.

ANDIS que le Berger d'vne audace dif-
    crette
Defcouure la fplendeur de fa race fecrette :
Qu'il fait fçauoir fon nom à ce Roy curieux :
Ionathas qui l'obferue & du cœur & des yeux,
Se fent touché d'abord, & conçoit dans fon ame,
D'vne tendre amitié la genereufe ffamme
Dont l'ardeur ne ceffa, tant leur deftin fut beau,
Qu'à la mortelle horreur des glaces du tombeau :
A l'ame de Dauid fon ame eftoit collée :
Et leur fincere foy non iamais violée,
Eftreignit fortement, comme ils s'eftoient promis,
L'indiffoluble nœud de ces rares amis.
 Ionathas qui ne peut de ce Heros infigne,
Voir qu'auec déplaifir le veftement indigne ;

D ij

Pour adoucir sa honte & parer ce Guerrier,
Quitte aux yeux de la Cour son precieux baudrier,
Sa brillante casaque & sa fameuse espée
Au salut d'Israël tant de fois occupée,
Il l'a donne à Dauid qui sans estonnement,
Reçoit du Fils du Roy ce superbe ornement :
Il marche en cet estat plus digne de la gloire
Et de la majesté d'vne saincte victoire,
Qui changeant sa fortune & sa condition,
Asseura le repos & l'honneur de Sion.
Ionathas admirant ce genereux courage, [trage,
Void desia dans son cœur, que sans luy faire ou-
Cet Espoux qu'on destine à sa Royale sœur
Doit estre de Saül l'aymable successeur :
Qu'auec honneur monté sur ce faiste sublime,
Il deuiendra le maistre & l'appuy de Solyme;
Et pour autoriser par les communes voix
De son affection le noble & digne choix,
Dans des ardens transports de ioye & de tendresse,
Vante de son amy la belliqueuse adresse :
Par l'estime & le prix qu'il luy dône en tous lieux,
Sur ce ieune Heros il fait tourner les yeux :
Il leur dit que malgré la fureur ennemie,
La grandeur d'Israël par son glaiue affermie,
Embrassant l'Vniuers de l'vn à l'autre bout,
Establira la sienne & fera voir par tout
La gloire de son nom par cent bouches semée,
Du ciel & de la terre également aymée.
    Tandis que Ionathas par ces nobles discours,
Dont il voit que Dauid tire vn puissant secours,
Exalte, tant l'hôneur aux grâds cœurs est sensible!
De ce fameux Berger le courage inuincible :
Saül qui considere & sa mine & son port,
Qui n'a rien de semblable à cet iniuste sort,

Qui n'agueres cachoit sa gloire & sa naissance :
Pour faire voir l'estime & la reconnoissance
Qu'il a pour la grandeur de ce nouueau bien-fait,
Dont malgré son enuie il se sent satisfait,
Le retient dans sa Cour , & de sa bienveillance
Fait semblant d'honorer cette haute vaillance :
Luy donne tous les iours de superbes emplois,
Qu'il souftient dignement par de fameux exploits.
Des chansons des Enfans, des Femmes & des Filles
Qui composent la fleur des plus nobles Familles ;
Le celebre Dauid est l'vnique sujet,
Et de leur chaste amour le cher & digne obiet.
Tout cede à son merite ; Et pour prix legitime,
Il gagne de la Cour la faueur & l'estime :
On publie en tous lieux qu'on doit à sa vertu,
L'orgueil du Philistin à ses pieds abattu.
On dit que de son bras la force incomparable,
Arresta d'Israël la perte irreparable ;
Qu'il pressa les fuyards ; Que dans la foule on vid
Saül en tuër mille & dix mille Dauid :
On dit bien quelle Prince à ces troupes treblantes
A fait sentir ses coups par mille morts sanglantes ;
Mais les concerts publics des Lyres & des voix ,
Chantent que le Berger le surpasse dix fois ;
Qu'il faut qu'à sa valeur on esleue vn trophée ;
Que sans elle Sion gemiroit estouffée
Sous le funeste poids de sa calamité ;
Que d'vn Royal Hymen son prix est limité,
Et que de ce Guerrier la teste fortunée
De Myrthe & de Lauriers doit estre couronnée,
   Saül qui void par tout auec estonnement
Chanter de ce combat l'heureux éuenements.
Qui void que du Berger la lumiere naissante ,
Efface de ses iours la clarté languissante ,

Et que de ce bienfait l'eternel souuenir
Fera paſſer ſa honte aux Siecles à venir.
    Quoy, dit-il agité d'vne ialouſe enuie,
Qui du ſang de Dauid voudroit eſtre aſſouuie,
Faut-il que ce Paſteur ? Faut-il que cet Enfant
Luy ſeul ſoit dans Sion ſuperbe & triomphant ?
Faut-il que ſon bon-heur & ſon indigne gloire
Fleſtriſſe de mes faits la celebre memoire ?
Quoy ſans le partager doit-on à ce bienfait
Solyme deliurée & l'ennemy defait ?
Faut-il pour augmenter l'éclat qui l'enuironne
Que ie quitte mon ſceptre, & cede ma Couronne
Aux vœux anticipez de cet ambitieux,
Hardy par le ſüccez d'vn coup audacieux ?
Que l'inſolent orgueil d'vne iniuſte fortune
Me rende l'argument de la Fable commune ?
Que des concerts publics les chants miraculeux
Affectent d'exalter ſes exploits fabuleux ?
Faut-il que par ſa Fronde & par vn coup d'eſpée,
L'indigne poſſeſſeur de ma gloire vſurpée
Me chaſſe de mon Throſne, & qu'il n'attende pas
Pour regner ſeurement, ma cheute & mon treſpas ?
Dois-ie par ma foibleſſe & par mon imprudence
Haſter de mes vieux ans la triſte decadence ?
Dois-ie par vn malheur que i'auray merité
Faire cette bleſſure à mon autorité ?
Ie veux ſans qu'elle cede & qu'elle ſe retienne,
Sans qu'vn nouueau bôheur le flatte & l'étretienne
Du vain eſpoir du ſceptre & du gouuernement,
Ou que la force ouuerte ou que l'eſloignement,
L'expoſant ſans retour dans le peril des armes,
Puis qu'ã dit qu'il y trouue & ſa gloire & ſes char-
Deſtourne de ma veuë vn ſi faſcheux obiet: [mes,
Il faut que ie commande & qu'il viue en Subiet,

Qu'il sçache que ie regne & que ie suis son Maistre?
Et puis que sans respect dans son cœur i'ay veu.
Le mépris qu'il a fait de son Roy depité. [naistre.
On verra, mais bien-tost, qu'il s'est precipité
Dans vn peril qui fit sa cheute & sa disgrace,
Et qu'au premier esclat de son obscure race
La fierté qui le rend si peu respectueux
A creusé le tombeau de ce presomptueux.
Dans le ressentiment d'vne iniure soufferte,
Il ne m'est plus permis de differer sa perte ;
Il faut que par le droit d'vn pouuoir absolu
I'acheue son malheur, puis qu'il est resolu.

Il se tait; Et soudain nourrissant de sa haine,
Dans vn perfide cœur la rigueur inhumaine,
Ennemy de Dauid le regarde d'vn œil,
Qui se plaist dans l'horreur du sang & du cercueil.
Mais bien-tost transporté de cette resuerie,
Qui trouble sa raison & la change en furie,
Il souffre du Demon les horribles efforts,
Qui deschirent son ame & bourrellent son corps.

Quand Dauid reprenant dans vn lieu solitaire,
Au Monarque affligé sa Lyre salutaire ;
La touche auec adresse, & par des tons diuers.
Adoucit ou repousse vn ennemy peruers :
Dans ce soulagement qui suspend sa torture,
Saül changeant soudain de face & de posture,
Pour faire reüssir vn crime medité,
Marche droit à Dauid d'vn pas precipité ;
Et dans ce prompt abord pousse auec violence,
D'vn homicide bras la pointe de sa lance :
Tente de le frapper, mais inutilement,
Le Ciel qui void Saül dans cet aueuglement,
Sur le point d'assouuir son infidelle haine,
Par vn coup destourné rend son attente vaine.

Il le redouble encore, & d'vn dernier effort
Veut porter dans son sein vne infaillible mort:
Quand le souple Dauid par vne heureuse adresse,
Derobe la mesure à ce Roy qui le presse ;
Puis sortant de la Cour pour se voir sans peril ,
Medite le dessein d'vn volontaire exil.

   Mais Saül qui connoist que le secours celeste
A repoussé le coup de sa rage funeste :
Que Dauid a gagné la tendre affection
Du grand Dieu qui l'a mis sous sa protection ;
Par vn feint repentir suspendant sa colere,
L'appelle; Et deposant son visage seuere,
Pour flatter de Dauid le mescontentement ,
Luy donne la conduite & le commandement
De ces braues Soldats dont l'audace guerriere,
A fait voir sa valeur sans borne & sans barriere.
Par cette recompense esloignant de ses yeux
A son ingratitude vn obiet odieux.
Il conçoit dans son ame vne maligne ioye
D'auoir au Philistin preparé cette proye ;
Et d'engager Dauid dont il croit se venger
Par vn employ d'honneur, dans vn mortel danger.

   Cependant du vainqueur l'adresse & la conduite
Qui donne si souuent l'épouuente & la fuite,
Au superbe ennemy de la sainte Cité ,
Qui luy doit son honneur & sa felicité :
Fait par tout des amis, & par sa complaisance,
Par ses charmans abords & par cette presence
Qu'on ne void exiger ny respect ny deuoir,
Sur vn cœur magnanime exerce son pouuoir.
Le Soldat qu'il cherit , que sans feinte il caresse,
Aux soins de son salut s'attache & s'interesse ;
Il le meine au combat dont il reuient heureux,
Et chargé de l'honneur & du prix genereux

                                D'auoir

D'auoir par le secours d'vn si grand Capitaine
Du hardi Philistin dompté l'humeur hautaine.
   D'vn si constant bon-heur Saül impatient,
Et rempli d'vn soupçon ialoux & deffiant,
Pour feindre adroittement qu'vne estime sincere,
Luy donne pour Dauid la tendresse de Pere.
   Mon Fils, i'ay resolu, luy dit-il en secret,
Apres m'auoir paru si sage & si discret,
De te donner Merob ma chere & digne aisnée,
Qui par le sacré vœu d'vn auguste Hymenée
Me doit donner vn gendre à qui seul i'ay remis
Malgré les vains efforts de tous nos ennemis
Le soin de me venger, & par son cimeterre
D'acheuer promptement cette sanglante guerre,
Haste toy de partir, & va dans ce moment
Creuser des Philistins le dernier monument:
Il faut que ta valeur soit tousiours occupée
A rougir de leur sang ta belliqueuse espée;
Quand on cesse de vaincre, on n'a iamais vaincu:
Fay leur voir que tandis que Dauid a vescu,
Ils n'ont iamais donné que de vaines alarmes,
Ny porté contre nous leurs impuissantes armes,
Sans ceder au bon-heur de tes rares exploits;
Sans perir sous ton glaiue & ployer sous nos loix.
Asseuré du triomphe, & dans la confiance
Que te donne du Roy la superbe alliance,
Pour voir, & ton honneur, & le mien affermy,
En quelque lieu qu'il soit cherche mon ennemy.
Va luy faire sentir la force de ton glaiue;
Il faut que sa deffaite à ton retour t'esleue
A ce degré de gloire où les yeux de ma Cour,
Te verront posseder les fruits d'vn saint amour.
Il me tarde & i'attends que vainqueur tu reuiénes;
Que Sion soit instruite & que tu te souuiennes

E

Quand tu luy feras voir le Philistin soumis,
Que ie ne manque pas à ce que i'ay promis.
　Il vaut mieux, dit Saül dans son cœur infidelle,
Qu'il meure soustenant vne iuste querelle, [main,
Que d'vn coup qui n'eust rien de noble ny d'hu-
Le voir cheoir par mõ ordre, ou perir de ma main.
　Dauid du Roy ialoux ignorant la malice,
Qui sous les faux appas d'vne sainte milice,
Le veut auec honneur bannir de son aspect :
　Quel soudaiu changement, dit-il, auec respect?
Quelle haute vertu? quel superbe lignage ?
Quel merite si grand & si rare en mon aage ?
Mais plustost, ô grand Roy, quelle temerité
Pourroit dans le soupçon de mon obscurité,
Si loin de ma fortune & de toute apparance,
Sur vn si grand Hymen fonder mon esperance?
Puis-je, sans me charger de honte & de mespris,
Croire que le succez d'vn combat entrepris,
M'ait iustement acquis le bon-heur de te plaire,
Iusques là que d'attendre vn si digne salaire?
Vn don si precieux de ta rare bonté ?
Par qui seule ie voy mon espoir surmonté :
Mais encore, ô Saül, Dauid doit-il pretendre,
Parmy tant de Heros de deuenir ton gendre ?
Quoy, peut il presumer que la Fille du Roy,
Promette à son suiet son amour & sa foy.
　Ainsi parloit Dauid : Ainsi sa modestie
Par la soumission de cette repartie,
Eust peu flechir Saül si dans ce cœur ialoux,
L'amour eust inspiré des sentimens plus doux,
Mais ô lasche dessein ! ce Monarque parjure,
Mesprisant sa parole & la sensible injure,
Que faisoit à Dauid cette infidelité;
Aux yeux émerueillez de toute la Cité,

Sans honte & sans hôneur dans ce iour memorable,
Qu'aux nopces du Berger on a creu fauorable,
Fait celles d'Hadriel qui de luy plus cheri,
De l'illustre Merob fut l'indigne mari,
Qui fit fausser la foy publiquement iurée,
Et pour prix du combat par luy-mesme asseurée,
A ce fameux vainqueur du Monstre furieux :
  Mais des-ia ce vainqueur auoit porté ses yeux,
Sur la sage Michol cette Fille discrette,
Qui brusloit doucement de la flamme secrette
D'vn legitime amour dont les mesmes attraits,
Au cœur de son Amant faisoit sentir leurs traits.
De l'Hymen de Merob l'esperance perduë,
Et d'vne Aisnée en vain si long-temps attenduë,
L'iniuste nom d'Espoux à son Riual promis,
Dans l'ame de Dauid d'vn changement permis,
Pour cette aymable Sœur forme la noble enuie :
Ils confondent ensêble, & leurs cœurs, & leur vie,
Et iurent par la foy d'vn legitime vœu,
De n'esteindre iamais leur reciproque feu.
  Saül auec plaisir apprend cette nouuelle,
Et ie confens qu'il prenne vne femme infidelle,
Et que son bras, dit-il, soit l'vnique instrumens,
Qui doit de son Espoux haster le monument,
Ce sera par son ayde à mes desseins prospere
Qu'on la verra venger l'offence de son Pere ;
Et liurer au pouuoir du traistre Philistin,
Vn Berger qui se croit maistre de leur Destin :
Tel estoit son dessein, quand soudain il commande,
De luy faire sçauoir que sa iuste demande,
Est agreable au Roy qui d'vn cœur genereux,
Donne sa foy pour gage & le veut rendre heureux.
  Dauid, dir-on, le Roy charmé de tes prouësses,
En toy seul cherche vn gendre & non pas des ri-
  chesses;   E ij

Il sçait que ta valeur & ton ambition,
Surpassent ta fortune & ta condition:
Il assigne à Michol pour illustre appanage,
De tous ses ennemis l'infaillible carnage :
Il veut que pour venger son honneur offencé;
Par l'insolent mespris de ce peuple incensé,
Tu fasses triompher ses armes & sa gloire,
Qu'on te voye honnoré d'vne prompte victoire :
Il faut que defferant à cet ordre precis,
Par l'opprobre eternel de ces incirconcis,
Tu portes auec ioye aux pieds de ce Monarque,
De leur triste deffaite vne honteuse marque:
Ainsi tu te rendras à ton bon-heur esgal ;
Et digne de l'honneur de ton lict coniugal :
Ainsi cette beauté si cherement acquise :
Ainsi par ce triomphe vne Espouze conquise,
Te rendra possesseur de ce noble bien-fait,
Achepté par le sang de l'ennemy deffait.

Par ce flatteur discours & par ce feint office,
Saül m'estant la rage à son lasche artifice,
Faisoit solliciter cét Amant valeureux,
Qui pressé tout à coup d'vn desir genereux,
De posseder Michol dont la ioye imparfaite,
Attend des Philistins la prochaine deffaite
Va liurer le combat à de fiers ennemis,
Qui bien-tost par son glaiue à leur deuoir remis,
Hastent par leur trepas la fameuse iournée,
Qui fit voir de Dauid le celebre Hymenée.
Ce superbe vainqueur à son heureux retour,
Remplit d'estonnement & Saül & sa Cour :
Ce Monarque cachant sa haine & sa manie,
Fait preparer la pompe & la ceremonie,
Des nopces & du iour dont les plaisirs charmans,
Accomplissent les vœux de ces chastes Amans,

Cette feste attenduë, & la resiouyssance,
Qui fit voir d'vn grand Roy la splendide puissance,
S'acheue auec honneur dans ces augustes lieux,
Où l'or fait esclatter des lambris precieux:
Où le luxe, prodigue & sans mesure estale,
Des crimes des Humains la matiere fatale,
Et pour charmer les yeux fait paroistre au dehors,
De ce riche Palais les superbes thresors,
Là le brillant rubis auec orgueil efface
Des Astres de la nuict la lumineuse face,
Par l'esclat precieux de son feu nompareil,
Qui semble faire voir des taches au Soleil.
La charmante lueur de tant de pierreries,
Esclaire de leur iour de vastes galeries
Où le frequent concours de tant de Spectateurs,
Fait tant de curieux & tant d'admirateurs:
Ainsi se consomma cet Hymen magnifique;
Ainsi Sion deuint heureuse & pacifique
Par le dernier combat de ce vaillant Espoux,
Qui ne peut d'vn Beau-pere adoucir le courroux.
  Michol par son Dauid saintement possedée,
Fait voir auec enuie au Prince de Iudée,
Que dans deux nobles cœurs vne tendre amitié
Vnit estroitement l'vne & l'autre moitié.
De Saül indigné l'implacable courage
Qui ne peut, ny flechir, ny deposer sa rage,
Prepare la ruine, & nourrit dans son sein,
De la mort de Dauid le barbare dessein:
Il hait de ces Amans la sainte intelligence
Qui s'oppose au desir d'vne iniuste vengeance,
Et destruit son espoir & sa credulité,
D'inspirer à sa fille vne infidelité:
Alors le feu caché d'vne ialouse enuie,
Dont le temps n'a peu voir la fureur assouuie,

E iij

S'allume dans son cœur, & de iour & de nuict
Sans plus l'abandonner iusqu'au tombeau le suit.
De ce Gendre fameux le nom & la fortune,
Dont le trop grand eclat l'offence & l'importune,
Irritent sa colere & luy font conceuoir,
Vn desdain affecté qui blesse le deuoir:
Il croit qu'enflé du vent d'vne haute entreprise,
Ce Berger orgueilleux le hait & le mesprise:
Il se plaint que des-ja des plus grands de sa Cour,
Il a gaigné l'estime & merité l'amour:
Qu'il faut le preuenir; Et pour rompre la brigue
Qui croist par le progrez d'vne puissante ligue,
Qu'il faut faire perir son temeraire auteur,
Qui se dit des Mutins le iuste protecteur.
Cependant de Dauid la guerriere science,
Et dans tous ses perils la iuste deffiance
S'augmente auec son aage, & fait voir en tout lieu
Qu'il a pour luy le Ciel & le secours de Dieu.
Lors que des Philistins la fureur rallumée,
Fait voir sur la frontiere vne infidelle armée;
Qu'il doit rendre le calme a des temps orageux
Et faire de Soldats adroits & courageux,
Pour tenter les perils, vne troupe d'eslite,
Il espargne auec soin le sang Israëlite,
Il les meine aux combats, & comme vn Potentat,
Il fait ceder sa gloire au salut de l'Estat,
Ainsi du grand Dauid l'admirable prudence
Gaigne de tous les cœurs la tendre confidence;
Ainsi de ses hauts faits le celebre renom,
En cent diuers clymats fait reuerer son nom.
Quand tout à coup Saül cet indigne Beau-pere,
Dans la peur qui le presse & qui le desespere,
Appelle Ionathas; Et d'vn ton inhumain,
Va tremper, luy dit-il, ta valeureuse main;

Dans le sang de Dauid dont ie brusle d'enuie,
De voir bien-tost esteindre & l'orgueil & la vie,
Mon honneur par le tien se trouue interessé
De perdre ce mutin que i'ay trop caressé;
Et qui veut sans respect & sans obeissance,
Partager de l'Estat la supreme puissance,
Fay perir ce meschant : Va donc & te souuiens
Que ie veux que ce iour soit le dernier des siens:
Sçache qu'auec raison ma vengeance s'appreste,
De voir cheoir à mes pieds cette orgueilleuse teste.
Quand vn Pere commande vn fils doit obeir ;
Dauid ne t'ayme plus & tu le dois hayr,
Ie ne puis plus souffrir que ce traistre respire ;
Qu'il veüille me rauir & la vie & l'Empire :
Puis que le droit du Sceptre est par luy violé,
A l'exemple public il doit estre immolé;
Et mon ressentiment veut par le prompt supplice,
Qu'il attend de ton glaiue, estouffer sa malice.
　Ce magnanime Fils frappé soudainement,
De la secrette horreur d'vn triste estonnement,
Loin de faire perir par sa superbe lame,
Vn amy qui possede & son cœur & son ame
Va consoler Dauid saisi d'vn iuste effroy,
Par vn presentiment de la fureur du Roy.
　Prends garde, luy dit-il, & sçache que mon pere,
Dont le temps & la fuite esteindront la colere,
Sollicite la foy de tous ses seruiteurs,
Pour estre de ta mort les funestes auteurs;
Cherche loin de ces lieux vne obscure retraite;
Et si ie vois ta vie à son courroux soustraite,
Ie pourray sans peril deffendre vn Innocent.
Et soustenir la cause & le droit d'vn absent,
Ie flatteray Saül; Ie le suiuray sans cesse:
I'obserueray ses pas; & d'vne heureuse adresse,

E iiij

Defcouurant fon fecret ie te feray fçauoir,
Le plus caché deffein qu'il pourra conceuoir.

Fuy loin de cette Cour & d'vne ingrate terre,
Où ton Prince te fait vne fanglante guerre
Trompe tes ennemis ; Et fans plus t'engager,
Dans vn peril certain laiffe moy mefnager
Cet efprit déffiant; Laiffe moy la conduite
Des foins & du fuccez de cette prompte fuite,
Qui doit te faire voir que des Roys mefcontens,
La haine s'adoucit par la fuite des temps.

Dauid fuit ce confeil auffi preffant que fage,
Et du Prince indigné fuit bien-toft le vifage,
Abandonne la Cour, & d'vn foin concerté,
Dans des lieux inconnus cherche fa liberté,
Cependant Ionathas dont l'ame genereufe,
Ne voit qu'auec regret la vertu mal heureufe,
Au retour de Dauid trauaille vtilement
Et pour guerir du Roy le trifte aueuglement.

Mon Pere, luy dit-il, veux tu rendre eternelle
D'vn implacable cœur la haine criminelle ?
Quand veux tu laiffer viure vn illuftre affligé
A qui de fon Salut l'Eftat eft obligé ?
Quand veux tu que la fin d'vne injufte pourfuite
D'vn innocent profcript ne preffe plus la fuite ?
N'as tu pas du dégouft ? N'as tu pas du mefpris,
Pour des bien-faits qui font & fans nôbre & fans
As-tu déja perdu la recente memoire   [prix?
De ce combat celebre, & de cette victoire
Qui n'aguere a fait voir par vn Chef abattu,
Qu'il eft vray que tu dois ton Sceptre à fa vertu ?
Souuiens-toy que pour lors dans la cômune ioye,
Qu'excita dans nos cœurs la memorable proye
Qu'il vint auec refpect porter à tes genoux,
On te vid plus content & plus heureux que nous,

Veux-tu fur ce Vainqueur exercer ta puiſſance?
Contre l'ordre du Ciel opprimer l'Innocence ?
Quoy veux-tu qu'il periſſe, & qu'il trouue ſa fin
Sous le glaiue ſanglant d'vn perfide Aſſaſſin ?
Deſtourne de nos yeux la cruelle injuſtice,
Dont tu veux ſans honneur que le bruit retentiſſe,
Par tout où les mortels offriront de l'Enſens
A ce Dieu dont le bras venge les Innocens
Laiſſe viure Dauid; Et ſi dans ta colere,
Tu t'es perſuadé qu'il a peu te déplaire,
Auiourd'huy conſidere auec plus de douceur,
Si du Sceptre ſans luy tu ſerois poſſeſſeur.

Ce Prince qui d'abord d'vn ſentimét plus tendre,
Feint de ſe voir touché pour cét illuſtre Gendre,
D'vne voix aſſeurée: ô Ionathas, dit-il,
Fay reuenir Dauid de ce faſcheux exil ;
Et luy dis qu'oubliant ſa faute & mon injure,
Par vn ſacré ſerment ie proteſte & ie iure
D'auoir ſoin de ſa vie, & de ne ſouffrir pas
Qu'vne perfide main luy donne le treſpas.

On void dans ce moment que cét amy fidelle,
Va porter à Dauid l'agreable nouuelle,
De Saül adouci par vn ſoudain bon-heur :
On void cét exilé paroiſtre auec honneur :
Le Roy d'vn front qui marque vne gaye aſſeurāce,
De ſon ſecret chagrin luy cache l'apparance,
L'embraſſe & le reçoit auec le meſme accueil,
Que quand par luy l'Eſtat fut ſauué du cercueil:
Et pour luy faire voir que cette dure abſence,
N'a rien diminué de ſa reconnoiſſance,
Par vn feint repentir de ſa ſeuerité,
Le remet dans l'eſclat de ſa proſperité.
Par l'Infidelité de ſes fauſſes careſſes,
Comme ſi de ſon cœur la ioye & les tendreſſes,

Paroiſſoient au dehors, on diroit qu'à ſon tour
Dans le conſtant bon-heur de ce dernier retour,
Vne amitié ſincere a chaſſé de ſa haine
Par d'autres ſentimens la fureur inhumaine;
Et qu'on ne verra plus ſa rage ſucceder,
A la felicité qu'il ſemble poſſeder.
   Mais cependant du Ciel l'indulgence ſupreme,
A la rare valeur de ce Heros qu'il ayme,
Et qui de ſes faueurs eſt le plus digne objeſt.
De triomphe & d'honneur donne vn autre ſujet,
Des-ja le Philiſtin dans cette ſainte terre,
Auoit porté le feu d'vne nouuelle guerre,
Et dé-ja ſes Soldats autour des murs eſpars,
Menaçoient de Sion les orgueilleux remparts:
Quand du vaillant Dauid l'adreſſe & le courage
Pour deſtourner les coups de ce ſoudain orage
Prepare la bataille, & quittant la Cité
Marche droit à leur camp d'vn pas precipité:
Ils craignent ſon abord, & la peur qui les glace
Leur fait abandonner le combat & la place :
Il preſſe leur defroute, & par l'ayde des Cieux
Arreſte ſur leurs pas les plus audacieux :
Et pour voir d'Iſraël l'injure ſatisfaite,
Haſte de ces mutins la derniere déffaite.
De ſes coups nompareils les merueilleux efforts,
Qui ne fôt voir par tout que chûtes & que morts,
Acheuent dans ce iour la ſanglante victoire
Qui doit de ſa valeur faire parler l'hiſtoire.
   Mais Saül dans la ioye & les communes voix,
Qui chantent la grandeur de ces rares exploits,
Medite d'eſtouffer par ſa maligne enuie,
Ce ſuperbe Triomphe & cette illuſtre vie.
Quand ſoudain agité des mouuemens preſſans,
De la noire vapeur qui poſſede ſes ſens,

Pour chaſſer le Demon dont ſon ame eſt troublée,
Deteſtant de ſa Cour l'importune aſſemblée,
Enfermé dans ſa chambre appelle en ce moment,
Le renommé jouëur de ce rare inſtrument.
Dauid pour temperer la fureur de ce Prince,
Prend ſa Lyre, & ſoudain la manie & la pince,
De cette meſme main dont les moindres efforts,
Ont fait des Philiſtins trébucher les plus forts.
Dans ce funeſte eſtat ce Monarque perfide,
Tente encore vne fois ſon deſſein homicide,
Prend ſa Lance en la main, & pour ouurir le flanc,
Et verſer de Dauid le magnanime ſang,
La pouſſe contre luy d'vne force incroyable;
Mais cet adroit Athlete à ce coup effroyable,
Deſrobant la meſure & puis haſtant le pas,
Par ſa prompte retraite eſuite le treſpas.
De ce dernier effort l'extreme violence,
Fait entrer dans le mur la pointe de ſa Lance;
Perce ſon eſpaiſſeur, & dans l'eſtonnement,
Laiſſe le Roy troublé de cet euenement.
   Dauid de ce peril garenty par ſa fuite;
Et dans le deſeſpoir où ſon ame eſt reduite
Aſſeuré de la foy d'vne ſainte amitié
Conte ſon aduenture à ſa triſte moitié :
El'e fremit d'horreur au recit effroyable,
De l'ardante fureur d'vn Pere impitoyable,
Mais encor ſe flattant de le rendre plus doux,
D'vn meilleur traitement aſſeure ſon eſpoux.
   Quand Saül qui dé-ja blaſme ſa negligence,
Commande à ſes ſoldats d'aller en diligence
Se ſaiſir de Dauid & de faire perir
Ce Gendre que l'honneur l'oblige de cherir:
Ce fameux bien-faicteur de Solyme alarmée
Par le terrible aſpect d'vne ſuperbe armée ;

Ce chantre Medecin qui par des airs charmans,
Appaisa tant de fois sa rage & ses tourmens :
O reproche eternel ! O trahison infame !
Que les siecles verront fletris d'vn iuste blasme :
  Mais Michol qui bien tost apprend auec douleur,
Et craint de son Amant l'inopiné mal-heur;
Sans pouuoir retenir dans de tristes alarmes,
De ses aymables yeux les amoureuses larmes;
C'en est fait de ta vie, ô braue, ô cher Dauid :
Ie voy qu'vn Assassin dé-ja te la rauit ;
Sauue toy promptement; Sauue toy, luy dit-elle,
Puis ouure la fenestre ; & d'vne main fidelle,
L'ayde à descendre en bas sans secours estranger
Et sauue son Espoux de ce pressant danger.
  Au moment qu'elle void sa vie en asseurance,
Pour tromper de Saül la cruelle esperance,
Dans vn lieu reculé, sans ayde & sans tesmoin,
Elle appreste sa ruze, & s'occupe auec soin,
Sur les draps de son lict d'estendre vne statuë ;
Et dans la passion dont elle est combatuë,
Pour tromper des soldats les yeux & la raison,
Sur ce chef immobile applique vne toison
Dont la fauue couleur & la passe dorure,
Imite de Dauid la viue cheuelure :
O bizarre aduanture ! O triste changement !
De voir vn Simulachre au lieu de son amant.
  Cependant que Michol souffre cette contrainte,
Les soldats de Saül trompez par cette feinte ;
Ou plustost retenus par le brillant aspect
Et par l'esclat d'vn lieu si digne de respect ;
Tout à coup reuenus sans faire leur message,
D'vne voix asseurée & d'vn ferme visage,
Rapportent que Dauid atteint iusqu'à l'excez
D'vn mal dont ses amis redoutent le succez :

Est couché dans son lict où la fievre le presse:
 Mais Saül qui ne sent ny douleur ny tendresse ;
Qu'on l'acheue, dit-il, & que pour le guerir,
Dans sa funeste couche on le fasse perir.
 A cét ordre barbare on part sans resistance ;
On veut executer cette injuste sentence ;
Et pour plaire à ce Prince on tente vainement,
De bien tost satis-faire à ce commandement.
 Mais ie vois découurir l'agreable imposture
De la sage Michol qui dans cette aduanture,
Pour garentir Dauid de ce mortel hazard,
Auoit fait reüssir son courage & son art :
Elle arriue au Palais où ce Prince barbare,
Outrageant le mal-heur d'vne vertu si rare.
 Ma Fille, luy dit-il, pourquoy si hardiment,
Te plais-tu de rauir à mon ressentiment,
Et toy seule employant ta main & ta conduite,
Asseurer de Dauid la criminelle fu.te?
A mon iuste courroux que n'abandonnois tu,
Ce deserteur sans foy, sans honneur, sans vertu ?
Puis que cet infidelle a merité ma haine,
Faut-il pour differer son opprobre & sa peine,
Que contre son deuoir Michol ait consenty,
Que de mes fortes mains il se soit garenty?   [che,
Mais crois tu qu'il le soit? Nô nô ie veux qu'il sça-
Qu'en quelque endroit du môde où sa terreur se ca.
Le funeste succez d'vn si lasche conseil,   [che
Doit auoir pour tesmoins Solyme & le Soleil.
 Mon Pere, dit alors, cette Espouze constante,
C'est contre mon desir & contre mon attente,
Que Dauid s'est sauué des foudres de ta main :
J'ay voulu l'arrester ; mais cet homme inhumain,
M'appellant cent fois lasche, incôstante & perfide,
Appuya sur mon sein son poignard homicide ;

Et si i'euſſe tenté d'vn vain & ſoible effort
De fermer la feneſtre, il m'euſt donné la mort.
  Mais cependant Dauid qui cherche vne retraite,
Où ſa vie aux perils heureuſement ſouſtraire ;
Tant du cœur de ce Prince il craint la deureté !
D'vn repos innocent trouue la ſeureté ;
Viſite Samuël ; Et deſtrempé de larmes ,
Au funeſte recit de ces triſtes alarmes ,
Se plaint de voir paſſer des plus beaux de ſes iours,
Parmy tant de chagrins, l'irreuocable cours.
  Le Prophete affligé de l'iniuſte ſouffrance,
Qui du triſte Dauid conſumme l'eſperance ,
L'embraſſe, le conſole & le retient chez luy,
Pour arreſter ſa fuite & calmer ſon ennuy.
Quand Saül qui bien toſt apprend cette nouuelle,
Dãs les ſoudains trãſports de ſa haine immortelle,
Fait partir des ſoldats qui tout à coup ſurpris
D'vn feu dont la lumiere eſclaire leurs eſprits,
Prediſent l'aduenir, & depoſant leur rage,
Vont careſſer Dauid , & ſans luy faire outrage
Retournent à Saül pour la troiſiéme fois,
Sans auoir ſatisfait à ſes barbares loix.
  Le Roy qui veut haſter ſa derniere vengeance,
De ſes pieux ſoldats blaſmant la negligence,
Se reſout de partir , & de ſa propre main
D'acheuer de Dauid l'homicide inhumain.
Il arriue à Najoth cette maiſon heureuſe
Par le frequent ſejour de la troupe nombreuſe
De ces fameux Deuins dont les doctes ſecrets,
Inſtruiſent les mortels des celeſtes Decrets.
Quand ſoudain échauffé d'vne flamme Diuine,
Oubliant de Dauid la funeſte ruine,
Il ſe proſterne à terre & quitte promptement,
Dans ce ſacré pourpris ſon Royal veſtement ;

Et bien toſt inſpiré d'vne fureur ſecrette,
O prodige inoüy ! Saül deuient Prophete;
Et rempli d'vn honneur qu'il n'a pas merité,
Fait paſſer ce Miracle à la poſterité.

Mais Dauid redoutant l'effroyable colere,
Du plus cruel des Roys que le Soleil eſclaire,
Quitte cette retraite, & par vn autre exil,
Se ſauue auec honueur d'vn ſi proche peril,
Il va voir Ionathas dont la ferme eſperance,
S'efforce vainemeut d'adoucir la ſouffrance
De l'affligé Dauid qui dans cette rigueur
De fortune & de maux, ſans eſpoir, ſans vigueur.

Par quel mal-heur, dit-il, ſans cauſe legitime,
Me void-on deuenir l'innocente victime,
Qui doit eſtre immolée à la ſeuerité
Des mortels traitemens de ton Pere irrité ?
Quand verra-t'on ceſſer cette inhumaine enuie,
De tendre tant de fois des pieges à ma vie,
Et ſans conſiderer l'alliance & le rang,
D'aſſaſſiner vn Gendre & de verſer ſon ſang ?

Chaſſe, dit Ionathas, cette inutile crainte,
Dont ie voy que ton ame eſt vainement atteinte;
Ne croy point que Saül prepare ton treſpas :
Tu ſçais Dauid, tu ſçais que ie n'ignore pas,
Ses ſentimens cachez & ſes moindres penſées;
Il n'a iamais manqué des actions paſſées,
Tant il ſe fie en moy, de verſer dans mon ſein
Les intimes ſecrets & le dernier deſſein.
S'il medite ta mort crois tu qu'il me le cache?
Qu'il me traite aujourd'huy d'infidelle & de laſche;
Et s'il veut exercer ſa haine contre toy,
Qu'il tienne pour ſuſpects mon ſilence & ma foy?

Nô, dit alors Dauid, mais ſçachât que nos ames
Bruſlent du noble feu de deux ſemblables flammes,

Que nos cœurs font vnis d'vne eſtroitte amitié,
Pour exercer ſur toy ſa barbare pitié ,
Ie crains que ſur luy-meſme il faſſe violence ;
Que contre ſa couſtume il garde le ſilence;
Et que prenant conſeil de mon iniuſte ſort,
Il reſolue ma perte & prepare ma mort.
Enfin par ce grand Dieu, cher amy, ie te iure,
Que ie preuois l'horreur d'vne ſanglante iniure ;
Et que dans ce moment ie ne ſuis que d'vn pas
Tant ma cheute eſt douteuſe, eſloigné du treſpas.
   Dauid, dit Ionathas , que faut-il que ie faſſe
Pour te faire reuoir cette agreable face,
Que Saül dans ſa Cour te monſtroit autrefois ?
   On celebre demain les Calendes des Mois ;
Et, tu ſçais, dit Dauid, qu'en ce iour delectable,
I'ay l'honneur d'eſtre aſſis à ſa Royale table :
Mais ſi ie ſuis abſent, & s'il ne me void pas,
Satisfaire au deuoir de ce ſacré repas,
S'il demande où ie ſuis; Dis luy qu'vn Sacrifice,
Que le Ciel & mon Frere ont voulu que ie fiſſe ,
M'a contraint de partir , & ſans plus differer
Qu'à cet ordre preſſant i'ay voulu defferer.
Ionathas ſi le Roy par vn heureux preſage
Approuue mon depart d'vn gracieux viſage,
Croy qu'il eſt deuenu plus traictable & plus doux,
Et que mon innocence a vaincu ſon courroux:
Mais ſi tu reconnois ſa colere inflexible,
Sçache que dans ſon cœur ma perte eſt infaillible,
Que ie ne puis long-temps ma fuite retarder
Sans meſpriſer ma vie ou ſans la hazarder.
Qu'il te ſouuienne alors de la ſainte alliance,
De mon lict coniugal & de l'experience
De cette affection dont le ſacré lien
A touſiours confondu mon cœur auec le tien.
Souuiens

Souuiens-toy d'employer ta vertu genereuse,
Et prepare à ma suite vne retraite heureuse:
Mais parmy tous ces maux, si iamais i'ay quitté,
Le chemin de l'honneur par mon iniquité :
Si iamais dans mon ame vne lasche pensée,
De ma fidelité si mal recompensée,
Pour me voir destaché du seruice du Roy,
A peu solliciter ou corrompre ma foy :
Plustost que d'exposer à la haine seuere
De ce Prince indigné ma vie & ma misere,
Acheue l'vne & l'autre, & par vn noble effort
D'vne innocente main precipite ma mort.
Alors perdant le soin & le desir de viure,
Ie consens & ie veux que ton fer me déliure,
Du regret de me voir indigne de l'honneur
Qui fit dãs tous mes maux m'a ioye & mõ bõ-heur.
  Chasse loin, cher Amy, d'vn dessein si funeste
Le dernier desespoir que la vertu deteste;
l'entreprende ta deffence, & pour tᵉ secourir
Ie veux, dit Ionathas, ie veux viure & mourir,
Si ie vois que du Roy la rigueur endurcie,
Par tant de maux soufferts ne soit pas adoucie :
Si toujours desfiant : Si toujours resolu,
D'vzer du cruel droit d'vn pouuoir absolu,
Sans pitié, sans raison, il cherche à te destruire
Tu le sçauras bien-tost. Ie viédray pour t'instruire,
Et te donner conseil dans cette aduersité:
  Et puis tous deux sortis des murs de la cité,
Dans vn champ à l'escart auec plus d'asseurance,
Vont sur l'heure acheuer leur triste conférance.
Quand soudain Ionathas accablé de douleur
De voir Dauid changer de voix & de couleur:
  Rare Amy, luy dit il, si par vn soin fidelle
Ta vertu dans mon cœur fut toujours immortelle

E

Si lors que ie t'ay veu trifte & perfecuté,
Tu ne me vis iamais ny las ny rebutté :
Si mes confeils t'ont pleu : Si dans ta folitude,
I'ay foulagé tes maux & ton inquietude;
Si ferme & genereux toufiours auec chaleur,
I'ay deffendu ta caufe & cheri ta valeur ;
Et fi me feparant des interefts d'vn Pere,
I'ay fuiuy ta fortune & maligne & profpere :
Si ie la fuis encor, fouuiens toy pour le moins,
Que dãs ce lieu fecret, sãs crainte & fans tefmoins,
Nous iurons que le cours d'vne abfence cruelle
Ne verra pas finir l'amitié mutuelle
Qui nous a ioint enfemble auec vn nœud fi fort,
Qu'il mefprife l'ini re & du temps & du fort.
Souuiens-toy que fi Dieu pour venger ton outrage,
Et flechir de Saül l'implacable courage,
Veut efleuer ta gloire , & voir tes ennemis,
Dans fa iufte fureur à ton glaiue foumis :
Si la mort de ce corps a feparé mon ame,
Et tranché de mes iours la mal-heureufe trame,
Dauid fay voir aux miens que vainqueur & qu'hu-
Toy feul leur as tendu ta fecourable main. [main,
Mais fi ie vis encor ; Si tefmoin de ta gloire,
Ie fuis le fpectateur de ta noble victoire,
Prens pour vnique objet d'vne tendre pitié
Le iufte fouuenir d'vne ferme amitié.
Demain fera le iour qu'auec ceremonie,
Mon Pere doit traiter l'augufte compagnie,
De ceux que fans faueur le merite & le fang
Ont porté comme toy fur ce fuperbe rang :
Pour fçauoir fans peril fi fa haine ordinaire,
Pour ne pas adoucir fon humeur fanguinaire,
Dans fon ame infenfible a refolu ta mort ;
Ou pluftoft fi touché de ton indigne fort,

. Il n'a pas dans son cœur fleschi par sa clemence,
De son premier amour estouffé la semence:
Non loin de cette pierre où tu seras assis,
Attends moy desliuré de crainte & de soucis :
Ie reuiendray bien tost accompagné d'vn Page,
Qui seul fera ma suite & tout mon equipage,
Et que de toy bien tost tu verras approcher :
Ie porteray trois dards que ie veux décocher;
Et si sans témoigner ny douleur ny contrainte,
Et pour mieux composer ma salutaire feinte,
Ie dis que tous les trois sont au delà de luy,
Apporte les toy-mesme, & chassant ton ennuy,
Sois certain que le Ciel loin du cœur de mon Pere
A pour toy destourné la haine & la colere :
Mais s'il faut que ie die auec trop de douleur
Qu'ils sont tous au deçà ; Sçache que ton mal-heur
Est infaillible & proche, & qu'vne prompte fuite,
Te doit abandonner à la seure conduite
Du grand Dieu de Sion dont le sage Decret,
. Doit luy seul publier cét inconnu secret.
    Mais cependant Saül dans la resiouyssance,
Du Festin solemnel s'apperçoit de l'absence,
Qui luy cause du trouble & de l'émotion ;
Et lors sans plus cacher son indignation.   [re,
    Qu'est deuenu Dauid ? Quelle importante affai-
L'empesche en ce moment de venir satisfaire
A ce sacré deuoir, dit tout à coup le Roy ;
Où l'as tu fait cacher, Ionathas dis le moy ?
Mesprise t'il ma table & fuit t'il mon visage ?
    Ionathas par ces mots de sinistre presage
Qui du Prince irrité void la haine esclatter,
S'efforce vainement de vaincre & de flatter
Les mouuemens soudains de cette ame troublée.
    Et lors, grand Roy, dit-il, vne saincte assemblée,

Qu'on fait en Bethleem l'a contrainct de partir:
Et puis que le respect m'empesche de mentir ;
Il est vray, m'a t'il dit, que l'ordre de mon Frere,
Dont le refus seroit à mon deuoir contraire,
Porte, sans differer de venir auiourd'huy
Offrir au Dieu du Ciel vne Hostie auec luy.
   Saül dans sa fureur qui tout à coup s'enflamme,
Va, dit-il, lasche Fils d'vne plus lasche Femme,
Dont on a veu l'honneur honteusement blessé:
Ie sçay que ce Berger ; Que ce Fils de Iessé,
Possede de ton cœur la confidence intime ;
Qu'il plaist seul à tes yeux & qu'il a ton estime;
Mais sçache que fletri par l'opprobre eternel,
D'vne Mere & d'vn Fils comme elle criminel,
Tu viuras sans honneur; Et si dans ta manie
Adioustant ton iniure à ton ignominie
Tu souffres que Dauid reuenu dans la Cour,
Partage auecque toy la lumiere du iour;
Souuiens-toy, Ionathas, que son humeur altiere
Qui fut de mes faueurs vne indigne matiere,
Obscurcira ta gloire, & ne souffrira pas,
Si tu ne le preuiens par vn honteux trespas,
Tant il est plein d'orgueil & de mesconnoissance?
De te voir posseder mon Sceptre & ma puissance.
Haste donc ta vengeance, & liure dans mes mains
Cet ennemy commun du reste des Humains;
Ie veux voir à ce coup par ma haine assouuie
Esteindre dans son sang & son crime & sa vie.
   Mais respond Ionathas ; Quel crime a t'il cōmis?
Quoy ce pieux Dauid n'est pas de nos amys?
Quoy tu feras perir l'auteur de la victoire
Qui fit cheoir le Geant ? Qui r'establit ta gloire?
On verra donc le sang sans honneur respandu
D'vn Berger dont le nom est si loin estendu.

Et perçant les confins qui bornent noſtre terre.
A fait en tant de lieux craindre ſon Cimeterre?
C'eſt en vain que tu veux rauir à l'Vniuers,
Ce Conquerant fameux par tant d'exploits diuers;
Eſteindre de Sion la ioye & les delices,
Et de ſes derniers maux rendre tes mains cõplices.

Saül apres ces mots de rage forcené,
Pour frapper ſans faillir ce Fils infortuné;
Dreſſe contre ſon ſein ſa criminelle Lance;
Quand l'adroit Ionathas heureuſement s'eſlance,
Et deſtourne le coup auec rapidité:
Et puis pour acheuer le deſſein medité,
Il va reuoir Dauid qui s'ennuye en l'attente,
De voir de ſon Amy l'arriuée importante:
Mais ô faſcheuſe attente! O funeſte retour!
Qui luy fera bien toſt abandonner la Cour.

Ionathas cet Amy genereux & fidelle,
Fait ſçauoir à Dauid cette triſte nouuelle,
Par trois fleſches qu'il laſche auec l'ordre preſcript;
Et ſoudain abordant cet illuſtre Proſcript,
Les yeux baignez de pleurs le conſole & l'embraſſe,
Et deplore auec luy leur commune diſgrace.

De l'affligé Dauid l'inconceuable dueil,
Qui ſemble le porter iuſqu'au bord du cercueil;
Paroiſt auec excez, & dans cette detreſſe,
Cedant à la rigueur de l'ennuy qui le preſſe,
Tombe à terre ſans force, & ſoudain vers les Cieux:
Eſleue auec ardeur & ſon ame & ſes yeux,
Il ne peut plus ſouffrir la dure violence,
Qui veut à ſa douleur impoſer le ſilence;
Redoublant ſa tendreſſe & ſes embraſſemens,
Renouuelle ſes pleurs & ſes gemiſſemens,
Et malgré de Saül la fureur criminelle,
Il iure à l'aduenir l'amitié fraternelle,

F iij

Qui paſſa par les vœux de leur commun ſerment
Au de là de leur vie & de leur monument.

　　Apres la triſte fin de cette conferan e,
Le braue Ionathas auec plus d'aſſeurance
S'en retourne à la Cour de ce perfide Roy;
Quand Dauid accablé de triſteſſe & d'effroy,
Pour ſe ſauuer des mains d'vn ingrat & d'vn trai-
Se retire à Nobé de qui l'auguſte Preſtre, [ſtre,
Surpris de voir chez luy ſans valets & ſans train,
Ce renommé vainqueur qui ſeul donna le frain,
Au ſuperbe ennemy de Sion gemiſſante.

　　Qui t'a conduit icy ? Quelle affaire preſſante?
Il vouloit acheuer. Mais cachant ſon peril,
Dauid prend la parole : Et grand Preſtre, dit-il,
Pour faire reüſſir vn important voyage,
Par l'ordre de Saül, ſans bruit, ſans equipage,
Et ſans eſtre apperceu chez toy ie ſuis venu ;
Le reſte du ſecret te doit eſtre inconnu.
Alors ſans découurir ſes ſoins & ſa detreſſe,
Dans la neceſſité de la faim qui le preſſe,
Il ſe repaiſt du Pain que dans ce ſacré lieu,
Ce Vieillard venerable auoit offert à Dieu.
Mais pour ne ſe voir pas ſans deffence & ſás armes,
Courir tant de perils & ſouffrir tant d'alarmes;
Pour ſe mettre en eſtat de reſiſter aux coups,
Et de faire ſentir ſon bras & ſon courroux:
Il prend dans ce ſaint lieu le fameux Cimeterre,
Dont le mortel trenchant à fait tomber à terre,
Du Geant abbattu le chef encor ſanglant ;
Et donnant l'eſpouuante au Philiſtin tremblant,
Dans l'impuiſſant effort de ſa mortelle rage,
Releua d'Iſraël la cheute & le courage.

　　Portant pour ſa ſeule ayde & pour tout armemét
Du ſalut de Sion l'inuincible inſtrument :

Il part, mais ô douleur ! ó fatale difgrace,
Laiffant de fon depart vne funeste trace,
Au moment qu'il le croit plus feur & plus fecret,
On le void reconnu par vn homme indifcret ;
Par le lafche Doëg qui fortant de ce Temple,
Par vne trahifon d'vn detestable exemple
Fait au Prince indigné le funeste rapport,
Qui des Oingts du Seigneur hasta l'iniuste mort.
  Il quitte de Iuda l'infidelle frontiere ;
Et comme s'il euft creu trouuer fon cimetiere,
En vn pays par luy dans fon éclat remis.
Il cherche à fe cacher parmy fes ennemis.
Mais, O trompeur fuccez d'vne foy trop legere !
Il arriue bien toft dans la Cour estrangere,
Du Monarque de Geth où fon fafcheux Destin,
Qui le met au pouuoir du Prince Philiftin,
Luy fait fouffrir l'horreur d'vne foudaine crainte,
Dont il fe garentit par vne indigne feinte.
  On l'obferue : Et foudain : Quoy dit-on en rail-
N'est-ce pas la Dauid, ce Berger fi vaillant ? [lant,
Ce vain vfurpateur des Sceptres de la terre ?
Celuy dont on a dit que iamais dans la guerre
On ne vid rien d'efgal à fes moindres exploits ?
Qui doit nous impofer des chaifnes & des loix ?
Triompher des Heros , & fleftrir par fa gloire,
De tous les Conquerans l'honneur & la memoire ;
On dit que de fon bras les merueilleux efforts,
En foule deuant luy font trebucher les corps :
Que du ieune Dauid la vigueur fleuriffante
Mefprife de Saül la force languiffante :
C'est pour luy que les voix des Filles de Sion,
Pour flatter fon courage & fon ambition,
Ont pris dans leurs chanfons pour illustre matiere
Des Philiftins deffaits le triste Cimetiere.

Lors que pour decider vn celebre debat
Par le douteux fuccez d'vn fuperbe combat,
Luy feul fit deuenir vne ignoble valée,
Par la mort du Geant heureufe & fignalée.

Dauid auec horreur efcoute ces propos;
Comme s'il euft perdu le fens & le repos
Par les foudains efforts d'vne frayeur mortelle,
Il feint d'eftre agité d'vne fureur nouuelle,
Et de fe voir fouffrir dans le dereglement,
De fa raifon bleffée vn trifte tremblement.
On void vn infenfé que la rage tranfporte,
Qui d'vn pied chancelant heurte contre la porte,
Qui deuient effroyable, & dans ce changement
Semble auoir tout à coup perdu le iugement,
Il tombe entre leurs bras ; Et fa bouche efcumante,
Par le hideux afpect du mal qui le tourmante,
Bleffe le cœur du Roy qui deftourne fes yeux
Loin de l'affreufe horreur d'vn objet odieux.

Qu'on chaffe, difoit-il auec trop d'arrogance,
Qu'on chaffe vn infolent de qui l'extrauagance,
Fait icy, fans refpect du defordre & du bruit;
Qui l'a fi hardiment dans ma chambre introduit?
L'afpect d'vn furieux m'incommode & me bleffe:
On fe plaift dans ma Cour d'imiter fa foibleffe,
Elle s'y rend commune, & ie vois parmy vous
Vn nombre affez frequent d'eftourdis & de fous.

Quand Dauid qui fe void dans fa feinte manie,
Chaffé de ce Palais auec ignominie,
Ne veut plus efprouuer, de Cité ny de Roy,
Dans vn peril preffant la chancelante foy.
Dans ce funefte eftat où tout luy fait la guerre,
Il fe cache, & cherchant fon falut fous la terre,
Occupe vne Cauerne où prefque en mefme temps,
Sa famille affligée & tous les mefcontens

Et

Qui ne sçauroient souffrir leur mauuaise fortune,
Ny de leurs Creanciers la rigueur importune,
Pour secourir Dauid viennent de toutes parts
Et iurent de perir dans de communs hazards.
　　Le Chef infortuné de la prompte milice,
Qui d'vn persecuteur fuit l'iniuste malice,
Par vn ordre secret, apres auoir laissé
Dans la Cour de Moab le timide Iessé,
Passe dans la Iudée, & remply d'asseurance
D'vn plus noble succez flatte son esperance.
　　Saül qui croit dé-ja qu'auec vn Camp volant,
Dauid pour satisfaire au desir violent
Que son cœur a conceu de passer la frontiere,
De quelque grád exploit vient chercher la matiere;
Fondre dans ses Estats, & pour se mieux venger,
Se seruir contre luy d'vn secours estranger:
Cache dans son courage vn dessein sanguinaire,
Et part accompagné de sa Garde ordinaire:
Il marche en cet estat: Quand au milieu d'vn bois
Par vn soudain despit haussant sa triste voix.
　　Quoy, dit-il mes Amys, ce sujet infidelle?
Ce Dauid à son Prince ouuertement rebelle?
De mon Fils conjuré ce lasche Suborneur,
Pourra-t'il vous combler & de biens & d'honneur?
Peut-il dans sa fureur à ma perte obstinée,
Disposer à son gré de vostre Destinée?
Et pour recompenser vos valeureux explois,
Vous donner dás son Camp d'assez dignes emplois.
Ie sçay qu'auec plaisir sa parricide enuie,
Void d'vn œil rauisseur, & mon Sceptre, & ma vie,
Que d'vn Gendre & d'vn Fils la barbare amitié,
Digne de vos regrets & de vostre pitié,
D'vn visage riant & d'vn cœur insensible,
Vous fait voir de mon sort la rigueur inuincible.

G

Ma douleur eft extreme, & leur crime eft connu;
Mais qui iamais de vous dans ma Cour eft venu,
Par vn foin qu'à l'Eftat on ait veu profitable,
Faire de leurs complots vn recit veritable,
Et pour en arrefter le temeraire cours,
M'aider de fon confeil, ou m'offrir fon fecours?
On a, par le peril d'vn criminel filence,
Laiffé iufqu'à l'excez croiftre leur infolence;
Mais le Ciel que toufiours on void intereffé,
A deffendre Ifraël quand il eft oppreffé,
Veut que de ces Mutins ie hafte la difgrace;
Que ie preffe leur fuite & marche fur leur trace:
Il faut faire en ce iour agir voftre vertu,
Et par la prompte mort de leur Chef abbatu,
Petir de reuolter vne foible poignée
Qui s'eft de fon deuoir lafchement efloignée.

   Apres ces mots Doëg hardi par fon credit,
S'approche de Saül, & fans honte luy dit :   [ftre,
Grãd Roy tu dois fçauoir qu'Achimelech ce Trai-
Sãs crainte d'offencer fõ Monarque & fõ Maiftre,
Manquant à fon deuoir fans ordre & fans raifon,
Receut ce criminel dans fa fainte maifon;
Et pour mieux l'affifter dans vne iniufte guerre,
Luy donna du Geant le fameux Cimeterre
Dont le Dieu d'Ifraël par l'ayde de fa main
Hafta luy feul la mort de ce Monftre inhumain.

   Ie veux, luy dit Saül, qu'auec fon Chef rebelle,
On me faffe venir cette troupe infidelle,
Des Preftres de Nobé dont la temerité
Doit bien toft reffentir ce qu'elle a merité.

   Quand il void approcher la fainte compagnie,
Achimelech, dit-il, quelle eft ta felonnie?
Mais quel fut ton refpect de retirer chez toy,
L'auteur de tous nos maux & l'ennemy du Roy?

Pourquoy par vn mespris qui me nuit, qui m'offen-
As tu mis dans sa main, d'vne iniuste deffence, [ce,
Et d'vn crime odieux le fatal instrument,
Dont Goliath a creu haster mon monument ?
Ie preuoy ton dessein : Ie sçay qu'à ma ruine,
Tu consultas pour luy la vengeance Diuine,
N'as tu pas par vn crime auec luy concerté,
Composé de ma vie & de ma liberté ?
N'as tu pas resolu dans vn conseil funeste,
De voir de ma maison tomber le dernier reste?
 Le saint Homme estonné de ce fascheux discours
Qui d'vn crime inconnu flestrit ses derniers iours.
 Quoy, grand Prince, dit-il, Dauid est vn perfide!
Quoy dans ce noble cœur il cache vn Parricide?
Dauid dont la valeur aux yeux de la Cité,
Vient d'asseurer ton Sceptre & ta felicité ?
Ce fameux Conquerant à qui le Ciel prepare,
Des Princes d'Israël la superbe Tyare ,
Veut troubler ton Estat ? Et i'ay receu chez moy
L'auteur de nostre ioye & le Gendre du Roy ?
Mais encor pourra-t'on faire passer pour crime
L'amour qu'on a pour luy qui l'accable & l'oppri-
Qui le croira coupable , & qui peut côceuoir [me?
Qu'il ait quelque dessein contraire à son deuoir?
Il est vray qu'il a pris cette celebre Espée,
Que du sang du Geant Saül a veu trempée,
Mais contre son Monarque, a t'il creu s'en seruir?
T'a t'il liuré la guerre: Et veut-il te rauir,
Flestrissant sa vertu pour qui Sion souspire,
Par vn double forfait & la vie & l'Empire?
S'il eust eu ce dessein , ie le crois trop discret,
Pour m'auoir confié ce perilleux secret;
Ie ne sçaurois souffrir cette lasche pensée,
Dont le Ciel confondroit l'entreprise incensée.

Non ie sçay que son cœur cherit la Royauté,
Et que l'horreur qu'il a d'vne desloyauté,
Qui blesse esgalement le Ciel & la nature,
De ses accusateurs condamne l'imposture:
Aussi par toy bien tost auec honneur receu,
Il doit te faire voir qu'vn faux bruit t'a deçeu;
Et que ses ennemis flestris d'ignominie,
N'ozent plus soustenir leur vaine calomnie.

  Perfide Achimelech, dit ce Roy furieux,
Portant la haine au cœur, & la rage en ses yeux,
Ie veux pour t'immoler à ma iuste vengeance,
Esteindre auecque toy ta criminelle engeance,
Et puis changeant de voix : Ministres hastez-vous,
Exterminez ce traistre & redoublez vos coups;
Puis qu'il faut qu'il perisse, & qu'auec ses cõplices
Il souffrent la rigueur du dernier des supplices.

  Ces pieux Assassins sur ces sacrez humains,
Refusent de porter leurs parricides mains;
Et leur courage armé d'vne sainte constance,
Condamne de Saül l'execrable sentence.
Mais luy sans se monstrer, ny triste ny confus,
D'auoir receu des siens la honte d'vn refus;
Resolu d'acheuer ce crime detestable.

  Cher Doëg toy, dit-il, dont le cœur indõptable
Méprise également le scrupule & la peur:
Foy perir ces meschans qui d'vn zele trompeur,
Veulent impunément excuser leur silence,
Et de mon ennemy cacher la violence.

  A cet ordre cruel ce lasche Delateur;
De la fureur du Roy ce temeraire auteur,
Sans respecter du Ciel cette troupe cherie,
Fait des Oingts du Seigneur l'iniuste boucherie.
On void à cette fois sans pitié massacrez
Au culte des Autels des Prestres consacrez;

Et par vn sacrilege aux mortels execrable,
Deserter de Nobé le temple venerable.

Saül pour imprimer par la funeste horreur,
D'vn formidable exemple vne prompte terreur ;
Pour abattre les cœurs, & punir vne Ville,
Qu'il croit auoir seruy de retraite & d'azile,
A la iuste frayeur de Dauid exilé,
Abandonne au tranchant d'vn poignard affilé ;
Les ieunes & les vieux, les Filles & les Femmes
Qui tombent sous l'effort de ces funestes lames,
Parmy des pleurs communs on void sur le carreau
Les Familles tomber sous le fer du bourreau,
On void la cruauté sans borne & sans obstacle,
O profane aduanture ! O barbare spectacle !
Par tout verser le sang, & faire en ce moment
De la Cité destruite vn vaste monument.

Le Fils d'Achimelech qui seul dans cet outrage
Eschappa des soldats l'impitoyable rage,
Va faire le recit de ce commun mal-heur ;
Quand Dauid dans l'excez de cette aspre douleur,
Ie suis, dit-il, ie suis l'auteur de ta disgrace ;
I'ay fait tomber Nobé : I'ay fait perir ta race,
Mais sçache Abiathar, & ie prends à tesmoins,
Et la terre & le Ciel, que mon glaiue & mes soins
Deffendront constamment ton honneur & ta vie,
Que iamais l'ennemy ne te verra rauie,
Que lors que pour ne pas diuiser nostre sort,
Nous perirons tous deux d'vne semblable mort:
Mais tandis que de Dieu la bonté coustumiere,
Me laissera du iour l'vsage & la lumiere,
Tandis que i'attendray qu'apres tant de malheurs,
Il change ma fortune & tarisse mes pleurs:
Ie veux te proteger : Ie iure, & ie m'oblige,
De suiure ton destin dont la rigueur m'afflige ;

Et de ne pas souffrir dans ma constante foy,
Que l'vn ny l'autre temps me separe de toy.
　Il se taist : Puis sçachant que Ceïle affligée,
De se voir tout à coup par vn Camp assiegée,
Demande promptement sa secourable main
Resolu d'arrester le progrez inhumain,
Et d'abattre l'orgueil des Philistines armes
Qui liurent la Iudée à de tristes alarmes :
Il se haste, & portant de son fer valeureux,
Dans le Camp ennemi les coups tousiours heureux,
Presse les Assiegeans dans la peur qui les glace,
Et leur fait en desordre abandonner la place.
Il poursuit les fuyards, & marchant sur leurs pas
Porte de toutes parts la crainte & le trespas
Il entre dans Ceïle apres cette deffaite,
Et croit bien-tost iouïr d'vne gloire parfaite :
Mais Saül qui veut faire auecque trahison
De la Cité sauuée vne indigne prison,
Enfermer le Vainqueur & forcer les murailles,
Va de son ennemi haster les funerailles :
　Lors ce noble Vainqueur par les siens adu erty,
Qu'il doit estre liuré par vn lasche party,
Et tomber dans les mains d'vn Prince redoutable,
Sort, & fuit les Auteurs d'vn crime detestable :
Il cherche vne retraite, & dans la liberté
Des antres & des bois, trouue sa seureté.
Il occupe de Ziph la vaste solitude
Pour terminer sa fuite & son inquietude
Et dans l'obscurité d'vn sauuage seiour
Auec plus de repos voir la clarté du iour.
　C'est là que Ionathas, ce cher Amy qui veille
Au salut de Dauid, le void & luy conseille,
D'attendre loin des yeux de ce Prince irrité
L'infaillible retour de sa prosperité.

Ne crains pas, luy dit-il, ſa colere impuiſſante
Ny de ſon foible bras la force languiſſante;
Et l'vn & l'autre en vain s'oppoſe aux ſoins d'vn
Qui protege ta cauſe & te ſuit en tout lieu : [Dieu
Ie ſçay, mon cher Dauid; Ie ſçay que la Iudée,
Et mon Pere le ſçait, par toy ſeul poſſedée:
Doit vn iour reuerer & ton Sceptre & tes loix,
Et te donner le nom du plus ſaint de ſes Roys:
I'auray le ſecond rang dans cet heureux Empire,
　Apres ces derniers mots il gemit, il ſouſpire ;
Et quittant ſon Amy ſe retire en ſecret :
Quand Saül aſſeuré par vn Peuple indiſcret,
Que Dauid enfermé dans des foreſts ſauuages,
Auec vn Camp volant qui fait mille rauages,
Par des traiſtres liuré doit tomber en ſes mains.
　Mes Amys, leur dit-il, vous les ſeuls des Humains,
Qui ſans fard paroiſſez touchez de ma fortune,
Allez preſſer Dauid dont la gloire importune,
Dont la valeur ſuperbe auec impunité
De l'eſpoir de regner flatte ſa vanité:
Entrez dans ſa taniere, & declarez la guerre
A ce fuyard caché dans le ſein de la terre :
Ie ſuiuray voſtre route, & d'vn commun effort
Nous luy ferons ſouffrir vne honteuſe mort.
　Il part, & deuenu maiſtre de la Campagne,
Auec toute ſa troupe occupe vne montagne,
Dont il croit que Dauid doit coſtoyer le bas :
Taſche de l'inueſtir, & marche ſur ſes pas.
Et puis de toutes parts le preſſe & l'enuironne:
Quand le Dieu d'Iſraël qui iamais n'abandonne,
Le ſalut de ſon Oingt dont il void la douleur,
Deſtourne ſa ruine & ſon prochain mal-heur.
　On vient porter au Roy la funeſte nouuelle,
Qu'en ce meſme moment vne troupe infidelle,

Marche dans ſes Eſtats ; Que ſon peuple eſtonn
Qu'on void dans ce peril ſans ayde abandonné,
Puis que Sion chancele & ne peut ſe deffendre
Craint déja pour ſes murs & parle de ſe rendre
Qu'il faut, ou qu'elle cede, ou par vn prôpt ſeco
Que de ſes maux preſſans on arreſte le cours.

    Haſte-toy d'eſtouffer leur barbare manie,
Qui prepare tes fers & ton ignominie,
Diſoit auec frayeur vn triſte meſſager ;
Quand Saül eſtourdi de ce nouueau danger,
Retourné ſur ſes pas ſans ordre & ſans conduit
Abandonne à l'inſtant ſon iniuſte pourſuite;
Et quitte là Dauid eſchappé d'vn peril,
Qui deuoit terminer ſa vie & ſon exil.

DAVID.

LIVRE TROISIEME.

QVAND Saül reuenu d'appaiser par ces
armes
Du Philistin, chassé les recentes alarmes,
Puis apprit que Dauid dans la necessité
D'abandonner les murs d'vne ingrate Cité :
Pour trouuer à sa fuite vn plus fidelle azile,
Auoit heureusement gagné d'vn pas agile
D'vne espaisse forest l'impenetrable Fort,
Pour le faire perir par vn dernier effort,
Prend dans la passion dont son ame est saisie
Des soldats plus dispos vne troupe choisie,
Qu'on void marcher en haste, & bien tost approcher
Les longs & larges flancs d'vn Depeculture Rocher,
Où D. cruelle faim des animaux sauuages
Irrite la furuex de ses sanglans rauages.

Saül continuoit ce chemin ennuyeux,
Lors que prés d'vn Bercail se presente à ses yeux,
Vn antre où du Soleil la clarté penetrante
D'vne lüeur tousiours, ou debile, ou mourante.
Perce la sombre horreur de ce triste sejour,
Où l'œil trompé ne sçait s'il est nuit, s'il est iour.
C'estoit là que Dauid par vn soudain message,
Scachant du Camp du Roy l'inopiné passage,
Auoit caché sa fuite, & mis auec bon-heur
A couuert du peril sa vie & son honneur.
Quand Saül esloigné de sa troupe guerriere
Et separé des siens qu'il a laissé derriere,
Entre dans ce cachot d'vn pas precipité.
Dauid à cét aspect dans son cœur agité,
Sent la secrette horreur d'vne pieuse crainte
Et d'vn sacré respect l'ineuitable atteinte.

Dauid, puis que le Ciel, luy disent ses Amys,
Te fait voir ce Tyran à ton glaiue soufmis :
Veux-tu par le peril d'vne tendre indulgence,
Differer son supplice & ta iuste vengeance ?
Deffaits-toy de Saül, & sans plaindre son sort
Asseure ton salut par cette prompte mort.

Dauid sans defferer à ce conseil funeste,
Que son honneur rejette & que son cœur deteste,
S'approche de ce Prince, & d'vn trenchant couteau
Coupe sans estre veu le bord de son manteau.
Mais il sent que desia sa triste repentance
De son ame troublée esbranle la constance;
Qu'vne honte secrette & qu'vn iuste regret
Condamne sans excuse vn larcin indiscret ;
Que d'vne Maiesté l'iniurieuse approche,
A sa temerité sert d'vn triste reproche;
Et que dans tous les cœurs ce sacré nom de Roy,
Imprime esgalement le respect & l'effroy.

Voulez-vous, leur dit-il, que d'vne main perfide,
Ie tente, & i'entreprenne vn lasche Parricide ?
Que par vn attentat dont l'obiet odieux
Blesse mortellement les temeraires yeux,
Ie veüille que du Ciel la vengeance desserre
Sur mon chef criminel sa foudre & son tonnerre?
Que i'acheue vn forfait dont l'horreur des mortels
Deffend à ses auteurs d'approcher des Autels?
Que i'enfreigne des Roys le sacré priuilege ?
Que d'vn assassinat & que d'vn sacrilege,
Dans vn lieu reculé du monde & du Soleil
I'execute sur luy l'execrable conseil?
Et que l'Oingt du Seigneur pour asseurer ma vie
Souffre les derniers coups de ma rage assouuie?

Par ce sage discours il calme leur fureur,
Il inspire aux mutins vne sainte terreur ;
Et sans effort retient des mains & des espées
Qui dans le sang Royal deuoient estre trempées.

Saül de la Cauerne heureusement sorty,
Et par celuy qu'il hait de la mort garenti,
Poursuit auec chaleur son dessein infidelle:
Quand tout à coup frappé d'vne voix qui l'appelle,
Il s'arreste, & tournant & sa teste & ses yeux,
Il apperçoit Dauid qui d'vn ton gracieux
Portant les mains au Ciel & les genoux à terre.

Pourquoy, Grãd Roy, dit-il, me declarer la guerre?
Et pourquoy me poursuiure apres que ie n'ay pas
Voulu quand ie l'ay peu te donner le trespas?
Sçache qu'vn innocent que l'enuie inhumaine,
Pour rencontrer sa perte en tant de lioux promeine
Si l'aduis des meschans estoit executé,
Cesseroit auiourd'huy d'estre persecuté :
Quoy, veux-tu qu'esloigné de la Cour & du mõde
Que traisnant vne vie obscure & vagabonde,

Touſiours dãs les dangers, touſiours dans les dou-
Ie n'acheue iamais ma fuite & mes malheurs?[leurs
Veux-tu pour ſatisfaire vne haine implacable,
Que mes iours & mes maux dont la rigueur m'ac-
Sans auoir offencé mõ Roy ny les Hebreux [cable
Se paſſent dans l'horreur d'vn cachot tenebreux?
Mais non tu veux pluſtoſt, pour m'épeſcher de vi-
Que de tant de perils, ton glaiue me deliure; [ure.
Et qu'on me puiſſe au gré de tes vœux inhumains
Voir tõmber & perir dans de ſanglantes mains.
Pourquoy veux-tu t'armer contre mon innocence?
Sur vn foible ſuiet exercer ta puiſſance ?
Mais pourquoy preparer ma perte & mon tõbeau
Vois-tu, Grand Roy, vois-tu ce pretieux lambeau?
Que ie viens de couper d'vne main ſalutaire
Dans les plus noirs detours d'vn antre ſolitaire?
Sçache qu'en cét eſtat mon infidelité ,
Sans reſpeơt de ton aage & de ta qualité,
Auroit peu deuenir maiſtreſſe de ta vie,
Que de fiers aſſaſſins ſans moy t'auroient rauie.
Mais dans le ſentiment de ma tendre pitié
Plus forte que les traits de ton inimitié,
Qui déja dans ton cœur ont percé mes entrailles,
Et par des vœux cruels haſté mes funerailles.
Ils ont veu leur conſeil aigrement reietté
Dans le meſme moment qu'ils l'auoient proietté,
Et que par ma diſgrace impunément ſoufferte
A mon reſſentiment ils ſuggeroient ta perte :
Par quel crime aſſez grand ton iniuſte courroux
Que le temps ny mes maux n'ont peu rendre plus
Forme t'il cõtre moy des cõplots homicides?[doux,
Souuiens-toy que ce Dieu qui punit les perfides;
Qui venge l'innocent dans ton haut Tribunal
Qui peſe également & le bien & le mal,

Iugera noſtre cauſe, & que par ſa ſentence
Il vaincra de ton cœur l'inhumaine conſtance:
Tu verras qu'eſloigné de ton funeſte abord
Dauid ne craindra plus ny l'exil ny la mort.
　Saül changé ſoudain teſmoigne auec adreſſe,
Les yeux baignez de pleurs, la douleur qui le preſſe
Et dans ce mouuement : Mon Fils n'eſt-ce pas toy
Plus genereux, dit-il, & plus iuſte que moy?
N'eſt-ce pas toy Dauid dont l'aymable parole
Dont le charmant aſpect me flatte & me conſole?
Le ſalut de ton Prince a retenu ta main?
Et tu vois auiourd'huy que mon glaiue inhumain
S'efforce vainement de te rauir la tienne :
Il eſt vray; Mais auſſi Dauid qu'il te ſouuienne,
Que le Ciel te rendra ce genereux bien-fait,
Lors que de ta vertu dignement ſatisfait,
Dans le paiſible cours des plus belles iournées
De l'approche des maux par ſes ſoins deſtournées
Il voudra pour ſa gloire, & pour le iuſte prix,
D'vn combat dont on vid le Philiſtin ſurpris,
T'eſleuant de ſes mains ſur le faiſte ſupreme,
Te donner d'Iſraël l'auguſte Diademe:
Tu dois le poſſeder apres mon monument
Mais ie veux m'aſſeurer par la foy d'vn ſerment,
Que pour ne pas flerrir ta celebre aduanture,
Tu feras conſeruer à ma race future,
Son honneur & ſon nom dans la meſme ſplendeur,
Dont tu vois en ce iour eſclater ſa grandeur;
Ie vis, mõ cher Dauid, dans cette heureuſe attante,
Que ta vertu ſans fin & ſincere & conſtante,
Par de dignes faueurs & par des ſoins ardans
Fera part de ſa gloire à tous mes Deſcendans.
　Dauid donne à Saül cette triſte aſſeurance,
Et ſoudain ſans flatter ſa legere eſperance,

Pour ne plus voir le Roy, s'esloigne de ses yeux,
Et cherche son salut dans de barbares lieux.
  Mais bien-tost asseuré de la triste nouuelle
Que le vieux Samüel, ce Truchement fidelle,
Apres les longs ennuys de ce mortel sejour,
A nagueres perdu la lumiere du iour:
Pour cacher ses chagrins & son inquietude,
Il reuoit de Maon la vaste solitude,
Où non loin du Carmel, de cent diuers troupeaux
Nabal faisoit fouler la plaine & les coupeaux.
Cét homme d'vne humeur arrogante & sauuage
Sembloit à ses voisins imposer le seruage,
Par ses biens dont l'excez n'eust iamais rien d'égal
Que l'indigne bon-heur de son lict conjugal:
Il possedoit l'amour d'vne pudique Femme,
Qui brusloit pour luy seul d'vne innocéte flamme,
Cette Illustre Abigail dont la beauté rauit
Et les yeux d'Israël & le cœur de Dauid,
  Ce fameux Conducteur de la guerriere bande,
D'vne voix agreable à ses Pages commande,
D'aller dire à Nabal qui dans cette saison
Despoüilloit ses Brebis de leur riche toison,
Que puis que sans peril & sans peur des alarmes,
Qui du Fils de Iessé font redouter les armes;
Protegé de Dauid & des Siens soustenu,
Il reçoit de ses Champs le fecond reuenu :
Puis qu'attaché sans cesse aux soins de son mesna-
Luy seul sans ressentir les maux du voisinage, [ge,
Void passer ses beaux iours auec tranquillité,
Il doit luy tesmoigner sa liberalité,
Et par quelque present esgal à sa puissance,
Faire voir les effets de sa reconnoissance.
  A ce commandement ces Ministres dispos
Rapportent à Nabal ces genereux propos,

Mais

Mais luy d'vn froid abord, & d'vn triste visage
Regardant les porteurs de ce noble message.
   Ce vain nom de Dauid & du Fils de Iessé,
Ne me sont pas connus, dit cét interessé;
Ce n'est pas à Nabal de faire des largesses
De payer de son bien d'insolentes prouësses:
Ie mesnage pour moy mes petits reuenus,
Et n'ay rien à donner à de nouueaux venus :
Nous ne voyós par tout que fugitifs, que traistres,
Que lasches deserteurs du party de leurs Maistres ;
Mais qu'ils sçachét qu'encor ils n'ont pas esuité,
Ny la mort, ny les fers de leur captiuité.
Qu'il est vray que iamais les sujets infidelles
Les mutins exilez, ny les Princes rebelles,
N'ont manqué de perir, & tousiours sur leurs pas
De trouuer tost ou tard ce qu'ils ne cherchoiét pas.
   Quand Dauid indigné de ce barbare outrage,
Mes amys faisons voir, dit-il, nostre courage;
Faisons sentir nos mains à cét ingrat Nabal,
Et puis que sans respect il nous traite si mal,
Dans ce perfide sein portons nostre vengeance,
Il faut exterminer sa criminelle engeance:
Par le fer & le feu renuersons sa maison,
Et d'vn lasche refus allons tirer raison,
Il faut qu'il se repente , & qu'vn iuste suplice
Instruise auec horreur la future malice,
Et que le chastiment de sa temerité
Laisse ce grand exemple à la posterité.
   Cependant de Nabal la compagne fidelle,
Apprend de son Berger cette triste nouuelle;
Abigail, luy dit-il, tu sçais bien mieux que moy,
Que tandis que Dauid persecuté du Roy,
A choisi pour sejour, nos bois & nos campagnes
Ses troupes ont esté nos plus cheres compagnes:

                                                    H

Qu'elles nous ont toufiours laiffé la liberté,
De voir nos chers troupeaux paiftre auec feureté:
Que iamais nous n'auons d'vn General fi fage,
Souffert de defplaifir ny receu de dommage.
Apres tant de bon-heur : Apres tant de bien-faits
Dont nous auons raifon d'eftre fi fatisfaits,
Nabal que tu connois auare & fans courage,
Aux Pages de Dauid par vn indigne outrage,
A fait fouffrir fans honte vn indifcret refus,
Dont ie me vis moy-mefme & furpris & confus:
Par le nom de ce Dieu, fi faint, fi venerable,
Ils venoient demander qu'on leur fut fecourable:
Que de quelque bien fait cét homme mefnager
Dans leur neceffité les voulut foulager : [ftance,
Qu'ils croyoient que fans peine, & que fans refi-
Ils receuroient de luy cette iufte affiftance ;
Mais ne pouuant fouffrir vn fafcheux traitement,
Ils ont fait efclatter leur mefcontentement ;
Et ie fçay que Dauid pour l'injure foufferte,
De Nabal & des fiens a refolu la perte.

   A ces mots Abigail cachant la paffion,
Qui dans fes fens troublez fait de l'efmotion;
Pour rendre l'offencé plus doux & plus traitable,
Preparant vn prefent à fes foins profitable;
Entreprend ce voyage, & defcendant d'vn mont,
Elle entend que Dauid pour venger fon affront,
Iure que fans laiffer, ny memoire, ny trace,
Il veut faire perir & Nabal & fa race :
Elle le void bien-toft à grands pas s'approcher,
Et cet abord la rend plus froide qu'vn rocher;
Puis reprenant fes fens elle fe iette à terre;
   Et d'vne voix tremblante, à qui fais tu la guerre
Grand Conquerant, dit elle ? & quel eft ton deffein
N'eft-ce pas de plonger ton glaiue dans mon feint

Ie ſçay que de Nabal l'imprudente folie,
Que ſes mœurs nous font voir & que ſon nõ publie
Par le ſoudain mal-heur d'vn refus criminel,
A fleſtri ſon honneur d'vn reproche eternel:
I'appris auec douleur que ce Melancolique,
En toy ſeul a bleſſé la pieté publique ;
Que puis que ſans regret de te voir affligé,
Par vn brutal caprice il t'a deſobligé ;
Tu pourrois te venger ſur ſa teſte infidelle,
De la temerité d'vne offence mortelle.
Mais peux-tu t'y reſoudre; Et veux-tu que tes mains
Qu'on appelle auiourd'huy l'azile des Humains;
Ces mains qui porteront le Sceptre de Solyme,
Se ſoüillent ſans pitié de cét indigne crime ?
Quoy veux-tu qu'é ce iour de tes iours le plus beau
Que tu peux ſans creuſer noſtre commũ tombeau,
Donner à ta clemence vne illuſtre matiere,
On te voye opprimer vne famille entiere ?
Mais encor verra-tu ſous ton fer gemiſſans
Sans bleſſer ta pitié perir tant d'innocens.
Modere ton courroux, & faits que ta vengeance
N'arreſte pas le cours d'vne noble Indulgence:
Fay moy trouuer facile & propice en ce lieu,
La douceur de Dauid & la bonté de Dieu.
Ainſi faſſe le Ciel apres ce grand office;
De tous tes ennemis vn ſanglant ſacrifice ;
Ainſi puiſſe paſſer ta gloire à tes Neueux;
Mais pluſtoſt que de voir accomplir tant de veux,
Reçoy d'vn œil benin! ô Guerrier trop aymable.
Ce preſent que ſon prix ne rend pas eſtimable,
Mais le cœur qui te l'offre, & qui dãs ſon mal-heur
Te fait voir le ſubiet de ſa iuſte douleur.　　　[mes
　L'Affligée Abigail dans ſon deüil plein de char-
Fait des yeux de Dauid couler de tendres larmes,

Ie reçois, luy dit-il, ta priere & ton don:
I'accorde à ton Espoux sa grace & son pardon:
Et pour t'en asseurer ie proteste & ie iure,
Que ie veux oublier son crime & mon iniure.
Que desia i'ay perdu le soin de me vanger,
Et que tu l'as sauué de ce mortel danger :
Sans toy, chere Abigail, ma iustice offencée,
Iamais dans mon courroux ne se fust dispensée,
De voir tomber Nabal sans honneur & sans biens,
Et tombant sous sa cendre estouffer tous les siens:
Ta vertu que i'estime, & ce charmant visage
De ton prochain bon-heur l'infaillible presage,
Surmontent ma colere & mon ressentiment;
Et Nabal ne doit plus craindre de chastiment.
  La discrette Abigail, qui se void satisfaite,
D'auoir sauué les siens d'vne triste defaite,
Rend graces à Dauid dont le cœur genereux,
Changea de son Espoux le destin mal-heureux.
Retourne en sa maison, & rencontrant à table
Parmy les mets friands d'vn festin delectable,
Nabal & ses amys de leur sens deuoyez,
Plongez dans la debauche & dans le vin noyez;
Sans troubler leur repos attend auec adresse,
Iusques au lendemain que sa brutale yuresse,
Ait passé sa fureur dans vn profond sommeil;
Et le trouuant plus sage à son premier reueil :
Luy parle de Dauid, & luy fait vne plainte,
Qui iette dans son ame vne stupide crainte :
Elle le void saisi d'vn assoupissement,
Dont son cœur & son poux perdent le mouuement:
Apres ce coup fatal vne fievre pressante,
Affoiblit de Nabal la santé languissante,
Le consomme, l'accable, & d'vn dernier effort
Le reduit aux abois & luy donne la mort.

Dauid reçoit bien-toft d'vn affeuré vifage,
Du foudain accident l'agreable meffage :
Nabal, dit-il, n'eft plus, & le Ciel a vengé
Par vne prompte mort, mon honneur outragé.
Il eft mort cét ingrat , & fon ame complice
De tant de maux commis fouffre vn digne fuplice,
Dans les ardens cachots d'vn mal-heureux feiour,
Apres auoir perdu la lumiere du iour ,
Allez, vous mes Amis, & confolez fa perte,
Auec trop de douleur par fa femme foufferte:
Vous luy ferez fçauoir, pour fecher fes beaux yeux
Pour flatter fa difgrace & ce deüil ennuyeux,
Que ce grand Dieu qui veut la rendre fortunée,
Luy promet de Dauid le fuperbe Hymenée.
Ainfi par vn bon-heur qui n'euft iamais d'efgal,
On void bien toft apres dans vn lict coniugal ,
La fameufe Abigail iouyr auec eftime,
Des innocens plaifirs d'vn amour legitime :
Ainfi qui le croiroit. On vid à cette fois ,
Dauid fans violer les nuptiales loix,
Bruflant en mefme temps de differentes flammes,
Abandonner Michol & poffeder deux femmes.
Mais Saül qui le preffe & qui ne ceffe pas,
De pourfuiure en tous lieux le violent trefpas
Du valeureux Dauid campé fur les montagnes,
Qui regardent de Ziph les arides campagnes,
Marchant fur fes talons auec les plus difpos
Et luy mefme troublant fa ioye & fon repos,
Pouffé du vain defir d'vne iniufte vengeance
D'vn pas toufiours efgal fait voir fa diligence :
Il arriue en ces lieux vaftes & defertez,
De la feule du monde & du bruit efcartez :
Et campant à cofté de cette folitude
Plein de chagrins attend auec inquietude,
M iij

Qu'on luy liure Dauid, qui bien toſt aduertí,
Que l'ennemy le preſſe & le tient inueſti,
Se deſtache des ſiens, & remply de l'eſtime
Qu'il a pour la valeur d'vn Confident intime;
Sans rencontrer d'obſtacle, & ſans faire du bruit
Marche auec aſſeurance à l'ayde de la nuit :
Prend vn deſtour caché qui le rend dans la Tente,
Où Saül au milieu d'vne troupe dormante,
En ce meſme moment par vn Deſtin pareil,
Eſt luy-meſme plongé dans vn profond ſommeil.
　　Abiſaï qui void eſtendu ſur la place,
Ce Monarque ronflant & prés de luy ſa Taſſe,
Et ſa Pique autrefois ſon ayde & ſon appuy :
　　Dauid qu'attendons-nous, Allons , dit-il, à luy,
Allons faire ſentir noſtre main vengereſſe
A ce laſche Tyran dont la fureur t'oppreſſe
Faiſons à cette fois perir vn ennemi,
Que le Ciel abandonne & nous liure endormi :
Pour te ſauuer des mains de ce Prince execrable
Profitons d'vn rencontre à tes vœux fauorables
Et pour ne craindre pas ſon funeſte reſueil,
Meſlons ſa prompte mort à ſon dernier ſommeil.
　　Alors Dauid frappé d'vne crainte glacée,
Quoy, dit-il, veux-tu voir noſtre gloire effacée ?
Quoy veux-tu ſans reſpect, & de l'aage & du rang,
Voir de l'Oingt du Seigneur ouurir le ſacré flanc
Veux-tu pour offencer & le Ciel & la terre,
De cet illuſtre ſang rougir ton cimeterre ?
D'vn ſi laſche deſſein voudrois-tu conſentir,
De porter dans ton cœur l'eternel repentir ?
D'vn ſemblable forfait m'as-tu connu capable ?
Veux-tu que malgré moy ie deuienne coupable
D'vne infidelité dont les remors preſſans
Liurant cent fois le iour la torture à mes ſens,

Feroient d'vn Parricide à noſtre aage incroyable
A mes timides yeux voir l'image effroyable ?

Il acheue auſſitoſt ce genereux propos;
Et ſoudain s'approchant ſans troubler le repos
De ce Prince aſſoupi d'vn ſomme Letargique
Emporte auec adreſſe & ſa Taſſe & ſa Pique :
Et puis apprehendant le reſueil du matin,
Se retire content de ce double butin.

Quand bien-toſt eſloigné de la Royale Tente;
Abner, Abner, dit-il, d'vne voix eſclattante,
Il l'a redouble encor, Abner eſueille toy ?

Qui trouble mon ſommeil & le repos du Roy?
Reſpond ce General, qui tout à coup s'éueille,
A ce bruit inconnu qui frappe ſon oreille?

Abner, luy dit Dauid, Toy de qui la valeur,
N'a iamais peu ſouffrir ny honte ny mal-heur,
Toy dont la diligence auec ardeur s'empreſſe,
De faire agir touſiours ta genereuſe adreſſe :
Toy qui portes par tout & tes pas & tes ſoins,
Dont Saül & ſon Camp ſont d'illuſtres témoins ;
Ie puis à cette fois blaſmer ta negligence
Qui t'a fait oublier l'exacte diligence,
Que dans l'occaſion ton honneur & ta foy,
T'obligent d'employer pour le ſalut du Roy.
Vous auez, ô ſoldats de ſon crime complices?
Merité la rigueur du dernier des ſupplices.
Vous qui dans vn peril dont mon cœur a fremi,
Auez abandonné voſtre Prince endormi,
Ie viens de le laiſſer dans ſa Tente Royale,
A la mercy des coups d'vne main deſloyale,
Qui ſans obſtacle euſt peu par vn ſanglant effort,
Deuenir Parricide & luy donner la mort.
Mais qui peut conceuoir cette execrable enuie,
De rauir à ſon Prince & le Sceptre & la vie?

Ie n'approchay de luy qu'auec tout le respect,
Qu'excita dans mon cœur ce venerable aspect :
Pour ne pas l'esueiller i'ay gardé le silence,
Ie me suis contenté sans faire violence,
Dans la sainte terreur dont i'estois transporté,
D'auoir & son Hanap & sa Pique emporté.

    Quand Saül esueillé par cette voix connuë,
Comme si lors sa ioye estoit sans retenuë :
N'est-ce pas toy Dauid? Mon Fils n'est-ce pas toy,
Pour qui ie n'eus iamais ny tendresse ny foy. [stre!

    Dauid apres ces mots, ô mon Prince! ô mõ Mai-
Ie suis, dit-il, ie suis, ce rebelle, ce traistre.
Ce meschant qui n'a point d'autre crime commis,
Que d'auoir sous tes pieds rangé tes ennemis :
Mais si les miens n'ont peu fletrir mon innocence,
Ny iamais m'imputer d'outrageuse licence,
Qui m'ait fait mespriser ton Sceptre & ta vertu,
Pourquoy Saül, pourquoy me persecutes-tu?
Contre vn ver impuissant ta foudre tu desserres ;
Ainsi qu'vn fier Vautour sous ses cruelles serres
Fait gemir la Perdrix, & de son bec sanglant
Donne cent coups mortels à cet oiseau tremblant;
Ainsi, sans que iamais on ait veu ma foiblesse,
S'opposer aux efforts de la main qui me blesse,
Ta puissance m'accable, & fait fondre sur moy
Les forces de l'Empire & le courroux d'vn Roy?
Si tu veux par ton glaiue acheuer ma misere,
Et si ce Iuste Dieu veut ayder ta colere;
S'il faut que ta rigueur, de mes funestes iours
Dans vn triste tombeau precipite le cours;
Si pour te satisfaire il veut que ie perisse ;
Que par mon sang versé ta gloire se fletrisse;
I'adore ses Decrets & les coups de ses mains :
Mais si l'inimitié de quelqu'vn des Humains,
                                        Allume

Allume contre moy ta haine & ton courage,
Pour me faire perir par vn sanglant outrage,
Souuiens-toy que ce Dieu vengeur des innocens,
Pour adoucir l'aigreur de tant de maux pressans
Me'doit faire emporter plein d'hôneur & de gloire,
Sur tous mes ennemis vne illustre victoire,
Que sans que par leurs mains mô sang soit répâdu
Ils sçauront que par tout son bras m'a deffendu :
Mais s'il faut qu'exilé de ma sainte patrie,
Dont son culte a chassé la vaine idolatrie,
Dans vn pays barbare & de prophanes Cours
l'aille de mon mal- heur interrompre le cours :
Si pour me garentir d'vne perte certaine,
Ie cherche le secours d'vne fuite lointaine ,
Ce Dieu ne voudra pas parmy tant de dangers,
Que ie serue des Dieux ny des Roys estrangers.
   Mon Fils, puis qu'aujourd'huy tu m'as donné la
Qui par vn Parricide eust pû m'estre rauie,   [vie
Et que par le respect de mon auguste rang,
Tes innocentes mains ont épargné mon sang :
Reuiens, luy dit Saül , auec cette asseurance,
De voir cesser ma haine & finir ta souffrance ,
On te verra bien-tost, esloigné du peril
Acheuer dans ma Cour ta fuite & ton exil :
Ie sçais que contre toy la haine mensongere,
M'a souuent fait donner vne foy trop legere
A des frequents rapports dont la temerité
A tousiours laschement caché la verité :
Mais tu leur feras voir par mes bienfaits insignes
De ton heureux retour les infaillibles signes :
Ils sçauront que ie hay ces hardis imposteurs
Qui sont de ces faux bruits les criminels auteurs :
Ie veux que de mon cœur les sinceres tendresses
Surpassent de Sion la ioye & les caresses :

                                 I

Et par le digne eclat d'vn bon-heur acheué
Qu'au faiste des honneurs on te voye esleué.
  Il se tait ; Quand Dauid de ce flateur langage,
Mesprisant les appas dont la douceur l'engage,
A tenter des perils à qui sa iuste peur
Represente vn Monarque assassin & trompeur.
  Commande, luy dit-il, à quelque Domestique,
De venir prendre icy ton Hanap & ta Pique,
Fais dire à tes soldats de mieux garder leur Roy :
Mais parmy tous ces soins, grand Prince souuiens.
Que ce Dieu qui protege & deffend l'innocéce[toy,
Contre les vains efforts d'vne iniuste licence ;
Qui seul void de mon cœur les plus cachez secrets,
Qui sçait bien si mes vœux sinceres & discrets,
Pour te precipiter de ce supreme siege,
Ont conceu de dessein ou preparé de piege.
Ce Dieu qui nous regarde, & qui sçait que tou.
Ie l'ay sollicité de prolonger tes iours,   [siours
Veut prendre soin des miens, Et son amour fidelle
Me doit mettre à couuert sous l'ombre de son aisle.
  Ainsi veuille le Ciel te combler de bien-faits,
Cher Dauid, dit Saül ; Ainsi tes nobles faits,
Puissent par sa conduite & par son assistance
De tous tes ennemis forcer la resistance :
Que Dieu pour contenter mes desirs & mes yeux,
Te fasse voir par tout maistre & victorieux ;
Et puis que ie te vois moderer ta colere,
Qu'il soit de ta vertu l'objet & le salaire.
  Dauid apres auoir promptement terminé
L'entretien de Saül dans sa rage obstiné,
Dans ce lieu perilleux, & dans la deffiance,
Qu'acquiert des maux passez la triste experiance
Va, sans plus s'arrester, chercher sa seureté,
Tant du cœur de ce Prince il craint la dureté,

Il fuit loin des confins d'vne ingrate patrie
Dont il vengea l'iniure & la gloire fletrie
Par l'insolent orgueil de ce Monstre cruel,
Qui tombant releua la cheute d'Israël.

Ce noble Fugitif lassé de tant d'alarmes
Qui promenoient par tout son exil & ses armes,
Part auec sa famille & ces fameux Guerriers,
Qui meslent les moissons de leurs cõmuns Lauriers;
Et dans le triste cours d'vne suite importune
Partagent auec luy sa gloire & sa fortune.

Il arriue à la Cour d'vn Prince genereux,
Qui dans le sentiment du sort d'vn mal-heureux,
Le traite auec honneur & fait voir sa puissance
Dans le supreme éclat de sa magnificence :
Dauid qui void d'Achis l'accueil officieux,
Charmer également & son cœur & ses yeux,
Pour ne pas, dans l'excez de cette courtoisie,
Luy donner de l'ombrage & de la ialouzie
Tendrement obligé d'vn bien fait non commun,
Et pour ne point passer pour vn hoste importun.

Grãd Monarque, dit-il, puis que mon impuissance
Donne vne estroite borne à ma reconnoissance;
Puis qu'il ne m'est permis dans mon aduersité
Que de prescher par tout ta generosité;
Acheue tes bien-faits & choisis vne Ville,
Dans tes riches Estats qui me serue d'asile;
Ie veux mieux menager ce que ie tiens de toy,
Et ne point partager la Cour auec le Roy.

Achis qui le connoist iudicieux & sage,
Accorde sa demande, & luy donne en ostage
Siceleg cette belle & celebre Cité,
Qui deuint l'instrument de sa felicité,
Et qui par le succez d'vne prompte victoire,
Vid signaler son nom & triompher sa gloire.

I iij

Dauid apres auoir dans ce nouueau seiour,
Establi son repos, s'occupe nuict & iour
Dans la guerriere ardeur qui sans cesse l'excite,
D'abbatre & de dompter l'impie Amalecite;
Cét ennemy commun dont le Ciel irrité
A condamné le crime & la posterité :
Il fait auec bon-heur dans ce pays sauuage,
Par la flamme & le glaiue vn general rauage:
Il porte en tous endroits la mort & la terreur
Et son seul nom inspire vne secrette horreur:
Il raze les maisons, desole les familles ;
Void tomber sous son fer les Femmes & les Filles;
Il reuient triomphant ; Et chargé de butin
Fait part de sa victoire au Prince Philistin.

Mais tandis que Dauid dans ce frequét carnage
Vainqueur & cõplaisant, par vn adroit hommage
Rend compte de sa proye au Monarque de Geth,
Qui le traite déja de genereux Subiet,
Qui le croit obligé par ce recent office,
Aux vœux respectueux d'vn eternel seruice:
Le Philistin cruel dans son ambition,
Cét ennemy iuré du repos de Sion
Par vn Camp dont il veut inuestir ses murailles
Prepare d'Israël les tristes funerailles.

Dauid, disoit Achis, il faut que ta valeur
Precipite Israël dans son dernier mal-heur:
Il faut le voir perir : Il faut que ton courage
Laschement offencé par vn indigne outrage,
Te venge de Saül ce fier persecuteur
Qui seul de tous tes maux fut l'implacable auteur?
Fay voir à cét ingrat que sans toy son armée
Gemira sous nos pieds mourante & desarmée;
Fay luy voir que Solyme & ses vastes remparts,
Nous receuront en foule ouuerts de toutes parts;

Que tu la garentis de tant de morts prochaines,
Que ce fut par tes mains qu'elle rōpit ses chaisnes,
Et qu'on ne vid iamais Israël abattu,
Tandis que pour Saül Dauid a combattu :
Mais pour te faire voir auec quelle tendresse,
Ie cheris ta vertu , i'estime ton adresse,
Et combien ie m'asseure en ta fidelité ;
Sçache que sans soupçon & sans credulité,
Au milieu de mon Camp à toy seul i'abandonne,
Tant ie connois ta foy , ma vie & ma Couronne,
Ne sçais-tu pas qu'aymant ta generosité,
Ie t'ay fait voir la mienne , & n'ay pas hezité
D'employer ta valeur dans l'aduerse fortune,
Qui iamais à mes yeux ne parut importune?
C'est en ce iour fatal par des trespas nombreux,
Que nous verrons perir le dernier des Hebreux,
Et qu'Achis soustenu de ta main valeureuse,
De ce fameux combat rendra la fin heureuse.
  Grand Prince, tu verras sans peril & sans peur
Que Dauid, n'est, dit-il, ny lasche ny trompeur,
Et que reconnoissant la noble confiance
Qu'en luy tu prends sans preuue & sans experiéce,
Des genereux effets de sa sincerité,
Il cherit ton honneur & ta prosperité :
On verra qu'au milieu de la troupe ennemie,
Son glaiue portera la mort & l'infamie ;
Et que Dauid vengé de son persecuteur,
A pris soin du salut d'Achis son bien-faicteur.
  Mais reuoyons Saül qui pressé des alarmes,
Que d'vn proche ennemy les menaçantes armes
Excitent dans son cœur que la douleur abat,
Marche auec son armée à son dernier combat.
Il occupe d'vn mont les sourcilleuses croupes,
Il voit auec frayeur les innombrables troupes

Des Philiftins campez non loin de la Cité,
Qui doit eftre tefmoin de fon aduerfité.

Dans le funefte eftat d'vne cheute prochaine,
Ce Prince qui poufſé de colere & de haine,
N'aguere apres la mort du fameux Samüel
Auoit par vn Edict plus iuſte que cruel,
Chaſſé tous ces Deuins de qui les impoſtures
Se meſlent d'éclaircir les veritez futures,
Confulte vainement du celeſte Decret,
La fcience cachée & l'inconnu fecret.
Des Preſtres la priere & les voix des Prophetes,
Deuiennent pour Saül & fourdes & muettes,
Et des ſonges trompeurs la fanatique erreur
Par leur obfcurité redouble fa terreur.

Ce Roy defefperé, Qu'on cherche qu'on m'amei-
Vne femme de qui la fureur plus qu'humaine, [ne,
Par l'infaillible voix d'vn plus fçauant Deuin,
De ce combat, dit-il, me découure la fin.

Grand Roy, refpond bien-toſt vn trifte domeſti-
Qui le void refolu d'implorer l'art magique: [que
Si tu veux fatisfaire vn defir curieux,
Et fçauoir ton deſtin funeſte ou glorieux,
Sollicite d'Endor la docte Pytoniſſe,
Il faut par fon fecours que ton doute finiſſe ;
Et que de l'aduenir ton cœur foit éclairci
Tu la feras parler, & s'il te plaiſt ainfi
Par elle tu fçauras d'vne grande iournée,
Quelle fera la fin, ou trifte, ou fortunée.

Saül quittant foudain fon Royal veſtement,
En vne obfcure nuict parti fecrettement,
Va chercher auec foin la fameufe Sorciere,
Des funeſtes Demons compagne & familiere:
Il la void, il l'aborde, & d'vn flatteur difcours,

Toy, dit-il, qui connois le terme de nos iours,

Qui regnes à ton gré sur la terre & sur l'onde,
Toy qui des noirs cachots du detestable monde,
As droit de r'appeller les Spectres mal-heureux,
Toy qui peux s'il te plaist conuerser auec eux :
Si tu veux écouter la voix d'vn miserable,
Et te rendre à ses vœux facile & secourable,
De ces horribles lieux fay bien-tost reuenir,
Vne Ombre qu'en secret ie veux entretenir.
Ayde moy promptement par ta noire science,
Et soulage ma peine & mon impatience :
Il faut par le secours de ton fameux pouuoir,
Que i'apprenne des morts ce que ie veux sçauoir.
   Quoy, dit-elle, as-tu bien perdu la souuenance,
Des recentes rigueurs de la triste ordonnance
Du Prince d'Israël dont la seuerité
Nous condamne d'erreur & de temerité ?
Tu sçauras que Saül par vne iniuste peine,
Sur nos Mages proscripts fait exercer sa haine,
Veux-tu m'abandonner à son ressentiment ?
Quoy Femme, dit le Roy, crains-tu le chastiment ?
Pour rasseurer ton cœur souuiens-toy que ie iure,
D'empescher que pour moy tu ne souffres d'iniure,
Tu verras par les soins d'vn silence discret,
Perir entre nous deux cet horrible secret
   Il finit : Et soudain ; mais qui veux-tu, dit-elle,
Que mõ pouuoir magique importune & rappelle,
Et que pour voir encor les mortels & le iour
Ie force de quitter ce tenebreux seiour ?
   Fay venir Samüel ; Ce diuin interprete
Qui seul de mon mal-heur sçait la cause secrette,
Il faut, dit ce Monarque, il faut qu'auecque luy,
Pour sçauoir mon Destin ie conuerse auiourd'huy.
   Ainsi parle Saül, Quand cette Enchanteresse,
Dans la noire fureur du Demon qui la presse,

                    K iij

Semble du fier regard de ses prophanes yeux,
Percer l'obscurité de ces funestes lieux,
Et pour mieux accomplir l'execrable mystere,
Et faire reüssir son triste ministere,
Dans son tremblant gozier roule d'horribles mots,
Qui ne sont entendus que dans les noirs cachots.
　Cette Vieille acheuât son charme & son langage,
Apperçoit Samüel dont le pasle visage
Fait croire que forcé par cét enchantement,
Il vient d'abandonner l'horreur du monument.
Par le soudain aspect de ce Fantosme instruite,
Que du Prince inconnu la feinte la seduite.
　Quoy, dit-elle, poussant sa voix auec effroy,
N'est ce pas toy Saül? mais n'es-tu pas le Roy?
Pourquoy par ta presence & par vne imposture
Veux-tu troubler le cours d'vne sainte aduanture?
　Que ton cœur, dit Saül, ne soit point abattu,
Et changeant de posture, ô Femme que vois-tu?
Qui redouble tes cris, & qui dans ta manie,
Retarde le succez de ta ceremonie?
　I'ay, dit-elle, éprouué la force de mon art,
Et ie vois des Enfers reuenir vn Vieillard,
I'apperçois son manteau, ie vois qu'auec menasse
Il traine iusqu'à nous sa tremblante carcasse:
Mais-quoy ne vois-tu pas vn Spectre triste & noir,
Indigné de quitter son tenebreux manoir?
Et qui ne peut souffrir le iour qui nous éclaire
Que pour faire esclatter son affreuse colere?
　Saül par ce discours frappé soudainement,
Des violens efforts d'vn triste estonnement;
Comme des coups mortels que la foudre desserre,
Sur sa face abattuë estendu tombe à terre;
On void à cette fois vn grand Roy de Sion,
Porter aux pieds d'vn mort son adoration.

Samüel appellé par des charmes prophanes,
Saül, pourquoy viens-tu persecuter mes Manes?
Pourquoy viens-tu, dit-il, pour troubler mó repos,
Fouiller dans mon sepulchre & remuër mes os ?
Tu m'as donc fait quitter cette demeure sombre,
Pour forcer mon silence & parler à mon Ombre ?
L'abord & l'entretien de ceux qui ne sont plus,
Ne sçais tu pas qu'ils sont tristes ou superflus ?
Que peut te dire vn mort & que peut-on apprédre
Ou d'vn trêblant squelette ou d'vne froide cédre?
    Ie ne puis resister à des maux si pressans,
Qui ne font, dit Saül, qu'aigrir mes foibles sens?
Tu vois, dit-il, tu vois vn Prince inconsolable
Qu'auec trop de rigueur son desespoir accable,
Tu connois mieux que moy l'effort de ma douleur,
Tu sçais en quel estat m'a reduit mon mal-heur.
Desia des Philistins la fureur animée,
Qui medite le sac de Solyme opprimée,
Se prepare de voir captif & dethrosné,
De la terre & du ciel Saül abandonné.
Desia de ces mutins les triomphantes armes,
Font gemir Israël & répandre des larmes
Dans mon Camp qui croit voir par ma honteuse
Terminer du combat le lamentable sort.   [mort
Les Deuins consultez pour expliquer mes songes,
Ou ne respondent plus, ou disent des mensonges,
De ces tristes cachots ie t'ay fait reuenir,
Pour voir ce que ie dois ou faire, ou deuenir,
Dis-moy puis que ie vis dans la douteuse attente
De voir finir demain vne guerre importante,
Puisque tu vois mes maux s'aigrir auec excez
Dis-moy de ce combat quel sera le succez ?
    Infortuné Saül, pourquoy viens-tu semondre
Vn mort, dit Samüel, qui ne peut te respondre?

Qui sçait que ce grand Dieu s'est de toy separé;
Que sa iuste fureur a desia preparé.
A ton fameux Riual pour qui Sion soûpire,
L'irreuocable droit d'vn legitime empire.
Dauid plaist à son cœur, & tu sçais qu'autrefois
Par les ordres pressans de ma fatale voix,
Ie te dis, presageant ta future disgrace,
Qu'il vouloit estouffer ta memoire & ta race,
Déchirer ta couronne, & redoublant ton deüil
Precipiter les tiens dans vn mesme cercueil :
Le criminel refus de venger sa querelle,
Et de faire perir vne engeance infidelle.
Fait ceder sa clemence à sa seuerité,
Et refuser la grace à ta temerité:
L'orgueilleux Philistin pour assouuir sa ioye,.
D'Israël abattu fera sa noble proye :
Sçache donc, ô Saül ! qu'on te verra demain,
Employer pour ta perte, & ta rage & ta main:
Que tu ne seras plus qu'vn Fâtosme & qu'vne Om-
Qui de ces mal-heureux fera croistre le nôbre, [bre
Et qu'enfin tous les tiens par vn indigne sort,
Souffriront la rigueur d'vne semblable mort :
Adieu Saül, ie vais de ces cachots funebres
Dont tu m'as fait sortir, reprendre les tenebres.
    Il disparoit soudain, & le Roy sans vigueur,
Accablé de la faim & tremblant de langueur,
Derechef tombe à terre,& dans cette détresse
S'abandonne aux assauts de la peur qui le presse:
Du Prophete indigné les discours menaçans
Par leur rigueur extreme ont assoupi ses sens.
    La Sorciere qui void le trouble & la souffrance
De ce Prince abattu de cœur & d'esperance :
S'approche ; Et quoy Saül, si ton desguisement?
Si les soins inconnus de ton empressement?

M'ont, dit-elle, forcé d'appeller le Prophete
Qni vient de t'annoncer ta prochaine deffaite :
Quoy veux-tu deuenir à toy mesme inhumain
Et ceder aux langueurs d'vne cruelle faim ?
Veux-tu t'abandonner sans ayde & sans remede,
Aux efforts impuissans du mal qui te possede
Et perdant sur la foy de ce douteux rapport
Les doux soins de ta vie, anticiper ta mort?

Saül sollicité par cette horrible Femme,
Pour ne pas se fletrir du reproche & du blasme
D'auoir honteusement aduancé son trespas,
Sur vn lict preparé prend son dernier repas:
Puis part en diligence, & d'vne nuit funeste
Pour se rendre à son Camp acheue ce qui reste.

Mais desia le Soleil dans son oblique tour,
Faisoit voir à Sion le lamentable iour,
Qui d'vn triste mal-heur doit obscurcir sa gloire
Et de ses ennemis esclairer la victoire :
Quand le superbe Achis couure de bataillons,
Des campagnes d'Aphec les fertiles sillons :
Et pour mieux s'asseurer place à l'arrieregarde,
Dauid à qui des siens la conduite il hazarde:
Les Satrapes qu'on void percer les nombreux rangs
Et visiter du Camp les aisles & les flancs,
Apperçoiuent Dauid dont le cœur & l'adresse,
A gaigné de leur Roy l'estime & la tendresse,
Et porté son merite à ce supreme rang,
Que la naissance donne aux Princes de son sang.

Quand tout à coup poussez d'vne ialouse enuie,
Faut-il que nostre Prince abandonne sa vie,
Disent-ils hautement, aux soins d'vn Estranger,
Et de sa perfidie esprouue le danger?
Par quel soudain soupçon, Par quelle deffiance,
Les siens ont-ils dé-ja perdu sa confiance?

Plus qu'eux; ce vagabond qu'on void ſi careſſé,
Au ſalut de leur maiſtre eſt-il intereſſé ?
La foy de tant d'amys peut-elle eſtre ſuſpecte?
Void-il pas que ſa Cour l'honnore & le reſpecte ?
Apres vn long ſeruice & des ſoins ſi conſtans,
Sommes nous deuenus traiſtres ou mécontens?
Manquons nous de courage? Auons nous moins de
Ce guerrier exilé luy ſeul eſt-il fidelle? [zele?

 Ce Monarque eſtonné de ce hardy diſcours,
Dont il veut vainement interrompre le cours,
Vous ſçauez bien, dit-il, que ce grand Capitaine,
Contre qui de Saül la pourſuite & la haine
A tenté ſi ſouuent d'inutiles efforts :
Ce Dauid dont le bras fit tomber les plus forts,
Vint chercher dans ma Cour vne ſeure retraite :
I'ay reconnu depuis dans ſon humeur diſcrette ;
Dans ſa foy genereuſe vne fidelité,
Qui parmy ſes vertus marque ſa qualité.
Sa force eſt ſans exemple; Et ſa reconnoiſſance,
Qui ne ceda iamais à ſon obeiſſance,
Me l'a touſiours fait voir à mes ordres ſoûmis
Sans auoir eu commerce auec mes enꝛemis.
Apres le long eſſay d'vne amitié conſtante,
Ie crois ſans me flatter d'vne trompeuſe attante,
Que mon bras par le ſien ſera fortifié,
Et qu'à Dauid mon Camp peut eſtre confié.

 Les Satrapes feignant les ſoupçons & la crainte,
Que le peril commun a dans leur ame empreinte:
Nous ne permettrons pas que de nouueaux venus
Qui cachent dans le cœur des deſſeins inconnus,
Preparent, diſent-ils, au plus fort des alarmes
Et tournent contre nous leurs infidelles armes ?
Nous ne ſçaurion's ſouffrir qu'il vienne parmi nous
Et que pour adoucir la haine & le courroux.

De Saül offencé de son ingratitude,
Il nous donne du soin & de l'inquietude.
Non, disent. ils encor, nous ne pretendons pas,
Qu'il nous faille obseruer & ses mains & ses pas :
Il craint nostre valeur,& nous craignós qu'il cháge
Et qu'à nos ennemis il nous liure, & se venge.
N'est-ce pas ce Dau.d que de foibles mutins,
Chantent auoir luy seul dompté les Philistins?
Ne sçaurions nous sans luy, ny sans son assistance,
Esprouuer nostre force & faire resistance?
Quoy ne vid-on iamais que parmy les Hebreux
De fidelle soldat & de Chef valeureux ?

    Achis qui de son choix void sa Cour m'écótente
Fait appeller Dauid, & venu dans sa Tente
Le flatte, le caresse, & d'vne triste voix,
    Amy tu sçais, dit-il, que les plus gráds des Roys,
Pour appaiser l'enuie & les plaintes publiques,
Qui font dans les Estats des desordres tragiques,
Ont cedé quelquefois à la rigueur des temps
Et souuent satisfait des Princes mescontens.
Ie iure que pour toy ie conserue l'estime
Qui gaigna de món cœur la bien-veillance intime,
Et que de ton courage & de ta probité,
Dont ie sens tendrement mon cœur sollicité;
Ie ne perdray iamais la constante memoire:
Tu sçais que pour donner de l'éclat à ta gloire ;
I'ay voulu dans mon Camp employer ta valeur :
Mais ie suis obligé de dire auec douleur;
Qu'auec tant de vertus, ô bassesse incroyable !
Aux plus grands de ma Cour tu n'es pas agreable:
Fuy loin de mou armée, & de tant d'enuieux ,
Contre toy coniurez, ne blesse point les yeux.

    Quoy faut-il que l'enuie à mes maux se prepare?
Faut-il qu'elle m'accable & d'Achis me separe?

Faut-il difoit Dauid, qu'il me foit imputé,
Que d'vn iufte deuoir ie me fuis rebuté ?
Faut-il me feparant des interefts d'vn Maiftre,
Qu'on me faffe paffer & pour lafche & pour trai-
Il ne fera donc pas à mon glaiue permis   [ftre ?
De te fuiure à la guerre , & de tes ennemis ,
Pour affeurer ta vie & venger mon outrage,
De refpandre le fang & d'opprimer la rage?
Faut-il , par le confeil de ces lafches Humains ,
Qui veulent malgré toy qu'on redoute mes mains;
Cependant qu'on verra ta belliqueufe efpée,
Dans vn Champ de bataille aux meurtres occupée;
Que deferteur du rang où tu m'auois placé:
Comme fi tout à coup mon cœur s'eftoit glacé,
Ie perde dans ce iour ma force couftumiere,
Et que de tous mes faits i'efteigne la lumiere ?
Veux-tu que ce combat refufé lafchement,
Sans caufe legitime & fans empefchement,
Lors que ie l'attendois auec inquietude,
Soit l'opprobre eternel de mon ingratitude ?
Apres tant de bien-faits fans pouuoir t'affifter
Sans ozer à mes maux fortement refifter ,
Il faut que ie te quitte, il faut que ie m'apprefte
De faire auec les miens vne indigne retraite.

    Ie voudrois accomplir ton genereux defir
Ie voudrois, dit le Roy , te voir auec plaifir,
A la tefte des miens heureufement combattre,
Et du lafche Ifraël le foible orgueil abattre:
Mais ie dois ; mais il faut appaizer promptement
De tant de cœurs aigris le mécontentement :
Il faut que malgré moy ma tendreffe reduite
A craindre pour Dauid, luy confeille la fuite :
Donne l'ordre aux foldats , & pars fans faire bruit
Quand le foleil naiffant aura chaffé la nuit.

Dauid qui reconnoiſt cét aduis ſalutaire,
Conduit adoitement ſa troupe militaire
Et ſe rend ſans peril dans le troiſiéme iour,
Non loin de Siceleg ſon aymable ſejour.
Quand bien-toſt il apprend qu'auecque diligence,
Le traiſtre Amalecite exerçant ſa vengeance.
Auoit dans ſa fureur auec impunité
Deſolé par le fer cette illuſtre Cité.
Il ſçait que cét impie a garenti ſes femmes,
De la rigueur du glaiue & du peril des flammes;
Qu'on les meine en triomphe, & qu'vn iniuſte ſort
Prepare à leur ſeruage, ou la honte ou la mort.
Les nombreux Citoyens que la douleur accable,
Luy reprochant leurs maux & le rendât coupable,
Des outrages receus dans ſon eſloignement:
Accuſent ſon abſence & ſon retardement.
Dauid pour appaiſer cette plainte importune,
Dans le reſſentiment de ſa propre infortune,
Excite ſa colere & reſout ſa valeur,
De venger ſon iniure & ce commun mal-heur.
Il implore du Ciel l'infaillible aſſiſtance;
Et ſoudain mépriſant la vaine reſiſtance
D'vn ennemy qu'il preſſe & qu'il ſuit hardiment,
Prepare à leur audace vn digne chaſtiment.
Ce valeureux Heros ſous l'heureuſe conduite
D'vn eſclaue d'Egypte, arreſte ſa pourſuite:
Dans des lieux eſcartez où l'imprudent vainqueur,
Apres auoir ſans crainte abandonné ſon cœur.
Aux ſoudains mouuemens d'vne indiſcrette ioye,
Partage d'Iſraël la criminelle proye.
Il les pouſſe, & dé-ja ſous ſes puiſſans efforts,
On void de toutes parts cheoir en foule les corps,
Les ſoldats animez d'vne ſainte furie
De tous ces eſtourdis font vne boucherie,

Qui d'vne force efgale, & d'vne mefme main,
Dure fans relafcher iufques au lendemain.

Quand de Dauid vengé la haine fatisfaite,
Euft fans peine acheué cette prompte deffaite ;
Et que brizant les fers & changeant de deftin
Des Captifs deliurez il reprit le butin,
Il rapporte fuiui de fa troupe fidelle,
De ces lafches voleurs la dépoüille mortelle,
Et bien-toft arriué fur le bord du Bezor
Diuife efgalement la proye & le Threfor:
Il en fait part à ceux que l'ennuy du voyage,
Auoit fait arrefter pour garder le bagage,
Et de ce droit acquis par ce guerrier employ,
Eftablit en Iudée vne commune loy.

Mais, ô Mufe, acheuons la fatale iournée
Qui fit voir de Saül la mort infortunée,
Haftons-nous de chanter, ô fort trop douloureux!
Le Philiftin vainqueur & l'Hebreu mal-heureux.
Ie vois de l'ennemy la bataille rangée,
Maiftrifer du combat la fortune changée,
Et d'Ifraël tremblant l'efperance & le cœur,
Ployer indignement fous le fer du vainqueur :
Qui croira qu'on ait veu dans cette trifte guerre,
Vn Prince, fans fecours du Ciel & de la terre,
Abandonner des Chefs qui firent autrefois
Gemir le Philiftin fous leurs puiffantes loix?
Qui croira qu'à ce coup des troupes glorieufes,
Ceffent de faire agir leurs mains victorieufes?
Qui croira que Saül par vn coup de fa main
Ait fouffert auec honte vn trefpas inhumain?
Que fes Fils, que toufiours on a veu dans la guerre,
Du fang de l'ennemy rougir leur cimeterre ;
Rencontrent fous l'effort du glaiue Philiftin,
A celuy de leur pere vn femblable deftin?

I'entends

I'entends le bruit confus du choc de deux armées,
D'vne ardeur inégale au combat animées ;
Ie voy dans ce moment sans force & sans valeur,
Esteindre d'Israël la guerriere chaleur:
Ie vois que dans l'estat où sa crainte est reduite,
Il cherche son salut dans vne prompte fuite;
Ie vois que dans l'horreur d'vn general effroy,
Il suit la destinée & la terreur du Roy.

　　Mais déja Ionathas; déja ses tristes Freres
Qui n'ont peu repousser de tant d'armes contraires
Dans ce dernier combat les genereux efforts,
Par le glaiue abattus gizent entre les morts.
Saül dans les transports d'vne crainte alarmée,
Qui void fondre sur luy les forces d'vne armée
Qui le poursuit sans cesse, & marchant sur ses pas
Le menace déja du fer & du trespas :
En ce funeste estat pour haster sa disgrace,
Pour perir noblement auec toute sa race,
Percé d'vn coup sanglant resolu de mourir,
Presse son Escuyer d'irriter & d'ouurir
Par l'aide de sa main sa recente blessure,
Et pour finir bien-tost sa vie & son iniure.

　　Acheue-moy, dit-il; & par vn fer pieux,
A ton Prince mourant deuiens officieux.
Mais quoy permettras-tu que la rage ennemie,
Adiouste à mon trespas la honte & l'infamie ?
Quoy pour voir expirer ton maistre satisfait,
Veux tu luy refuser ce funeste bien-fait ?
Ayde moy, tu le dois, & seul tu peux sans blasme,
De mon debile corps fai re sortir mon ame :
De ma triste langueur tu dois estre affligé,
Et souffrir que Saül meure ton obligé.
Tu vois bien que mes Fils me pressent de les suiure
Que pour les satisfaire il n'est plus temps de viure.

　　　　　　　　　　　　　　　　K

Tu vois que de mes iours, apres cet accident
Ie n'attends que de toy l'agreable Occident.
Crois-tu qu'apres ce coup, si doux, si salutaire,
On te puisse imputer vn cruel ministere ?
Qu'on die auec horreur que ton bras fut l'écueil
Où ton Roy fit naufrage & trouua son cercueil?
Non, ie sçais qu'auiourd'huy ma vie & mes années
A ce genre de peine ont esté condamnées,
Et que ie n'ay besoin dans mon sort inhumain
Que d'vn peu de courage & d'vne foible main.

Cét Escuyer touché d'vne sainte tendresse,
Deplore de son Roy la mortelle detresse;
Et ne peut consentir par vn cruel secours
D'auoir de son mal-heur precipité le cours.

Saül dans ce refus que sa colere blasme,
Dresse contre son sein la pointe de sa lame,
Et puis precipitant son corps auec effort,
Rencontre dans sa cheute vne soudaine mort.
Cét homme qui 'alors le void tomber à terre,
Et qui veut dans son sang plonger son cimeterre,
Sans emprunter la main d'vn lasche Philistin,
Cherche & trouue à l'instant vne semblable fin.

Telle fut d'Israel la triste Destinée;
Ainsi de ce Monarque à sa perte obstinée,
Sa derniere rigueur, dans ce fatal moment
A son corps passé & froid refuse vn monument :
Ainsi fut Gelboé la montagne celebre,
Où ce Roy criminel par vn succez funebre,
Vid perir Israel, & dans ce mesme lieu,
Combattre & triompher les ennemis de Dieu.

Cependant le Vainqueur considere auec ioye,
De ce Camp déconfit l'inestimable proye,
Il se plaist sans pitié de voir entre les morts,
De Saül & des siens rougir les tristes corps.

On atrache auſſi-toſt ces magnifiques armes :
On préd ces beaux habits, & ſans verſer des larmes
Au lamentable aſpect de cette nudité,
On les expoſe aux yeux d'vne infame Cité.
Ce cruel ennemy pour toutes funerailles,   [railles
Pend ces corps aux creneaux des ſanglantes mu-
De Bethſan triomphante où d'vn culte odieux
Il en fait vne offrande à de barbares Dieux;
Et pour voir ſignaler ſa rage & ſa conqueſte,
D'vn coup laſche & profane il abbat cette teſte,
Cette teſte ſuperbe ! ô cruelle fureur !   [reur,
Qu'il fait voir aux ſoldats ſans crainte & ſans hor-
   Mais, ô diuers effets d'vne meſme diſgrace!
Apres ce coup funeſte à la Royale race,
O pieté celebre ! vn peuple genereux,
Qui plaint le triſte ſort d'vn Prince mal-heureux,
Et qui cherit encor d'vne illuſtre victoire,
Et d'vn rare bien-fait l'agreable memoire
Ramaſſant des ſoldats qu'vn ſaint zele conduit,
Marche droit à Bethſan à l'ayde de la nuit,
Et par vne valeur que le Ciel fauoriſe
Acheue ſans peril ſa pieuſe entrepriſe.
Il emporte ces corps dont le funeſte aſpect
Par vne ſainte horreur excite ſon reſpect;
Et parmy les regrets de cette ignominie,
Prepare à ſon retour auec ceremonie
Vn ſuperbe bucher dont le feu conſument,
Fait du Pere & des Fils vn meſme monument;
Puis dans les ſentimens d'vne douleur ſi tendre
Apres auoir meſlé leur mal-heureuſe cendre,
Redoublant ſes ſanglots & ſes gemiſſemens,
Va ſans pompe enterrer ces nobles oſſemens.
   Mais encor qui croiroit, ô nouuelle aduanture,
Qui bleſſe également l'honneur & la nature!

Qu'apres que de Sion les soldats desconfits,
Virent perir Saül : virent perir ses Fils ;
Et que leur lascheté par leur deffaitte entiere,
De leur champ de bataille eut fait vn cimetiere;
Qui croiroit qu'Israël sans mesure estonné,
Ait changé de parti ? Qu'il ait abandonné,
Pour chercher à sa peur de profanes Aziles,
L'agreable seiour de ces superbes Villes ?
Qui croiroit que d'vn cœur & d'vn genoüil soumis
Il ait honteusement prié ses ennemis ?
Le Ciel pour faire voir cette triste inconstance,
Retire de son bras l'infaillible assistance ;
Et par vn autre main punit l'iniquité,
D'vn Prince qui l'auoit si laschement quitté.
Il veut dans sa fureur aussi iuste qu'extreme
Abattre de Saül la puissance supreme :
Faire regner Dauid , & donner à Sion,
Vn Roy qui par le droit de la succession
Apres le cours reglé des futures années,
Fera voir auec ioye aux Tributs fortunées,
Le Mystere accompli par les puissantes mains
De l'adorable auteur du salut des Humains.

   Il faut reuoir Dauid dont l'ame & le visage,
Se troublent au recit d'vn funeste message;
Tandis qu'à Siceleg son triomphant retour
Par des vœux & des chants fait resonner sa Cour,
Vn ieune Homme effrayé du bruit & des alarmes,
Ses habits déchirez , ses yeux baignez de larmes,
S'approche de Dauid , embrasse ses genoux.

   Quand tout à coup le Roy, soldat raconte nous,
Fay nous sçauoir, dit-il, la cause de ta peine,
Et quel suiet de crainte ou de douleur t'ameine,
Ton pas precipité, ton visage & tes yeux
D'apprendre ton destin m'ont rendu curieux

Soulage donc tes maux & mon impatience,
Et si ie puis t'ayder parle sans deffiance.
  Le soldat se prosterne ; Et grand Prince, dit-il,
Ie viens en ce moment d'échapper d'vn peril
Où par les coups sanglans de sa rage assouuie
Le Philistin vainqueur a fait perdre la vie
Aux trois Fils de Saül qui pour suiure leur sort,
M'a demandé luy mesme vne semblable mort.
Quand i'ay veu que pressé d'vne barbare armée,
Son trespas estoit proche & sa main desarmée,
I'ay fait agir la mienne, & suiuant son dessein
I'ay plongé sans regret ma lame dans son sein :
Elle fut à ses vœux sans doute officieuse,
Ou du moins des langueurs de sa vie ennuyeuse
Par ce coup fauorable elle acheua le cours,
Et fit voir qu'elle estoit son vnique secours.
Ce fameux Brasselet : Cette riche Couronne
Que mon bras a conquis, & que ma foy te donne,
Seruent de mon respect & de mes tendres soins
De gages precieux & d'illustres tesmoins ;
Reçoy-les auec ioye, & fay voir sur ta teste,
Le memorable prix de ma noble conqueste.
  Dauid frappé d'horreur à ces funestes mots,
Ne peut plus retenir ses pleurs & ses sanglots ;
Et dans l'excez d'vn mal qui sans contrainte éclatte
On le void déchirer sa brillante escarlatte :
Il porte ses amys par sa iuste douleur
Au tendre sentiment de ce nouueau mal heur :
De venger cette mort les siens il sollicite,
Et pour faire perir l'impie Amalecite,
Qui se vante d'auoir sans crime & sans effroy,
Trempé ses lasches mains dans le sang de son Roy,
Il le liure au soldat de qui le cimeterre,
Fait cheoir d'vn coup mortel ce Parricide à terre,

Et dans son sang efface auec seuerité,
Le criminel dessein de sa temerité.

De tant de maux passez, & de tant d'auantures,
I'ay tracé iusqu'icy les sanglantes peintures,
Iusqu'icy sans se voir du trauail estonné
Mon esprit ne m'a pas du tout abandonné.
Mais puis-je maintenant raconter la detresse
Et le deüil de Dauid dans l'ennuy qui le presse,
Pour la mort de Saül & le sort mal-heureux,
Du braue Ionathas, de ce Fils genereux,
Pour qui le Ciel fit naistre & conserua dans l'ame
D'vne sainte amitié l'irreprochable flamme ?
Mais qui peut exprimer que par les mesmes vers
Qui font chanter de Dieu la gloire à l'Vniuers,
De Dauid affligé les regrets & les larmes
Que ses yeux ont versé pour le mal-heur des armes,
Pour le fatal combat dont le succez cruel
Fit voir sur Gelboé la cheure d'Israël?
Muse dans sa douleur si pressante & si forte
Tu sçais bien que Dauid parla de cette sorte.

V iens Israël, & considere,
    Sur le faiste de ces coupeaux,
    Où paissoient tes feconds troupeaux,
    Mon infortune & ta misere :
Voy comme tes Chefs vigoureux,
    Par vn destin trop rigoureux,
    Ont ployé sous l'effort des armes,
    Et fay dans ce commun malheur,
    Auec moy ruisseler tes larmes,
    Sur le tombeau de la valeur.

Cache à Geth l'indigne nouuelle
   De tant de funestes trespas;
   Et par leur recit n'enfle pas,
   Les cœurs de ce Peuple infidelle ;
Que leurs Filles dans les Citez.
   Ignorent nos aduersitez ;
   Et que iamais on ne les voye,
Mesprisant nos lugubres sons ,
   De nostre deüil faire leur ioye
   Et le subjet de leurs chansons.

Et vous , ô montagnes sanglantes
   Que sans cesse dans leur courroux
   Les foudres déchargent leurs coups,
   Sur vos cimes toushours bruslantes ?
Que la rozée & que les eaux,
   Et du Ciel & de vos ruisseaux,
   N'arrozent iamais vostre terres
Et qu'à vos champs l'aridité,
   Laisse pour marques de la guerre,
   Vne eternelle nudité.

Vous estes le cruel Theatre
   Où tant de Princes dont le sort,
   Vient de haster l'indigne mort
   Ont trop tost cessé de combattre,
Feut-il que des foibles mutins ,
   Et que des lasches Philistins,
   On ait veu la rage assouuie ,
Comme si dans ce triste lieu,
   Saül eust dû perdre la vie ,
   Et n'eust pas esté l'Oingt de Dieu?

De Ionathas les dards rapides ,
  Ne faisoient pas de vains efforts ;
  Et tousiours contre les plus forts
  Dressoient leurs pointes homicides :
De Saül le fer valeureux ,
  Des ennemis plus genereux,
  Perçoit le cœur & les entrailles :
Et par vn bon-heur plus qu'humain ,
  On vid autant de funerailles,
  Que de coups partis de sa main.

Pous nous laisser inconsolables,
  Tous deux également contens ;
  Dans l'inegal cours de leurs ans,
  Ont rencontré des morts semblables:
Le combat ny le Philistin,
  N'ont pû diuiser leur destin ,
  Par le fil trenchant d'vne lame
Et la fatale horreur du sort ,
  Qui separe le corps de l'ame
  Les vnit mesme apres leur mort.

On les a veus dans la meslée ,
  Portant en tous lieux le trespas,
  Surpasser d'vn agile pas,
  Des Aigles la vitesse aislée :
On voyoit à leurs pieds soûmis
  Les plus fiers de leurs ennemis,
  Par leurs mains dans le sang trempées ;
Et leur courage de Lion
  Faisoit fremir sous leurs espées,
  La guerre & la rebellion.

Vous

Vous de Sion aymables Filles,
  Versez des pleurs sur leur cercueil,
  Et faites part de vostre deüil
  A vos lamentables familles :
Saül faisoit sur vos habits,
  Briller la pourpre & les Rubis,
  Par ses magnifiques largesses,
On vid auec estonnement,
  Seruir son or & ses richesses,
  A l'éclat de vostre ornement.

Cher Ionathas les iustes flammes,
  Qui pour toy seul charmoient nos sens,
  Surpassoient les appas puissans,
  Du plus constant amour des femmes :
Le nostre fut tousiours égal
  Au sort du couple conjugal,
  Quand l'vn de l'autre est la victime,
Et que tous deux d'vn feu si beau,
  N'esteignent l'ardeur legitime,
  Que dans les glaces du tombeau.

Ainsi qu'vne dolente mere,
  Qui par la mort a veu détruit,
  De son Hymen l'vnique fruit,
  Gemit d'vne langueur amere :
Mon deüil me presse, & ton trespas
  Que Solyme n'attendoit pas,
  Estonne les plus grands courages,
On vid souffrir à la vertu
  Le dernier de tous les outrages,
  Quand Ionathas fut abatu.

L

Par quel bras, Par quelle affiftance,
A t'on veu vaincre & mettre à bas,
Ces armes qui dans les combats
Ne trouuoient point de refiftance ?
Mais comment n'ont peu ces Guerriers,
Sous le faix de tant de Lauriers,
Opprimer la rage ennemie ?
Et pourquoy par de foibles mains
Vid-on cheoir auec infamie,
Les plus forts de tous les Humains ?

DAVID.

LIVRE QVATRIEME.

IVSQVES i'ay suivi dans vn penible exil
De David mal-constant suite de le perils :
Iusqu'icy i'ay chanté les frequentes alarmes,
Et le constant bon-heur des innocentes armes,
Qui pour sauver sa vie renverse la valeur
Naguieres ie l'ay veu dans vn soudain mal-heur,
Au funeste recit de la sanglante perte,
Par Israël desfaict avec labeur deserte,
Regretter de tant le quelque douloureux
Et de ses Fils vaincu le destin mal-heureux.
Mais aujourd'huy ie voy qu'vn Royal caractere,
Def onction sacrée descrit le mystere,
Ie voy qu'en ce moment l'indulgence des Cieux
Pour soulager son duëil, pour essuyer ses yeux,

K iij

Et pour le voir regner, le console & luy donne
Du celebre Iuda la superbe Couronne:
Son Peuple qui le void brillant & reuestu,
Des sacrez ornemens qui parent sa vertu
Heureux & satisfait de ce nouuel empire
Auec plus de douceur sous ce regne respire,
Et gouste les plaisirs de cette liberté,
Qu'vn Tyran opprimoit auec trop de fierté.
    Par les ordres du Ciel à ses desirs facile,
Dauid va dans Hebron cette fameuse Ville,
Qui met à ce Monarque aussi iuste qu'humain,
Le Bandeau sur la teste & le Sceptre à la main:
Dans ce premier bon-heur d'éclat & de puissance,
Pour faire voir sa ioye & sa reconnoissance,
Il fait dire aux soldats de l'illustre Cité,
Qui par vn saint respect dans leur cœur excité,
Auoient dans vne horreur commune à la nature
A des corps exposez donné la sepulture :
Que pour faire passer aux Siecles aduenir,
De cette pieté l'eternel souuenir ;
Il vouloit honnorer leur fameuse vaillance
De la faueur publique & de sa bien-veillance:
Qu'vn tendre sentiment de cette affection,
Qui gagne son estime & sa protection
Leur doit faire oublier la perte de leur Maistre,
Qu'à leur rare merite il veut faire connoistre,
Par de fameux employs & de rares bien-faits,
De sa iuste amitié les genereux effets.
On leur dit que le Ciel doit rendre auec vzure,
A leur sincerité sans prix & sans mezure
Le glorieux loyer que la Posterité
Verra durer sans fin dans leur prosperité:
Que des Fastes sacrez la venerable histoire,
Qui doit rendre immortelle, & dispenser la gloire,

Comme vn prix legitime à ces pieux guerriers
Fera viure leur nom & fleurir leurs Lauriers.
  Mais cependant Abner ce General fidelle,
Sensiblement touché de la triste nouuelle,
Qui des Princes deffaits apprit l'indigne mort,
Resolu d'opposer à la rigueur du sort,
Pour le Fils de Saül ses soins & son adresse,
Au milieu des soldats promeine auec tendresse,
Et fait voir Isbozet pour asseurer leur foy;
Il l'appelle leur Maistre & legitime Roy:
Et luy seul deuenu chef du parti contraire
Les presche auec ardeur de ne se pas soustraire
Au fidelle deuoir des Subiets genereux,
Qui respectent le sort des Princes mal-heureux :
Il flatte leur courage, il excite leur gloire,
A cherir de Saül le nom & la memoire ;
Et bien tost dans le Camp de ce zele enflammé,
Le fait voir d'Israël Monarque proclamé
Sans espoir de iamais pretendre à la Iudée,
Par vn fameux Riual dignement possedée.
  Mais quel funeste objet, quel combat odieux,
Vient frapper tout à coup & mes sens & mes yeux?
Ie vois de Gabaon la mortelle Piscine,
Ceinte de toutes parts d'vne troupe mutine
De soldats ennemis qui par l'ordre cruel
D'Abner & de Ioab dans vn soudain duel,
Perdent pour assouuir leur homicide enuie
Par vne playe égale & le sang & la vie,
Et tombent, s'entr'ouurant & le flanc & le cœur
L'vn & l'autre vaincu, l'vn & l'autre vainqueur:
Ainsi des combattans les couples temeraires,
Ces Athletes mutins, ces mortels aduersaires
Font appeller ce lieu par leur sort desastreux,
Des robustes lutteurs le champ malencontr'eux ;

L iiij

De ce fatal combat la triste destinée
Alluma la fureur d'vne guerre obstinée,
Qui diuisant les cœurs de ces deux Potentats,
Agita leur repos & troubla leurs Estats.
   Mais parmi tant de morts, de combats, & d'alar-
Abner éprouue seul la fortune des armes; [mes,
On apprend que tousiours ce fameux Colonel,
Qui suit & qui commande vn parti criminel,
Par celuy de Dauid souffre quelque disgrace,
Et laisse de sa fuite vne sanglante trace.
Ie vois qu'il est forcé de haster le trépas,
Du frere de Ioab qui d'vn agile pas,
Surpassant des Cheureüils la rapide vitesse
Le poursuit en tous lieux & l'obserue sans cesse:
Quand tout à coup ce Chef des troupes d'Israël,
   Arreste toy, dit-il, importun Azaël,
Cesse de me fascher;cesse de me poursuiure;
Si tu ne veux perir, si tu n'es las de viure,
Abner pour ton salut ne te conseille pas
De te plus obstiner à marcher sur ses pas.
Si la legereté de ta rapide plante,
Qu'on verroit terminer par vne fin sanglante,
N'acheue icy ta course;Et pour ne me voit plus
Si tu ne fais cesser tant de soins superflus,
Apres auoir perdu ta vaine confiance,
Qui depuis tant de iours lasse ma patience,
Resous toy de tomber sous mon glaiue abattu ?
Mais encore Azaël que me demandes tu ?
Si tu veux que ie paye, & tes soins & ta peine;
Si tu veux mettre prix à ton iniuste haine ;
Si sans me soupçonner d'auoir par lascheté
Tenté de composer d'vn repos acheté,
Tu veux que ta valeur contre son ordinaire,
Deuienne pour moy seul venale & mercenaire,

Prends d'vn de mes soldats le plus riche butin :
 Il luy parle en ces mots; mais tousiours ce mutin,
Sans arrester ses pas ny sa triste entreprise
Auec plus de fierté le suit & le méprise.
L'impatient Abner deuenu furieux
De voir tousiours present cet obiet à ses yeux,
Pour venger son affront poussant son cimeterre
D'vn coup seul & mortel luy fait mordre la terre,
 Ses freres indignez de ce funeste sort,
Pour venger d'Azaël la deplorable mort,
Ne donnent point de tréue à leur iuste poursuite
Et pressent du meurtrier la terreur & la fuite;
Quand Abner ramassant à l'aide de la nuict,
Contre des ennemis qu'il redoute & qu'il fuit,
Des soldats animez d'vne audace mutine
Se poste, & se fait voir sur la proche coline,
 Puis d'vn ton asseuré; Quoy veux-tu contre nous,
Armer tousiours, dit-il, ta rage & ton courroux?
Quand verra-t'on cesser d'vne haine mortelle
Que le Ciel se deffend, la vengeance infidelle ?
Tu sçais bien qu'Azaël qui marchoit sur mes pas,
Malgré moy dans mon fer vint chercher le trespas;
Que forçant mon humeur traitable & debonnaire
Il la fit deuenir ardente & sanguinaire;
Qu'affectant de me suiure auec agilité,
I'auois raison de craindre vne infidelité;
Que sans que ie preuins son homicide enuie,
D'vn coup ineuitable il m'eust osté la vie.
I'adioustay ma priere à des soins complaisans,
Ie le solliciray par de riches presens;
Et souuent i'essayé par vn double salaire,
Mais tousiours vainement, de fleschir sa colere,
Ie voulois échapper de ses fatales mains,
Et tu n'ignores pas qu'au dernier des Humains,

Pour garentir sa vie & venger sa querelle
La deffence est tousiours permise & naturelle.
On sçait qu'vn lasche cœur par vn conseil soudain,
Affrontant le peril qu'il void auec dédain,
De tout ce qu'il rencontre au fort de ses alarmes,
Se fait pour son salut de valeureuses armes.
Ioab, par son exemple, Abner te fera voir
Que par vn droit commun sans blesser le deuoir,
Ny de la pieté le sentiment plus tendre,
Le dernier desespoir oze tout entreprendre :
Que la force est iniuste, & qu'il est dangereux,
De pousser iusqu'au bout vn homme genereux?
Si tu veux pour me perdre irriter mon courage,
Et le precipiter dans vne iuste rage;
Souuiens-toy qu'il pourra peut-estre auec bõ-heur
Deffendre contre toy ma vie & mon honneur.
Mais encor, ô Ioab, vois-tu sur cette croupe,
De mes plus chers amys la genereuse troupe?
Ils sont prests de combattre, & de ne souffrir pas,
Qu'on tente impunément de haster leur trespas.
Tu peux sans employer ton noble cimeterre,
Eteindre auec honneur le feu de cette guerre;
Et par vn mouuement d'amour & de pitié,
Iurer sincerement vne ferme amitié,
Aussi de l'Eternel les ordres sont contraires,
Aux efforts que tu fais pour opprimer tes freres,
Que ses plus saintes loix, t'ordonnent de cherir,
Et que pour te venger tu veux faire perir.
Si sa voix menaçante auec rigueur publie,
En tous lieux, en tout temps de sa peine establie
Contre les Assassins tant d'exemples certains,
S'il ayme la douceur, & si des cœurs hautains
Il se plaist d'abaisser l'orgueil insupportable,
Si de la verité la force ineuitable,

Nous côtraint d'adorer les saints ordres d'vn Dieu
Que tu sçais estre iuste & present en ce lieu :
Si l'honneur genereux est ton digne partage,
Tu peux sans te seruir d'vn iniuste aduantage,
Voir ton cœur & le mien estroitement liez,
Quand nous serons contens & reconciliez.

Ioab sans témoigner, ny regret ny contrainte ;
Suspends, Amy, dit-il, ta douleur & ta crainte :
Les armes comme toy m'ont desia rebutté,
Et tu ne verras plus Abner persecuté.
Ie veux de ma memoire effacer mon offence ;
Et puis que du Seigneur l'effroyable deffence,
N'a iamais pû souffrir qu'vne infidelle main,
Auec impunité verse le sang humain :
Que des loix des mortels la iustice exemplaire,
Pour adoucir du Ciel la peine & la colere,
Deffere à son Decret qui sans iamais changer,
Se reserue luy seul le droit de nous venger :
Puis qu'il faut que mon cœur deuenu pacifique
Esleue à sa clemence vn autel magnifique,
Puis que de ce grand Dieu l'irreuocable Edict,
A condamné la haine, & veut sans contredit
Que ie depose icy l'impitoyable rage,
Qui veut contre ta vie animer mon courage,
Ie ne puis, inspiré d'vn si sage conseil,
Sur mon ressentiment voir coucher le Soleil :
Imitons auiourd'huy l'indulgence eternelle,
Et iurons entre nous vne paix fraternelle :
Il est temps d'estouffer ces criminels debats,
Et de faire cesser la fureur des combats :
Acheuons auec ioye vne funeste guerre,
Dont la mortelle horreur desole cette terre :
De l'vn & l'autre Camp asseurons le repos.

Il se tait, & soudain apres ces vains propos,

Nourriſſant dans ſon cœur vne haine ſecrette
Dans ſon Camp eſtonné fait ſonner la retraite,
On void lors le deſſein de ce traiſtre changer
Comme s'il euſt perdu le ſoin de ſe venger,
On le void à ce coup par vne feinte heureuſe,
Imiter la grandeur d'vne ame genereuſe.
Ainſi cet Aſſaſſin retient ſecrettement,
Dans ſon ſein infidelle vn mécontentement
Qui doit faire éclatter ſa vengeance future
Par le cruel ſuccez d'vne laſche impoſture.

    Abner auec honneur dans ce iour garenty,
D'vn peril qui deuoit deſtruire ſon party,
Va gagner les détours de ces lieux ſolitaires,
Qu'il trouue à ſa retraite ouuerts & ſalutaires,
Tandis que d'Azaël le corps encor ſanglant
Apres la triſte horreur d'vn treſpas violent,
D'vn ſoin officieux eſt porté par ſes Freres
Dans le commun tombeau de leurs illuſtres Peres.

    Mais il faut acheuer ce lamentable deüil,
Et laiſſer repoſer les morts dans leur cercueil :
Il faut renoüer Dauid qu'vn nombreux Hymenée
A rendu dans Hebron, ô race infortunée,
Pere de tant d'enfans qui n'ont pas merité,
De voir paſſer le Sceptre à ſa Poſterité.

    Tandis que de deux Roys la fameuſe querelle,
Par de frequents cōbats leurs aigreurs renouuelle,
Que Dauid eſt par tout le Maiſtre & le vainqueur,
Iſbozet qui ne perd, ny ſon rang, ny ſon cœur,
Dans le reſſentiment que l'honneur luy ſuggere,
Qui void Abner bruſlant d'vne flamme eſtrangere,
Sans honte & ſans reſpect poſſeder à ſon tour
De l'infame Reſpha l'illegitime amour,
Reſolu de venger le paternel outrage,
Quoy, dit-il agué d'vne ialouſe rage,

Abner ozes-tu bien sans pudeur & sans foy,
Partager tes plaisirs auecque ceux du Roy,
Et dans la volupté qui sera ta ruine,
Approcher, de Saül, l'indigne Concubine ?
Il ne sera plus dit qu'vn effronté sujer,
Soit des yeux de son Roy le scandaleux objet ;
Et que sans me venger, on m'estime assez lasche,
D'auoir veu mon honneur flestri de cette tache ;
Tu connoistras bien-tost dans vn vain repentir,
Que d'vn semblable affront ie sçay me ressentir;
Et qu'on ne verra plus tes infames delices,
De mon ignominie impunément complices:
Iusqu'icy mon outrage en vain dissimulé,
Et de ton châtiment le terme reculé,
T'ont-ils fait presumer qu'vne indigne licence,
Par la longueur du temps passe pour innocence?
Non, ne te flattes plus d'vn espoir mal conceu ;
Quand ie te feray voir l'erreur qui t'a deceu,
Tu sçauras que le Ciel par des succez contraires,
Renuerse tost ou tard les desseins temeraires,
    Abner dont la colere éclatte ouuertement,
Ie ne sçaurois souffrir ce lasche traittement ;
Moy, dit-il, qu'Israël a vû dans sa disgrace,
En l'honneur de ton sang & de ta noble race,
Soustenir ta fortune & ton cœur affoibli ?
Moy qui t'ay de ma main sur le Trosne establi?
Qui preuins de l'Estat l'ineuitable orage ?
Qui garentis les tiens des rigueurs d'vn outrage
Qui t'auroit sans l'appuy de ma prompte valeur,
Vû perir sous le poids de ton dernier mal-heur?
Quoy tu veux me charger de reproche & de blâme?
Quoy tu dis que l'ardeur d'vne impudique femme,
Allume dans mon sein vn amour indiscret:
Quoy tu crois publier ma honte & mon secret ?

Quand tu me rēds l'auteur d'vn affront qui me tou-
Et qui soüille l'hôneur d'vne Royale couche? [che
Tu crois qu'apres m'auoir hautement menacé,
De voir ton déplaisir dans mon sang effacé,
Perdant le souuenir d'vne iniure maligne,
Ie change ma douleur en vne crainte indigne,
Et que de mon décry deuenu l'instrument,
Ie sois du bruit commun le honteux argument?
Tu crois qu'impunément ie cede, & que ie cache,
Dans vn cœur inflexible vn sentiment si lâche?
Non, non, il est outré d'vn dépit genereux ;
Non cette mesme main qui te rendit heureux,
Par vn contraire effort détruira ta puissance ;
Et puis que sans honneur & sans reconnoissance,
Tu n'as pour mes bien-faits qu'vn iniuste mépris,
Puis qu'auec tant d'aigreur indignement repris,
D'vn crime qui iamais ne blessa ma pensée,
Tu crains que ie suruiue à ma gloire offencée;
Soutiens-toy que le Ciel fauorable à mes vœux
Fera voir ma vengeance à nos futurs neueux :
Que ton peuple raui de ta disgrace extreme,
Sans ayde & sans regret verra ton Diademe
Ceindre le digne chef d'vn puissant ennemy
Qui sera par Abner en ta place affermy:
Dauid auecque moy viura sans deffiance;
Ie veux auecque luy iurer vne alliance,
Qui doit luy faire voir qu'Israël & son Roy
N'a iamais ny vaincu, ny regné que par moy.
  Ainsi s'explique Abner, & dans son insolence,
Se vantant sans respect de faire violence,
Du tremblant Isbozet trouble le iugement,
Et fait dans son courage vn soudain changement,
Ce Prince tout à coup abattu d'vne crainte,
Qui paroist dãs ses yeux & dans sa face empreinte,

Sans cœur & sans parole écoute à cette fois,
Du temeraire Abner la menaçante voix.
Ce General poussé de haine & de vengeance,
Pour obliger Dauid, instruit en diligence,
Et depesche vn amy qui parle adroitement:
Et dans la Cour du Prince arriué promptement,
Exposant sa creance & son secret intime
Dit & iure qu'Abner le respecte & l'estime;
Que s'il veut l'écouter sans soupçon & sans fard,
Et dans son amitié luy donner quelque part:
Le rendant absolu dans vne vaste terre,
Sans faire violence & sans liurer la guerre,
Il se verra bien-tost malgré ses ennemis,
Sur le faiste éclattant d'vn Empire promis:
Qu'Israël veut qu'il regne, & pretend qu'il herite
D'vn Sceptre qui l'attend & que luy seul merite;
Qu'il sçait que cét honneur luy sera defferé
Aussi-tost qu'en secret ils auront conferé.
   Dauid sans rebutter les offres de ce traistre,
Oüy, dit-il, mon amy, fay sçauoir à ton maistre,
Que dans sa confiance il ne s'est pas deceu,
Qu'il sera dans ma Cour auec honneur receu,
Et que ie luy promets vne amitié sincere;
Mais pour rêdre à mes yeux sa presence plus chere
Dis luy qu'auec ardeur ie desire & ie vœux
Qu'il ameine auec luy cet objet de mes veux;
Michol cette Princesse aymable & genereuse
Que mes maux & ma fuite ont rêdu mal-heureuse.
Il finit, & bien tost pressé de son amour,
Appellant vn des siens: Va, dit-il, dans sa Cour,
Aduertir Isbozet que Michol est ma femme,
Que ie n'ay pas éteint ma legitime flâme,
Que ie demande vn bien qu'il sçait m'appartenir,
Et qu'vn indigne époux ne doit plus retenir.

Que i'ay bien merité qu'elle me foit rendue,
Puis qu'au prix de ma vie elle me fut vendue
Par la rigueur d'vn Prince à qui du Philiftin
I'apportay triomphant le bizare butin :
Qui me fit acheter vne nopce inégale,
Quand méprifant l'honneur de ma foy conjugale,
Il m'impofa le ioug d'vne neceffité
Qu'il croyoit oppofer à ma felicité.
Mais ma valeur heureufe & non iamais furprife,
Par la temerité d'vne vaine entreprife,
Luy fit voir que malgré fon courage obftiné,
A ce fuperbe Hymen i'eftois feul deftiné.
   Ifbozet aduerty de fa iufte demande,
Et preffé du Courrier en ce moment commande,
Qu'on appelle Michol, qu'on l'arrache du fein
D'vn Mary qui furpris de ce nouueau deffein
Et d'vn commandement qu'il dit eftre barbare,
De fa chere moitié fouffre qu'on le fepare:
Mais dans cette côtrainte, & fon cœur & fes yeux,
N'abandonnent iamais cét obiet precieux:
   L'impitoyable Abner qui dans cette detreffe
A ce funefte Amant voit rauit fa maiftreffe:
Importun Phaltiel, dit-il, retire toy,
Et ne t'oppofe plus aux ordres de ton Roy:
Ce trifte Efpoux forcé d'abandonner fa femme,
Sent déchirer fon cœur & diuifer fon ame;
Mais Abner qui pourfuit l'ouurage commencé,
Et que bien-toft fes foins doiuent voir aduancé,
Dans le hardi deffein qu'il peze & qu'il medite,
Les plus grands d'Ifraël exhorte & follicite,
De ne fe pas flatter & de fouffrir les loix
Du Prince de Iuda dont les fameux exploits,
Rendront vains les efforts de ces troupes mutines
Qui font craindre par tout les armes Phillistines :

Qu'on

Qu'on sçait qu'heureusement le Ciel l'a reserué,
Apres tant de perils dont il l'a preserué,
Pour le voir soûtenir par sa rare vaillance,
La cheute d'vn Estat qui tombe en deffaillance.
  C'est par luy seul, dit-il, que tous nos ennemis,
Tomberont à nos pieds auec honte soûmis :
C'est à ce grand Dauid que l'Eternel qui l'ayme,
De deux peuples vnis donne le Diademe :
Il faut luy defferer cét honneur attendu,
Et déja par nos vœux à sa vertu rendu :
Il faut que d'Israël à sa iuste puissance
Les cœurs & les deuoirs rendent obeissance.
Pourquoy souffrirons nous côtre l'ordre des Cieux
De l'indigne Isbozet le ioug capricieux?
Et puis que nous pouuons le secoüer sans crime,
Faut-il que plus lôg. téps sô Sceptre nous opprime?
Peut-estre qu'auiourd'huy , peut-estre que demain
Nous le verrons perir sous la pezante main,
Sous les puissans efforts d'vn Prince legitime
Qui sera d'Israël sa proye & sa victime.
Preuenons sa colere, & de ce foible Roy
Que nous voyons déja trembler d'vn iuste effroy
Abandonnons le sort des mal-heureuses armes
Qui nous ont fait verser tât de sang & de larmes:
Ie veux luy faire voir, puis qu'il a negligé
D'étouffer des discours qui m'ont desobligé,
Que i'ay du mesme bras qui luy fut secourable,
Rendu, pour me venger, sa perte irreparable,
Mon iniure est commune, & pour s'en ressentir,
A sa derniere cheute il faut tous consentir,
Et voir sans regretter son attente trompée,
Dans vn mesme mal-heur sa race enueloppée.
  Abner apres auoir auec facilité,
Disposé les esprits & la credulité,

                                        M

D'Israël resolu de secoüer l'empire
Sous qui pour Isbozet auec peine il respire,
Se rend auec sa suite à la celebre Cour;
Où le Roy de Iuda fait son digne sejour.

Ce Prince qui l'attend auec impatience,
Pour marque de l'estime & de la confiance,
Dont il veut honnorer & rendre satisfait
Le genereux auteur de ce rare bien-fait,
Le traite auecque pompe à sa Royale table,
D'vn festin somptueux, d'vn repas delectable,
Qui par ses mets exquis irrite le desir,
Et confond auec art le luxe & le plaisir.
La ioye est conuenable à cette grande feste,
Qui promet d'Israël la prochaine conqueste;
Mais ô funeste éclat d'vn magnifique excez,
Qu'on verra terminer par vn triste succez!

Abner comblé d'honneur part auec asseurance,
De contenter du Roy l'infaillible esperance,
Et de voir reüssir le glorieux employ
De renger Israël sous vne mesme loy.
Quand Ioab reuenu plein d'vne fiere audace,
D'acheuer la déroute & la sanglante chasse
Des plus hardis soldats du party Philistin
Dont n'aguere il a fait sa proye & son butin,
Apprend auec fureur qu'Abner en son absence,
Accueilly de Dauid auec magnificence,
Apres ce traittement est parti de la Cour,
Et bien-tost à ce Prince a promis son retour.
Il conçoit tout à coup dans vn ialoux courage,
Les secrets mouuemens d'vne maligne rage,
Puis abordant le Roy, grand Monarque, dit-il,
As-tu peû, sans preuoir ta honte & ton peril,
Receuoir dans Hébron cet espion, ce traistre,
Cet Abner qui luy seul a fait regner son Maistre?

As-tu pû confier ton cœur & ton secret,
A l'infidelité de cét homme indiscret :
Et par vne bonté qui te nuit, qui te blesse,
De ton estat naissant découurir la foiblesse?
Dans ce regne nouueau tu te vois chancelant,
Ta forte main soustient vn Sceptre encor treblant;
Et tu viens d'écouter l'auteur d'vne imposture,
Qui veut de tous les tiens creuser la sepulture?
Pour nostre seureté n'as-tu pas retenu
L'Amy de ton Riual, ton ennemi connu ?
As-tu pû voir partir vn méchant qui n'aspire
Qu'à son retour armé renuerser ton Empire ?
Qui flattant ton espoir veut par sa trahison,
D'vne guerre estrangere allumer le tizon,
Et par les faux appas de ses vastes promesses
Espuiser de Iuda le sang & les richesses?
Dans ce lâche dessein il faut le preuenir :
  Il se tait : & soudain pour le voir reuenir,
Sans l'ordre de Dauid se retire & commande
Aux plus hardis soldats de sa guerriere bande,
De r'appeller Abner qui reuient sur ses pas,
Ignorant le mal-heur de son prochain trépas ;
Et sans peur ny soupçon entre dans cette Ville ;
  Quand Ioab pour ne pas par vn coup inutile,
Manquer, ou découurir son perfide dessein
L'écarte auec adresse, & plongeant dans son sein.
D'vn effort violent sa rougissante lame,
De ce corps abattu chasse le sang & l'ame.
Ainsi perit Abner par le fer criminel
Du perfide Ioab, ce lâche Colonnel,
Qui par vn homicide aux loix du Ciel contraire
A vengé de sa main le meurtre de son Frere.
  Au funeste recit de ce triste mal-heur,
Le Prince s'abandonne à la iuste douleur

Qui trouble également son repos & son ame;
Et pour se garentir du reproche & du blâme,
D'vn peuple soupçonneux qui le croit sans raison
Ou complice, ou sçauant de cette trahison :
    Que du Ciel irrité la colere implacable
De sa foudre, dit-il, me renuerse & m'accable :
Que la terre s'entr'ouure, & que ses tremblemens
Excitent contre moy les autres elemens :
Que dans ses moites flancs l'onde m'enseuelisse;
Qu'à mon aspect du iour la lumiere palisse:
Que iamais ie ne sois éclairé du Soleil;
Si pour verser ce sang on a pris mon conseil:
Que de mes ennemis la haine inexorable,
Contre leur sentiment me trouue miserable;
Si mon cœur innocent a non plus que ma main,
Consenty laschement à ce crime inhumain :
Ainsi puisse de Dieu la vengeance seuere,
Accabler le meurtrier de maux & de misere :
Ainsi perisse-t'il, ainsi puissent les siens,
Secher dâs les langueurs, sans secours & sans biés;
Ainsi puisse t'on voir leur derniere infortune,
Deuenir odieuse & se rendre importune :
Que dans le desespoir de leurs cuisans ennuys,
Ils passent sans repos de paresseuses nuits :
Que leur triste réueil, loin du flambeau celeste
Trouue dans leurs cachots vn iour noir & funeste;
Et si ce beau Soleil qui dans son cours diuers,
Eclaire également les bons & les peruers,
Veut estre spectateur d'vne lente disgrace,
Qui doit faire perir leur detestable race
Que les moins mal-heureux, d'vne tremblâte main
Demandent vainement qu'on leur donne du pain:
Qu'ils rencôtrent par tout des cœurs impitoyables
Qu'au recit de leurs maux ils ne soiét pas croyables.

Et qu'aux yeux inhumains de toute la Cité,
Ils exposent l'horreur de leur mendicité.
Mais allons, ô cher peuple, aux tristes funerailles,
De ce corps dont on vient de percer les entrailles,
Déchirez vos habits : allumez le flambeau
Qui doit fatalement luire sur le tombeau,
Du magnanime Abner, de ce Heros celebre.
Puis luy-mesme assistant à la pompe funebre,
Pour faire voir l'excez d'vn veritable deüil
Arroze de ses pleurs ce funeste cercueil.

  Grand Abner, disoit-il, ta valeur redoutable,
Qui n'a iamais cedé qu'à ce fer detestable :
Ta fierté genereuse & tes guerrieres mains,
La foudre & la terreur des plus forts des Humains:
Tousiours dans les combats t'ont fait voir inuinci-
Et dans tous les perils à la peur insensible: [ble,
Tu viens indignement, par vn sort mal-heureux,
De rencontrer la fin des hommes valeureux.
Quel de tes ennemis sans souffrir vn outrage,
Eust ozé contre toy mesurer son courage?
Quel d'eux sans trahison eust tenté ton abord,
Que pour y rencontrer vne infaillible mort ?
Mais bien-tost on verra, par vn plus iuste glaiue,
Sans que iamais leurs maux trouuét ny fin ny tréue,
Dans l'eternelle horreur de ce triste sejour,
Venger ton noble sang & leur rauir le iour.
Ainsi puisse t'on voir des assassins profanes,
Le supplice appaiser tes venerables manes :
Ainsi priue le Ciel leurs detestables corps,
De l'honneur du sepulchre, & du repos des morts.

  Tandis que de Dauid la pitoyable plainte,
Exprime la douleur dont son ame est atteinte,
Et qu'on veut l'obliger de prendre son repas :
Non, dit-il, chers amys, ie ne le prendray pas;

Que pluſtoſt du Soleil la cheute couſtumiere
Dans vn triſte Occident n'ait caché ſa lumiere:
Ce Peuple genereux qui ſans feinte reſſent,
Le veritable deüil de ſon Prince innocent,
Tant vn amour ſincere a de force & de charmes!
De ſes yeux abbattus verſe vn fleuue de larmes.

　Ce Monarque qui void ces pleurs officieux
Vers ces meilleurs amis tournant ſes triſtes yeux:
Vous voyez, leur dit-il, que la haine mortelle,
Et que des aſſaſſins le complot infidelle,
A fait perir Abner, & cheoir auecque luy,
De l'Eſtat d'Iſraël la colomne & l'appuy.
Ie ſouſtiens d'vne main encor foible & tremblante,
Du Sceptre de Iuda la fortune branſlante;
Et comme ie ne puis regner en ſeureté,
De deux Freres puiſſans l'orgueilleuſe fierté,
M'impoſe vn ioug pezant, & me fait de la peine:
Mais la loy du Seigneur & iuſte & ſouueraine,
Fera dans ſa fureur ſouffrir au criminel,
L'impitoyable ardeur du ſupplice eternel.

　Cependant Iſbozet dont l'ame eſt agitée,
Lors qu'il apprend d'Abner la mort precipitée,
Dans vne triſte peur ſans voix & ſans vigueur,
De ſes membres glacez ſent l'extreme rigueur,
Iſraël abattu d'vne douleur ſemblable,
Qui du trépas d'Abner le rend inconſolable,
Fait paroiſtre ſon trouble & ſa diuiſion:
Et bien-toſt reüſſir la conſpiration
De ces deux aſſaſſins de qui l'ame perfide
A conceu ſans horreur vn laſche patricide.

　Des gardes d'Isbozet les deux Chefs inhumains,
Preparét pour ce coup leur courage & leurs mains:
Perdant tout ſentimét d'honneur & de tendreſſe,
Dans la chambre du Prince entrent auec adreſſe;

Et sans empeschement d'vn glaiue desloyal,
D'Isbozet endormi versent le sang Royal :
O barbare fureur ! ô cruelle aduanture !
Qui tout à coup changeant l'ordre de la nature,
Continua l'horreur de ce dernier sommeil
Que son trépas fit voir sans fin & sans réueil.
Ces infames meurtriers pour acheuer leur crime,
Pour offrir à Dauid vne horrible victime,
Et d'vn double forfait meriter le pardon,
Preparent à ce Prince vn execrable don;
Vn criminel present de la teste coupée,
Par le fatal tranchant d'vne infidelle espée.
Laissent ce corps sanglant estendu sur son lict.
  Mais ie sens que déja mon visage pallit,
Que mon ame se trouble à l'aspect effroyable,
D'vn obiet que d'vn cœur le plus impitoyable,
L'horrible dureté ne peut voir sans douleur;
Mais puis que ces meschans vont trouuer leur mal-
Dãs la Cour de Dauid qui par leur iuste peine[heur,
Estouffa dans le sang leur parricide haine;
Il faut les voir perir par l'ordre de ce Roy.
Qu'ils abordent bien-tost sans hôte & sans effroy.
  Et Dauid, disent-ils, d'vn effronté visage,
Monstrant ce Chef sanglant, voscy le digne gage.
Ce grand, ce cher témoin de nostre affection,
Qui seul doit t'asseurer l'Empire de Sion:
Le Ciel a commandé cette iuste vengeance,
Qui par ce dernier coup a fait perir l'engeance,
De ce lasche ennemi qui t'a persecuté :
  Par ce cruel discours ce Prince rebutté,
Détournant ses regards d'vne sanglante teste,
Qu'on veut luy preséter pour prix & pour côque-
  Parricides, dit-il. Si mon ressentiment,   [ste.
Fit souffrir autrefois vn iuste chastiment

A l'infolent auteur de la trifte nouuelle,
De Saül abattu par vn glaiue infidelle :
Si ie vengeay fa mort dans la noble Cité
Qui feruit de refuge à mon aduerfité ;
S'il fouffrit la rigueur d'vne peine exemplaire,
Quand il creut receuoir vn iniufte falaire,
Et que pour mettre prix à ce crime inhumain,
Il voulut l'imputer à l'ayde de fa main :
Aujourd'huy par l'horreur d'vn infame fupplice,
Ne dois-ie pas punir l'execrable malice,
Des traiftres dont le glaiue a fait perir leur Roy?
Des méchans qui bleffant le deuoir & la foy ,
Ont fait indignement par leur rage meurtriere,
Du lict de leur Monarque vne fanglante biere?
Si les loix pour punir de femblables forfaits,
Et rendre, en les vengeant les viuans fatisfaits,
Font paffer fur leur chef, & fur toute vne race,
Au delà du trépas cette longue difgrace :
Ie veux pour décrier aux Siecles aduenir,
De ce lafche attentat le honteux fouuenir ;
Vous rauir fans bleffer les droits de la nature,
L'honneur , & de la vie & de la fepulture:
Mais pluftoft dans l'horreur d'vne eternelle mort
Ie veux que de vos noms & que de voftre fort.
Ainfi que d'vn torrent dont l'onde fuit & paffe,
Par vn dernier oubly la memoire s'efface.
  Apres ces triftes mots pouffez auec horreur,
Il liure ces meurtriers à la iufte fureur
De fes pieux foldats qui par leur cimeterre,
Du fang de ces deux corps firent rougir la terre,
On les vid expofez fans honneur, fans tombeau,
A la fanglante faim de l'auide corbeau :
Solyme fatisfaite auec plaifir contemple :
Des affaffins des Roys le deteftable exemple,

Qui

Qui doit faire souffrir à leur temerité
Les execrables vœux de la posterité :
Apres cette vengeance auec soin on appreste
Vn superbe appareil à cette auguste teste
Qui porta d'Israël le celebre bandeau,
Et du funeste Abner honnora le tombeau,
Lors que Dauid fit voir à la douleur publique
De son enterrement la pompe magnifique.

Ainsi par cette mort dont le iuste regret
Ne pût tenir son deüil ny son courroux secret,
Luy seul declaré Roy de la sainte Prouince
Où n'aguere regnoit ce deplorable Prince,
Se voit côbler d'honneur par le bienfait des Cieux,
Et porter d'Israël le sceptre ambitieux.
Dans ce brillant éclat de gloire & de puissance,
Tant de peuples rangez sous son obeissance,
Tant d'ennemis déffaits, & tant de nations
Qui luy portent leurs vœux & leurs soumissions,
Font voir de sa vertu les admirables charmes,
Et redouter par tout ses belliqueuses armes :
Malgré des ennemis le vain & foible effort,
Il surprend de Sion l'inexpugnable Fort,
Et pour faire éclatter auec magnificence,
Et le prix de l'ouurage & sa reconnoissance,
Il donne heureusement à cét auguste lieu
Le venerable nom de la Cité de Dieu.

Tandis que de Dauid la sainte Citadelle
S'éleue auec éclat par vn peuple fidelle
Qui reuere son sceptre & son autorité ;
Les Philistins ialoux de sa prosperité,
Par vn puissant effort à Solyme alarmée
Font voir les étendarts d'vne nombreuse armée :
Quand tout à coup ce Roy, ce Chef iudicieux,
Qui ne combat iamais que par l'ordre des Cieux,

N

Pour armer d'Ifraël la forte refiſtance,
Sollicite de Dieu l'infaillible affiſtance :
Marche fous fa conduite, & fans plus differer
Le bon-heur du fuccez qu'il luy fait efperer,
A la teſte des fiens qu'à ce combat il meine
Fait agir de fon bras la force plus qu'humaine :
Se propoſe en exemple à fes meilleurs foldats,
Et fe trouuant vainqueur dans deux fameux côbats
De l'ennemy tremblant affoiblit le courage,
Et fait, pouſſé de zele & d'vne fainte rage,
Perçant de leur bataille & le cœur & le flanc,
Des montagnes de corps & des fleuues de fang.

　　Dauid dâs fon bon-heur plein de ioye & de gloi-
Apres auoir deux fois merité la victoire,　　　[re,
Se fait voir d'Ifbozet le iuſte fucceſſeur:
Et luy feul de Sion le digne poſſeſſeur:
Il met auec reſpect dans ce fort admirable,
Cét auguſte depoſt: cette Arche venerable
Qu'Ifraël tant de fois dans fa neceſſité
Vid feruir d'inſtrument à fa felicité :

　　Mais tandis qu'auec pompe, ô crime irremiſſible!
On porte fur vn char ce miracle viſible,
Iamais impunément approché des Humains;
Oza, trop indifcret de fes profanes mains
Sans ordre fouſtenant la relique penchante,
Tombe à terre au milieu de la troupe qui chante
Et fent par la rigueur d'vn trépas merité,
Punir fon facrilege & fa temerité :
Auffi, qui le croiroit? la celeſte colere
Encor iufqu'au moment du iour qui nous éclaire;
O fecret inconnû des iugemens de Dieu !
Du nom de fon fuplice a fignalé ce lieu.
Ce Monarque qui craint de l'Arche redoutable,
Par ce trifte accident l'approche épouuantable,

La confie à la foy du fage Obededon ,
Qui retenant chez luy ce magnifique don,
Par le frequent bon-heur des celeftes largeffes,
Vid remplir fa maifon d'honneurs & de richeffes.
  Dauid pour poffeder cette felicité,
L'a fait bien-toft porter dans la fainte Cité,
Il anime le peuple, & dans cette allegreffe
Saute,trepigne & dance au milieu de la preffe.
L'orgueilleufe Michol l'apperçoit, & foudain
Conçoit fecrettement vn indifcret dédain,
Qu'elle fit éclatter quand la ceremonie
Apres les vœux offerts & la pompe finie
Fit reuenir chez luy ce Monarque pieux :
Alors elle l'aborde & d'vn ton ferieux,
O decente pofture ! ô trop graue démarche !
Dit-elle en le raillant, vn grand Roy deuât l'Arche
Sans refpect de fon aage & de fa dignité,
Expofe de fon corps la fale nudité.
Les Seruantes l'ont veu dans fa foible manie
Pour contenter leurs yeux chargé d'ignominie.
  Dauid ne peut fouffrir ce fuperbe mépris,
Ny fe voir par fa femme auec aigreur repris!
Dans ce reffentiment fon courage s'enflamme
Et crois-tu, luy dit-il, par vn iniufte blâme
Bleffer impunément l'honneur de ton Efpoux
Quand tu vois fon abord fi facile & fi doux?
Sa ioye eft innocente, & toufiours de ton Pere
Solyme a condamné le vifage feuere.
Ce grand Dieu qui m'a mis le fceptre dans la main
Veut que ie fois benin, & que d'vn cœur humain
Ie donne à mes fujets mes plus cheres tendreffes,
Des feruantes bien-toft ie feray des maiftreffes,
Et dans le déplaifir de ta fterilité
Tu verras quelque iour que leur fecondité.

Portera par l'éclat d'vne plus sainte gloire,
A mes futurs neueux mon nom & ma memoire:
Ie veux pour annoblir leur naissance & leur sang
Esleuer leur merite à ce supreme rang:
Michol cette disgrace est pour moy sans seconde
De souffrir dans ma couche vne Reine infeconde;
   Dauid en cét état vainqueur de toutes parts
Esleuant de Sion les superbes remparts,
Medite le dessein d'vn venerable temple
Que les siecles verront sans pair & sans exemple:
Là les cœurs des mortels & leurs vœux innocens,
En l'honneur du grand Dieu feront sumer l'encens.
   Mais ie vois que ce Dieu dans ce moment appelle
De ses ordres sacrez l'executeur fidelle,
Et d'vne voix qui donne vn saint & iuste effroy.
   Va Nathan, va, dit-il, faire sçauoir au Roy
Que tandis que mon ordre & ma seure conduite,
Ont guidé d'Israël la necessaire fuite,
Ce peuple a rencontré son salut sur mes pas;
Que de ses ennemis i'aduançay le trépas,
Que dans l'occasion à ma gloire importante
Ie ne quittay iamais sa route ny sa Tente:
Il sçait bien qu'en tous lieux & qu'en toute saison
I'ay fait de tout son Camp mô téple & ma maison;
Il sçait que i'ay toufiours receu son sacrifice,
Que sans auoir basti de superbe edifice,
Ny de toi & composé du Cedre precieux
Dont le fameux Liban auoisine les Cieux :
I'ay toufiours écouté sa voix & sa priere
De son prochain bon-heur la sainte auâtcouriere;
Par tout où le Soleil conduit son char doré
Sans temple & sans autel ie puis estre adoré:
Il suffit, il me plaist qu'en tous lieux on me rende,
Et l'honneur qu'on me doit & l'agreable offrande

D'vne douleur sincere & d'vn cœur resigné
Lors que contre le crime on me void indigné,
Il doit se souuenir qu'à sa haute puissance
I'ay soumis d'Israël la prompte obeissance;
Qu'il verra plein d'honneur & de prosperité
Multiplier ses biens & sa posterité ;
Et quand d'vn corps mortel son ame separée
Luy sera posseder la gloire preparée,
Pour l'eternel loyer de ses faits valeureux
Apres luy ie feray regner sur les Hebreux,
Vn successeur, vn fils digne de sa naissance
Qui verra soustenir dans sa magnificence
Son trosne par mes mains & sur des fondemens
Plus forts que la durée & des iours & des ans.
Ie veux faire passer par vn droit de nature
Son pouuoir legitime à la race future,
Et voir ses descendans sans interruption,
Posseder à leur tour le Sceptre de Sion:
La fortune pour luy sera tousiours prospere
Ie veux qu'il soit mon fils : ie veux estre son pere,
Et luy concilier par vn sincere amour
Les respects & les cœurs des Princes de sa Cour ·
Mais quand de son deuoir ie verray qu'il s'égare,
Il sçaura que bien-tost ma vengeance prepare
A sa temerité par mes pezantes mains,
Le chastiment vengeur du crime des Humains.
Ce Monarque luy seul éleuera sur l'herbe :
Ce Temple somptueux, ce bastiment superbe
Ou les mortels viendront & de cœur & de voix,
Implorer ma clemence & reuerer mes loix,
Ce lieu dans sa splendeur ô rare, ô saint spectacle!
Du monde & de Sion doit estre le miracle,
Il sera de son Dieu l'adorable pourpris
Qui receura ses dons & sans nombre & sans prix.

Ce sage Messager par vn rapport fidelle,
Fait sçauoir le decret de l'Essence immortelle
A ce Roy qui d'abord auec vn cœur soûmis :
Ainsi grand Dieu, dit-il, puissent tes ennemis
Perir sous les efforts de mon bras redoutable :
Ainsi de ton secours la force ineuitable
Establisse mon Sceptre & mon autorité
Et la fasse passer à la posterité.
Ainsi pour monument d'eternelle memoire,
Et pour faire éclater ton triomphe & ta gloire,
Vn digne successeur puisse par ton secours
Bastir ce fameux Temple où le pieux concours
Des peuples & des Roys sur la terre & sur l'onde,
Viendrõt rendre leurs vœux au Souuerain du mõde.
  Dauid de son bon-heur par le Ciel asseuré
Apprend que l'ennemy ialoux & coniuré
Prepare contre luy de puissantes armées
Qui menacent déja les Villes alarmées :
Et soudain ramassant ces soldats valeureux
Ces braues Chefs tousiours dãs les cõbats heureux,
Pour venger de leur Dieu le temeraire outrage,
D'vne nouuelle ardeur allume leur courage :
Et bien-tost secondé de son heureux destin,
Qui l'a toûjours rendu maistre du Philistin,
Chasse son ennemy de cette sainte terre,
Le déffait auec honte & termine la guerre :
Mais pour ne pas cesser d'estre victorieux
Pour faire trébucher les Idoles des Dieux,
Et leurs Adorateurs, le perfide Ammonite
Le fier Iduméen, l'impie Amalecite,
Ces fameux ennemis de la sainte Cité
Et de l'aymable auteur de sa felicité,
Les Peuples de Moab & ceux de la Syrie
Dont l'ardeur idolatre agite la furie,

Apres les vains efforts de leur foible valeur
Sont contraints de ceder au funeste mal-heur,
Qui presse leur deffaite & leur déconfiture;
Et pour rendre immortelle vne rare aduanture,
Pour leur donner le frein de la sujection,
Dauid satisfaisant sa iuste ambition,
Fait qu'aux loix du Seigneur ces peuples si contrai-
Du sceptre d'Israël deuenus tributaires,　　　[res
Méprisent la fierté de ces Roys impuissans
Qui faisoient leurs plaisirs de les voir gemissans
Sous le barbare ioug de cette seruitude
Que naguere ils souffroient auec inquietude :
On les void sous vn regne aymable & temperé
Posseder le repos qu'ils auoient esperé :
On les void loin des coups d'vn glaiue sanguinaire
Cherir & respecter ce vainqueur debonnaire :
　Apres auoir donné par tant de beaux exploits
A tant de nations de redoutables loix.
Apres tant de combats qui sous sa main puissante
Ont fait voir des Tyrans la frayeur pâlissante,
Ce Prince tendrement sensible à la pitié,
Rapelle auec plaisir de l'estroite amitié,
Du fameux Ionathas l'agreable memoire
Et quoy qu'en cét estat rayonnant d'vne gloire,
Qui chasse loin de soy ces importuns objets
Qui seruent de matiere & de fascheux sujets
D'vn mépris temeraire ou d'vne lâche honte,
Ces basses passions sans contrainte il surmonte,
Et d'vn cœur genereux, il traite auec honneur,
Du fils de son amy l'indigne gouuerneur.
　Siba, toy dont le soin d'vne sainte sagesse
Instruit heureusement la royale ieunesse,
Fidelle conducteur : Ministre officieux
D'vn Prince plus aymable & pl° cher que ces yeux,

Fay venir, luy dit-il, d'vn gracieux langage
Ce precieux depost, ce seul, ce digne gage,
De la rare amitié qu'on vid dans mes mal-heurs
Ne me refuser point son secours ny ses pleurs.
Ce fils infortuné de cét illustre pere,
Qui seul pour adoucir l'implacable colere,
Et flechir la fureur d'vn Prince rigoureux
Employa son adresse & ses soins genereux:
Luy qui pour détourner cette longue poursuitte,
Me donna le conseil d'vne soudaine fuite,
Luy qui loin des perils dont il m'a garanti,
A pris auec vigueur ma cause & mon parti
Dans vne lasche Cour, où la rage ennemie,
Preparoit de Dauid la cheute & l'infamie
Ie veux à ce cher fils rendre tant de bienfaits:
Ie veux qu'en recitant l'histoire de mes faits,
On parle auec honneur de ma reconnoissance,
Et qu'on sçache auiourd'huy que dans cette puis-
Dont par mó seul trépas le cours est limité, [sance,
I'ay cheri sa disgrace & sa calamité :
Et que par mes faueurs surpassant son attente,
De mon affection tousiours ferme & constante
Ie luy fis voir les soins ardens & genereux,
Quand il cessa de craindre & d'estre mal-heureux.
    Il acheue, & bien-tost apres cette asseurance,
Qui d'vn infortuné releue l'esperance
Dauid également & redoutable & doux,
Qui void ce ieune Prince embrasser ses genoux,
L'ayde à se reueler, & d'vne main puissante,
Soustient d'vn foible corps la force languissante;
Puis reprenant la voix auec plus de douceur.
    Misphibozet, dit-il, l'vnique successeur
Du vaillant Ionathas dont l'image animée
Se void dans tous ses traits sur ton front imprimée:

Ie confidere en toy cette aymable vertu,
Ce grand cœur que iamais ie ne vis abattu,
Dans les preſſans perils où l'aduerſe fortune
Et d'vn Prince obſtiné la pourſuitte importune,
Expoſa tant de fois ma vie & mon honneur
Que luy ſeul garentit auec tant de bon-heur:
Vne ardeur mutuelle : vne pareille eſtime,
Fit naiſtre dans nos cœurs la confidence intime
D'vne ſainte amitié dont l'effet non commun
Les confondit enſemble & de deux n'en fit qu'vn:
Son ame fut toûjours à la mienne attachée;
Iamais l'vne de l'autre on ne vid détachée:
Il ſuiuit ma fortune, & par des ſoins conſtans
Il vainquit la rigueur de la Cour & des temps:
D'vne flamme ſi pure encor apres ſa cendre,
Ie cheris, ie conſerue vn ſentiment ſi tendre
Que ie veux à la foy des ſiecles aduenir
Faire de mes faueurs paſſer le ſouuenir :
Ie veux parmy les miens te donner vne place,
Que iamais du mépris l'iniurieuſe glace
Ny la haine des cœurs qu'on ne peut aſſouuir
Par ſes malins efforts ne te pourra rauir,
Ie veux par vn honneur aux Princes ſouhaitable
Te voir touſiours aſſis à ma Royale table,
Ie veux qu'auprés de moy tu poſſedes vn rang
Digne de la ſplendeur de ton illuſtre ſang :
Que tu ſois reſtably dans ce noble heritage
Qui fut de Ionathas le ſuperbe partage,
Ie veux pour affermir la fortune des tiens,
Par de nombreux bien-faits multiplier tes biens,
Et te voir loin des coups de la ialouze enuie
Paſſer dans cét éclat les beaux iours de ta vie.

　　A ce noble diſcours, ô Prince genereux !
Luy dit Miſphibozet, puis que d'vn mal-heureux

Tu veux changer le fort, & de fa deſtinée,
Flechir par ta vertu la rigueur obſtinée;
Puis que de Ionathas la conſtante amitié:
Puis que ſa foy ſincere a touché ta pitié;
Qu'il t'oblige en l'honneur de ſon auguſte race,
De cherir de ſon fils l'vne & l'autre diſgrace :
Plaiſe au Ciel par mes vœux touſiours ſollicité
D'acomplir mes deſirs & ta felicité;
Et ſur vn fondement ſi ſaint & ſi ſolide,
Que l'iniure des ans ny leur ſuite rapide
Ne ſçauroit voir tôber ſous-leurs coups rigoureux,
D'affermir ton empire & de te rendre heureux.
Ainſi puiſſe des tiens la feconde lignée
Aux enfans d'Iſraël d'vne terre aſſignée,
Cultiuer les guerets, & ne voir de tes iours,
Que pour monter au Ciel interrompre le cours;
Mais tandis qu'on verra de tes longues iournées
Couler paiſiblement les heures fortunées :
Tandis qu'il te plaira de combattre, & de voir,
Les ennemis de Dieu rangez à leur deuoir:
Souffre que par des vœux ſinceres & fidelles
Ie rende dans mon cœur tes vertus immortelles;
Que l'vn & l'autre ſiecle apres mon monument
Apprenne que ie fus le celebre inſtrument,
Dont le Ciel ſe ſeruit lors que mon impuiſſance,
Fit éclatter ſur moy par ta reconnoiſſance,
De tes ſoins genereux les glorieux effets,
Et payer Ionathas de ſes moindres bien-faits :
Mais auſſi l'Eternel qui peut auec vzure
Rendre la charité quand elle eſt ſans meſure,
S'en reſerue luy ſeul l'ineſtimable prix,
Dans l'eternel ſejour de ſon brillant pourpris.
Où loin des ſoins du môde & du iour qui l'éclaire,
Tes vertus reccuront vn plus digne ſalaire.

Lors que pour posseder celuy de tes ayeux,
Ton corps aura remply leurs tombeaux glorieux:
   Misphiboset comblé d'honneur , & de richesses ,
Que d'vn Roy genereux les secondes largesses
Augmentent tous les iours au gré de ses desirs,
Gouste d'vn long repos les innocens plaisirs.
Il void de sa maison la gloire fleurissante
Mépriser les efforts d'vne enuie impuissante;
Détruire ses complots, & dans cette douceur
De son lict conjugal luy naistre vn successeur.
   Mais reuoyons Dauid qui tient auec estime,
Sous ses pieuses loix l'Empire legitime
Des Peuples d'Israël à leur deuoir soûmis,
Et qui d'vn nouueau Roy qu'il croit de ses amys
Dompte le fier orgueil, & d'vn égal courage
De ses ambassadeurs souffre & venge l'outrage.
Quand ce Prince eust appris , d'Amnon son allié
Par le recit commun le trépas publié;
Qu'il sceut apres l'éclat de la pompe funebre,
D'vn lasche successeur l'aduenement celebre
A l'Empire fameux de ces superbes Roys
Dont Sion méprisa les armes & les loix :
Pour faire voir au fils que dans vn cœur sincere,
Il conserue pour luy de la vertu du Pere
Et de leur amitié le tendre souuenir,
A de nobles Seigneurs commandez de venir
Expose son secret, & d'vn serain visage.
   Preparez, leur dit il, vn celebre message:
Allez trouuer Hannon, dittes luy que ie veux,
Pour faire reüssir nos reciproques vœux,
Par la sincerité d'vne foy solemnelle
Iurer aueceque luy l'amitié fraternelle
Du genereux Amnon qui d'vn estroit lien,
Vnit heureusement son cœur auec le mien :

Dittes-luy que ie ſçais que ſon deüil eſt extréme,
Mais qu'en ce triſte eſtat ie ſés plus que luy meſme
Le funeſte accident de cette prompte mort
Dont vous venez, & plaindre & conſoler le ſort :
Que s'il ne ſuffit pas de luy donner des larmes;
S'il croit auoir beſoin du ſecours de mes armes:
Et ſi dans le peril d'vn trépas ſi recent,
Il craint dans ſes Eſtats vn deſordre naiſſant,
Offrez luy de ma part les forces d'vn Empire,
Dont le chef genereux ſans feinte ne reſpire
Qu'à luy faire ſçauoir qu'vne noble amitié,
Fait les biens & des maux vne égale moitié:
Vous reuiendrez ſans doute auec cét aduantage,
Qu'il ſçaura qu'auec moy ſa couronne il partage,
Et qu'on n'a iamais veu que deux Princes vnis
Laiſſent des factieux les crimes impunis :
Mais ſi dans ſon Empire heureux & redoutable,
Sa ioye eſt aſſeurée & ſa fortune ſtable,
Dittes luy que Dauid auec ſincerité
Souhaite de longs iours à ſa proſperité :
Qu'on ne verra finir leur paiſible carriere
Si le Ciel accomplit ſes vœux & ſa priere,
Que pluſtoſt pour le prix de tant de beaux exploits,
A tous ſes ennemis il n'ait donné des loix.
Que las de faire choir ces orgueilleuſes teſtes,
Il ne doit acheuer ſes nombreuſes conqueſtes,
Qu'apres que de ſes fils les doigts officieux
Pour l'ayder à mourir auront fermé ſes yeux.

Ces fameux Deputez partis en diligence,
Pour traiter des deux Roys la vaine intelligence,
Se rendent pres d'Hannon auec vn appareil
Dont le pompeux éclat qui n'a rien de pareil
A la riche ſplendeur de ſa magnificence,
Fait du Roy de Solyme admirer la puiſſance,

Mais ie ne puis sans honte & sans estonnement,
Publier dans ces vers le triste euenement,
Ny de cette Ambassade auguste & glorieuse
Conter qu'auec regret la fin iniurieuse,
   Hannon dont la foiblesse & la credulité
Doit estre l'instrument d'vne infidelité
Qui flétrira son nom d'vn eternel reproche,
Aduerti par les siens de la soudaine approche,
Des celebres Legats du Prince de Sion,
Reçoit cette nouuelle auec émotion;
Et parmi les chagrins dont son ame est troublée,
Il appelle en secret l'indiscrette assemblée
Et les malins conseils de tous ses courtisans,
Qui d'abord deuenus flatteurs & partisans,
De la crainte d'Hannon & de sa deffiance,
Qui leur donne du cœur & de la confiance,
Augmentent ses soupçons & redoublent sa peur.
   Grand Prince, disent-ils, crois-tu que ce trôpeur?
Que ce lasche Dauid de qui la perfidie
Par des soins affectez vainement s'étudie,
D'arracher de ta main le sceptre dont les Dieux
Ont depuis si long-temps partagé tes ayeux?
Crois-tu qu'il soit touché? Crois-tu que de tô pere
Assez sincerement la memoire il reuere?
Qu'on vienne dâs l'effort de ce nouueau mal-heur,
Auec ce grand éclat consoler ta douleur?
Ces fiers ambassadeurs par vne fausse adresse,
Par des mots composez d'honneur & de tendresse,
Te diront que leurs yeux sont de larmes noyez,
Qu'ils sont auec douleur par leur Prince enuoyez;
Qu'il est inconsolable, & que la perte extreme
Du grand Roy dont tu tiens le fameux Diadéme,
L'afflige, & fait passer au delà du cercueil
Les pieux sentimens d'vn veritable dueil;

Qu'il veut renouueller cette étroite alliance
Et gagner de ton cœur l'intime confiance.
Chasser de tes Estats les troubles & les maux
Qui naissent de l'aigreur de deux puissans Riuaux,
Mais qui ne reconnoist leur feinte ambitieuse
Qui veut auprés de toy paroistre officieuse?
Qui ne void de leur Roy le criminel dessein
Adroitement caché dans vn perfide sein ?
Par de secrets agens qui ne sçait qu'il medite
L'opprobre & le mal-heur de l'Empire Ammonite?
Cét ennemy iuré du culte de nos Dieux;
Ce Tyran à qui seul ton nom est odieux,
Vient ietter sous l'appas d'vne pompe inutile
Des hostes dangereux dans le cœur de ta Ville :
Ces lâches espions dont l'infidelité
Méprise le deuoir de l'hospitalité ,
Veulent pour satisfaire aux ordres de leur maistre,
Dans ce superbe éclat sans peril reconnoistre,
Et voir impunément & nos murs & ta Cour,
Puis auec seureté détruire à leur retour
Par les soudains efforts d'vne nombreuse armée
Ta puissance abattuë & ta gloire opprimée.
 Hannon aprés ces mots s'explique ouuertement;
Il dit qu'il leur prepare vn digne traitement,
Que par vne vengeance insigne & sans pareille
Il veut leur refuser sa fauorable oreille :
Qu'on sçaura, puis qu'ils sont & sans crainte & sás
De leur temerité le memorable affront: [front,
Et soudain dans sa rage & dans sa deffiance,
Attend leur arriuée auec impatience.
 Cependant ces Legats d'vn pas maiestueux,
Approchant de ce Roy fier & presomptueux,
Commencent à parler d'vn ton graue & modeste,
Quand les interrompant n'acheuent pas le reste,

Infames, dit ce Roy de son sens égaré,
D'vn discours auec art vainement preparé:
Allez faire sçauoir à vostre indigne maistre
Que ie ne reçois pas les complimens d'vn traistre,
Sans venger mon iniure & mon ressentiment,
Par vn iuste dédain & par vn chastiment
Dont vous luy ferez voir la ridicule marque:
  Ainsi parle ce lasche & furieux Monarque,
Et pour lors seulement auec impunité,
Sans respect & du rang & de la dignité
Du nom d'Ambassadeur qu'en tous lieux on reuere,
Par vn genre de peine & honteuse & seuere,
Contre le sacré droit des sceptres & des gens,
On traite auec mépris ces illustres Agens:
Et pour rendre visible vne celebre iniure,
On fait cheoir de leur barbe & de leur cheuelure
Sous vn razoir trenchant la difforme moitié,
Et puis du mesme fer sans honte & sans pitié,
Au milieu de la foule & des clameurs publiques,
On coupe indignement leurs robes magnifiques
Iusques à cét endroit dont l'aspect odieux
Offence la nature & la pudeur des yeux.
Par l'excez concerté d'vne maligne ioye,
Ce Monarque indiscret considere & renuoye,
Dans ce piteux estat ces tristes Deputez,
De tous ses Courtisans laschement rebutez
Et dans cette disgrace auec effronterie
Chargez de leur mépris & de leur raillerie.
  Dauid apprend bien-tost ce honteux traitement,
Et soudain sans cacher son mécontentement,
Dans sa iuste douleur, se plaint, proteste & iure
Que le glaiue & le feu vengeront cette iniure,
Qu'il abattra l'orgueil d'vn Prince audacieux
Qui méprisant les loix de la terre & des Cieux.

Sur ſes Ambaſſadeurs fletris d'ignominie
Exerça laſchement ſa haine & ſa manie :
Pouſſé dans ce moment d'vn deſir genereux,
D'aller à leur rencontre, & de ces mal-heureux
Luy meſme conſoler la honte & la detreſſe,
Il part, & dans l'effort de l'ennuy qui le preſſe,
Les trouuant ſur ſes pas promet à leur douleur
Pour venger leur affront d'employer ſa valeur,
Et de bien toſt porter dans l'Ammonite terre,
Les dernieres horreurs d'vne ſanglante guerre.
   Mais pour vous garentir du mépris de ma Cour,
Et pour ne pas ſouffrir l'éclat de ce grand jour,
Cachez-vous, leur dit-il, dans la Cité ſuperbe
Dont on vid autrefois les murs tomber ſur l'herbe:
C'eſt-là que par le temps propice à vos deſirs
On verra de vos cœurs chaſſer les déplaiſirs:
C'eſt-là que voſtre iniure auiourd'huy mépriſée
Ne ſera plus l'objet d'vne triſte riſée :
C'eſt-là qu'auec plaiſir du plus lâche des Roys
L'allegreſſe publique & les communes voix,
Vous apprendront bien-toſt la honteuſe deffaite:
Vous ſçaurez que ma haine & iuſte & ſatisfaite,
Apres auoir verſé cét infidelle ſang,
L'aura precipité de ce ſupréme rang :
Vous ſçaurez que d'Hannon l'arrogante manie
Par mon glaiue vainqueur deuoit eſtre punie.
   Mais Hannon qui déja du grand Roy de Sion,
Craint le reſſentiment & l'indignation:
Qui void que de Dauid l'irreparable outrage,
Menace ſes Eſtats d'vn infaillible orage :
Pour détourner ſa cheute arme de toutes parts,
Fortifie auec ſoin ſes murs & ſes remparts,
Et parmy les frayeurs des frequentes alarmes
Sans ioye & ſans repos ſollicite des armes

De cinq Roys Syriens l'inutile secours;
Qand Dauid qui prepare & haste tous les iours
La honte & le cercueil d'vne barbare engeance,
Fait marcher ses soldats, & commet sa vengeance
Aux soins iudicieux d'vn sage Colonnel,
Du valeureux Ioab qui du bras fraternel,
Fortement assisté diuise son armée,   [mée
De l'ardeur des deux Chefs l'vne & l'autre enflam-
Ces deux Camps partagez marchant d'vn mesme
Aux ennemis rangez vont porter le trépas. [pas,
    Quand tout à coup Ioab des troupes de Syrie.
Perçant les rangs épais fait vne boucherie,
Qui les met en desordre, & iette dans leur sein
Les conseils de la fuite & le lasche dessein,
Dans l'horreur du peril dont l'approche les glace
Sans cœur & sans espoir d'abandonner la place.
Du braue Abisay l'adresse & la valeur,
A déja fait tomber dans vn pareil malheur,
Le courage estonné du soldat Ammonite :
On void que tout à coup dans sa déroute il quitte
Le soin de sa deffence, & que dans ce combat,
La force l'abandonne & que son cœur s'abbat.
Ces deux freres vainqueurs dans l'vne & l'autre ar-
Que la fuite étourdie & la peur alarmée,   [mée,
Loin du Camp de bataille & de leurs estendarts,
Fait sans ordre & sans chefs errer de toutes parts;
Viennent remplis de ioye, & tous brillans de gloire
Au peuple de Solyme annoncer la victoire;
Et portent à leur Roy le butin precieux
De l'ennemi deffait par le secours des Cieux.
    Mais on void que déja les Princes de Syrie
Dans les derniers efforts d'vne ardente furie,
Par le honteux malheur de voir impunément;
Mépriser leur foiblesse & leur étonnement,

                                              O

Menacent de paſſer la fameuſe riuiere
Qui ſert à leur valeur d'vne forte barriere,
Et d'aller de ce pas dans les murs de Sion
Satisfaire leur rage & leur ambition.

Quand Dauid mépriſant ces troupes ramaſſées,
Que par ſon bras vainqueur il doit voir terraſſées.
Aſſemble ſes ſoldats dans ce trouble ſoudain
Excite leur courage, & paſſant le Iourdain,
Pour ioüir d'vne paix & durable & parfaite,
Reſout des Syriens la derniere deffaite:
Cét ennemy qui craint le combat & la mort
Repouſſe vainement le redoutable effort
Des troupes d'Iſraël que d'vn ferme viſage
On voit trouuer par tout ou ſe faire paſſage;
Mais enfin ſans pouuoir dans vn cœur abbatu,
Souſtenir plus long-temps ſa mourante vertu;
Il cede auecque honte, & par ſa prompte fuite
Fait voir le deſeſpoir ou ſa crainte eſt reduite.

Mais Dauid qui le preſſe, & marchât ſur ſes pas,
L'arreſte en ſon chemin par de nombreux trépas;
Fait cheoir leur General, & partage auec ioye
Du laſche Syrien la magnifique proye;
On voit par tout des chars piteuſement traiſnez,
Des Chefs & des ſoldats peſle meſle enchaiſnez,
Signaler ſon Triomphe, & ſeruir dans Solyme
De trophée eternel à la vertu ſublime
D'vn Roy victorieux qui void à ſon retour
Plein d'hôneur & de gloire, & ſô Peuple & ſa Cour,
Par des chants & des vœux celebrer la iournée
Que le bras du Seigneur a rendu fortunée.

DAVID.

LIVRE CINQVIEME.

Ne puis sans regret: Ie ne puis sans hor-
reur,
Publier de Dauid l'impudique fureur :
Ie le dois : Ie ne veux ny déguiser ny taire,
De ce Roy criminel le sanglant adultere:
Ie vais de ses beaux faits interrompre le cours,
Et ternir leur splendeur par vn fascheux discours
Qui fletrit ses lauriers , qui soüille sa memoire
Et mesle indignement l'infamie à la gloire.
Muse, puis qu'il le faut, voyons dans leur excez
De ses sales amours le funeste succez,
Et des mortels plaisirs l'indiscrette licence
Qui fit d'vn saint Heros trébucher l'innocence,
David auec plaisir passe dans sa maison,
L'incommode chaleur d'vne ardente saison:

O iij

Il gouste le repos, & sans inquietude
De sa Cour deserrée ayme la solitude :
Cependant que Ioab sur les fameux remparts
De la forte Rabba ceinte de toutes parts,
Fait briller ses drappeaux : Qu'il presse cette ville ,
Et rend des assiegez la deffence inutile;
Que pour voir par la fin de ce siege entrepris
Punir du fier Hannon l'iniurieux mépris,
Loin des murs de Sion la noblesse d'élite,
Vient d'accourir en foule au Camp Israëlite:
Cependant qu'on attend le veritable bruit
De la cheute d'vn Roy sans resource détruit;
Le Prince d'Israël pour acheuer le reste
D'vn iour à son honneur honteusement funeste :
Apres que le Soleil du milieu de son tour,
Eust vers l'autre Hemisphere aduancé son retour:
Suiuy de ses amys monté sur l'esplanade,
Qui couure son Palais & sert de promenade,
Où tous les iours il va pour flatter ses plaisirs
Respirer le doux air des paisibles zephirs:
En ce lieu dont l'aspect le charme & le contente
Contre toute apparence & loin de son attente,
Vne fenestre ouuerte, vn regard curieux
D'vn philtre volontaire ensorcelle ses yeux:
Celuy qui fit ployer aux plus fortes alarmes,
Du Philistin tremblant le courage & les armes :
Dans la paix, dans la guerre également heureux,
Ce superbe vainqueur, ce Heros valeureux,
Tant de fois échappé du glaiue & du carnage,
Ne peut se garentir des traits du voisinage,
Vne femme, ô mal-heur! de Dauid abattu
Sans auoir resisté fait ceder la vertu :
Ce Roy dans le moment de sa cheute impreueüe
Porte sur cet objet ses desirs & sa veüe,

Et dans le triste aspect de cette nouueauté,
Souffre trop laschement l'éclat d'vne beauté.
D'vn œil qu'il fait seruir à ce funeste vsage,
Il void les faux attraits d'vn criminel visage,
Er l'albastre d'vn corps transparant dans le bain
Qui fait naistre le feu qui brûle dans son sein:
Il se sent tout à coup embrazer d'vne flamme
Qui d'vne ardeur profane excite dans son ame
Les soudains mouuemens d'vne brutalité
Qui sera l'instrument d'vne infidelité,
Dont l'eternel reproche & l'indigne manie,
Doit haster le décry de son ignominie.
Dans ces ardans transports d'vn soin impetueux
Il cherche à contenter ses sens voluptueux.
Il fait solliciter vne épouse infidelle,
Et pour contribuer à sa flamme nouuelle:
Dans cette impatience, il presse ses amys
A ces lasches emplois honteusement soûmis,
Pour vaincre & pour flechir cette infame Maistres-
De ne point épargner leurs pas ny leur adresse; [se
Il se plaint que leur soin agit trop lentement,
Qu'eux seuls seruent d'obstacle à son contentemét:
Sans repos & sans honte, il brusle, il se tourméte,
Il parle des beautez de sa nouuelle amante,
Et veut voir, indigné de la longueur du temps,
Sa fureur adoucie & ses desirs contens:
Et bien-tost par son ordre & par leur ministere
De l'execrable horreur d'vn cruel adultere.
Soüille de Bersabée, ô crime sans égal !
L'irreparable honneur & le lict conjugal.
Ce peché qui fletry d'vne honteuse tache:
Des témoins & du iour également se cache,
A sa fin detestable impunément conduit,
Conure leur saleté des ombres de la nuit.

Mais, ô mortels appas! ô voluptez funebres!
Qui fuyez le Soleil, qui cheichez les tenebres,
Par de cuisans remords vous deuez ressentir
L'ineuitable horreur d'vn triste repentir :
Et toy de Bersabée amour illegitime,
Qui souffres qu'vn époux deuienne ta victime;
Toy qui peux consentir de voir son sang versé,
D'ennuys & de mal-heurs tu seras trauersé:
On verra sans pitié par d'inutiles larmes;
D'vn deüil inconsolable irriter les alarmes:
On verra sans regret honteusement destruit,
De ton lict criminel le detestable fruit.

Mais reprenons le fil de cette impure Histoire
Dôt ma plume auiourd'huy de l'encre la plus noire
Depeindra l'infamie à la posterité
Instruite auec regret de cette verité.
Que si depuis ton ame à son Dieu conuertie
A merité de luy la grace & l'amnistie :
Si ie parle indigné, grand Prince excuse moy,
C'est contre l'adultere & non pas contre toy.

Apres la triste fin des infames delices,
Qu'ont gousté sans pudeur ces deux amans com-
De l'iniure d'Vrie & des lasches plaisirs   [plices
Dont ils ont satisfaict d'illicites desirs,
Bersabée a conceu par cette perfidie,
Ce fils d'iniquité qui dans sa maladie
A fait à ce Monarque accablé de douleurs,
Pousser tant de soûpirs & verser tant de pleurs,
Ce Prince infortuné pour acheuer son crime,
Pour se precipiter dans vn dernier abysme:
Cachant lors son dessein écrit adroitement,
Et commande à Ioab de faire promptement
Reuenir dans sa Cour le mal-heureux Vrie :
Par cet ordre secret, ô lâche tromperie !

Il void dans son Palais arriuer ce mari,
Il l'appelle aussi-tost, le traitre en fauori ;
Et pour luy témoigner auec quelle allegresse,
Il reçoit son retour, l'embrasse & le caresse,
Luy demande en secret l'estat de la cité,
Si son Camp est reduit à la necessité
De se rendre, ou bien tost de souffrir violence:
Quel est le soin du Chef, quelle est sa vigilance,
Si d'vn trop long trauail l'importune rigueur,
N'a pas de ses soldats épuizé la vigueur :
Que pour luy faire voir qu'il veut sans deffiance,
Suiure de ses aduis la sage experience,
Il l'a fait reuenir d'vn Camp où de ses soins
Et de ses grands exploits il a tant de témoins:
Que sans plus écouter la rumeur populaire,
Ny la foy des flatteurs qui mentent pour luy plaire,
Il pretend s'éclaircir, tant il craint vn faux bruit,
Et de la verité par luy seul estre instruit.

　Apres ces mots trompeurs cachant sa perfidie
Par vn feint compliment sur l'heure congedie
Cét homme émerueillé de son nouueau bon-heur:
Dauid pour le traitter auecque plus d'honneur,
Fait apporter chez luy le mets plus delectable
Du magnifique excez de sa superbe table
Pour seruir au plaisir du funeste repas
D'vn Riual dont son cœur medite le trépas.
　Vrie auec respect, & dans cette ignorance
Qui luy cache du Roy la trompeuse apparance,
Apres cet entretien se sepere de luy :
Et lors sa pieté qui surmonte l'ennuy
Que souffre d'vn époux l'impatiente flamme,
Luy fait passer la nuit sans aller voir sa femme
Pour luy faire sçauoir sa joye & son retour,
Et parmy les soldats qui veillent à leur tour

Il se tient à la porte ou la garde fidelle
Pour le salut du Roy sans fin se renouuelle.
 Dauid le lendemain aduerti par les siens
Qui de cette aduanture ont fait leurs entretiens
Et de toute sa Cour l'indigne raillerie;
Surpris d'étonnement fait appeller Vrie.
 Et dis moy, luy dit-il, quelle iuste raison?
T'a fait abandonner ta femme & ta maison
Apres les fascheux soins d'vn penible voyage,
Ne sçaurois tu souffrir le lict & le visage
De celle qui pourroit soulager tes ennuis,
Et les enseuelir dans le repos des nuits?
 Grand Prince, dit Vrie, auec quelle decence,
Pourrois-ie dans vn lict contre la bienseance,
Et contre mon deuoir chercher iniustement
Et trouuer du repos & du contentement?
Tandis que du Seigneur l'Arche iadis errante
Repose sans honneur dans vne indigne Tante?
Tandis que tes soldats signalent leur valeur?
Qu'ils souffrent dans vn Camp la soif & la chaleur?
Et que Ioab lassé des trauaux de la guerre.
Veille dans la tranchée & couche sur la terre?
Dans vn destin public, dans des perils communs,
L'Hymen & ses plaisirs deuiennent importuns:
Ie reuerray ma femme, alors que ta victoire,
Voudra qu'à mon retour ie luy conte l'histoire
De la cité détruite & de nos maux passez:
Quand de tes ennemis vaincus & terrassez,
I. luy feray sçauoir la honteuse deffaite:
Ie la rendray pour lors heureuse & satisfaite,
Et nous verrons couler nos pacifiques iours,
Dans le constant bon-heur de nos chastes amours:
Iusques-là, grand Monarque, il faut qu'en mon ab-
Elle implore pour moy la celeste puissance;] sence

Qu'elle fasse des vœux pour bien-tost nous reuoir:
Cependant permets moy de faire mon deuoir,
De retourner au Camp & de voir mon épée
Dans le sang Ammonite auec honneur trempée.

Dauid qui se resout d'éloigner de sa Cour
Cét espoux importun qui trouble son amour,
L'arreste auprés de luy, le reçoit à sa table,
Et d'vn soin affecté le fait boire & l'accable
Du vin que dans sa tasse on verse auec excez;
Et pour voir du depart reüssir le succez,
Luy donne pour Ioab cette fatale lettre
De qui l'ordre precis porte de le commettre
A de frequens hazards dont l'homicide abord
Force sa resistance & luy donne la mort.

Ioab par cét écrit à son porteur funeste
Aduerti d'vn dessein qu'vn noble cœur deteste,
Mais dont luy seul sera le perfide instrument,
D'vn regard homicide obserue adroitement
L'endroit où le peril paroist ineuitable :
Quand tout à coup on void d'vn effort redoutable
Sortir les assiegez qui vaillans & nombreux
Dans leurs retranchemens vont forcer les Hebreux:
On les void agitez d'vne pareille rage
Faire fondre vne gresle, & verser vn orage
De coups impetueux de piques & de dards,
On void par tout rougir les sanglans estandards,
Et presser d'Israël sans cœur & sans conduite,
Loin des murs & du Camp l'vniuerselle fuite.

Vrie auec dessein dans ce lieu commandé
D'arrester la frayeur du soldat débandé,
Se iette dans la foule, & sans quitter la place
Opposant vainement son glaiue & son audace,
Irrite le peril & trouue sur ses pas,
Par cent coups redoublez sa cheute & son trespas.

Ce General qui sçait que par cette déffaite
La fureur de Dauid doit estre satisfaite;
Qu'Vrie enueloppé dans ce commun mal-heur
Peut luy seul par sa mort appaiser la douleur
De ce Prince affligé de la honteuse perte
Par les siens sans deffence impunément soufferte,
Dépesche son Courier & fait sçauoir au Roy
De ses meilleurs soldats l'inconceuable effroy:
Il dit que l'ennemy sorti de ses murailles
Des plus forts des Hebreux a fait les funerailles;
Qu'il perça leur quartier, & que parmy les morts
Du valeureux Vrie on a trouué le corps.
    Dauid aux derniers mots de ce triste message
Sans découurir son cœur ny changer de visage,
Mon amy qui ne sçait, dit-il soudainement,
Que nos desseins n'ont pas vn mesme euenement,
Que la douteuse fin des combats & des armes
Excite également & la ioye & les larmes
Au gré de ce grand Dieu qui seul tiét en ses mains,
Les momens de la guerre & le sort des Humains:
Il veut par ce mal-heur affermir ma constance;
Et s'il a fait cesser de sa forte assistance
Et de son bras vengeur les redoutables coups
Ne desesperons pas d'adoucir son courroux;
Il veut qu'à cette fois Sion victorieuse.
Releue auec honneur sa cheute glorieuse;
Il veut pour arrester ses larmes & son deüil
De tous ses ennemis faire vn dernier cercueil:
Fay sçauoir à Ioab que sans perdre courage
Il venge de son Roy l'insupportable outrage,
Qu'il rallume l'ardeur de ces braues soldats
Et de ces Chefs fameux que dans tous les combats
I'ay veu par leur proüesse emporter la victoire,
Et reuenir chargez de Lauriers & de gloire;

Il doit pour mon honneur au combat excité
A ma iufte coleie immoler la cité :
Détruire fes remparts & faire voir fur l'herbe
De fa derniere cheute vn monument fuperbe:
Dis luy que c'eft mon ordre, & que de fa valeur
Qui toufiours pour ma gloire agit auec chaleur,
l'attends, pour en accroiftre & le nôbre & le luftre
Par vn coup memorable vn témoignage illuftre.

Cependant Berfabée apres auoir fans pleurs,
Par des cris affectez, par des feintes douleurs,
Veu la mort d'vn époux dont cette criminelle
Soüilla le facré lict d'vne tache eternelle,
Reçoit auec plaifir la coniugale foy
Qu'on luy vient apporter par les ordres du Roy
Qui pour iuftifier fon infidelle flamme,
Fait d'elle vne Princeffe & la prend pour fa femme.
De ce nouuel Hymen par vn meurtre acheué,
On vid naiftre ce fils par la mort enleué
Dans le cours innocent de fa plus tendre enfance:
Mais ie voy que le Ciel indigné de l'offence
Dont ce Prince aueuglé fe foüilla lafchement,
Luy dépefche Nathan ce fage Truchement
Qui l'aborde bien-toft, le prepare & l'engage
D'entendre le recit d'vn familier langage.

Tu fçauras luy, dit-il, que dans vne cité,
Vn vieillard orgueilleux dans fa felicité
Poffedoit dans les champs vn vafte labourage:
Il faifoit tous les iours conduire au pafturage
De Bœufs & de Brebis de fi nombreux troupeaux
Qu'on les voyoit couurir la plaine & les coupeaux
Non loin de fa maifon vn pauure pour partage
Des biens de la fortune, & pour tout heritage
N'auoit qu'vne Brebis qui dormoit dans fon fein,
Qui beuuoit dans fa coupe & mâgeoit de fon pain.

P iij

Enfin cét animal qu'il flatte & qu'il careſſe,
Que comme ſon enfant il ayme auec tendreſſe ,
Eſt l'obiet de ſes ſoins & de tous ſes deſirs,
Et de luy ſeul il fait ſa ioye & ſes plaiſirs:
Quand ce faſcheux voiſin, dans ſon humeur auare
Fait au pauure vne iniure inſolente & barbare :
Pour traiter ſes amys venus dans ſa maiſon,
Eſpargnant ſon bercail, ſans pitié ſans raiſon
Il emporte, il rauit cette Brebis cherie,
Il l'égorge, & ſoudain de cette boucherie
A ſes hoſtes nouueaux fait vn cruel repas.

　　Il a, Nathan, il a, merité le trépas,
Ce méchant, dit le Roy transporté de colere ,
Qu'on prepare à ſon crime vn rigoureux ſalaire;
Qu'on en faſſe vn exemple à la poſterité,
Et qu'on le ſacrifie à ma ſeuerité.
Il faut, dit il encor, que ce Tyran periſſe,
Ce riche qui repaiſt ſa cruelle auarice
Des miſeres du pauure , & pour traiter les ſiens
Se plaiſt de luy rauit ſes plaiſirs & ſes biens.

　　Grand Prince, dit Nathan, d'vn ton plus redon-
De ton iniquité l'image veritable   [table,
Par vn crime inuenté ſe fait voir à tes yeux;
Tu ſçais que le Seigneur de la terre & des Cieux,
A porté dans tes mains paiſible & legitime
Dans ſon plus grand éclat le Sceptre de Solymes
Tu ſçais qu'il eſt ton maiſtre & ton liberateur :
Qu'il t'a ſauué des mains de ton perſecuteur,
D'vn Roy qui forcéné de ſoupçons & d'enuie
Tant de fois vainement entreprit ſur ta vie :
Si ce n'eſt pas aſſez il faut te dire encor ,
Que le feu de la pourpre & que l'éclat de l'or
Qui brille en tes habits , qui ſur ton chef rayonne
A ta rare vertu vid ceder ta couronne,

Pourquoy par vn mépris dont la hôte & l'horreur
Fait fremir Ifraël d'vne fainte terreur,
As-tu dans le tranfport d'vne ardante furie
Efpouzé Berfabée & fait perir Vrie ?
Mais perir per le fer des mefmes ennemis,
Dont l'orgueil autrefois fut à tes pieds foufmis
Tu verras quelque iour dans ta maifon funefte,
En foule entrer les maux, les meurtres & l'incefte :
Tu verras ton peché dont la peine te fuit,
Et qui n'eut pour témoins que l'ôbre & que fa nuit,
Paroiftre à l'vniuers, & des yeux de cét Aftre
Qui compofe nos iours, éclairer ton defaftre :
Ton deteftable fils montera fur ton lict ;
Et fe foüillant dix fois d'vne horrible delict
Efteindra fans pudeur dans le fein de tes femmes,
L'incestueufe ardeur de fes brutales flammes,
Dauid tel eft du Ciel l'infaillible decret
Dont ie viens t'annoncer l'effroyable fecret.
    I'ay peché, dit ce Prince, & ma fâche malice
De ce double forfait doit hafter le fupplice
Et me faire perir d'vn funefte trépas.
    Non Dauid, dit Nathan, non tu ne mourras pas :
Le Ciel trop indulgent pour expier ton crime
A fa iufte fureur cherche vne autre victime,
Il veut pour te punir & faire voir au iour
L'infortuné fuccez d'vn deteftable amour.
Sans grace & fans pitié dans les larmes du pere
Et dans le fang du fils effacer l'adultere.
    Nathan aprés ces mots pouffez auec vigueur
Se retire, & bien-toft la cruelle rigueur
Et les bruflans accez d'vne fievre maligne
D'vn trépas aduancé l'indubitable figne,
Saififfent cet enfant qu'vn infidelle amour
A la honte du pere a mis n'aguere au iour.

                               P iiij

Ce Monarque aduerti par la prompte nouuelle,
Des extremes efforts d'vne langueur mortelle
Qui méprise déja dans ce dernier hazard
De tous ses Medecins les remedes & l'art,
Déchire ses habits, iette son Diademe,
Et monstrant sa douleur sur vn visage bléme
Par les rigueurs du ieusne & de l'austerité,
Sollicite le Ciel iustement irrité
De bien-tost destourner par sa main secourable
De son Fils languissant la perte irreparable;
Et pour le garentir d'vn peril si pressant,
De perdre le coupable & non pas l'innocent,
Mais Dieu qui veut punir dans sa iuste colere,
Par le trespas du fils, l'iniquité du pere,
N'escoutte pas du Roy la gemissante voix;
Et le mal qui s'irrite a reduit aux aboys
Ce foible agonisant à qui ce peu de vie
Par vn redoublement est sans pitié rauie.
  Les amis de Dauid dans ce soudain mal-heur,
Pour n'aigrir pas sa peine & pour cacher la leur,
Portent les yeux à terre & gardent le silence ;
Le Roy qui s'apperçoit qu'ils souffrent violence.
  Quoy, dit-il, à ce coup sans foiblesse & sans deüil,
L'impitoyable mort a donc mis au cercueil
Mon fils, ce cher obiet de mes tendres delices?
Ainsi puisse le Ciel terminer mes supplices:
Ainsi puisse Dauid en tout temps, en tout lieu,
Deffeter sans contrainte aux ordres de son Dieu.
Que sans abandonner ses adorables voyes
Dans mes aduersitez ainsi que dans mes ioyes,
Mon cœur soit à luy seul à qui tout est permis
Dans l'vn & l'autre sort esgalement soumis.
  Ses Princes admirans cette rare constance,
Qui contre la douleur arme sa resistance,

Luy demandent la cause, auec estonnement,
Du merueilleux effet de cet euenement.
　Il est vray, leur dit-il, i'ay respandu des larmes;
I'ay senti déchirer par de tristes alarmes
Du peril de l'enfant mon cœur épouuanté;
Tandis que i'esperois d'obtenir sa santé
Par des vœux impuissans, & par l'ayde celeste
Loin de ce tendre corps chasser vn mal funeste;
Mais puis que froid & pasle il a perdu le iour ;
Que la mort ne sçauroit m'accorder son retour:
Puis qu'elle l'a poussé dans vne triste biere ;
Qu'il ne peut deuenir que cendre & que poussiere;
Qu'il a cessé de viure & ne respire plus;
Que pour le rapeller mes pleurs sont superflus,
Il faut abandonner cette tendre foiblesse
Qui trouble la raison, qui l'offence, & qui blesse
La noble fermeté d'vn magnanime cœur
Qui de semblables maux doit deuenir vainqueur:
Pourquoy dás vn mal-heur qui n'a plus de remede,
A qui l'art des Humains & la nature cede,
Par vn deüil inutile & par d'indignes cris,
Contre les loix du Ciel & ses ordres prescrits ,
Chercher d'autre secours que celuy que me donne
Ce Dieu de qui ie tiens le Sceptre & la Couronne?
C'est ce Dieu dont le soin tousiours prõpt & puis-
Iamais dás mes besoins n'a paru languissant; [sãt,
C'est luy qui dans mes maux, ainsi que ie l'espere,
Me fera voir qu'il m'ayme,& me tient lieu de père ;
Non il faut que Dauid par sa soumission
Trouue en luy seul la fin de son affliction:
Mais ie sens que déja mon ame est separée
Des soins & des ennuis qui l'auoient esgarée
Du grand & droit chemin d'vne rare vertu
Qui releue le cœur quand il est abattu,

Ie voy que ce grand Dieu qui fait tarir les larmes?
Qui contre la douleur donne de fortes armes,
Sans vouloir écouter des regrets ennuyeux ,
A soulagé mes maux & desseché mes yeux.
   Apres ces mots Dauid dont la sainte sagesse
Oppose la raison à la vaine tristesse,
Se fait voir en public, & ne refuse pas
A son corps abattu le somme & le repas.
Quand bien-tost aduerti que seule & qu'affligée
Bersabée outrageant sa beauté negligée,
Arrache ses cheueux tesmoins de ses douleurs,
Et de ses yeux noyez verse vn torrent de pleurs,
Il l'a void dans son lict, il flatte sa detresse;
Et par l'aymable fruict de la sainte caresse,
D'vn amour legitime engendre à l'Vniuers
Ce Prince dont on void les preceptes diuers
Accorder sans peril auec la Politique
Ces pieuses vertus dont l'heureuse pratique
En l'vn & l'autre temps dans les plus grands Estats
Font auec seureté regner les Potentats.
Ce fut ce Salomon dont la haute puissance
Esgala la sagesse & la magnificence,
Et fit voir dans Sion le plus auguste lieu
Qu'on esleua iamais à la gloire de Dieu.
   Mais renuoyons Ioab ce sage Capitaine,
Qui craint de consommer & son temps & sa peine,
A presser vainement l'Ammonite cité,
Et de se voir reduit à la necessité,
D'abandonner la place &, par vn autre outrage
De flestrir d'Israël le nom & le courage,
Il fait sçauoir au Roy qu'il faut par vn renfort
De ses plus frais soldats faire vn dernier effort :
Presser les assiegez, & pour auoir la gloire
D'estre luy seul l'auteur d'vne illustre victoire,

Que sans plus differer il doit voir à ses yeux
Perir auecque honte vn Prince ambitieux;
Qu'en tous lieux de son bras l'adresse inimitable
Rend de ses ennemis la perte ineuitable;
Et qu'il n'a, pour bien-tost les mettre à leur deuoir,
Qu'à tenter de combattre ou de se faire voir :
Que dans tous les combats ou sa presence éclaire
Ses soldats animez d'vne noble colere,
Que par tout où du iour le bel Astre reluit,
D'vn pas tousiours égal la victoire le suit :
Que bien-tost il l'attend pour acheuer le siege,
Et tendre à l'Ammonite vn infaillible piege :
Qu'il doit voir sous le poids de ses maux succōben
Cette orgueilleuse ville & la faire tomber.

Ce fameux Conquerant qui par sa diligence
Veut faire reüssir la celebre vengeance,
Que l'honneur le contraint dans sa seuerité,
D'aller prendre d'Hannon dont la temerité,
Outragea sans respect du sacré ministere
De ses Ambassadeurs l'auguste caractere:
Se haste de partir, & va d'vn pas aisé
Faire voir dans son camp du secours appellé
A ces fiers ennemis la force redoutable;
Et comme il reconnoist sa valeur indomptable,
Qu'il void les cœurs des siens animez au combat,
Attaque la cité, l'enuironne & l'a bat,
Fait cheoir ses murs à terre, & par cette ouuerture
Qui doit des assiegez faire la sepulture,
Transporté de colere en foule fait entrer
Les soldats qu'on ne void sur leurs pas rencontrer
Que femmes & qu'enfans qui tōbant sous les armes
Versent auec leur sang tant d'inutiles larmes:
Dans ce funeste sac les ieunes & les vieux
Esgalement traitez, du bras victorieux

Sentent de l'ennemy la fureur implacable :
Et leur Roy gemiſſant ſous le poids qui l'accable,
Chargé de fers honteux ſouffre vn cruel affront :
Il void ſans reſiſtance arracher de ſon front
Par vne indigne main ſa brillante couronne
Dont le chef du vainqueur auec éclat rayonne,
Il poſſede le Sceptre, & d'vn Tyran dompté
Se fait voir ſur le troſne heureuſement monté :
Les inſolens auteurs de l'inſigne malice
Qui des Ambaſſadeurs ſuggera le ſuplice,
Et d'vne ardante guerre alluma le tizon,
Ont peri dans l'horreur d'vne obſcure priſon,
Et bien toſt reſſenti d'vne diuerſe peine   [ne.
Sous les coups des bourreaux la rigueur inhumai-
  Dauid remply de ioye & chargé du butin
Qu'il a raui des mains d'vn ennemi mutin,
Retourne triomphant dans la ſainte Solyme
Où bien toſt eſclatta le deteſtable crime,
L'amour inceſtueux d'vn traiſtre rauiſſeur,
D'vn frere qui força ſa deſaſtreuſe ſœur :
Du laſche Amnõ qu'on vid dãs la fleur de ſon aage
Poſſeder dans la Cour le funeſte aduantage,
D'eſtre né le premier d'vn Hymen mal-heureux :
Deuenu tout à coup follement amoureux
Des beautez de Thamar cette aymable Princeſſe
Que du cœur & des yeux il obſerue ſans ceſſe,
Traiſne de triſtes iours & de penibles nuits,
Qui ne font qu'irriter d'execrables ennuis,
Son tein qui ſe fleſtrit, & ſon paſle viſage,
De cette ardeur impure eſt le triſte preſage,
Pour ne pas découurir ce chagrin indiſcret,
Il ſe cache du monde : Il cherche le ſecret,
Mais il ſent que par tout vainement il ſoûpire,
Et qu'vn mal indompté par ce remede empire.

Ionadab cét amy lasche & malicieux,
Qui veut aux maux d'Amnon se rendre officieux,
Applique adroitement ses soins & son estude
A découurir sa peine & son inquietude :
Il entre dans la Chambre ou ce profane amant
Que d'vn flatteur discours il presse incessamment ,
Luy fait-bien tost sçauoir d'vne flamme brutale,
Le criminel objet & la cause fatale.

Et, dit-il, tout à coup, cher Amnon si tu veux
Voir cesser ta langueur & reüssir tes vœux,
Prepare ta retraite, & d'vne adroite seinte
Comme si la douleur t'imposoit la contrainte
Ou de garder le lict ou de ne sortir pas ,
Si le Roy te vient voir, dis luy qu'à ton repas
Et pour bien-tost guerir le mal qui te possede,
De la main de Thamar tu veux prendre vn remede;
Que pour le preparer il la fasse venir:
Et quand tu l'a tiendras tu peux l'entretenir ,
De l'extreme rigueur de ta peine nouuelle,
Et luy iurer cent fois que tu brusles pour elle;
Que tes yeux languissans, & que ton pasle teint
Luy découurent le mal dont ton cœur est atteint;
Que tu le veux guerir, qu'il n'est plus téps de fein-
Et qu'en l'a possedant ton feu se doit éteindre : [dre
Dis luy qu'elle ne peut haster innocemment
La deplorable mort d'vn frere & d'vn amant :
Enfin pour la flatter employe auec adresse
Cet art qui persuade & gagne vne maistresse.
Mais aussi si tu vois sa haine & son mépris
S'opposer à l'amour dont tu te sens épris;
Si la douceur pour elle est vaine & sans amorce ;
Sans plus deliberer, souuiens-toy que la force,
Lors qu'en ce triste estat ton refus t'aura mis,
Doit vzer d'vn pouuoir à qui tout est permis.

Ce lasche suborneur auec cette insolence,
Conseille son amy de faire violence:
Et le profane Amnon , qui bien tost de sa sœur
Se verra deuenir l'inique possesseur,
Flatté de cet espoir feint vne maladie
Qui d'vn horrible inceste & d'vne perfidie
Doit estre l'instrument, & faire voir au iour
L'iniurieuse fin d'vn detestable amour:
Il se met dans son lict, & pour voir regrettée
De son pere trompé, sa langueur affectée,
Par vn ordre secret on fait courir le bruit
Que pressé de la fiévre il a passé la nuit.

L'impatient Dauid qui se figure extreme
Le peril de ce fils qu'il estime & qu'il ayme,
Le va voir dans sa chambre, & le trouuant couché,
De crainte & de douleur également touché :

Mon fils, quel est ton mal : puis, ignorât la feinte
Quoy qu'il ne soit, dit-il, qu'vne legere atteinte,
Il faut le preuenir dans son commencement,
Et craindre le danger d'vn prompt accroissement,
Mais s'il vient à s'aigrir , & par sa resistance
De tous nos Medecins méprifer l'assistance,
Si contre luy leur art est vainement tenté,
Nous obtiendrons du Ciel ta premiere santé:
A la maison Royale elle est trop precieuse,
Et si dans tous mes maux Solyme officieuse
Sollicite son Dieu par des vœux innocens,
Son amour dans les tiens fera brusler l'encens.

Amnon continuant sa lasche tromperie,
Mon mal, dit-il, causé par vne réuerie
Et par le noir chagrin d'vn inquiet sommeil
Qui fut interrompu par vn frequent réueil,
Demande le silence, & d'vn lieu solitaire
Attend le prompt remede & l'ayde salutaire

Il cessera bien-tost, si par de vains propos
Des amys importuns ne troublent mon repos:
Ie ne veux que Thamar pour toute compagnie,
Par elle ie verray ma tristesse finie;
S'il te plaist qu'elle vienne & mâge auecque moy.
 Ie le veux bien, mon fils, dit ce credule Roy;
Tu la verras bien-tost par sa douceur charmante,
Chasser ou diuertir l'ennuy qui te tourmante:
Mais, fais sortir d'icy tes amys dont le bruit,
Par d'inutiles soins t'incommode & te nuit :
Il acheue en ces mots, & soudain se retire.
 Amnon pour terminer son criminel martyre,
Attend de voir Thamar, & sans empeschement
D'estendre les ardeurs de son embrazement:
Quand tout à coup il void, d'vne gaye apparance
Entrer cette Princesse, & pleine d'asseurance
L'aborder en riant & bien-tost détremper
La funeste boisson dont il l'a veut tromper;
Dans ce triste moment, ô sinistre presage;
D'vn refus affecté composant son visage,
Ce frere incestueux prenant garde auec soin
De n'auoir que luy seul de son crime témoin:
Ma chere Sœur, dit-il, prends la coupe & l'a porte;
Il marche ; il l'introduit , & puis fermant la porte
Du fatal cabinet où Thamar l'a suiui,
Et se hastant de voir son desir assouui :
 Ma sœur, ie ne puis plus dissimuler ma flamme;
Elle brusle mon cœur & consomme mon ame;
Tu peux, dit-il, tu peux par ton consentement,
Contribuer sans honte à mon contentement :
Tu vois bien qu'en ce lieu ta resistance est vaine,
Que de force ou de gré ie veux finir ma peine;
Souuiens-toy que ie t'ayme & que de ma langueur
Ie ne veux plus souffrir l'importune longueur:

Que ie puis sans obstacle, & que ie dois sãs crainte
Voir mes vœux satisfaits & mon ardeur éteinte.
     Thamar fremit d'horreur à ce sale discours;
Et dans cét accident sans force & sans secours,
Pour arrester d'Amnon l'execrable manie
Pour se sauuer des mains & de la tyrannie
D'vn amant forcené qui tente sans pudeur
D'éteindre de son feu l'incestueuse ardeur;
Le repousse & le fuit; puis le flatte & le prie;
Et dans ce desespoir piteusement s'écrie :
     Quoy, mon frere, veux-tu, par vn crime odieux
Et dont l'image blesse & les sens & les yeux,
Me faire deuenir de la maison Royale,
Le detestable opprobre & l'infame scandale?
Crois-tu qu'Israël souffre auec impunité
Que l'agreable fleur de ma virginité,
Sans l'arrozer de sang & sans perdre la vie,
M'ait esté laschement par vn frere rauie ?
Mon pere est indulgent; Il peut si tu le veux
Purifier luy seul tes illicites feux :
Amnon demande luy ma couche coniugale,
Et s'il sçait que ma flamme est à la tienne égale;
De son consentement nostre foy dans ce iour
Peut accomplir les vœux d'vn legitime amour:
     Ce brutal à ces cris se monstre impitoyable ;
Mais, Muse, il ne faut pas, ô peinture effroyable!
Blesser la chasteté des lecteurs innocens ;
Ma plume dans l'horreur qui fait fremir mes sens;
S'arreste, & du recit de ce barbare inceste
Ne sçauroit ny ne veut acheuer ce qui reste.
Qu'il demeure caché; Qu'il soit enseuely
Dans l'eternelle nuit d'vn eternel oubly;
Que iamais dans les cœurs de ce profane crime,
Que pour le detester l'image ne s'imprime:

                                        Que

Que iamais d'vn forfait le recit ennuyeux
N'offence la pudeur de l'oreille & des yeux :
Mais ô triste plaisir dont la fin inhumaine
Dans vn perfide cœur, d'vne mortelle haine
Inspire tout à coup le dégoust & l'horreur;
De son premier amour il condamne l'erreur
Par vne auersion qui fait naistre en sa place
D'vn superbe dédain la criminelle glace.   [lieux,
   Sors promptement , dit-il , sors Thamar de ces
Où tu n'es qu'vne image importune à mes yeux;
Ta presence m'irrite, & ta plainte importune
Ne te sert qu'a haster ta derniere infortune:
Sors d'icy, tu n'és plus qu'vn detestable objet
Et d'vne iuste horreur le funeste suiet:
Il appelle vn des siens qui pour plaire à sa rage
Loin de ce triste lieu la chasse auec outrage;
Thamar ne peut souffrir ce lasche traitement ;
Ses plaintes & ses pleurs éclattent hautement.
   Mais quoy, dit-elle, Amnô, crois-tu voir impunie
La cruelle rigueur de mon ignominie ?
Non ce dernier mépris te condamne & te rend
Coupable d'vn forfait & plus lasche & plus grand
Que l'insolent excez de ma premiere iniure,
Et l'appellant cent fois infidelle & pariure,
Adieu, puis que tu peux sans honte & sans pitié,
Voir succeder si tost la haine à l'amitié :
Souuiens-toy d'vne sœur par vn frere outragée,
Mais bien-tost par le Ciel heureusement vengée.
   Thamar en cet estat portant de sa douleur
Sur vn front abattu la funeste couleur,   [mes,
De ses yeux qui n'ont plus ny d'éclat ny de char-
Fait couler sans tarir deux fontaines de larmes :
Déchire ses atours, quitte ce vestement ,
Qui des filles des Roys est le riche ornement.

Q

Le triste souuenir de sa pudeur rauie,
Luy fait perdre les soins d'vne honteuse vie:
Son desespoir l'accable, & pour finir son sort
A son dernier secours elle appelle la mort.

Le superbe Absalon qui dans cette detresse
Void souspirer sa sœur, l'importune & la presse
De luy faire sçauoir la cause d'vn regret
Qu'il promet d'adoucir & de tenir secret :
Il tente vainement de vaincre son silence;

Et ie preuois, dit-il, l'infame violence
Dont l'impudique Amnon malgré tes vains efforts,
Aux horreurs d'vn inceste a fait ceder ton corps:
Mais ce lasche attentat qui blesse ma pensée,
Et qui veut que ie venge vne sœur offencée,
Sur ce chef criminel fera voir à mes yeux
Par son sang répandu la colere des Cieux.
I'en seray le ministre, & si d'vne aduanture
Qu'on verra surpasser la malice future,
L'histoire fait iamais l'execrable portrait,
On dira que le glaiue y mit le dernier trait:

A ce rapport Dauid , ce doux, ce tendre pere,
Souffre sans témoigner ny regret ny colere,
Dissimulant sa honte & composant son front,
De la triste Thamar l'irreparable affront :
Son amour pour Amnon plus fort que son outrage
Tempere sa disgrace & flechit son courage :
Et dans sa lasche Cour le silence & le temps,
Esteint ou radoucit l'aigreur des mécontens.

Mais le fier Absalon qui d'vne humeur hautaine
N'a iamais pû flechir sa fureur ny sa haine,
Veut la faire sortir de son perfide sein,
Et par vn fratricide acheuet son dessein:
A peine le Soleil dont l'oblique carriere ,
Des ombres de la nuict faict sa noire barriere,

Par le prompt changement des diuerses saisons,
A deux fois visité ses ardentes maisons:
Quand Absalon qui void de l'iniure passée
Par le temps & l'oubly la memoire effacée;
Pour feindre & faire voir son amour fraternel
Prepare à sa famille vn festin solemnel :
Il choisit sa maison où pour noble partage
Il possede en repos vn second heritage
Dans les plus doux plaisirs de l'aimable saison,
Qui void de ses brebis dépoüiller la toison:
Il inuite son pere à la magnificence
De ce cruel repas dont la resioüissance,
Doit bien-tost se changer en de funestes pleurs,
Et remplir la cité de crainte & de douleurs.
  Dauid à cette fois auec honneur refuse,
D'assister à la feste , & fonde son excuse
Sur le commun peril de l'incommodité,
Que peut souffrir vn Roy qui sort de sa cité :
Absalon ne craint plus la presence seuere
Ny le fascheux respect d'vn Prince qu'il reuere:
Qui seul peut arrester sa vengeance & sa main,
Et pour le dernier mets d'vn festin inhumain
Dans l'excez des plaisirs du vin & de la table,
Commande à des meurtriers le crime detestable
D'assassiner Amnon, & d'vn commun effort
Par cent coups redoublez de luy donner la mort.
  Excitez, mes amys, dans vn cœur magnanime
La vertu dont ie vois que l'ardeur vous anime;
Deffendez ma querelle, & sans retardement
Defferez, leur dit-il, à mon commandement :
Par vn ressentiment digne de ma naissance,
Ie vengeray Thamar sans perdre l'innocence;
Et pour prix vous verrez à vostre affection,
Donner & mon estime & ma protection,
                              Q ij

I'attends de voſtre main dans ce iour memorable,
Cette ſeule victime à mes vœux fauorable,
Q᷑and conduit dans ce lieu par ſon mauuais deſtin
Il aura pris ſon rang dans ce dernier feſtin;
Haſtez-vous, mes amys, pour en arracher l'ame
Dans ce funeſte corps de plonger voſtre lame.
  Apres auoir pouſſé de ſemblables diſcours,
Et de ces aſſaſſins imploré le ſecours,
Il void entrer chez luy d'vne agreable audace,
Ses freres inuitez qui portant ſur la face
Les ſignes apparans de leur contentement
Attendent de leur frere vn meilleur traittement:
A tous les inuitez la place eſt aſſignée
Par ordre de naiſſance & par droit de lignée :
On commence à vuider les verres & les plats
Remplis de vins exquis & de mets delicats :
De ces freres contens la commune allegreſſe,
Et du funeſte Amnon la mal-heureuſe yvreſſe,
Qu'on void déja l'auoir de ſon ſens égaré,
Haſtent la triſte fin du meurtre preparé :
Ces laſches aſſaſſins, d'vne main aſſeurée,
Conçoiuent tout à coup la rage ſuggerée,
Par l'ordre d'Abſalon au milieu du repas
Et pour haſter d'Amnon le funeſte trépas
Déchargent coups ſur coups & dans le ſang trem-
De cent endroits percez retirent leurs épées. [pées
  On void en ce moment dans vn commun effroy,
Fremir auec horreur tous les enfans du Roy,
Abandonner la place, & porter ſans conduite,
Dans des lieux éloignez leur terreur & leur fuite.
  De ce triſte accident le bruit precipité,
Alarme tout à coup le Prince & la cité:
On dit que d'Abſalon la fureur déloyale
Vient de faire perir la famille Royale;

Et que de ce festin l'horrible euenement
De tous les inuitez a fait le monument.

Dauid bien-tost trompé par vn bruit infidelle,
Apprend auec frayeur la funeste nouuelle
D'vn massacre inhumain qui détruit sa maison;
Et dans l'excez des maux plus forts que sa raison,
Comme vn Prince accablé de la ruine entiere
Qui fait de tous les siens le dernier cimetiere,
Il se couure de cendre, & par de tristes pleurs
Plutost que par des cris, exprime ses douleurs.

Ionadab qui le void gemir dans la detresse
Qui de ce foible cœur veut deuenir mai tresse:
Qui void auprés de luy ses amys assemblez,
De crainte & de tristesse également troublez: [réce

Grand Roy, pourquoy, dit-il, dans la vaine appa-
D'vn mal-heur incertain, perdre toute esperance?
Pourquoy sur vn faux bruit multiplier ton deüil,
Et répandre des pleurs sur vn vuide cercueil;
Le Ciel n'a pas hasté ta derniere disgrace;
Il n'a pas fait encor perir toute ta race;
Absalon dont l'honneur se croit interessé
Dans celuy de Thamar honteusement blessé;
Par le trépas d'Amnon a satisfait sa rage,
Et n'a plus voulu voir l'auteur de son outrage:
Non, non tes autres fils n'ont pas perdu le iour
Tu les verras bien-tost reuenir dans ta Cour;
Et pour mieux asseurer ce fidelle presage,
Pour essuyer tes yeux & calmer ton visage,
Ie les vois, Ie les vois, ô saint euenement!
Nous rendre d'Israël la ioye & l'ornement.

Il prononçoit ces mots, lors que la multitude,
Pour soulager ses yeux & son inquietude,
Se haste d'aller voir pour sa felicité,
Ces illustres enfans entrez dans la cité;

Q iij

Et libre de la peur de ces fauſſes alarmes,
Ceſſe de s'affliger & de verſer des larmes.

    Dauid reçoit ſes fils comme vn nouueau bien-fait
De la faueur du Ciel, qui d'vn œil ſatisfait,
Luy fait voir du peril ſa famille ſauuée,
Et par la mort d'vn ſeul ſa diſgrace acheuée:
Mais parmy cette ioye vn ſenſible regret
Que ſon cœur abattu ne peut tenir ſecret,
Eſclatte auec excez, & par tout ſans contrainte
Pour le trépas d'Amnon fait entendre ſa plainte:
Les pleurs qui malgré luy ruiſſellent de ſes yeux,
Font voir, quoy que naiſſans d'vn ſujet odieux
Qu'ils reçoiuent les loix & cedent à l'empire
Des tendres mouuemens que la nature inſpire.

    Cependant Abſalon que l'inquiette horreur
De ſon crime a remply de honte & de terreur:
Loin du triſte viſage & de l'abord d'vn pere
Dont il vient d'allumer la haine & la colere:
Et qui dans la chaleur de ſon reſſentiment
D'vn deteſtable fils pourſuit le chaſtiment:
Agité des frayeurs d'vne iuſte vengeance,
Pour trouuer ſon repos ſe rend en diligence
A la Cour de Geſſur où ſauué du peril
Il ſouffre les ennuys d'vn importun exil.

    Le bel Aſtre du Ciel dont l'ardante lumiere
Reprenant ſur ſon char ſa route couſtumiere,
Sans iamais détourner ny ſuſpendre ſon cours,
Eſclaire l'Vniuers & compoſe nos iours,
Auoit déja trois fois renouuellé l'année
Et fait voir d'Abſalon la fuitte infortunée:
Quand du pere indigné le courage adouci,
Dont le temps a calmé le douloureux ſoucy
Que luy donne d'Amnon la ſanglante aduanture,
Rappelle ſon amour, & ſent de la nature

Les tendres sent mens dans son cœur reuenir;
Et d'vn crime effacé perdant le souuenir,
Abandonne les soins de sa longue poursuite,
Et d'vn fils exilé ne presse plus la fuite.
  Ioab qui s'apperçoit que ce Prince changé,
Neglige de se voir auec honneur vengé:
Que le temps surmontant sa haine & sa detresse,
A fait flechir son cœur & tourner sa tendresse,
Du costé d'Absalon qui d'vn naissant amour
Dans ses affections doit regner à son tour,
Prepare, d'vn conseil ingenieux & sage,
D'obliger Absalon par vn secret message :
Il fait choix d'vne femme instruite adroitement,
A faire reüssir à son contentement,
L'agreable succez de son heureuse feinte,
Et parlant à Dauid, messer auec la crainte
Dans ses sages discours vne tendre douleur
Qui marque dãs ses yeux ses soins & son mal-heur.
  On void bien-tost apres cette prudente femme,
Par l'ordre de Ioab déguisant de son ame
La tendre passion quitter ces ornemens
Dont le brillant éclat ébloüit tant d'Amans:
Elle éteint ses beaux feux dõt les cœurs plus rebel-
Ont senti tant de fois les blessures mortelles: [les,
Et broüillant ses cheueux prend des habits de deüil
Pour son espoux qu'on vient de porter au cercueil,
Elle feint cette perte : Et sur sa triste face
Dont la passe couleur les plus beaux traits efface,
Imprime de ses maux les signes apparans ,
Qui semblent l'auoir mise au nombre des mourans :
Dans ce noir appareil les yeux baignez de larmes
Dont sa fausse douleur fait ses plus tẽdres charmes,
Elle marche en desordre, & s'approchant du Roy,
  Ie viens solliciter ta iustice & ta foy,

O Prince, aux affligez, dit-elle secourable,
Permets moy de parler pour vne misérable:
I'ay perdu mon époux, & mon sort rigoureux
Apres luy m'a laissé deux enfans mal-heureux,
Qui dans le differend que l'inégal partage,
Auoit fait naistre entre eux d'vn petit heritage,
Celuy qui pretendoit n'estre pas satisfait
Entreprit sur son frere vn horrible forfait;
Et sans empeschement par vn glaiue infidelle
Termina sur le champ cette triste querelle :
Auiourd'huy dans l'excez de ce sanglant mal-heur
Leurs Proches méprisant ma peine & ma douleur,
Sans raison, sans pitié, par vn complot funeste
Ont resolu la mort de celuy qui me reste,
Pour venger du meurtri l'infortuné destin
Ils veulent du viuant precipiter la fin;
Et faisant cheoir l'appuy d'vne dolente mere,
Acheuer auec luy ma vie & ma misere;
Ils veulent adjouster de cét vnique fils
L'irreparable perte à celle que ie fis,
Acheuer de me perdre, & d'vne main cruelle,
Eteindre de mon feu la derniere estincelle:
Mais pourras-tu souffrir qu'auec impunité
Ces méchans pleins de rage & d'inhumanité,
Estouffent dás mes bras, sás resource & sans grace
L'vnique successeur d'vne pieuse race ?
　Non, dit alors le Roy, ie ne permettray pas
Que de ce fils si cher le barbare trépas,
Esteigne ta famille, irrite ta souffrance,
Et trouble de tes iours la ioye & l'esperance,
Ie veux te proteger contre le fier orgueil
Des barbares auteurs de ton iniuste deüil:
Il faut que sur leurs chefs ma fureur s'execute;
Ie leur feray sentir qu'en vain on persecute

Et

Et qu'on veut accabler le dernier des humains,
Quand il a le secours de mes puissantes mains:
 Ie crains, dit-elle encor pour se rendre croyable,
Que de mes ennemys la rage impitoyable,
O grand Roy méprisant ta supreme grandeur,
Et de ta dignité l'éclattante splendeur,
A l'aspect du Soleil qui tes beaux iours éclaire,
Tentera d'assouuir sa haine & sa colere:
Ie vois que contre nous le destin animé,
Et pour nostre mal-heur tousiours enuenimé,
Preuiendra de tes mains la redoutable foudre,
Et que sans resistance il faudra me resoudre
De bien-tost par l'effort de leur temerité,
Voir perir & mon fils & sa posterité.
 Dauid apres ces mots, femme, dit-il, ie iure
De venger de ma main cette cruelle iniure:
Souuiens-toy que le Roy deuient ton protecteur,
Que ie feray perir l'instrument & l'auteur,
Du peril de ton fils à qui malgré l'enuie,
Dans le constant bon-heur d'vne paisible vie,
On ne verra tomber le moindre des cheueux
Sans laisser vn exemple à nos futurs neueux
Du chastiment de ceux dont la fiere insolence
Aura peu consentir à cette violence.
 Cette femme qui void ce Prince disposé
A faire reüssir vn dessein composé:
Que sans l'entretenir d'vne fausse auanture
Et d'vn mal inuenté luy faire la peinture,
Il faut se découurir & plaindre adroitement
D'Absalon affligé l'indigne traitement.
 Changeât lors de discours, grand Monarque, dit-
Pourras-tu bien souffrir qu'vne langue fidelle, [elle
Ou plustost que mon cœur t'informe d'vn secret
Que ie ne puis celer sans honte & sans regret.

R

David qui s'apperçoit qu'elle est dãs la cõtraintes
Chasse, ô femme, dit-il, ta douleur & ta crainte;
Prends en moy confiance, & parle hardiment :
Quand elle qui ne peut cacher son sentiment.
　Si tu portes, ô Roy, le tendre nom de pere ,
Peux-tu haïr ton fils : veux-tu qu'on desespere
De reuoir dans ta Cour ce noble fugitif ?
Le proche successeur, l'heritier presomptif
Du sceptre d'Israël & de cette puissance,
Qu'il sçait appartenir au droit de sa naissance,
Aussi l'espere-t'il ? & ie crois que ton choix
S'accorde auec mes vœux & les communes voix,
Veux-tu faire, ô grand Prince, éclater nostre ioye;
Rapelle vn malheureux que tõ courroux foudroye;
Qui gemit, qui souspire, & qui loin de tes yeux
Se plaint d'estre interdit de la terre & des Cieux,
Veux-tu que le remords d'vne implacable haine
Dans ton dernier moment te presse & te surprenne;
On compare nos iours à la fuite de l'eau;　[beau,
Comme elle dans son centre, on void dans le tom-
Dans son rapide cours de tant de maux suiuie
Par cent diuers endroits se glisser nostre vie.
Fay renenir ton fils de ce cruel exil
Où tu sçais qu'il languit, & qu'il est en peril
Dans la Cour de ce Roy qui de faux Dieux encêlt
Par vn culte étranger de perdre l'innocence,
Et dans l'impieté de cette region,
De quitter Israël & sa religion;
Tu te vois au dessus de l'humaine sagesse
Tout cede à ta puissance, & tu sçais que sans cesse,
Le Ciel verse sur toy sa grace & ses bien-faits;
Qu'en toy seul on les void durables & parfaits :
Puis que tu tiens de Dieu cet heureux aduantage
Qu'vne sainte tendresse est ton digne partage,

Sers-toy de ta clemence, & viens rédre à nos yeux
De ton affection le depost precieux.

   Dauid interrompant sa derniere parole
Qui presque au mesme instant l'afflige & le côsole;
   Femme, dit-il, ie veux, auec sincerité
De ton secret dessein sçauoir la verité:
Parle, mais ne ments pas, qui t'a si bien instruite?
Dis-moy si c'est Ioab ? si c'est par sa conduite
Que dans ce libre abord, sans erainte & sans dou-
Tu viés de racôter & de feindre vn mal-heur? [leur
Tu sçais l'art de te plaindre & de verser des larmes,
De les bien ménager, de leur donner des charmes,
Et d'vn ton preparé par vn discours trompeur,
De nous persuader la tristesse & la peur,

   Grâd Monarque, dit-elle, il faut que sans feintise
Tu sçaches qu'il est vray que la noble accortise
Du genereux Ioab dont la tendre amitié
Pour son cher Absalon a touché la pitié,
M'a donné le conseil de te porter ma plainte
Dôt i'ay vû que tô ame a souffert quelque atteinte:
Et par le vain recit d'vne calamité
Dont i'ay par mes soûpirs le faux deüil imité,
M'a fait representer la veritable image
Des maux & des ennuys qu'au plus beau de sô âge
Ton fils souffre auiourd'huy dans l'idolastre Cour,
Où son mal-heur fit choix d'vn barbare sejour:
R'appelle auecque luy cette aymable clemence
Qu'on dit estre la source & l'heureuse seménce,
De toutes les vertus dont les plus grands des Roys
Font briller leur Couronne & reuerer leurs loix.
Satisfay promptement l'esperance publique,
Et les vœux d'Israël qui par ma voix s'explique,
Satisfay son attente, & rends à son desir
Du retour de ton fils l'honneur & le plaisir:

R ij

Dauid par ce difcours qui flatte auec adreffe
De fon cœur amoly la foudaine tendreffe,
S'approchant de Ioab, va de ce pas, dit-il
Terminer d'Abfalon la difgrace & l'exil,
Dis-luy qu'auec plaifir ie confens qu'il reuienne,
Mais qu'apres fon retour ie veux qu'il fe retienne
De reuoir mon vifage, & d'offencer mes yeux
Par la temerité d'vn rencontre odieux.

Ioab d'abord furpris d'vne fincere ioye
De voir qu'auec honneur ce grãd Prince l'employe
Au foin de rappeller cét illuftre banni
Par vn pere indigné feuerement puni
De la longue rigueur d'vne cruelle abfences
Tu m'as, dit-il, reduit à l'heureufe impuiffance
De iamais reconnoiftre vn fi digne bien-fait,
Dont mon ame eft remplie & mon cœur fatisfait:
Ie preuoy, grand Monarque, qu'accablé fans meri-
D'vn amour qui m'oblige & qui me follicite　[te,
De cherir tendrement fon heureux fouuenir :
Tu veux faire fçauoir que i'ay fait reuenir
Par le charmant fuccez de ma follicitude,
Cet aymable fubiet de mon inquietude :
Ce fils infortuné de qui l'aftre du iour
Veut par des feux nouueaux éclairer le retour.

Il part apres cét ordre, & portant la nouuelle
Dans la Cour de Geffur à fon Prince infidelle,
Luy fait part de fa ioye, & par le fils du Roy
Ramené dans Sion, acheue fon employ.

Abfalon fatisfait aux ordres de fon pere
Dont il craint d'irriter la veuë & la colere
Par le foudain mal-heur d'vn abord imprudent
Qui peut faire éclatter vn funefte accident :
Separé de la Cour paffe auec innocence
Dans vn conftant refpect & dans l'obeïffance

Sans foin & fans ennuys de pacifiques iours
Dont vn fecond Hymen a commencé le cours :
Sa charmante beauté, cette tefte frizée
Dont la riche dépoüille eft de tous fi prifée,
Des filles de Sion l'ornement & les vœux:
Fait le prix de cet or qui luit fur fes cheueux
Dont on les void parer leur coiffure affectée
A l'envy tous les ans cherement acheptée:
Tout ce que la nature & que l'art ont d'attraits,
Qui lancent dans les cœurs d'ineuitables traits,
Le rendent agreable à la commune eftime
Qui difpenfe l'honneur quand il eft legitime,
Et luy gagnent fans peine & fans exception
De toute la Cité la tendre affection.
    Mais Abfalon qui croit fa vie infortunée
Apres auoir deux fois veu reuenir l'année:
Qui fait de fon bon-heur fes plus cuifans ennuys,
Et qui ne peut trouuer, ny des iours, ny des nuits
A fa bizarre humeur le repos fupportable
S'il ne flefchit le cœur, s'il ne rend plus traitable
Le courroux de fon pere, & ne reuoit la Cour
Qui des enfans des Roys eft le digne fejour.
Dans les foudains tranfports de fon impatience
Il appelle vn des fiens, & lors en confiance,
Va, dit-il, voir Ioab, fais le bien-toft venir
Et luy dis que chez moy ie veux l'entretenir.
Cét homme reuenu, dit que Ioab refufe,
Il vouloit acheuer, mais a-t'il quelque excufe?
Interrompt Abfalon, retourne fur tes pas,
Va luy dire qu'il vienne, & qu'il n'y manque pas.
    Ioab trop indifcret & peu foigneux de plaire
Aux ordres d'Abfalon qui fe met en colere,
Et qui dans ce moment fans paroiftre confus
De l'outrage receu par vn double refus,

Delibere & refout vne prompte vengeance:
Il dit à tous les siens d'aller en diligence
Dans les champs de Ioab faire vn embrazement;
On deffere à cet ordre auec empressement:
On reduit tout en cendre , & la haine sauuage
Des fumantes moissons fait vn triste rauage.
Le paste laboureur portant ses mains aux Cieux,
Et destrempé des pleurs qu'il verse de ses yeux,
Lors qu'il void par le feu,sans cœur,sans asseuráce,
De ses feconds guerets confumer l'esperance ,
Et glacé de l'horreur de cet euenement
Fait sçauoir à Ioab auec étonnement
De cet ardent degast la recente nouuelle :
    O lasche perfidie ! ô vengeance infidelle !
C'est donc là le loyer d'vn bien fait genereux
Qui pour te rappeller & pour te rendre heureux,
A fait, dit lors Ioab,par sa triste peinture
D'vn malheur inuenté reüssir l'aduanture
Qui fie bien-tost cesser de tant de tristes nuits
Et de tant de longs iours les penibles ennuys:
Il ne se souuient pas qu'apres que de son pere
Dont il a trauersé la fortune profpere,
Lors qu'en vain il tentoit de le rendre plus doux,
Ie fis solliciter & flechir le courroux :
Qu'apres auoir rendu par vn rare artifice,
A sa foible amitié cet agreable office ,
I'allay le retirer d'vn palais étranger
Où ie sçay qu'il estoit dans le prochain danger
De se voir engagé par de mauuais exemples,
Au culte des faux Dieux & des profanes temples.
Il sçait que par mes soins ramené dans la Cour,
Il m'appelloit l'auteur de son heureux retour;
Et veut-il maintenant pour vn digne salaire
Que ie souffre les coups d'vne iniuste colere :

Et que sans me venger ie porte sur le front
Le reproche odieux de ce cruel affront,
  Ioab tient dans son cœur cette plainte secrette ;
Et sans faire éclatter d'vne langue indiscrette,
De venger son honneur le desir imprudent,
Va trouuer Absalon, & bien-tost l'abordant.
  Par quel crime inconnu? par quel si iuste blasme
As-tu fait, luy dit-il, desoler par la flamme
Du fidelle Ioab les fertilles guerets ?
Absalon m'a t'on veu quitter tes interests?
Ay-ie peu meriter par vne perfidie
De toutes mes moissons le funeste incendie?
Elles ont méprisé les iniures du temps,
Et ie voy qu'auiourd'huy mes seruices constans
N'ont peu les garentir, ny te faire resoudre
De ne les pas abattre & les reduire en poudre ?
Quoy par vn sentiment d'honneur ou de pitié,
Tu n'as peu reconnoistre vne ferme amitié?
Que la tienne me nuit! & qu'elle est inhumaine!
Qu'il est indifferent de meriter ta haine!
Mais qu'il est perilleux de t'auoir obligé
Puis que pour cela seul Ioab est affligé.
  Ioab, dit Absalon, vne priere vaine,
Qui n'a peu t'obliger de te donner la peine
De venir receuoir mon ordre & mon secret,
Par mon soudain courroux a causé ton regret;
Mais, cher amy, tu dois oublier vn outrage
Dont le ressentiment fait tort à ton courage;
Ton soin m'est necessaire , & sans plus discourir
Si tu m'aymes encor, tu dois me secourir:
Il faut à cette fois faire voir à mon pere
La douleur qui m'accable & qui me desespere:
Dis luy que ie consens de souffrir le trépas
Plustost que de languir & de ne le voir pas :

                            R iiij

Que ie veux immoler à sa cruelle enuie
Les restes mal-heureux d'vne mourante vie:
Pour fléchir sa rigueur & pour gagner sa foy
Raconte luy mes maux que tu sens plus que moy:
Dis-luy que de son fils la douleur est contrainte
De luy faire porter cette derniere plainte;
Et que pour ne plus voir son pere importuné
Il veut cesser de viure & d'estre infortuné:
Va donc, & satisfay mon ame & mon attente,
· Traite auec luy ma paix que tu sçais importante
A l'établissement de mon futur repos.
	Ioab interrompant ce vehement propos :
Quoy, dit-il, Absalon, faut-il que ton courage
Cede sans resistance aux efforts de la rage?
Que par le desespoir vn grand cœur abattu
S' mal en ce rencontre vze de sa vertu?
Ie connois de tes maux l'importune souffrance,
Mais attends mon retour, & vis dans l'esperance
De voir le Roy, touché d'vn sentiment plus doux
Deposer auiourd'huy sa haine & son courroux.
	Ioab apres ces mots part sur l'heure & se presse
De conter à Dauid sa nouuelle detresse;
Luy parle du dégast de ses champs dépoüillez,
Luy dit que d'Absalon les yeux de pleurs noyez,
Sollicitent pour luy la bonté secourable
D'vn pere qui ne peut se rendre inexorable,
Quand il n'ignore pas qu'il n'est rien d'asseuré
Dans les tristes conseils d'vn fils desesperé:
Qu'il sçait que dans son cœur sa perte est resoluë,
Mais que d'vn Roy clement la force est absoluë,
Et qu'enfin il demande auec gemissement
De finir ou sa vie ou son bannissement.
	Mon amy, dit le Roy, puisque l'experience
De tant d'ennuys soufferts lasse sa patience,

Que son ferme courage & l'espoir l'ont quitté,
Ie perds le souuenir de son iniquité;
Et puis que repentant & deuenu plus sage
Il presse auec ardeur de reuoir mon visage,
Dis luy que ie l'attends : Qu'il n'est plus criminel;
Que ie veux le cherir d'vn amour paternel :
Que mô cœur, qui n'est plus de marbre ny de glace
Dans mes affections luy veut rendre sa place;
Que ie veux le reuoir, & luy donner vn rang
Acquis à sa naissance & digne de son sang.

   Ioab remply de ioye, ô pere inimitable !
O Prince également & doux & redoutable !
Ainsi puisse, dit-il, ainsi puisse le Ciel
De toutes ses faueurs sur toy verser le miel :
Ainsi de tes vertus la memorable histoire
A tes derniers neueux fasse chanter ta gloire:
Ainsi ton Absalon dans ta Cour reuenu
Dans vn pieux deuoir soit tousiours retenu:
Que iamais criminel de cœur ny de pensée,
Il ne souïlle l'éclat de ta gloire offencée;
Qu'auec obeïssance il respecte tes loix;
Qu'il partage auec toy le fruit de tant d'exploits
Qu'on verra par la paix entre vous deux iurée
Affermir de l'Estat l'eternelle durée.

   Il part apres ces mots, & son aislé desir
Qui deuance ses pas le rend auec plaisir
Pres du triste exilé qui d'vn pasle visage,
Attend l'euenement de ce douteux message.
Il l'approche, & dit-il, Absalon sans effroy,
Puis qu'il le veut ainsi va saluer le Roy.
Mais plustost, ô cher fils, va dans le sein d'vn pere
Finir auec honneur ton heureuse misere:
Le rang qu'il te prepare, & les bras qu'il te tend,
Font voir qu'auecque toy plein de ioye il s'attend

De paſſer, loin des ſoins & des maux détournées,
Le pacifique cours de tes longues iournées.
Profite d'vn bon-heur que le Ciel t'a rendu,
Et qu'auec tant d'ennuys nos vœux ont attendu :
Fay qu'on voye en toy ſeul par vn deuoir fidelle
Des enfans plus ſouſmis l'agreable modelle.
  Abſalon que n'aguere on a veu deſolé,
De tant de maux ſoufferts tout à coup conſolé,
Se ſert de cet aduis, & libre de la crainte
Qui depuis tant de iours tient ſon ame contrainte,
Se rend dans le Palais, & ſurpris de l'aſpect
 D'vn Roy maieſtueux employe auec reſpect
Tout ce qu'vn deüil muer a de force & de charmes,
Et fait parler pour luy ſes ſouſpirs & ſes larmes.
  Dauid qui dans ſon cœur commence à reſſentir
De ſon fils proſterné le triſte repentir,
Detrempé de ſes pleurs le careſſe & l'embraſſe,
Et pour luy faire voir qu'il le reçoit en grace,
Qu'il reconnoit ſon trouble & qu'il veut l'appaiſer,
Le releue de terre & luy donne vn baiſer :
Vn baiſer qui pour lors fut la preuue ſincere
Et du pardon du fils & de l'amour du pere;
Mais qu'on verra ſuiuy d'vn triſte euenement
Qui doit méler la honte auec l'étonnement.

DAVID.

LIVRE SIXIEME.

Ruelle ambition dont la fureur n'aſ-
pire,
Qu'au faiſte des grandeurs, qu'à l'éclat de l'Empire,
Toy qui fais tous les iours tant d'execrables vœux
Pour conſeruer vn ſceptre à d'indignes neueux :
Tuy qui perces les mers, qui deſoles les terres;
Toy qui les fais gemir ſous le poids de tes guerres;
Toy qui pour t'éleuer au deſſus de ton rang
N'as iamais épargné ny trahiſon ny ſang :
Toy dont l'iniuſte enuie & la noire impoſture
Offence ſans reſpect le Ciel & la nature,
Qui te plais, par des feints dans l'outrage conſtant,
Contre le droit commun, contre l'ordre des temps,
De tenir & de voir par iniuſtice vſurpée,
D'vn troſne qui t'attend la gloire anticipée :

Dure faim de regner qui fais executer
Tant d'inhumains complots , & qui sans redouter
De la posterité l'eternel vitupere,
Armes si laschement le fils contre le pere.
O funeste incident ! ô crime de mes yeux
Deuenu le supplice & l'objet odieux !
Ie verray, sans regret de ton ignominie,
Par vn honteux succez ton histoire finie :
Ie veux qu'à cette fois par moy tu sois instruit,
Que ton fatal dessein fut par le Ciel détruit :
Il faut, ô triste aspect ! que Solyme contemple
La mal-heureuse fin du mal-heureux exemple
Qu'elle vit proposer aux yeux de l'vniuers ,
Par vn pere indulgent & par vn fils peruers.

Absalon dont l'humeur inquiette & mutine
Prepare dans l'Estat vne guerre intestine,
De son dernier peril perdant le souuenir ,
Sans respect & sans foy, ne peut plus retenir
Ny borner ses desirs dans les iustes limites,
Aux plus grands des suiets par le deuoir prescrites:
On void autour de luy, comme d'vn souuerain
De ses gardes armez le formidable train;
Dans ce haut appareil la foule l'enuironne,
Et déja d'Israël la superbe couronne ,
Flatte le vain espoir de son ambition;
Et pour gagner l'estime & les cœurs de Sion,
Pour faire que par tout sa gloire retentisse,
Il affecte le bruit d'vne exacte iustice.
Aux portes du palais il va tous les matins,
Attendre les playdeurs que leurs mauuais destins
Font porter à Dauid leur deffence ou leur plainte,
Il court à leur rencontre, il soulage leur crainte ,
Il flatte leur douleur, & du geste & des yeux
Adoucit de leurs maux le recit ennuyeux.

Que ie vous plains, dit-il, que voſtre cauſe eſt bô-
Mais ie vois, mes amys, & qu'on vous abádóne [ne
Et qu'inutilement vous employez vos pas
A chercher la iuſtice où l'on ne l'a rend pas:
Si i'eſtois d'Iſraël ou l'arbitre ou le iuge,
Chez moy les innocens trouueroient leur refuge;
Ie ſerois ſaus fléchir, l'appuy des mal-heureux
Et des perſecutez le vengeur rigoureux,
Ie ne ſouffrirois pas la faueur importune
Qui meſure touſiours le droit par la fortune;
Qui ne ſe repent pas d'auoir deſobligé,
Ny le riche innocent ny le pauure affligé,
Ie voudrois les traiter d'vne bonté pareille;
Donner à l'vn, à l'autre & l'vne & l'autre oreille,
Et ne les iamais voir dans les plus rudes temps
Sortir de mon palais triſtes & mécontens:
Ils verroient tous les iours dans cette confiance
D'eſtre écouttez ſans trouble & ſans impatience,
Et de me voir traitable & de facile accez,
Par vn prompt iugement terminer leur procez.
Ennemy de l'iniure & de la violence,
Ie tiendrois touſiours droite & ferme la balance,
Sans la laiſſer tomber par vn iniuſte poids,
Ny iamais trébucher que du coſté des loix.
C'eſt ainſi que de tous la iuſtice attenduë,
Et par vn Roy pieux également renduë,
Feroit voir que iamais ny faueur ny hazard,
Dans tous ſes iugemens n'eurent aucune part.
  Par le hardi deſſein de cette perfidie,
Cet adroit impoſteur ſes cliens congedie:
Il condamne ſon pere, & ſe plaiſt vainement
De blaſmer ſa conduite & ſon gouuernement:
Il void que dans Sion ſes criminelles brigues;
Que ſes ſoins affectez & ſes baſſes intrigues,

Ne sçauroient reüssir ny plaire à la cité
Qui cherit son repos & sa felicité,
Et qui d'vn iuste Roy qu'elle ayme & qu'elle estime
Ne peut abandonner le party legitime.
Il se resout de feindre & d'attendre du temps
Le changement soudain des peuples inconstans:
Et quand l'Astre du iour a fait voir quatre années
Par le rapide cours de son char ramenées,
Il change de conseil & feint soudainement
L'impatient desir d'vn prompt éloignement:
Il aborde son pere, & d'vne menterie
Deguisant le pretexte auec effronterie,
Luy dit que par deuoir il veut à l'Eternel,
Dans le temple d'Hebron rendre vn vœu solemnel
Qu'autrefois à Gessur d'vne ferueur sincere
Dans les pressans ennuys de sa longue misere,
Il promit d'accomplir, s'il pouuoit quelque iour
Obtenir de son Roy sa grace & son retour.
   Absalon satisfait de sa profane ruze
Qui sert à son dessein de temeraire excuse:
Sort auec ses amys qui n'eurent point de part
Au criminel succez de ce soudain depart.
Il se rend dans Hebron cette fameuse ville
De son pere autrefois le glorieux azile,
Mais qui pour lors deuint contre le gré des Cieux
Le funeste seiour d'vn fils seditieux:
Il trame ouuertement de perfides pratiques
Par les lasches conseils de quelques frenetiques
Qui suiuent la fureur de son ambition,
Et pour mieux asseurer sa conspiration,
Appelle Architophel ce diffamé ministre
Qui fut de ses desseins le conducteur sinistre.
   Déja les espions qu'auec soin on instruit,
Ont publié son ordre & fait courir le bruit,

                               Dans

Dans les secrets confins de la sainte prouince,
Qu'Absalon necessaire & legitime Prince
Par le sage Israël dans Hebron proclamé,
D'vn cœur plein de respect & de zele enflammé
Veut estre reconnu dans sa haute puissance
Et receuoir leurs vœux & leur obeïssance:
Qu'on doit auec plaisir luy rendre cét honneur,
Et le feliciter de ce iuste bon-heur ;
Qu'il est temps & qu'il faut qu'à son tour il possede
Vn droit que la nature & son pere luy cede ;
Qu'il est également & redoutable & doux ;
Que de ses fortes mains les infaillibles coups
Sans crainte des perils par tout se font passage;
Mais qu'il suffit de voir son aymable visage
Pour ne les pas attendre, & pour les émouuoir
A cherir sa valeur & craindre son pouuoir;
Que la iustice veut qu'il regne & qu'il commande;
Qu'on ne peut, qu'on ne doit refuser sa demande;
Et pour gagner le cœur de ce peuple alarmé,
On luy dit qu'il est proche & puissamment armé;
Qu'il faut sans resistance & ployer & se rendre
Au pouuoir du plus fort qui peut tout entreprédre;
Et que dans les partis celuy de la douceur,
Est souuent necessaire & touSiours le plus seur.

Cependant Absalon confirmé dans son crime
Se haste de porter la guerre dans Solyme,
Et de voir acheuer d'vne sanglante main,
De toute sa maison le massacre inhumain.

David auec douleur apprend cette nouuelle
Qui luy fait voir vn fils tant de fois infidelle,
Surpris de cette audace & fremissant d'horreur,
Dans ce pressant danger conçoit vne terreur
Qui luy fait sans espoir de venger son offence,
Abandonner le soin d'vne iuste deffence;

S

Ce Prince qui paroiſt de ſon ſens égaré
Croit voir par Abſalon ſon cercueil preparé;
Il ne peut dans l'effort des frequentes alarmes,
Que mediter ſa fuite, & que verſer des larmes:
L'incomparable excez de ſon aduerſité,
Les plaintes & les pleurs d'vne triſte cité,
Le forcent de quitter ces femmes deſolées
Qu'on vid publiquement par ſon fils violées:
Il exhorte les ſiens, & de ſes Courtiſans
De ceux meſme qu'il void affoiblis par les ans
Il tente d'arreſter la valeur impuiſſante :
Leur dit de ſe ſauuer d'vne fureur recente,
D'euiter le peril & de haſter leurs pas
Pour ſe voir garentis d'vn ſi proche trépas.
Que déja dans ſon cœur cette image eſt empreinte,
Et pour leur inſpirer vn mouuement de crainte
Pouſſant auec douleur ſa pitoyable voix,
Parle encor du peril & leur redit cent fois.
Qu'Abſalon eſt cruel, qu'il eſt inexorable;
Que d'vn ſi laſche fils le cœur impenetrable
Ne flechira iamais qu'apres qu'il aura mis
Sous le fil du couſteau ſon pere & ſes amys.
Que pour ne perdre pas cette vnique eſperance
Qui leur reſte de voir leur vie en aſſeurance,
Ils peuuent ſans reproche & ſans manquer de cœur
Eſchapper par la fuite au glaiue du vainqueur:
Qu'il faut que leur proüeſſe, & que leur bié-veillâce
Par la froideur des ans cede à leur deffaillance;
Que leur viſage eſt paſle, & qu'ô void ſur leur teint
Et leur force abättuë & leur courage éteint:
Qu'il ſçait que leur épée eſtoit ſans retenuë,
Quand d'vn bras plus robuſte elle eſtoit ſouſtenuë,
Et que pour ſa deffence il leur eſtoit permis
De voir ſous leurs efforts flechir les ennemis :

Mais puis que leur vertu chez eux hereditaire,
Toufiours au bien public doit eftre falutaire,
Qu'il leur fuffit de voir pour contenter leurs yeux,
Reuenir du combat leurs fils victorieux,

Ces amys genereux dont la foy non commune
A fuiuy de leur Roy l'vne & l'autre fortune;
Proteftent que malgré la fatale rigueur
De l'âge qui des corps affoiblit la vigueur,
Ils fentent augmenter leur force & leur adreffe;
Qu'ils ne fçauroient manquer d'honneur ny de té-
Que leur fein échauffé de la mefme chaleur [dreffe;
Qui des plus grands Heros anime la valeur; [fonne
Que ce fang dont l'ardeur dans leurs veines boüil-
A de nouueaux combats leur courage aiguillonne.

Les ieunes refolus dans cét iniufte fort
D'affronter les hazards & de fouffrir la mort,
Iurent de ne iamais fe laffer de le fuiure
Qu'apres auoir ceffé de combattre & de viure :
Qu'ennemis du repos & de la lafcheté
Ils veulent par leur fang tant de fois acheté,
Que leur honneur s'occupe, & que leur bras s'em-
Au trauers des perils à s'ouurir vne voye   [ploye
Qui conduira leur gloire à l'immortalité
Qu'ils doiuent acquerir par leur fidelité.

Cét affligé Monarque apres tant de promeffes
De voir faire pour luy tant de rares proüeffes,
Fait fa trifte retraitte & quitte ces remparts
Qu'il fauua tant de fois, lors que de toutes parts
Par vn Camp ennemy Solyme enuironnée
Au dernier des mal-heurs fe vid abandonnée:
Accompagné des fiens dans cette aduerfité
Il erre loin des murs d'vne ingratte cité ;
Et puis tournant fes yeux fur fa troupe arreftée,
Apperçoit tout à coup le valeureux Ethée.

Mais pourquoy , luy dit_il, toy sujet étranger,
Veux-tu dans mõ mal-heur?veux-tu dans mõ dan-
Expofer vainement ta fortune & ta vie   [ger ?
Que peut-eftre en ce iour on te verroit rauie:
Fuy loin de cette terre où le fils inhumain
Arme contre le pere & fa rage & fa main :
Où le pere vaincu par vn fils parricide :
Où le Fils conducteur d'vne troupe perfide
Fairont voir, ô malheur ! ô fuplice des yeux!
A toute la nature vn fpectacle odieux:
Ie cheris ta vertu : i'eftime ton courage,
Qui detefte & qui hait l'auteur de mon outrage:
Ie diray qu'en ce lieu tu n'as pas negligé
De venir au fecours d'vn Monarque affligé :
Mais puis le Seigneur de mon cofté ferenge,
Qu'il veut que de mon fils par luy feul ie me venge,
Rameine tes foldats & va feruir ton Roy.

Ethée apres ces mots, fans trouble & fans effroy,
Dauid que dans tes maux ie refpecte & i'honore,
Ie iure par le Dieu que comme toy i'adore,
Que ie ne puis quitter vn Prince mal-heureux:
Il n'appartient,dit-il, qu'aux guerriers genereux
D'employer leur courage, & de voir occupée
Dans les plus grands perils leur valeureufe épée:
Le Ciel qui s'interesse & qui combat pour toy,
A tes persecuteurs fera fouffrir ta loy,
Il prepare déja la honte & les supplices
Dont il veut accabler l'auteur & les complices
Des prophanes complots d'vne temerité
Qui fera voir leur chente à la posterité.
Ils voudroient ces mutins dans leur lâche manie,
Sur ton throfne abattu fonder leur tyrannie :
Ils voudroient ces méchans méprifant leur deuoir,
Te chaffer de Solyme & ne plus te renoir

Sur le faiste eminent de la grandeur supreme
Qui te rend possesseur du sacré Diademe,
Et d'vn sceptre puissant que les efforts humains
Tenteront vainement de t'arracher des mains :
Mais ils verront bien-tost de leur prompte deffaite
Et du bon-heur du Roy la cité satisfaite,
Faire part de sa ioye aux peuples d'alentour,
Et chanter dans ses murs ta gloire & ton retour.

Dauid apres ces mots poursuit sa triste marche
Quãd tout à coup il void approcher la sainte Arche
Qui tousiours d'Israël dãs ses plus grãds malheurs
Asseura le courage & fit tarir les pleurs,
Lors que par le secours d'vne prompte victoire
De son ignominie il fit naistre sa gloire:
Il s'aduance; Et d'vn frõt plus doux & plus serain
Aborde auec honneur le Prestre souuerain:
Va rendre à ma Sion ce depost venerable,
Et si le Ciel, dit-il, veut m'estre secourable;
S'il veut me rappeller de ce funeste exil,
On me verra bien-tost sans crainte & sans peril ,
Ramener triomphant ma belliqueuse armée;
Et pour la faire voir paisible & desarmée,
Et rendre dans mon cœur ses bienfaits immortels;
Esleuer vn trophée au pied de ses autels :
Mais si ie dois perir par vn glaiue homicide ,
S'il veut faire regner vn traistre, vn parricide;
Qu'il m'impose à son gré ses ordres & sa loy
Et comme il le voudra qu'il dispose de moy :
S'il ne me donne pas l'ayde qu'il m'a promise,
Il sçait qu'à sa grandeur ma foiblesse est soumise;
Que ie ne puis sans crime attendre que de luy,
La grace ou le refus d'vn salutaire appuy:
Va donc auec tes fils dans la sainte Solymes
Et s'il te reste encor quelque sincere estime,

Et quelque tendre amour pour ton Roy mal-heu
Si tu veux adoucir son destin douloureux,   [reux ;
Découure adroitement les intrigues secrettes
Que tu peux arracher des langues indiscrettes;
Obserue leur conduite, & de ces coniurez
Fay moy bien-tost sçauoir les complots asseurez.

Le Pontife à ces mots la sainte Arche rameine
Quand le Roy par vn bruit qui redouble sa peine,
Apprend qu'Architophel l'appuy des factieux
Possede d'Absalon le cœur ambitieux:
Qu'il suggere luy seul le conseil infidelle
Qui conduit les desseins de ce parti rebelle;
Il éleue & son cœur & ses yeux à son Dieu;
Demande son secours, & le prie en ce lieu
D'éteindre d'vn méchant les sçauantes lumieres,
D'oster à son esprit les forces coustumieres;
Et du meilleur conseil qu'il aura medité,
Découurir l'imposture & la stupidité.

Ce Monarque accablé de soins & de tristesse
Qui dés mains de son fils se sauue auec vitesse:
Rencontre heureusement sur ses timides pas
Celuy qui détourna sa cheute & son trépas:
Ce sage Conseiller qui d'vn ferme courage
Pour preuenir des maux le menaçant orage :
Pour consoler Dauid, grand Monarque, dit-il,
Ie viens dans le moment de ton dernier peril,
Offrir à ta vertu ma vie & mon épée
Qui d'vn perfide sang voudroit eitre trempée:
I'ay du regret de voir vn lasche ambitieux ,
Digne de ta colere & de celle des Cieux,
Porter contre son Roy son conseil & ses armes,
Et qu'Absalon seduit par de si foibles charmes,
Par le flatteur discours d'vn traistre confident,
Se soit precipité dans ce triste accident:

Mais tu feras sentir par vn iuste supplice,
A l'infidelle auteur d'vne insigne malice,
Qu'vn Roy ne fut iamais, impunément trahy.
     A ces nobles propos, genereux Chuzay
Toy de qui la valeur & la perseuerance
Flatte encor, dit Dauid, ma derniere esperance ;
Si tu veux m'obliger, s'il te reste pour moy
Quelque soin, quelque ardeur de courage & de foy,
Cher amy, ne suis pas mon errante infortune
Qui peut par sa longueur deuenir importune :
Fay plustost reüssir ta noble ambition :
Par vn secret depart retourne dans Sion ;
C'est là que tu pourras par des ruzes subtiles
Rendre d'Architophel les complots inutiles :
Et par le prompt succez de tes soins nompareils,
Détruire auec honneur ses perfides conseils.
C'est là que ton adresse & que ta diligence
Feront secrettement agir l'intelligence
Que i'ay dans cette ville où mes meilleurs amys
Ioindrôt à tô secours les soins qu'ils m'ont promis :
Haste toy de partir., & par tes Emissaires
Qui suiuront en tous lieux ces traistres aduersaires,
Fay moy bié tost sçauoir leurs desseins & leurs pas,
Et de tant de trauaux ne te rebutte pas.
     Chuzay se retire auec cette asseurance
De bien-tost soulager l'ennuyeuse esperance
De son Roy fugitif qui sur l heure apperçoit
Siba dont les presens auec ioye il reçoit :
Et pour luy faire voir que dans cette disgrace
D'vn amy qui n'est plus il ayme encor la race ;
Que fait Misphiboset, cher Siba , luy dit-il,
N est il pas comme toy touché de mon exil ?
     Grand Roy, dit ce méchant, dans ce trouble il es
De reprendre l'éclat & le sceptre du pere,   [pere

Du fameux Ionathas à qui l'iniuste sort
Le rauit laschement par vne indigne mort.

Traistre Misphiboset, dit ce triste Monarque,
Ie t'auois obligé par la derniere marque,
Par les plus tendres soins d'vne ardente amitié,
Lors que d'vn cœur sensible aux traits de la pitié,
Dans vn temps que ie creus fauorable à ta gloire,
Pour ne pas outrager l'agreable memoire
D'vn pere qui m'auoit par de frequens bienfaits
De ses soins genereux témoigné les effets.
Ie releuay ta cheute, & de toute ta race
I'empeschay pour toy seul la derniere disgrace.
Quand ie te protegay; Quand au nombre des miens
Ie te mis & comblay de graces & de biens:
Mais puis que ta raison follement déreglée,
A suiuy des mutins la fureur aueuglée;
Puis que dans la cité d'où Dauid est parti,
Opprimé par le chef d'vn rebelle parti,
a'a lasche ingratitude & ta malice insigne,
Abandonnent sa cause & te rendent indigne
De posseder des biens dont ma seule douceur
T'a souffert iusqu'icy d'estre le possesseur:
Siba ie te les donne, & dans cette esperance
Que tu veux me seruir auec perseuerance,
Ie te fais ce present que tu reçois de moy
Pour vn gage asseuré de ta constante foy.

O trop heureux succez d'vne ruze subtile !
Qui recompence vn crime, & qui deuient vtile
Par vn iniuste prix, par vn indigne honneur,
A l'infidelité d'vn lasche Gouuerneur !

Mais renuoyons Dauid qui souffre à Bethurie,
D'vn cœur digne de luy l'outrage & la furie
De l'insolent discours de Semée insensé,
Par qui ce sage Roy ne peust estre offencé,

Cet

Cét homme audacieux par son illustre race,
Pour signaler son crime & laisser vne trace
Qui rende memorable à la posterité
L'heureux euenement de sa temerité;
Aborde auec fierté ce Prince debonnaire,
Et l'appellant cent fois impie & sanguinaire:
    Toy, dit-il, de nos maux l'impitoyable auteur?
Toy d'vn sceptre estranger l'indigne vsurpateur:
Crois-tu dans nos citez & dans nostre contrée
Faire paisiblement ta criminelle entrée?
Le Ciel qui de mal-heurs a ton chef accablé,
Qui seul peut asseurer nostre repos troublé,
Precipitant tes iours par sa iuste vengeance,
Fera passer ton crime à ta future engeance:
On verra sur ton throsne vn execrable fils
Qui malgré tous les tiens, ou morts, ou déconfits,
Fera bien-tost cesser par ton ignominie,
Les rigueurs de ta rage & de ta tyrannie.
Meschant, retire toy, ton crime te poursuit
Iusques dans les cachots de l'eternelle nuit:
I'apperçois sur ton front ta pasliffante crainte
Qui fait voir à nos yeux d'vne famille esteinte
La derniere infamie & le commun cercueil:
Voys-tu pas que Saül encor presté de dueil,
Demáde, ou qu'Absalon, ou que tes mains profanes
Appaizent par ta mort ses venerables manes?
Son ombre qui n'a pas voulu t'abandonner:
Et le Ciel qui iamais n'a peu te pardonner,
Feront voir à Sion par ta cheute prochaine,
Que tu n'es qu'vn objet d'infamie & de haine.
    Le braue Abizay honteux & dépité
Veut suiure ce méchant d'vn pas precipité,
Quand du Roy la bonté douce & maiestueuse,
Retient de son dessein l'ardeur impetueuse.

                                T

Ce Heros indigné, pourquoy, grand Roy, dit-il,
Veux-tu qu'vn étourdi sans craindre son peril,
Dans le brutal transport qui l'irrite & l'enflamme,
Déchire ton honneur par vn iniuste blasme?
Que ce foible mutin, que ce lasche effronté
Au faiste de l'audace insolemment monté,
Par de menteurs propos blesse ton innocence?
Que iusqu'à la fureur il porte sa licence ?
Que contre le respect dont il est obligé
De reuerer les maux de son Prince affligé,
Il méprise sans peur mon glaiue & mon courage,
Que sans ressentiment tu souffres vn outrage?
Et qu'au milieu des tiens le dernier des Humains
Euite ta vengeance & celle de nos mains?
Il faut qu'en ce moment son indiscrette langue,
Aux peuples sousterrains acheue sa harangue:
Il faut pour satisfaire à la fureur des Cieux,
Qui veut voir effacer ce crime audacieux ,
Qu'il meure, qu'il perisse,& que ma main s'apreste
De porter à tes pieds sa detestable teste.
    Dauid, de ce discours sans paroistre indigné,
Aux ordres de son Dieu saintement resigné.
    Ie ne veux pas, dit-il, vaillant fils de Saruie,
Voir rauir sans pitié & l'honneur & la vie
A cét homme emporté qui parle contre moy:
Si le traistre Absalon, & d'vn pere, & d'vn Roy,
Haste inhumainement la triste sepulture:
S'il blesse également les loix & la nature,
Si le Ciel luy permet, dans son dernier excez,
De voir de sa fureur reüssir le succez.
Pourquoy ne veux tu pas que la haine estrangere
I lestrisse de mes faits la gloire passagere ?
Peut estre verra t'on apres tant de trauaux
S'écarter loin de moy la foule de ces maux

Dont la dure souffrance auec rigueur m'opprime:
Peut estre que le Ciel veut confondre le crime,
Et changeant en pitié son courroux adouci,
Soulager ma misere & finir mon souci:
Dans l'vn & l'autre sort il faut que i'abandonne,
Ma volonté sousmise à tout ce qu'il ordonne;
Et ie dois receuoir d'vn cœur noble & sans fard
Et les biens & les maux qui viennent de sa part.

Mais l'indiscret Semée obstiné dans sa rage
Sur la teste du Roy precipite vn orage
D'impetueux cailloux dont les coups redoublez,
Font craindre à tous les Siens de se voir accablez:

Retournons à Sion cette ville infidelle
Dont le peuple inconstant suit le parti rebelle,
Et reçoit dans ses murs les chefs des reuoltez
Par la fureur d'autruy laschement emportez.

Cependant qu'Absalon agit auec adresse
Pour gagner des mutins la changeante tendresse,
Chusay par le Roy secretement instruit,
A son noble dessein trauaille iour & nuit:
A ce nouueau Tyran il offre son seruice,
Et cachant de son sein l'innocent artifice,
Par vn vain compliment de sa fidelité,
Gagne d'abord son cœur & sa credulité.

Absalon ignorant sa feinte obeissance,
Est-ce là Chusay de ta reconnoissance,
Et de ce grand courage vn effect genereux,
D'abandonner, dit-il, vn amy mal-heureux?
En cét état i'ay creu que tu le voulois suiure,
Que pour luy resolu de mourir & de viure,
A ce foible parti par ton choix attaché
De tout autre interest tu t'estois detaché.

Grand Prince, doutes-tu que d'vn respect sincere,
Ie n'adore ton sceptre & que ie ne reuere

Les ordres que preſcript ta legitime loy,
Qui ſeule doit regler mes deſirs & ma foy?
Puis que ce iuſte Dieu, du throſne de Solyme
T'a porté de ſes mains ſur le faiſte ſublime
Qu'Iſraël par ſon choix & par ſon iugement
Fait voir dans cet Empire vn heureux changemét:
Qu'vn droit qui t'eſt acquis par rãg & par naiſſãce
A ſoûmis mon deuoir & mon obeiſſance
Au ſouuerain pouuoir du digne ſucceſſeur
De celuy qui n'aguere en fut le poſſeſſeur:
Dois-ie pas de mes vœux te faire vn ſacrifice?
Dois-ie pas à l'Eſtat vn ſi pieux office?
Que de faire ſeruir mes veilles & mes ſoins
A la neceſſité de ſes futurs beſoins.
Monarque genereux, tu ſçais que de ton pere
I'ay ſuiuy la fortune & maligne & proſpere,
Et qu'on a veu pour luy, ſans diſtinguer les temps,
Et mon zele & mes ſoins également conſtans.
    Tandis que d'Abſalon la puiſſance étourdie,
Par de laſches conſeils conduit ſa perfidie,
O ſale impieté! ie le vois reſolu
De ſuiure aueuglement le conſeil abſolu
D'Architophel qui veut par vn crime effroyable,
Que les ſacrez cahiers ont ſeuls rendu croyable,
Signaler ſa malice à la poſterité
Qui ſans eux douteroit de cette verité.
    Abſalon, quand, dit-il, veux tu par vn outrage
Qu'Iſraël publira digne de ton courage,
Deshonorer ton pere & faire ſans pitié
Eſclatter ta vengeance & ton inimitié?
Eſteins, éteins l'ardeur de tes nouuelles flammes
Dans l'impudique ſein de ces nombreuſes femmes,
Et rends leurs lits ſoüillez aux yeux de ta Sion
Inſtrumens & témoins de ton auerſion,

Ce lasche , ce méchant deuenu de son pere
L'execrable riual & dix fois l'adultere :
O fureur ! sans respect du monde & du Soleil
Execute à leurs yeux cét infame conseil :
  Mais ô hideux spectacle ! ô barbare aduanture !
Dont la fin monstrueuse offence la nature,
Cesse de me déplaire & de m'entretenir :
Ie veux de ce forfait perdre le souuenir :
Qu'il soit auec horreur banni de ma memoire,
Et du Stix fabuleux noyé dans l'onde noire.
Mais si i'en ay parlé, grand Dieu, fais que mes vers,
De son fatal succez informent l'Vniuers :
Que le pieux Lecteur en fasse vn saint vsage,
Qu'il chasse loin de luy cette importune image :
Que detestant l'auteur de cette iniquité
Il n'ait point de regret à sa calamité.
  De ce crime execrable & digne du tonnerre,
Absalon satisfait tient son conseil de guerre;
Escoute Architophel qui discourt hardiment
Et fait par ce propos sçauoir son sentiment.
  Ie voudrois, disoit-il, choisir dans ton armée
Des soldats d'vne force adroite & renommée;
Partir en diligence, & sans faire de bruit
Marcher à la faueur d'vne commode nuit :
I'irois droit à Dauid dans la grotte profonde
Où se cache sa fuite & sa peur vagabonde :
Ie voudrois le surprendre & las & desarmé
Et dans tous ses perils laschement alarmé :
Sans voir du sang des siens ma vengeance assouuie,
Ie me contenterois de luy rauir la vie :
Ie croirois satisfaire à mon ambition,
De le faire perir dans son affliction.
Apres ce dernier coup : apres cette conqueste
Que tu dois à ton peuple, & que le Ciel t'appreste,

                            T iij

On te verroit bien-toſt d'vn pas victorieux,
Parmy les cris de ioye & les chants glorieux,
Suiuy des fugitifs entrer dans cette ville,
Et faire voir la fin de la guerre ciuile:
Que peut-on ſouhaitter ? & que demandes-tu
Que de voir l'ennemi par nos mains abattu ?
Et pour faire regner ta valeur genereuſe,
Que de changer la guerre en vne paix heureuſe?
Ainſi tu l'a dois voir fleurir dans tes Eſtats
Et malgré des mutins les foibles attentats
Bien toſt par ce conſeil aydé de ton courage
Ramener ſes beaux iours & diſſiper l'orage:
Ainſi tes ſeruiteurs d'eſperance remplis,
Verront dans le bon-heur de tes vœux accomplis.
Ta domination ſi long-temps attenduë
Ne treuuer point de borne à ſa vaſte étenduë.
    Le ſuperbe Abſalon reçoit auec plaiſir
Cét aduis inhumain qui flatte ſon deſir :
Mais pluſtoſt il conſulte auecque confidence
Du ſage Chuzay la guerriere prudence:
Luy dit d'Architophel le conſeil ſuſpendu,
Pour écouter le ſien qu'il croit mieux entendu.
    Grand Roy, ie ſuis, dit-il, d'vn ſentimét côtrairȩ
Celuy qu'on t'a donné paroiſt trop temeraire,
Et ie croy ſans faillir que cét homme imprudent
Te veut precipiter dans vn triſte accident :
Tu connois mieux que moy des ſoldats de ton pere
La belliqueuſe ardeur & la noble colere
Qui les porte auec ioye aux plus ſanglans combats,
Dont ils ont touſiours fait leurs ieux & leurs ébats:
On dit que de leur force & que de leur courage
La fierté redoutable eſt pareille.à la rage
De l'Ourſe qui cherchant le voir & d'aſſouuir
Ses Fans abandonnez qu'on vient de luy rauir,

Court & laisse par tout où son larcin l'ameine,
Les vestiges sanglans de sa queste inhumaine:
Telle est de ses guerriers la fameuse valeur,
Qui n'a iamais souffert ny honte, ny mal-heur:
Dauid n'a pas luy-mesne oublié son adresse :
Il deffendra sa vie, & s'il void qu'on le presse
Il pourra sans peril se cacher dans des lieux
Inconnus à nos soins, inconnus à nos yeux
Sans laisser de ses pas ny vestige ny trace;
Et si quelqu'vn des tiens souffre quelque disgrace,
Tu sçais que d'vn combat le succez desastreux
Et que le triste sort d'vn parti mal-heureux,
Iette dans vne armée vne frayeur sensible:
Tu verras des soldats le courage inuincible
Perdre soudainement sa premiere vertu:
Tu sçauras qu'vn faux bruit d'Absalon abattu
Portera dans Sion ta celebre infamie :
On redoute en tous lieux la vaillance ennemie,
Et du bras de Dauid les renommez efforts
Ont signalé son nom par d'innombrables morts.
Il faut que ie te donne vn conseil profitable
Qui rendant ta proüesse heureuse & redoutable
A la temerité de ce fier ennemi,
Te fera voir bien-tost sur le throsne affermi.
　Dans toutes les Tributs du sceptre Israëlite
Compose de guerriers de courage & d'élite
Vn formidable Camp, vn grand & vaste corps :
L'Ocean n'a iamais étendu sur ses bords,
Quand il veut décharger son gouffre inépuisable,
Si grand nombre de grains de son humide sable.
Que tu peux faire voir de diuers étendarts
Et de soldats armez de piques & de dards :
Fay toy voir au milieu de cette grande armée,
Et pour chasser la peur de Solyme alarmée

T iiij

Va pourſuiure Dauid: va marcher ſur ſes pas,
Prepare ſa deffaite & haſte ſon trépas:
Tu verras accabler cette engeance funeſte,
Et pour n'en pas laiſſer de trace ny de reſte,
Tes nombreux eſcadrons fondront ſur ces méchás,
Ainſi qu'on void tomber ia greſle ſur les champs,
Quand le vent excité par vn ſoudain orage
Abbat des laboureurs l'eſpoir & le courage,
Et fait voir à leurs yeux de leurs larmes moüillez,
L'vniuerſel mal-heur des ſillons dépoüillez.
Que ſi pour rencontrer vn mal-heureux azile
Il s'enferme imprudent dans les murs d'vne ville,
Il faut en ce moment la ceindre de cordeaux
Et la precipiter dans le profond des eaux,
Et faire, pour la voir abiſmer toute entiere
De tous ſes habitans vn moite cimetiere.

Chuſay que ſon Prince a ſagement inſtruit,
Par ce nouueau conſeil auec ſuccez détruit
L'aduis d'Architophel dont la rage obſtinée
Euſt haſté de Dauid la triſte deſtinée,
Si le Ciel n'euſt pris ſoin d'en détourner l'effet
Pour ne pas voir ſon Camp honſeuſement deffait,
Et ſi dans ſa colere il euſt voulu permettre,
Qu'Abſalon d'Iſraël fuſt deuenu le maiſtre.

Abſalon qui le croit ſincerement donné,
Sans auoir d'intereſt ſon auteur ſoupçonné,
Se reſout de le ſuiure & d'accabler la teſte
De ſon pere & des ſiens d'vne horrible tempeſte
D'ineuitables maux dont déia vainement
Son eſprit a conceu l'heureux euenement.

Mais cependant Dauid à qui le Ciel deſtine
L'honneur de diſſiper cette troupe mutine,
Aduerti du conſeil, ſe retire & ſoudain
A ſon Camp ſans peril fait paſſer le Iourdain,

Ce Prince qui se void deliuré de la crainte
Dont n'aguere son cœur souffroit la rude atteinte,
Asseure son repos, & croit qu'auec bon-heur
Dieu protege sa cause & deffend son honneur.

Mais, Muse, il ne faut pas oublier l'aduanture
Qui sauua par les soins d'vne heureuse imposture
Les soldats de Dauid qu'on eust veu déconfits
Par les derniers efforts d'vn parricide fils.

Tandis que d'Absalon l'esperance seduite
Par vn fatal succez prepare la poursuite
Et la sanglante fin de son pere exilé;
Qu'il croit voir trébucher sous vn glaiue affilé
Les amys de Dauid d'vne adresse subtile,
Pour rendre d'Absalon la fureur inutile
Instruisent vne femme & luy donnent le soin
De sortir de Sion sans suite & sans témoin ;
Et rendant de sa foy cette preuue certaine
D'aller en diligence au bord d'vne fontaine,
Où sur l'heure trouuant deux sages champions,
Qui seruent à Dauid d'affidez espions,
Et qui l'ont attendue auec impatience:
Elle fait son rapport, parle auec confiance,
Et leur dit en secret qu'Absalon resolu
Dans l'Estat d'Israel de regner absolu,
Fait dessein de marcher & de voir opprimée
De son pere tremblant la fugitiue armée.

Ils partent pour donner ce salutaire aduis;
Quand bien-tost reconnus & soudain poursuiuis,
Ils taschent à grands pas de gagner Bethurie,
Et pour se garentir d'vne prompte furie,
Au dernier desespoir de leur salut reduits,
Cachent soudainement leur suite dans vn puits
Qu'vne femme qui void que l'ennemy les presse,
Va d'vn linge estendu couurir auec adresse:

Ceux qui fuiuent leur piste arriuez en ces lieux,
Portêt de toutes parts & leurs mains & leurs yeux;
Et dans le déplaisir d'auoir perdu leur proye,
　O femme, disent-ils, monstre nous qu'elle voye,
Et quels détours ont pris deux perfides fuyards
Que nos pas & nos soins cherchêt de toutes parts?
Cette femme d'abord sans paroistre contrainte
Ny sensible aux transports d'vne soudaine crainte,
Ils ont beu de cette eau, dit-elle froidement,
Puis ont passé sans crainte & sans retardement:
Ces Hommes étonnez qu'vne inuisible fuite
Ait trompé leur attente & leur vaine poursuite,
Abandonnent leur queste, & vont auec douleur
Conter leur aduanture & plaindre leur mal-heur:
Cependant les fuyards par cette heureuse feinte
Eschappez du peril d'vne mortelle atteinte,
Dans le Camp de Dauid promptement reuenus,
Apres l'auoir instruit, & s'estre entretenus
Du dessein d'Absalon qui dans sa rage espere
D'établir son pouuoir par le sang de son pere,
Il reconnoist soudain que ses soins vigilans,
Peuuent seuls arrester des efforts violens;
Et sans plus differer, dans ce moment s'appreste
De faire auec honneur vne prompte retraite:
Il marche vers le fleuue, & fait passer d'abord
Son bagage & son Camp de l'vn à l'autre bord.
　Mais allons voir perir ce Conseiller infame,
Ce lasche confident dont la honte & le blasme
Par vn genre de mort qu'il auoit merité
A fait voir l'infamie à la posterité.
Le traistre Architophel dans sa fureur insigne
Nourrit secrettement vne douleur maligne
D'auoir veu méprifer ce conseil genereux
Qui deuoit réüssir par vn succez heureux:

S'esloigne d'Absalon , & pour voir sa malice
Finir honteusement par vn digne supplice,
Luy-mesme sans regret deuenu son bourreau,
Pour ne pas voir son sang couler sur le carreau,
Abandonné des siens & de l'ayde celeste,
Par le nœud mal-heureux de son cordeau funeste,
Estouffe son gozier, & fait voir sans horreur
D'vn dernier desespoir l'homicide fureur:
Et quoy que sans blesser le Ciel & la nature
La iustice des loix priue de sepulture
Et refuse la terre à ces lasches humains
Qui portent dans leur sein leurs parricides mains;
Ce méchant sans souffrir dans sa noire manie
La commune rigueur de cette ignominie,
Comme s'il eust peri par vn destin plus beau
Reçoit iniustement les honneurs du tombeau;
Et l'on void pour cacher sa honteuse misere
A la cendre du fils mesler celle du pere.
    Cependant Absalon qui sans cesse poursuit
Par tout où sa fureur l'entraine ou le conduit,
L'ennemi qu'il croit vaincre & pousser dás la biere;
A son Camp orgueilleux fait passer la riuiere
Par l'ordre infortuné d'vn lasche Colonnel
D'Amaza qui deuint l'instrument criminel
De la desertion de ces troupes rebelles,
Dont luy seul commandoit les armes infidelles.
    Dauid pour s'opposer à ses persecuteurs,
Apres auoir donné de fameux conducteurs
A ses soldats poussez d'vne ardeur genereuse
De suiure de leur Roy la cause mal-heureuse,
Et de voir triompher par le secours des Cieux,
Sans perte & sans mal-heur son Camp victorieux;
Pour faire subsister sa vagabonde armée,
Que bien-tost par la faim on eust veu consummée;

Reçoit auec plaifir des peuples d'alentour
Les viures & les dons que chacun à fon tour,
Porte pour faire voir que l'amour & la crainte
Dãs leurs cœurs pour Dauid n'eft pas encore étein-
Il difpofe fon Camp, anime fes foldats ,   [te:
Et foudain échauffé de l'ardeur des combats.

  Mes compagnons, dit-il, miniftres de ma gloire,
Ie veux auecque vous partager la victoire:
Dans vn peril commun & mon aage & mon rang
Ne me difpenfent pas de répandre mon fang,
Ny d'aller de ce pas marchant à voftre tefte
Faire de ces mutins ma proye & ma conquefte:
Ie veux que ma prefence échauffe le combat:
Et fi de mes foldats le courage s'abat,
Il faut que mon exemple & ma dextre agiffante
Ayde & preffe par tout leur force languiffante.

  Monarque valeureux, dit ce peuple étonné,
Noftre amour ne fçauroit te voir abandonné
Aux trop frequents perils des guerrieres alarmes
Et courir auecque nous la fortune des armes :
Il faut loin du danger, qu'enfermé dans vn fort
Tu fois feul à l'abry de l'iniure du fort:
Et s'il ne vouloit pas nous eftre fauorable,
Que pour ne pas fouffrir la perte irreparable,
De tes foldats ployans fous le fer du vainqueur,
Tu leur rendes bien-toft l'efperance & le cœur:
Il faut que ta prefence & ta fage conduite
Arrefte auec honneur leur déroute & leur fuite:
Ce renom formidable acquis par ta valeur
Peut d'vn combat douteux détourner le mal-heur;
Et dans des chauds perils ta colere enflammée,
S'oppofer toute feule aux forces d'vne armée :
Mais il faut que ce foit lors qu'vn befoin preffant
Exigera de nous vn fecours plus puiffant.

Noſtre ennemi croira ſa victoire imparfaite
S'il ne peut l'acquerir que par noſtre deffaite ;
Il voudra pour nous voir ſouffrir ſa dure loy,
Triompher par la priſe ou par la mort du Roy:
Ce ſera quand les tiens vaincus auec outrage
Perdront honteuſement la force & le courage,
Que tes mains agiront, & que leur prompt ſecours
De leur déroute entiere arreſtera le cours:
Mais attends iuſques-là d'ayder par ta vaillance
De nos cœurs abbatus la triſte deffaillance.
Ta fortune & ton bras doit mieux ſe ménager
Et dans tous nos hazards ne te pas engager:
On t'a veu dans l'ardeur de ta guerriere enfance
Contre vn Camp coniuré prendre noſtre deffence,
Et toy ſeul par la mort du Geant abattu
R'allumer d'Iſraël la mourante vertu:
On a veu dans le cours de tes ieunes années,
Dont tes fameux exploits ſurpaſſent les iournées,
Contre toy tant de fois vainement conſpirans,
Tomber tant d'ennemis, fléchir tant de Tyrans:
Auiourd'huy que tu vois les conſeils de ton aage
Ne te permettre pas de ſuiure ton courage;
Que de ton iugement la prudente froideur
Tempere de ton feu la genereuſe ardeur,
Sans épargner le ſang d'vne infidelle engeance
Laiſſe faire les tiens, & commets ta vengeance
Aux ſoins de tes ſoldats ſi vaillants , ſi diſpos
Qui cherchent d'aſſeurer ta vie & ton repos :
On verra des mutins cette foible poignée
Du deuoir des ſujets follement éloignée.
Ou perir, ou porter aux genoux de leur Roy
Les plus ſouſmis reſpects d'vne ſincere foy.

Mes amis, dit Dauid, puis qu'il faut que ie cede
Aux pieux ſentimens de l'amour qui poſſede

Voftre cœur genereux qui feul ne fouffre pas
Que i'expofe ma vie au peril du trépas:
Si vous me confeillez auec tant de tendreffe
D'éuiter des combats la formidable preffe:
Si vous ne voulez pas auoir de tous vos foins
Mõ glaiue pour fecours, & mes yeux pour témoins
S'il ne m'eft pas permis ; ô contrainte importune!
De tenter du combat la douteufe fortune :
Ie veux à vos aduis fans peine defferer;
Et quoy que ma valeur me peuft faire efperer
Par l'ayde de vos mains de voir mordre la terre
Aux perfides auteurs d'vne profane guerre :
Ie ne refufe pas d'arrefter en ce lieu,
D'attendre le fuccez de la caufe de Dieu;
Et d'entendre au retour d'vne fainte victoire
De vos celebres faits la memorable Hiftoire;
Allez donc hardiment , ô foldats valeureux!
Allez ô dignes chefs ! ô guerriers genereux!
Mais fi vous rencontrez, ô honte de noftre aage,
Abfalon engagé dans le commun carnage,
Deuenez, mes amys, deuenez plus humainss
Et fans porter fur luy vos homicides mains:
Sans voir du fang Royal voftre ardeur affouuie,
Conferuez de mon fils & l'honneur & la vie.
  Par ces mots qu'il repete auec affection
Il fait voir de fon cœur la tendre émotion.
On void bien toft marcher cette inuincible armée
Qui des plus grands perils non iamais alarmée,
Couure foudainement de fes diuers drapeaux
Du fameux Ephraim les fourcilleux coupeaux.
  Mais déja d'Abfalon les criminelles troupes
Occupent d'alentour les inégales croupes;
Et fes nombreux foldats confufément éparts
Portent fans s'arrefter leur peur de toutes parts,

Qui peut faire ſçauoir à la future race,
Du rebelle Iſraël la ſanglante diſgrace,
Et par de foibles vers exprimer dignement ?
D'vn profane combat le triſte euenement?
Qui croira que d'vn fils les mal heureuſes armes,
A ſon pere vainqueur faſſent verſer des larmes?
Qui croira que Dauid apprenne auec douleur
Du trépas d'Abſalon le bizarre mal-heur?
  Tandis que d'Iſraël la perte infortunée
Signale d'Ephraim la funeſte iournée:
Tandis que dans le Camp d'vn deteſtable fils
On void cheoir les vaincus mourants & déconfits:
  Tandis que les foreſts & que les precipices
Aux armes de Dauid également propices,
Font perir les fuyards, & haſtent plus de morts
Que le fer ennemi ne fait tomber de corps.
Abſalon tout à coup ſans force & ſans conduite
Luy meſme laſchement s'abandonne à la fuite:
La crainte qui le trouble & qui ſaiſit ſon cœur
Luy fait voir ſur ſon dos le glaiue du vainqueur:
Ce ſuperbe animal dont l'eminente taille,
L'auoit rendu viſible à toute la bataille,
D'vn preſſant eſperon trop viuement touché
Et du bruit du combat ſans ceſſe effarouché,
Par de frequens efforts s'élance & fait pareſtre,
Qu'il mépriſe le frein de cet indigne maiſtre.
Quand tout à coup preſſé des mains & de la voix
Il ſe iette & ſe perd dans les détours d'vn bois,
Où ſe precipitant d'vne courſe ſoudaine,
Sur ſes rapides pas rencontre vn vaſte cheſne
Dont perçant rudement le ramage eſtendu,
Il paſſe auec viteſſe, & laiſſe ſuſpendu
Entre deux airs le corps par cette belle teſte
Que d'vn fatal effort l'aſpre vengeur arreſte,

Et ferre au lieu d'vn riche & fuperbe bandeau
Du nœu trifte & mortel d'vn verdoyant cordeau.
Vn des foldats du Roy dont ce trifte fpectacle
Qu'il void eftre du Ciel le celebre miracle,
Frappe foudainement & le cœur & les yeux
Retournant fur fes pas d'vn foin officieux
Plein d'vne fainte horreur va porter la nouuelle
Du funefte malheur de ce Prince infidelle.

Ioab qui la reçoit auec eftonnement,
Surpris de la grandeur de cet euenement;
Pourquoy, dit-il, fans craindre & la hôte & le blâ-
N'as-tu pas employé ton innocente lame ,   [me
Pour acheuer fa perte, & luy perçant le flanc,
Verfer auec honneur cet infidelle fang?
Tu pouuois par vn coup & feur & legitime,
T'acquerir d'Ifraël la faueur & l'eftime:
Tu pouuois en l'honneur de ce rare bien-fait,
Et de nous & de toy dignement fatisfait,
Receuoir à l'afpect du iour qui nous éclaire
De ta haute entreprife vn eternel falaire:
Tu ferois couronné d'vn celebre laurier:
Tu ferois honnoré d'vn fuperbe baudrier;
Et i'aurois fatisfait l'attente generale
Par les riches prefens d'vne main liberale

Cét hôme à ce difcours furpris d'vn faint effroy,
Ie ne fçaurois, dit-il, fur le fils de mon Roy,
Dans les cruels tranfports d'vne fureur perfide
Porter les coups mortels d'vn glaiue parricide :
L'ambitieux éclat d'vn fuperbe bien-fait
Ne fçauroit m'infpirer les confeils d'vn forfait
Dont l'obiet importun fait voir à ma penfée
Du coupable Abfalon la mort recompenfée:
Tu fçais combien de fois noftre Prince affligé,
Par des ordres prefcripts t'a luy-mefme obligé,

Pou

Pour ne pas aſſouuir ta ſanguinaire enuie,
A ce fils mal-heureux de conſeruer la vie.
Si i'eſtois de ſa fin le deteſtable auteur
Tu ſerois le miniſtre & le ſolliciteur,
De la haine publique & du iuſte ſuplice
Dont tu ferois punir ma derniere malice:
On verroit par ma mort agreable à tes yeux
Verſer ſur ſon tombeau le ſang d'vn furieux,
Et porter contre moy dans ta iuſte detreſſe,
Ta pieuſe colere & ta main vengereſſe.
Souffre donc, ô Ioab, d'vn ſi cruel trépas
Que ie ſois innocent, & qu'on ne preſche pas
Que de toute douceur mon ame dépoüillée
A fait de ce beau ſang voir ma lame ſoüillée.
  Ioab dans la fureur dont il eſt agité,
Sans reſpecter le rang ny la calamité
Qu'vn ſoldat genereux en Abſalon reuere,
Perdant le ſouuenir des tendreſſes d'vn Pere,
Et du commandement de ce Monarque humain
Qui le ſollicita de retenir ſa main,
Et de ne pas verſer d'vn coup de cimeterre
De ce fils ſi cheri le noble ſang à terre.
Cet infidelle amy, cet ennemi brutal,
Sans cœur & ſans pitié, court à l'endroit fatal
Où ſes yeux & ſes mains ſatisfaiſant ſa haine
Par l'aſpect inconnu d'vne nouuelle peine,
Contre les loix du Ciel & de l'humanité,
Exercent leur vengeance auec impunité :
Il perce, pour haſter de proches funerailles,
De ce corps ſuſpendu les flancs & les entrailles:
Et trois dards decochez d'vn impuiſſant effort
Font durer la rigueur d'vne trop lente mort :
Quand pouſſé des tranſports d'vne cruelle enuie
D'oſter à ce mourant les reſtes de ſa vie,

V

Il le void acheuer par les coups inhumains
Que luy portent des siens les homicides mains:
Les prompts executeurs de cette barbarie
Par l'ordre de leur maistre exercent leur furie
Sur vn corps étendu qu'on void de toutes parts
Egalement percé de glaiues & de dards.

En ce funeste estat par vn indigne crime
Absalon deuenu la sanglante victime,
Et l'obiet du courroux d'vn lasche Colonnel,
Sert aux rebelles fils d'vn reproche eternel,
Et fait voir par des fleaux qui hastent leurs miseres
Que le Ciel s'interesse en l'offence des Peres.

Absalon dont encor on deteste le sort,
Apres auoir peri par vn genre de mort
Indigne de l'éclat de sa haute naissance,
Precipité sans deüil & sans magnificence,
Dans vne fosse obscure & loin du monument
Dont luy-mesme ietta l'orgueilleux fondement,
Pour terminer l'horreur d'vne indigne aduanture
De ces impures mains reçoit la sepulture.

Mais cependant Ioab de qui l'ambition
Affecte de reuoir la superbe Sion.
Et de sauuer la vie à la troupe infidelle;
Satisfait du succez de sa haine mortelle,
Fait sonner la retraitte, & commande aux soldats
De quitter le carnage & l'horreur des combats:
On void en ce moment arrester la poursuite
Qui presse d'Israël l'épouuante & la fuite;
Et déja le vainqueur las de verser du sang
Reuenu sur ses pas auoit repris son rang :
Tandis que de Ioab l'arrogance & la ioye,
Considere à loisir sa victoire & sa proye:
Achimaas pressé, pour preuenir le bruit
Du parti d'Absalon sans resource détruit,

De porter à son Roy d'vn asseuré visage,
De cet heureux combat l'agreable message.
 Ioab, dit-il, veux-tu que sans retardement,
I'aille informer le Roy par ton commandement,
Que de ces reuoltez la sanglante deffaite,
Dont le Ciel a rendu sa gloire satisfaite,
Vient d'asseurer son sceptre & la prosperité
Qui doit estre eternelle à sa posterité.
 Cher amy, dit Ioab, la fascheuse nouuelle
De la honteuse mort de ce fils infidelle,
Affligera son pere & touchera son cœur:
Il se repentira d'estre à ce prix vainqueur:
Depéche toy Chuzi, haste ta diligence,
Et fais sçauoir au Roy que sa iuste vengeance
A par le prompt secours de mon glaiue soufmis
Et fait honteusement perir ses ennemis
Chuzi le remercie & part auec vitesse
Pour faire au Roy qu'il doit accabler de tristesse,
Des rebelles vaïacus l'agreable rapport,
Mais qui sera troublé par le deüil d'vne mort.
 Achimaas s'empresse auec inquietude
De faire reüssir ses soins & son estude :
Persuade à Ioab, & le fait consentir
De haster son voyage & de le voir partir.
Ce Messager agile & pressé par la ioye
Se destourne soudain de l'ordinaire voye,
Pour gagner le deuant, & choisissant l'endroit
D'vn sentier inconnu prend l'oblique détroit :
 Mais cependant Dauid dans l'ennuy d'vne attéte,
Qui desia l'a contraint d'abandonner sa tente,
Se sert d'vn espion dont le soin & les yeux
Portent de toutes parts leur regard curieux.
 Et puis grád Roy, dit-il, i'apperçois dans la plaine
Vn homme s'aduancer d'vne course soudaine:

Amy, luy dit Dauid, nous deuons presager
Que c'est pour nous sás doute vn heureux messager
   Mais encore, ô grand Roy, dit cette sentinelle,
Si l'objet éloigné ne trompe ma prunelle,
Et ie ne le crois pas, ie vois non loin de luy
Vn autre qui le suit & qui fait mon ennuy.
   Ce Courrier, dit le Roy, n'est pas moins fauorable
Et le Ciel à nos maux veut estre secourable,
   Mais encore, ô Dauid, mais quoy ne vois-tu pas
Que le fils de Sadoc vient à nous à grands pas?
Apres ces mots le Roy qui de sa triste face,
Les plus visibles traits de son chagrin efface,
Achimaas, dit-il, est adroit & prudent,
Pour ne pas annoncer vn funeste accident ?
Il est vray, dit cet homme, il est sage & fidelle,
Et ie croy qu'il nous porte vne heureuse nouuelle.
Achimaas soudain de ce douteux discours,
Par sa prompte arriuée interrompant le cours :
Tombe sur ses genoux, & baissant son visage
Pour cacher de ses yeux le sinistre presage
Salue auec respect ce Prince qui l'attend
Entre deux passions également flottant,
Tantost rempli de crainte & tantost d'esperance,
   Et lors, grand Roy, dit-il, regne auec asseurance,
Puis que le Ciel qui t'ayme & qui côbat pour toy,
A des cœurs reuoltez vient d'imposer ta loy :
Et pour rendre asseurée & ta ioye & ta gloire,
Sur tous tes ennemis te donner la victoire:
De tes braues soldats les efforts plus qu'humains,
Leur ont fait ressentir leurs belliqueuses mains;
Et pour bien-tost finir cette importune guerre,
De leur sang criminel ont arrozé la terre.
   A ces funestes mots de meurtre & de trépas:
Absalon, dit le Roy, ne respire-t'il pas ?

Ne l'a-on pas fauué de cette boucherie;
Et cette ame par moy fi tendrement cherie,
Dans ce combat a-t'elle abandonné fon corps?
Abfalon, dis-le nous, eft-il parmi les morts?

Achimaas qui void la triftefse & la crainte
Dont l'ame de Dauid fouffre vne rude atteinte,
Déguife adroitement ce douloureux fecret,
Et fans luy découurir fon cœur & fon regret?

Grand Prince, quand Ioab, ce fage Capitaine
M'a, dit-il, fait venir pour foulager ta peine,
I'entendis dans le Camp du tumulte & du bruit,
Dont mó foudain depart m'épefcha d'eftre inftruit
Les tiens ont du combat la gloire & l'aduantage:
Ie ne puis fans mentir t'en dire dauantage.

A peine Achimaas par ce fage propos
Euft affeuré du Roy l'efprit & le repos,
Quand Chuzi furuenu rompt cette conference,
Et parlant à fon maiftre auec plus d'affeurance
La iuftice, dit-il, du fouuerain des Cieux
A confondu l'orgueil des cœurs ambitieux:
Il vient de te donner vne victoire entiere;
Il a fait des mutins le dernier cimetiere:
Apres ce coup fatal ton efprit fatis-fait,
Cette guerre acheuée & ton bon-heur parfait,
Feront durer le cours de ta paifible vie:

Mais Chuzi, dit ce Prince, a-t'elle efté rauie
A cet aymable fils qu'vn depart ennuyeux
A depuis fi long-temps éloigné de mes yeux?

Grand Roy, dit ce Courrier, ainfi la felonnie,
Ainfi de ces mutins l'infidelle manie,
Rencontre fon fuplice & fouffre iuftement
A celuy d'Abfalon vn pareil traitement,

A'ces mots la douleur, dont les foudaines armes
Dans l'effort de ces maux font les cris & les larmes

S'empare de Dauid , & poſſedant ſes ſeas
Arrache de ſon cœur ces funeſtes accens :
  Abſalon mon cher fils, Abſalon ma chere ame,
Abſalon, Abſalon quelle fatale lame ,
Pour nous faire perir par vn ſemblable ſort,
Entreprend ſur ma vie & te donne la mort ?
Mais pourquoy ſa rigueur?pourquoy ſa froide gla-
Ne ſouffre-t'elle pas que ie ſois en ta place? [ce
Que ie meure pour toy ſans liurer de combats ?
Et pour te r'appeller que ie tombe là bas?
Mais encore Abſalon ma tendreſſe & ma ioye,
Apres m'auoir quitté ſouffres-tu qu'on me voye
Pleurer auec éclat, & du iour ennuyeux
Regarder la lumiere importune à mes yeux ?
Non,ie veux acheuer dans l'horreur des tenebres
Les reſtes mal-heureux de mes plaintes funebres,
Et mon deüil dans mon cœur fortement attaché,
Cherche la ſolitude & veut eſtre caché.
  Ce Monarque qui perd ſa vertu couſtumiere,
Abandonne du iour la ioye & la lumiere,
Et pour cacher des maux qui bleſſent ſa raiſon,
Cherche l'obſcurité d'vne triſte maiſon:
C'eſt là que ſa douleur par de viues atteintes
Renouuelle l'ardeur de ſes premieres plaintes.
C'eſt là qu'elle fait voir que dans les lieux ſecrets
Elle ne peut trouuer la fin de ſes regrets :
C'eſt là que ſans témoin ſon mal inconſolable,
Se découure & s'aigrit par vn diſcours ſemblable.
  Abſalon n'eſt qu'vne ombre;Abſalō ne vid plus;
Ie ne puis luy donner que des pleurs ſuperflus:
C'eſt là tout le deuoir qu'vn pere te peut rendre,
D'arroſer ton ſepulchre & de moüiller ta cendre.
O douleur inutile ! ô remede impuiſſant !
Qui viens aigrir les maux d'vn Prince gemiſſant;

Qu'ils veulent que leur ioye en ce iour memorable
Pour estre plus long temps & visible & durable
Eclatte sans nuage & sans obscurité,
Aux yeux emerueillez de leur prosperité.
Qu'il faut que le Soleil plus doucement éclaire
Du repos de Sion le Prince tutelaire:
Et quand la nuit viendra pour regner à son tour
Que par des feux de ioye on fasse vn autre iour.

　　Quand Dauid asseuré de leur reconnoissance
Apprend qu'on luy prepare auec magnificence,
La pompe conuenable à l'éclat precieux
D'vn triomphe attendu de la terre & des Cieux.
Pour hatter son retour il fait marcher l'armée
Au bon-heur des combats tousiours accoustumée
Il va revoir Solyme, & d'vn traiect soudain
Passe auec ses amis le renommé Iordain.

　　Tandis qu'en cet estat arresté sur la riue
Il void que de Iuda le peuple en foule arriue :
Et que se repentant de leur temerité,
Ils respectent sa gloire & sa prosperité:
Semée à qui naguere vne infidelle rage
Inspira le dessein d'vn indiscret outrage
Dont le ressentiment & la iuste douleur
N'ont peu changer du Roy la voix ny la couleur,
Fait voir auec regret sur sa dolente face
Le triste repentir de sa premiere audace.

　　Met les genoux à terre; Et grand Prince, dit-il,
N'as-tu pas oublié tes maux & ton exil?
Veux-tu te souuenir, & m'imputer à crime
Qu'on t'ait veu loin des murs de l'ingrate Solyme
Outragé sans raison d'vn insolent discours
Dont tu n'arrestas point le temeraire cours?
Ie suis, & tu le sçais, l'infortuné Semée,
Qui méprisant ta gloire en tant de lieux semée,

Et d'vn Prince affligé le venerable aspect,
Perdit soudainement la honte & le respect.
C'est moy qui dans l'aigreur d'vne maligne enuie
Attaquay vainement ton honneur & ta vie.
Ie sçay si tu consens que ma temerité
Abandonnée aux loix de ta seuerité,
Satisfasse auec ioye & tes yeux & ta haine;
Si tu veux qu'à mon crime on égale ma peine,
Qu'il faut que son excez & que sa nouueauté
Irrite des Bourreaux l'insigne cruauté;
Et que tu fasses voir aux cris d'vn miserable,
Auiourd'huy seulement ton cœur inexorable.
Mais veux-tu que Dauid cesse d'estre clement
Dans la punition de mon aueuglement?
Et que d'vn estourdy l'imprudente parole
Par vn supplice indigne à ta rigueur l'immole?
Sans armer contre moy ton glaiue & ton courroux
Deuiens à ma douleur plus sensible & plus doux;
Et pour ne pas flétrir ta pieuse indulgence,
Loin d'vn chef mal heureux détourne ta vengeáce.
Par tout ce que ton cœur ; par tout ce que tes yeux
Ont de plus venerable & de plus precieux;
Par le Dieu d'Israël, grand Roy ie te coniure
D'éteindre sans regret ta haine & ton iniure:
Souuiens-toy que l'ardeur de mon affection
Qui te rend les deuoirs de la subiection,
Obtenant mon pardon fera dire à l'Histoire
Que tu sçais comme il faut vser de la victoire:
Que tu n'as pas voulu par mon sang répandu,
Soüiller l'éclat d'vn iour de Solyme attendu:
On dira que Dauid dans mes fautes imite
Du Ciel tousiours benin les graces sans limite;
Qu'il en perd la memoire, & qu'il sçait l'étouffer
Quand il est tout puissant & qu'il va triompher.

Par le Dieu que le ciel : Que Solyme reuere,
Qu'on void également indulgent & seuere,
Que si tu ne suys pas cét vtile conseil
Tu te verras demain à ton triste reueil,
Abandonné des tiens, sans ayde & sans courage,
Seruir de raillerie & souffrir vn outrage
Qui de tous les passez surmontant la rigueur,
Fera ployer ta force & ceder ta vigueur.
  Dauid apres ces mots arme sans resistance
Son magnanime cœur d'vne sainte constance:
Sa vertu fait cesser sa plainte & ses douleurs,
Et sa honte tarir les ruisseaux de ses pleurs.
Il sort de sa retraite, & d'vne gaye audace
Fait voir la majesté de sa riante face:
Il parle à ses amys, & d'vn ton gracieux
Flatte de leur valeur les soins officieux.
  Les soldats aduertis qu'vne iuste allegresse
A surmonté du Roy l'importune detresse;
Qu'il paroist en public, & qu'auec compliment
Il reçoit de leurs cœurs le tendre sentiment:
Vont en foule au Palais , & leur obeïssance
Fait éclatter leur ioye & leur reconnoissance.
  Cependant Israël de qui l'affection,
Deteste les auteurs de la sedition:
Dans toutes les Tributs fait entendre sa plainte,
Et fait voir par ces mots qu'elle souffre contrainte.
  Quoy faut-il qu'vn grãd Roy qui de ses ennemis
Tant de fois à ses pieds a veu l'orgueil soûmis;
Qui malgré des Tyrans l'impitoyable rage
Loin des murs de Sion a détourné l'orage,
Qui changeant d'Israël le rigoureux destin,
A fait d'vn fer sanglant tomber le Philistin :
Faut-il que ce Dauid pour qui Iacob soûpire,
Fugitif & chassé d'vn legitime empire,

                                        X

Ait veu ce lasche fils , ce mutin effronté,
Par l'ayde de ses mains sur le throsne monté?
Mais le Ciel a puni par vn nouueau suplice,
De l'impie Absalon la nouuelle malice,
Et laissé du succez de sa temerité,
Vn exemple celebre à la posterité :
Pourquoy cacherons-nous par vn ingrat silence
D'vn fils dénaturé la funeste insolence?
Pourquoy n'irons nous pas dans ce iour glorieux
Ramener en triomphe vn Roy victorieux,
Allons, mes chers amys, pour honnorer la Feste
Publier des mutins la derniere deffaite,
Et pour contribuer à sa felicité,
Allons le voir en pompe entrer dans la Cité.

DAVID.

LIVRE SEPTIEME.

Auid apres le deüil dont son ame agitée
Regrette d'Absalon la mort precipitée:
Apres auoir perdu ce triste souuenir,
Par vn meilleur conseil soigneur de l'aduenir,
Trauaille auec succez à sa future gloire :
Et pour mieux ménager l'honneur de la victoire,
Prepare dans Sion son retour souhaitté
De ceux dont autrefois il fut si mal-traité:
Aux plus grands de Iuda par les Prestres du Téple
Il fait dire en secret, que pour seruir d'exemple,
Puis qu'ils sont de leur Roy le sang & la moitié,
Ils doiuent satisfaire vne tendre amitié,
Et ramener David dans cette sainte ville
Dont son glaiue autrefois leur a fait vn asile.
Il fait solliciter ce fameux Colonnel,
Amaza le soustien du parti criminel,

X iij

D'employer promprement ses soins & son adresse,
Pour rappeller son Roy qui l'ayme auec tendresse?
Qui veut recompenser sa valeur & sa foy
Luy donner dãs son Camp vn magnifique employ,
Et pour luy faire voir que l'amour & l'estime
Qu'il a pour son merite est pure & legitime,
Ce Prince luy promet tandis que de ses iours
Le Ciel fera durer le pacifique cours :
Tandis qu'on le verra brillant d'vn Diademe,
Posseder d'Israël la puissance supreme;
Qu'il sera plein d'hõneur, Que porté par ses mains,
Sur vn faiste adoré du reste des humains,
Honoré d'vne charge où le plus grand aspire
Luy seul doit commander les armes de l'Empire
Et qu'au lieu de Ioab indigne de ce rang,
Qui du fils de son Prince a répandu le sang,
Il portera sans craindre vn semblable suplice
Le titre ambitieux du chef de la milice :
Que la Royale main qui l'aura reuestu
De cette dignité, pour prix de sa vertu,
Fera sans iamais voir épuiser ses largesses
Entrer dans sa maison la gloire & les richesses,
   Amaza, luy dit-on, Dauid n'ignore pas
Que ta charmante adresse a de puissans appas :
On void que tes discours qui sçaueut l'art de plaire
Menagent à ton gré la faueur populaire:
Tu sçais leurs passions, tu peux les émouuoir,
Et regner sur leurs cœurs d'vn absolu pouuoir.
Il faut que pour ton Roy ta bouche leur inspire
Le genereux desir de cherir son Empire:
Tu dois les obliger par tes sages aduis
Dont tu tiens leurs esprits enchaiuez & rauis
De n'aymer que Dauid, & de ne reconnoistre
Que luy seul dans Sion pour legitime maistre.

Ainſi de ton ſecours le ſuccez attendu ;
Ainſi ce grand ſeruice adroitement rendu,
Faſſe durer ton nom, & viure de ta gloire
Au delà de tes iours , l'agreable memoire
  Le party de Dauid qui croiſt ſubtilement
Preſſe déja ce chef & parle vtilement,
A ceux qu'on croit auoir au fort de ſa detreſſe
Conſerué dans leur ame vne iuſte tendreſſe.
Par ces diſcours portez dans toute la cité
Des plus grands de Sion l'amour ſollicité,
Fait reſoudre auſſi-toſt l'ardente multitude
Pour adoucir leurs maux & leur inquietude,
De faire reuenir ce modeſte vainqueur
Dont le ſort plus heureux touche leur tédre cœur.
Le peuple en ce moment s'appreſte & delibere
De témoigner l'ardeur d'vne amitié ſincere
D'aller à ſa rencontre, & de luy faire voir
Qu'ils ne ſçauroient manquer à leur iuſte deuoir.
Que ſi dans le mal-heur d'vne infidelle guerre
Qui d'vn ſang parricide a fait rougir la terre
Ils n'ont peu faire voir l'ardeur de cette foy
Qui bruſle dans leurs cœurs pour l'intereſt du Roy
Que s'ils ſe ſont trouuez, par vn rapide orage
N'aguere enueloppez dans vn commun naufrage:
S'ils n'ont peu ſurmonter ces difficiles temps
Dont la rigueur a veu fléchir les plus conſtans:
Ils veulent auiourd'huy d'vne faute paſſée
Voir par vn prompt oubly la memoire effacée;
Et par la pieté d'vn ſerment ſolemnel
Iurer à leur Monarque vn ſeruice eternel:
Qu'il faut qu'on luy prepare vne ſuperbe entrée
Où les peuples voiſins de la ſainte contrée,
Par vn frequent conuoy viendront de toutes parts
Remplir les vaſtes lieux que ceignent leurs répars.

               X iiij

Qu'ils veulent que leur ioye en ce iour memorable
Pour estre plus long temps & visible & durable
Eclatte sans nuage & sans obscurité,
Aux yeux emerueillez de leur prosperité.
Qu'il faut que le Soleil plus doucement éclaire
Du repos de Sion le Prince tutelaires
Et quand la nuit viendra pour regner à son tour
Que par des feux de ioye on fasse vn autre iour.

Quand Dauid asseuré de leur reconnoissance
Apprend qu'on luy prepare auec magnificence,
La pompe conuenable à l'éclat precieux
D'vn triomphe attendu de la terre & des Cieux.
Pour haster son retour il fait marcher l'armée
Au bon-heur des combats tousiours accoustumée
Il va revoir Solyme, & d'vn traiet soudain
Passe auec ses amis le renommé Iordain.

Tandis qu'en cet estat arresté sur la riue
Il void que de Iuda le peuple en foule arriue :
Et que se repentant de leur temerité,
Ils respectent sa gloire & sa prosperité:
Semée à qui naguere vne infidelle rage
Inspira le dessein d'vn indiscret outrage
Dont le ressentiment & la iuste douleur
N'ont peu changer du Roy la voix ny la couleur,
Fait voir auec regret sur sa dolente face
Le triste repentir de sa premiere audace.

Met les genoux à terre; Et grand Prince, dit-il,
N'as-tu pas oublié tes maux & ton exil?
Veux-tu te souuenir, & m'imputer à crime
Qu'on t'ait veu loin des murs de l'ingrate Solyme
Outragé sans raison d'vn insolent discours
Dont tu n'arrestas point le temeraire cours?
Ie suis, & tu le sçais, l'infortuné Semée,
Qui méprisant ta gloire en tant de lieux semée,

Et d'vn Prince affligé le venerable aspect,
Perdit soudainement la honte & le respect.
C'est moy qui dans l'aigreur d'vne maligne enuie
Attaquay vainement ton honneur & ta vie.
Ie sçay si tu consens que ma temerité
Abandonnée aux loix de ta seuerité,
Satisfasse auec ioye & tes yeux & ta haine;
Si tu veux qu'à mon crime on égale ma peine,
Qu'il faut que son excez & que sa nouueauté
Irrite des Bourreaux l'insigne cruauté;
Et que tu fasses voir aux cris d'vn miserable,
Auiourd'huy seulement ton cœur inexorable.
Mais veux-tu que Dauid cesse d'estre clement
Dans la punition de mon aueuglement?
Et que d'vn estourdy l'imprudente parole
Par vn supplice indigne à ta rigueur l'immole?
Sans armer contre moy ton glaiue & ton courroux
Deuiens à ma douleur plus sensible & plus doux;
Et pour ne pas flétrir ta pieuse indulgence,
Loin d'vn chef mal heureux détourne ta vengeáce.
Par tout ce que ton cœur ; par tout ce que tes yeux
Ont de plus venerable & de plus precieux;
Par le Dieu d'Israël, grand Roy ie te coniure
D'éteindre sans regret ta haine & ton iniure;
Souuiens-toy que l'ardeur de mon affection
Qui te rend les deuoirs de la subiection,
Obtenant mon pardon fera dire à l'Histoire
Que tu sçais comme il faut vser de la victoire;
Que tu n'as pas voulu par mon sang répandu,
Soüiller l'éclat d'vn iour de Solyme attendu;
On dira que Dauid dans mes fautes imite
Du Ciel tousiours benin les graces sans limite;
Qu'il en perd la memoire, & qu'il sçait l'étouffer
Quand il est tout puissant & qu'il va triompher.

A peine acheuoit-il, quand poussé de colere
Quoy souffrons nous encor que le Soleil t'éclaire?
Luy dit Abizay, toy Semée effronté?
Toy dont le fier orgueil ne peut estre dompté?
Crois-tu qu'impunément ta brutale insolence
Qui deuoit par respect t'imposer le silence
Par vne bouche impure ait vomy sans effroy,
Tant de lasches discours contre l'honneur du Roy?
Il méprise les traits de ta langue insensée;
Et tu ne verras plus dans sa gloire offencée
Par la temerité d'vn profane imposteur,
Vn legitime Roy traité d'vsurpateur,
Le Ciel qui le sauua des coups d'vne tempeste,
Qui vouloit accabler sa venerable teste,
Apres que sous ses pieds la crainte t'a rengé
S'interesse de voir son outrage vengé.
Crois tu qu'vn Prince outré honteusemét t'accorde
Tout ce que tu pretends de sa misericorde ?
Et pour ne pas haster vn iuste chastiment
Qu'il fasse cette iniure à son ressentiment?
Son honneur nous est cher, & ton pardon le blesse;
Nous ne souffrirons pas qu'vne indigne foiblesse,
Sollicitée en vain par d'inutiles pleurs
Esloigne de ton chef le dernier des mal-heurs.
Il faut pour expier ta malice execrable,
Qu'à la posterité ta peine memorable,
Fasse voir que Dauid n'a peu se dispenser
Sans blesser sa memoire & sans recompenser
Vn crime à qui le Ciel ne fut iamais propice,
De rendre à son honneur cette exacte iustice:
Tu periras, Semée, & ta honteuse mort
Fera craindre aux méchans l'exemple de ton sort.
  Dauid interrompant cette voix menaçante,
Abisay, dit-il, crois-tu que ie consente,

Que ta fureur m'inspire vn lasche sentiment?
Que ie fasse souffrir l'iniuste chastiment
Que tu veux que i'ordonne à l'imprudent Semée?
Veux-tu que ta rigueur blesse ma renommée?
Qu'apres auoir suiuy le barbare conseil
Qui me suggere vn crime à nul autre pareil,
D'vn Monarque indulgent la vertu debonnaire
Dans mon ressentiment soit lasche & sanguinaire?
Que Dauid dans ce iour deueau plus heureux
Cesse de pardonner & d'estre genereux ?
Veux-tu que dans son sang ma douceur étouffée
Esleue à ma vengeance vn indigne trophée?
Que par l'impieté d'vne trompeuse loy
A de nouueaux suiets ie viole ma foy?
Faut-il que me monstrant infidelle & pariure
Contre l'ordre du ciel ie venge mon injure ?
Et qu'apres vn pardon sincerement promis
Ie le traitte plus mal que tous mes ennemis?
Crois-tu que mon honneur me suggere & m'égage
De voir perir l'auteur d'vn indiscret langage?
Sçache qu'il se repent, & qu'on ne dira pas
Qu'auiourd'huy mon offence a basté son trépas.
Non non, Abisay, ie veux le laisser. viure:
Il faut que son forfait & ma bonté le liure
A l'eternelle horreur d'vn secret repentir;
Ainsi par ce bien-fait ie luy feray sentir
Sans que ie contribue à ce nouueau suplice,
Qu'il punira luy seul sa derniere malice :
Il sçaura qu'il n'a peu blesser ma dignité
Ny me faire vne iniure auec impunité :
Ie veux d'vn mal-heureux releuer l'esperance:
Non, non, dit-il, encor auec plus d'asseurance,
Se tournant vers Semée, appaise ton soucy,
Non tu ne mourras pas, & ie le iure ainsi.

Dauid apres ces mots qui font par sa clemence
De son cœur genereux voir la grandeur immense,
Prepare son voyage, & d'vn pas glorieux
Vers la sainte cité marche victorieux.
Lors que Misphibozet qui d'vn deüil veritable,
Porte sur ses habits la marque indubitable,
Dans ce triste moment, & pasle & negligé
Depuis l'iniuste exil de son Prince affligé,
Vient aborder le Roy qui connoist que la honte
De cet infortuné le courage surmonte.
  Mais pourquoy n'as-tu pas, Misphiboset, dit-il,
Accompagné Dauid & couru son peril?
Toy seül n'a pas suiuy pour flatter ma disgrace,
De mes meilleurs amys la genereuse trace :
Trompé du vain desir de te voir couronné,
Dans ce pressant besoin tu m'as abandonné,
Et ie n'ay peu souffrir qu'auec inquietude,
Le reproche honteux de ton ingratitude :
Sans te voir de ce crime indignement taché
I'ay creu que par ta gloire à la mienne attaché,
Ie te verrois poussé de cette noble enuie
D'exposer pour Dauid ta fortune & ta vie.
Il est, disois-je alors, & tendre & genereux :
Il se plaira de suiure vn amy mal-heureux :
Mais ie vois qu'auiourd'huy trōpé dās cette attēte
Qu'à nostre amour cōmun ie creus estre importāte
Mes bien-faits autrefois en tous lieux publiez,
Ont esté par toy seul laschement oubliez :
Aussi ma iuste loy pour te rendre plus sage
Et pour me voir vengé t'en a raui l'vsage :
  Grānd Roy, dit ce ieune hōme, vn traistre serui-
Luy seul fut de mes maux le temeraire auteur : [teur
Il vid, & ie luy dis que ie te voulois suiure,
Et qu'à ton deplaisir ie ne pouuois suruiure :

Mais Siba , le méchant qui ne m'écoutoit pas,
Abandonnant son maistre & marchant sur tes pas,
Suspendit les deuoirs de ma reconnoissance,
Et tu ne sçais que trop quelle est mon impuissance,
Ce lasche profitant dans cette extremité
Du triste empeschement de ma calamité,
Me refusa la main, & me quitta sans crainte
De me voir échappé de sa dure contrainte:
Mais, Dauid, ie ne puis t'exprimer le regret
Que mon cœur indigné n'a peu tenir secret:
Ie ne puis que te faire vne foible peinture,
Qu'vn recit imparfait d'vne triste aduanture:
Ma douleur fut extreme au moment que i'appris
Que pour me voir chargé de honte & de mépris,
Il te dit que d'vn vol trop vain & trop sublime,
Ie parlois de monter au throsne de Solyme :
Mais tu vois si i'ay peu dans vne affliction,
Dont tu sçais que la glace esteint l'ambition,
Contre ma modestie & loin de l'apparance,
D'vn sceptre possedé conceuoir l'esperance ?
Tu peux maistre absolu dans l'vn & l'autre sort
Ou haster mon naufrage, ou me rendre le port:
Ie sçay que ton pouuoir est iuste & legitime;
Que ie puis deuenir ta sanglante victime,
Et que sans murmurer ie receuray de toy,
Pour mon dernier destin ta souueraine loy.
Ie sçay que de Saül l'implacable malice
Fut de tous tes mal-heurs la fatale complice :
Qu'il deuint ton Tyran & ton persecuteur,
Et qu'il arma ses mains contre son bien-faicteur:
Mais aussi quand ta haine estoit plus redoutable,
Tu m'as auec plaisir honoré de ta table:
Et malgré la fortune & le crime des miens
Dans mon aduersité tu m'as comblé de biens.

Apres tant de faueurs quelle assez iuste plainte
Mais plustost quel subiet de raisonnable crainte,
Me sçauroit empescher de perir satisfait
Et de faire passer la mort pour vn bien-fait?

Cher amy, dit le Roy, tu sçais qu'vn miserable
M'a tousiours rencontré facile & secourable:
Souuiens-toy que ie t'ayme, & que ie t'ay iuré
Que d'vn constant bon-heur tu dois estre asseuré;
Que puis qu'auec ardeur l'amitié de ton pere
N'abandonna iamais ma fuite & ma misere;
Qu'elle rendit mes iours également contens,
Dans leur cours inégal qui distingue les temps,
Les genereux effets de ma reconnoissance
Doiuent en ta faueur surpasser ma puissance :
Qu'on en verra passer aux siecles aduenir,
Apres mon monument l'eternel souuenir :
Mais souffre que Siba par vn égal partage
Diuise auec toy seul vn si riche heritage.

Qu'il prenne tout, dit-il, qu'il me fasse la loy:
Il me suffit de voir viure & regner mon Roy:
Grand Prince, ie feray consister mes richesses
En l'honneur de iouïr du fruict de tes prouësses:
Ie seray satisfait lors que dans la cité
Pour annoncer ta gloire & ta felicité,
Au pied de nos autels l'allegresse publique
Qui par les vœux du cœur & par les chants s'expli-
Dans le pieux cōcours des peuples d'alétour, [que,
Rendra graces au ciel de tō heureux retour.

Sage Misphiboset ta douce repartie
Qui fit voir de ton cœur la rare modestie
Et du Prince adouci le soudain changement,
Meritoit la faueur d'vn autre iugement.

Mais, Muse, i'apperçoy la tremblante vieillesse
D'vn homme qui forçant son aage & sa foiblesse,

Auec vn compliment qui charme & qui rauit,
Vient rendre ses deuoirs au triomphant Dauid,
Ce genereux vieillard à la Royale armée,
En peril de se voir par la faim opprimée,
Auoit donné de l'ayde & du soulagement
Par des viures qu'on vid disperser largement.
Dauid pour faire voir sa ioye & sa tendresse
Le traitte auec honneur, le flatte & le caresse;
Et par vn témoignage & d'estime & d'amour
Le sollicite en vain de venir à sa Cour.

  Grand Roy, dit ce vieillard, mes dernieres années
Que des soins inquiets rendroient infortunées,
Demandent le repos pour calmer des soucis,
Qu'on void dans les Palais rarement adoucis: [ges
Les Cours sôt des écueils fameux par leurs naufra-
Où le calme est suspect, où les frequens orages,
Où les flots & les vents de l'infidelité
Agitent leur fureur & leur tranquillité.
C'est là que la fortune exerce son empire;
Qu'elle void sans pitié qu'vn mal-heureux soûpire
Et que le plus heureux, de son triste courroux
D'vn cœur foible & tremblant craint les bizarres
C'est-là quand elle rit, ou qu'elle se depite, [coups;
Que son soudain caprice éleue ou precipite
L'esperance & la peur d'vn lâche courtisan
Qui souuent de ses maux est l'vnique artisan:
Sur ce faiste glissant la vertu chancelante
Attend de sa faueur la cheute violente:
En ce lieu seulement sur le chef des guerriers,
On void tomber la foudre & secher les lauriers.
C'est-là qu'on void agir auec solicitude
De l'auare interest l'ardante inquietude;
Et cacher sans peril son infidelité
Sous le masque flatteur de la ciuilité.

La haine impitoyable, & la cruelle enuie
Qui se plaiſt de verſer ſur la plus douce vie
Vn orage d'ennuys par ſes fleaux excité,
M'empéchent d'auoir part à ta felicité:
Le deſordre & le bruit ne ſont plus de mon aage;
Des ieux & des plaiſirs i'abandonne l'vſage;
Et dans cette foibleſſe & d'eſprit & des ſens
Ie traine auec langueur des membres impuiſſans.
Mon corps ſec & perclus n'a ny vertu ny force:
La volupté pour moy ſans appas, ſans amorce,
A fait que les chagrins qui l'a ſuiuent par tout
M'ont laiſſé de la vie vn inſipide gouſt:
Des plus charmantes voix les douceurs nõpareilles
Ne ſollicitent plus mon cœur ny mes oreilles;
Et pour moy la muſique & ſes plus doux concerts,
Sont des chants de ſepulchre & de lugubres airs.
Permets moy de reuoir l'agreable retraite
Où depuis tant de iours mon courage s'appreſte,
De voir venir ſans crainte vne tranquille mort
Qui ſeule me prepare vn ſalutaire port.
C'eſt là que détaché des mortelles miſeres,
Et que meſlant ma cendre à celle de mes peres :
Mes pieux ſucceſſeurs viendront ſur mon cercüeil,
Par de funebres chants faire éclatter leur deüil.
Mais tandis que du iour le bel Aſtre m'éclaire,
Et que i'ay le bon heur de ne te pas déplaire ;
Que tu veux ſurpayer les dons que ie te fis ,
Retiens auprés de toy le plus cher de mes fils,
Qu'on ne verra iamais ſoüillé du laſche vice
D'auoir abandonné l'honneur de ton ſeruice.
Ie ſçay qu'il ſe plaira iuſqu'au dernier moment,
Qui doit precipiter ſon corps au monument,
De ſuiure ta fortune & de voir occupée
Pour ce noble intereſt ſa vie & ſon épée,

Apres

Apres cette asseurance il faut que de mes iours,
Ie termine bien-tost le deplorable cours :
Et que mes autres fils dans l'attente pieuse
De voir finir les maux d'vne vie ennuyeuse.
Me rendent d'vn bon pere également contens,
Des soins respectueux & des deuoirs constans.
Ainsi puissent les tiens au gré de la nature,
Et par l'ordre du ciel faire ta sepulture :
Ainsi puisse-t'on voir apres des ans nombreux,
Tes iustes descendans regner sur les Hebreux:
Ainsi puissent-ils voir leur famille feconde
Par d'autres successeurs durer plus que le monde.
  Incomparable amy, ie veux auec plaisir,
Accomplir, dit le Roy, ton genereux desir :
Ie retiendray ton fils : Ie veux voir à ma suite
Reüssir les effets de sa rare conduite :
Ie veux qu'auec l'honneur de ma protection
Il profite des soins de mon affection:
Ie veux malgré l'effort d'vne enuie importune
Qu'il possede en repos sa gloire & sa fortune :
Par le bruit de ses faits tu sçauras quelque iour
Qu'on l'a veu satisfait d'vn si digne sejour:
Et foulant auec moy les plus rebelles testes,
Que son bras contribuë à toutes mes conquestes.
Mais puis que tu m'apprends par vn sage discours
Que tu hais le tumulte & l'embarras des Cours,
Va voir de ta maison la sainte solitude,
Et là libre des soins & de l'inquietude,
Qui trouble le repos des cœurs ambitieux,
Attéds l'heureux momét que par l'ordre des cieux
Ton ame, sans souffrir qu'aucun crime la soüille,
Quittera de son corps la mortelle dépoüille.
  Ainsi parle Dauid à cet homme surpris
Du glorieux succez du voyage entrepris:

                                      Y

Quand foudain redoublant fes plus douces careffes
Qui font voir de fon cœur les nouuelles tendreffes.
Pour apprẽdre à fa Cour, que fans feinte & sãs fard
Il cherit la vertu de ce fage vieillard,
Il rend d'vne amitié fincerement iurée,
Par vn baifer de paix vne preuue affeurée.

Dauid dans fon mal. heur n'aguere abandonné,
Auiourd'huy triomphant fe void enuironné
Du peuple de Iuda qui femble auoir la gloire
Luy feul de prendre part au fruit de la victoire:
Quand le trifte Ifraël qui croit que fon honneur,
N'a rien de comparable à l'indigne bon. heur
Que Iuda feul poffede auec tant d'auantage,
Indigné de fouffrir cet inégal partage,
Porte fa plainte au Prince , & pourquoy, luy dit-il,
Permets-tu qu'au retour d'vn glorieux exil,
Comme fi pour Dauid nous auions de la haine,
Le fortuné Iuda dans Sion te rameine,
Et par l'iniufte affront d'vn ordre peruerti,
Qu'Ifraël par fon Roy n'en foit pas aduerti ?
Tu fçais qu'auec raifon noftre vafte Prouince,
Doit plus s'intereffer en l'honneur de fon Prince
Que le foible Iuda qui ne peut qu'à l'étroit
Receuoir ta grandeur dans vn petit détroit.
Pour n'auoir pas changé de foy ny de courage
Auons-nous merité de fouffrir vn outrage?
Apres tant de trauaux pour ta gloire entrepris,
A-t'on deu nous couurir de honte & de mépris,
Dit-on que nous auons à quelque autre puiffance,
Defferé nos refpects & noftre obeiffance?
Croit-on que nous foyons de lafches fectateurs
Du party des Tyrans & des vfurpateurs?
Dans le dernier combat où fe fit tant de preffe, [fe:
Auõs nous témoigné moins de cœur, moins d'adref-

Auons nous moins appris à flechir les genoux
Que ceux qu'on void cheris & plus prisez que nous:
Ta faueur pour Iuda nous est iniurieuse;
Tu flerris d'Israël l'estime glorieuse;
Et tu sçais que ton choix, & la comparaison
Qu'on fait de l'vn à l'autre, offence la raison:
Il faut qu'on nous contente, ou que par nos épées,
Nous tentions de venger nos attentes trompées,
Et qu'on sçache sans plus perdre de vains discours,
Que nous sommes du Roy le plus puissant secours.
　Iuda pour repousser cette plainte publique
Au superbe Israël auec fierté replique:
Et soudain, disent ils, d'vne commune voix
Nous suiuons de Dauid les ordres & les loix;
Et nostre nation de ce Prince cherie
Fuit le déguisement & la supercherie:
Peut-on nous reprocher que nous sommes venus
Par de secrets détours dans des lieux inconnus?
Dira-t'on qu'ébloüis de l'éclat des richesses,
On nous a corrompus par de basses largesses?
On sçait que l'interest indigne d'vn grand cœur?
Ne nous a point vendu l'amitié du vainqueur:
On a veu nostre ardeur constante & genereuse
N'abandonner iamais la vertu mal-heureuse;
Le Roy n'ignore pas que dans ses derniers maux
Sans iamais se lasser, nos mains & nos trauaux,
Ont serui d'instrumens à l'heureuse victoire,
Qui vient de rétablir son empire & sa gloire;
Apres que de douleurs ce Prince trauersé,
A failli par les siens de se voir renuersé
Dans les gouffres mortels d'vne cruelle guerre:
Que d'vn sang infidelle on a rougi la terre,
Et qu'on a veu perir par l'aide de nos mains
De ces lasches complots les auteurs inhumains;

Doit on nous accabler de reproche & d'enuie
S'il nous a confié son repos & sa vie?
Et s'il veut auec nous dans sa prosperité
Partager vn honneur par nos soins merité:
Aussi nous le voulons, & cherir & deffendre,
Et ce noble dessein fera tout entreprendre
A des hommes vaillans qui ne consentent pas
De perdre vn si grand bien sans souffrir le trépas.

A ces mots d'Israël la mutine assemblée,
D'enuie & de dépit sent son ame troublée:
Quand Seba, ce méchant qui dans vn lasche sein
Nourrit contre son Prince vn perfide dessein,
Profite de l'ardeur de la commune audace,
Et soudain faisant voir la fureur sur sa face:

Quoy, dit-il, mes amys, faut-il, qu'iniustement,
Nous souffriōs la rigueur d'vn honteux traitemét?
Quoy, faut-il que Iuda nous fasse auec outrage
Sentir sans nous venger son orgueil & sa rage?
Et plus bas qu'on ne void nos moindres ennemis,
Qu'à ses pieds nous soyons honteusement soûmis?
Puis que de nous Dauid a fait si peu d'estime:
Qu'il vient de nous rauir vn honneur legitime;
Puis qu'à son amitié nous n'auons point de part
Hastons, mes compagnons, hastons nostre depart,
Et pour ne plus souffrir cette humeur inconstante,
Israël suy mes pas & retourne en ta tente,

Seba pousse ces mots d'vn ton seditieux,
Quand on void d'Israël le peuple audacieux
Animé tout à coup au bruit de la trompette,
Qui donne le signal d'vne prompte retraite,
Abandonner son Roy dont le cœur irrité
De ce Camp deserteur hait la temerité.

Le genereux Iuda qui sans inquietude
Void du victorieux l'indigne solitude,

Redouble son courage & son ambition,
Et le suit pour le voir triompher dans Sion.
  Ce Monarque vainqueur dans cette auguste ville
Qui vid naistre & mourir cette guerre ciuile,
Fait sa superbe entrée, & void à son retour
Celebrer du combat le memorable iour:
Mais se ressouuenant des voluptez funestes
Qui souïllerent son lict par d'horribles incestes,
Il purge son Palais & bannit de ses yeux
Des crimes d'Absalon les suiets odieux:
Il chasse loin de luy ces infidelles femmes
Pour qui son fils conceut de monstrueuses flâmes,
Et pour cacher leur crime à l'aspect du Soleil,
Qui iamais sans horreur ne vid rien de pareil.
Il punit leur mal-heur d'vne sainte retraite
Qui leur sert d'vne peine & honteuse & secrette,
Et qui sans plus souffrir d'adulteres amours,
Leur fit innocemment passer leurs derniers iours.
  Ce Monarque qui void dans l'éclat de sa gloire,
Par vn peuple mutin trauerser sa victoire,
Tente de s'opposer à ce commencement,
Et craignant le peril d'vn prompt accroissement,
Resout d'exterminer dans sa foible naissance
De la rebellion la premiere impuissance.
  Amaza, va, dit-il, & reuiens dans trois iours
M'amener de Iuda l'inuincible secours:
Ie veux que sa tribut, qui seule est engagée
Dans l'interest commun de ma gloire outragée,
Me venge d'Israël dont le chef insolent,
Inspire à des mutins vn conseil violent.
Souuiens-toy que tu fais toute mon esperance:
Qu'vn prompt retour peut seul terminer ma souf-
Et qu'auecque douleur tu serois obligé   [france,
De souffrir le décry d'vn deuoir negligé,
                              Y iij

Tu ferois dans mon cœur aigri d'impatience
Par vn iuſte ſoupçon naiſtre la deffiance
Dans ce preſſant beſoin d'auoir eſté deceu,
Par le retardement de mon ordre receu.
Va donc, & te ſouuiens que ie demeure ferme
Dans l'infaillible eſpoir que ſans paſſer le terme
Que ſans doute tes ſoins te feront preuenir,
Ton Prince ſatisfait te verra reuenir.

Cet homme infortuné qu'on vid paſſer pour trai-
Dans l'execution des ordres de ſon maiſtre, [ſtre,
S'incline auec reſpect, & ſans autre repart
Precipite ſur l'heure vn funeſte depart.

Du bel Aſtre des iours la ſplendeur rauiſſante,
Qui fait voir aux humains ſa beauté renaiſſante,
Auoit déia trois fois renouuellé ſon tour,
Quand Dauid qui ſe plaint que du preſcrit retour
Amaza mépriſant l'exacte diligence,
Retarde les effets de ſa iuſte vengeance.

Appelle Abiſay : Puis ie crois, luy dit-il,
Pour ſe precipiter dans vn dernier peril
Que du laſche Seba l'humeur ſeditieuſe
Surpaſſe d'Abſalon la faute ambitieuſe;
Et que ſans le ſecours que de toy ſeul i'attends
Ie ne ſçaurois dompter des peuples mécontens:
Sers-toy de ton adreſſe, & d'vn ferme courage
Diſſipe de nos maux le menaçant orage:
Eſtouffe le complot de ce chef inhumain;
Et pour ne pas le voir échapper de ta main
Et ſe couurir des murs d'vne ſuperbe ville
Qui pourroit luy ſeruir d'impenetrable azile,
Va preuenir ſa fuite, & porte de ce pas
Dans ſon Camp débandé la crainte & le trépas.
Ie veux que cette troupe arrogante & mutine,
Qui malgré ma clemence à ſa perte s'obſtine,

Apprenne que ie dois à mon reſſentiment
De ſa rebellion le digne chaſtiment.
Il faut qu'auec plaiſir Solime ſoit inſtruite
Que du foible Iſraël l'eſperance détruite,
A fait voir à Iuda que iamais le bon-heur
N'a ſuiuy le party d'vn laſche ſuborneur.
Puis qu'il a débauché d'vne façon altiere
De ſon obeyſſance vne Prouince entiere:
Que par les faux appas d'vn diſcours ſeducteur,
Des ſubiets reuoltez il eſt le conducteur :
Il faut bien-toſt le voir par de nouueaux ſupplices
Abandonné des ſiens & de tous les complices
Qu'il a ſollicités de ſuiure ſa fureur,
Sous le fer des bourreaux perir auec horreur.
C'eſt ta ſeule valeur que ton Prince a creu digne
D'expoſer à nos yeux vn chaſtiment inſigne:
De ces foibles mutins ton bras me doit venger,
Tu le peux ſous mes loix honteuſement renger.
Parts donc & te ſouuiens que Dauid qui t'employe
S'attend à ton retour d'auoir part à la ioye
Que te fera ſentir par vn traiſtre deffait
De ta fidelité l'inimitable effet.
    Ce Colonnel ſuiuy d'vne bande d'élite
Que l'honneur & la gloire aux perils ſollicite,
Soigneux de ſatisfaire à ce commandement,
Qui par la negligence & le retardement,
Peut au repos public deuenir inutile
Auec ces grands appreſts ſort des murs de la ville.
    Ioab de qui l'humeur n'a peu iamais changer:
Qui ſe plaiſt dans ſa haine, & qui pour ſe venger
Cherche à perdre vn riual à ſon bô-heur contraire,
Pour vn laſche deſſein accompagne ſon frere:
Il moine auecque luy ces valeureux ſoldats
Que iamais on ne vid paſlir dans les combats.

Tandis que par deux Chefs cette troupe conduite
Du rebelle Seba preffe la prompte fuite,
Non loin de Gabaon Amaza dont le fort
Veut hafter le malheur d'vne fanglante mort:
Rencontre fur fes pas cet ennemi perfide,
L'implacable Ioab qui d'vn lafche homicide
Par cet obiet prefent, dans fon funefte fein
Sent auec plus d'ardeur allumer le deffein :
Il s'aduance, & cachant fous vn riant vifage
D'vn fi proche accident l'infaillible prefage :
　Mon cher frere, dit-il, de nous fi regretté,
Qui t'a loin de la Cour fi long-temps arrefté?
Apres ces mots flatteurs d'honneur & de tendreffe,
Pour mieux cacher fõ glaiue & couurir fon adreffe,
Il approche, & feignant de voûloir appaifer
Ses maux & fes foucis par vn heureux baifer.
Mais ô funefte approche ! ô baifer infidelle !
D'vn coup precipité d'vne lame mortelle,
Par vne vafte playe ouurant vn large flanc,
A gros flots d'Amaza fait ruiffeler le fang.
On void auec frayeur les fumantes entrailles
D'vn corps abandonné, fans foin, fans funerailles.
O rigueur inhumaine ! attendre des tombeaux
De la cruelle faim des loups & des corbeaux.
On void en Amafa priué de fepulture
Bleffer également le ciel & la nature :
On le void deuenir, tant il déplaift aux yeux,
De rifée & d'horreur vn fpectacle odieux.
　Ainfi, difoient alors ces malins aduerfaires,
On void auec plaifir perir les temeraires:
Ainfi cet Amaza, fans cœur & fans exploits,
Affectant d'vn amy les fuperbes employs,
A tenté vainement, ô le lafche ; ô le traiftre,
De rauir à Ioab l'amitié de fon maiftre:

　　　　　　　　　　　　　　　　　　Mais

Mais on void auiourdhuy de cet ambitieux,
Qui fut le digne obiet de la haine des Cieux,
Le corps encor fumant étendu fur la terre :
On void que fes deffeins plus fresles que le verre,
Ont rendu fon deftin la fable de la Cour:
Il ne refpire plus, il a perdu le iour,
Et le Dieu d'Ifraël à fa lafche malice
Pour en faire vn exemple, égale fon fuplice.
　Tandis que ces méchans fans honte & fans pitié,
Affouuiffent leurs yeux & leur inimitié,
De la barbare horreur d'vn obiet effroyable
Tandis qu'on void de fang vn ruiffeau pitoyable:
Vn foldat plus humain de fes larmes moüillé,
Et qui femble luy feul n'auoir pas dépoüillé,
Le tendre fentiment qui dans cette mifere
Defarme la vengeance & fléchit la colere,
Rend le dernier office, & couure promptement
Ce deplorable corps d'vn honteux veftement.
　Ioab apres auoir dans fa perfide rage
Mefflé de fon riual la mort auec l'outrage,
Et fous les faux appas d'vn traiftre compliment
Satisfait fa vengeance & fon reffentiment,
Sur les pas de Seba marchant en diligence,
Craint déia que le Roy blafmé fa negligence:
Ce lafche deferteur qui fuit accompagné
De quelques factieux qu'il a defia gagné,
S'efforce d'acquerir l'indigne bien-veillance
Du peuple d'Ifraël raui de fa vaillance,
Et trompant leur foibleffe & leur credulité,
Leur prefche la reuolte & l'infidelité:
Mais à la fin pouffé dans la fameufe Abelle
Que le traiftre Seba fait deuenir rebelle,
Auec honneur receu par vn peuple trompeur,
Il auoit lafchement precipité fa peur.

Z

Ioab qui dans ce Fort void sa proye enfermée,
Enuironne aussi tost cette ville alarmée,
Presse les assiegez & bat de toutes parts
De formidables tours & de vastes remparts:
Déja sans distinguer ny le sexe ny l'aage
Le soldat dans l'espoir du sac & du pillage,
Croit les auoir reduits à la necessité
De voir tomber leurs murs & perir la cité.
Lors que dans ce moment d'vne charmante adresse
Vne femme dont l'aage & la forte detresse
Fit voir sur son visage vne pasle couleur,
Paroist non loin du Camp, & dans cette douleur
Pour mieux estre entenduë à haute voix demande
Qu'on luy fasse parler à celuy qui commande.
Le General s'approche, & dit-il, que veux-tu?
Grand Ioab, respond-elle, on sçait que ta vertu
On sçait que de tes faits les rares aduantures
Et du siecle present, & des races futures
Auec estonnement feront douter la foy:
Toy qui sers de ton glaiue & l'Estat & le Roy:
Toy de qui nous voyons la valeur couronnée,
Malgré tous les perils qui l'ont enuironnée:
Si tu veux écouter ma veritable voix,
Par elle tu sçauras qu'on disoit autrefois
Que iamais on ne vid d'affaire difficile
Que les fameux docteurs de cette auguste ville
Ne peussent démesler par leur rare sçauoir
Que les plus éclairez ne pouuoient conceuoir:
Elle fut de son temps la ioye & le miracle,
Et grand on consultoit son infaillible Oracle,
On a veu des mortels rauis de ses bien-faits
Les doutes éclaircis & les vœux satisfaits.
Veux-tu que des sçauans la noble Academie
Deuienne d'Israël la celebre infamie?

Que le fer & la flamme aux siecles aduenir
De tous tes beaux exploits oste le souuenir?
Veux-tu faire sur nous la triste experience,
Que tu hais la vertu , l'honneur & le science?
Veux-tu qu'auec regret nos neueux soient instruits
De l'iniuste subiet de nos Palais détruits?
Et que tu laisses faire à la fureur barbare
D'vn mal si peu commun vn exemple si rare ?
Si d'abord par ta bouche, ou si par ton écrit,
On nous eust informé de ton ordre prescrit:
Si lors par vn Heraut on nous eust fait entendre,
Que tu voulois entrer, & qu'il falloit se rendre,
On nous verroit cherir sous ta protection
Les aymables deuoirs de la subiection:
Nous aurions veu, sans peur des funestes alarmes,
Sans tenter le peril & sans verser des larmes,
Le vainqueur pour haster nostre felicité,
Parmy les chants de ioye entrer dans la cité.
Espargne d'Israël cette ville cherie
Dont tu veux auiourd'huy faire vne boucherie:
Pourquoy sans faire voir que tu sçais pardonner,
Aux efforts du soldat veux-tu l'abandonner,
Et pour en faire aux tiens vn indigne partage
Détruire du Seigneur le superbe heritage?
Veux-tu que nous souffrions la honte & le trépas?
  Non, interrompt Ioab, femme, ie ne veux pas
De cette illustre ville abattre les murailles,
Ny de ses habitans faire les funerailles:
Mais tu sçais que Seba l'opprobre des Humains
A tenté de souiller ses parricides mains
Dans le sang innocent du Prince de Solyme:
Quoy veux-tu que l'auteur d'vn detestable crime,
Que l'Vniuers regarde auec estonnement,
A ma iuste rigueur échappe impunément?

Z ij

Veux-tu que la Cité que mon Camp enuironne,
Puis que Dieu la cherit, & qu'Iſraël luy donne
Du ſeiour des ſçauans le titre ambitieux,
Soit l'azile d'vn traiſtre & d'vn ſeditieux ?
Mais quoy dois-ie ſouffrir qu'vn ſubiet infidelle
Se cache ſans peril dans les rempars d'Abelle?
Faut-il que ce méchant trouue ſa ſeureté
Où noſtre Prince a creu qu'il ſeroit arreſté?
Et qu'au lieu d'y perir par vn iuſte ſupplice,
On tente d'aſſeurer ſa vie & ſa malice?
Si tu veux me liurer cet aſſaſſin du Roy
Ie iure, ie proteſte, & ie donne ma foy
Qu'Abelle auec honneur à mô courroux ſouſtraite
Verra leuer le ſiege & ſonner la retraite:
Ie quitteray ſes murs, & pour ſa liberté
Ie garderay l'accord entre nous concerté.

  Ioab, dit cette femme, apres cette parole
Dont l'oſpoir genereux me flatte & me conſole,
Tu ſeras ſatisfait,& nous te ferons voir
Que noſtre obeiſſance eſt prompte à ſon deuoir:
Tu receuras bien-toſt pour prix de ta conqueſte,
De l'infame Seba la criminelle teſte.

  Elle entre apres ces mots dans la triſte cité
Où le peuple inconſtant d'abord ſollicité
Par les preſſans diſcours d'vne prudente femme,
Haſte ſa deliurance & conçoit dans ſon ame
L'impatient deſir, par vne prompte mort
De voir perir l'auteur de ſon iniuſte ſort.
Dans ce fatal moment on traite, on delibere,
De defferer ſans crainte à cet ordre ſeuere:
On déchire ce traiſtre, & ſon chef degouttant
Eſt ietté par les murs à Ioab qui l'attend.

  Ce general rempli d'vne maligne ioye
De tenir dans ſes mains cette ſanglante proye;

Abandonne le fiege, & content de l'honneur
Qu'il vient de s'acquerir auec tant de bon-heur,
Va porter à fon Roy ce prefent magnifique
Qui doit rendre l'Empire heureux & pacifique :
On void à fon retout la fuperbe Sion
Auec des cris de ioye & d'acclamation
De ce fameux guerrier celebrer la victoire ,
Et de fes faits paffez renouueller l'hiftoire.

Dauid dans fes Eftats par vn deftin fi beau
Garenti de fa cheute & prefque du tombeau,
Dans ce doux air de paix qu'auec ioye il refpire
Partage à fes amys les charges de l'Empire ,
Et donne au fier auteur de cet euenement
Des armes la conduite & le gouuernement.

Mais ô fort inégal ! ô fortune diuerfe !
Qui par l'ordre du Ciel ou détruit ou trauerfe
Le repos des Eftats dont la felicité
A toutes fes faueurs mefle l'aduerfité.

Tandis que ce grãd Roy fans craindre les alarmes
Qui naguere exerçoient fes valeureufes armes,
Et fans plus redouter de fils ny des riuaux
Croit auoir couronné fa gloire & fes trauaux:
Il void naiftre & durer l'implacable famine
Qui defole Sion, qui fon peuple extermine,
Qui des champs renommez par leur fertilité
Fait voir la fechereffe & la fterilité.
Ce fleau dont la fureur ne peut eftre affouuie
Que par la trifte fin d'vne traifnante vie,
Exerce lentement fa mortelle rigueur
Et rauit fans pitié la voix & la vigueur.
On void à tous momens, en tout fexe, en tout aage,
L'infatiable faim faire vn égal rauage,
Et fans diftinction des champs & des citez ,
Perir les habitans dans ces aduerfitez :

                                    Z iij

On void de toutes parts gemir melancoliques
Sans espoir de remplir leurs ventres fameliques
Les femmes, les maris, les ieunes & les vieux
Qui portât iusqu'au Ciel leur suplice & leurs yeux
Eux seuls dans ce mal-heur trouuent inexorable
Au reste des humains sa bonté secourable;
Et laissent imparfaits & dans leur bouche enclos ;
Des vœux interceptés par leurs derniers sanglots.

La Iudée à ces maux par le Ciel condamnée
A veu déja trois fois naistre & mourir l'année,
Depuis que des Hebreux par d'innóbrables morts
L'impitoyable faim a fait tomber les corps.
Quand Dauid affligé de la longue souffrance
Qui de son peuple abat le cœur & l'esperance,
Importuné des cris & vaincu par les pleurs
Qui ne font qu'irriter sa peine & ses douleurs:
Pour voir cesser l'horreur d'vn funeste spectacle,
Sollicitant de Dieu le sacré-saint Oracle,
Apprend que de Saül l'iniuste cruauté
La desobeïssance & la desloyauté,
Ont armé son courroux , & pressent sa vengeance
D'exterminer sans grace vne infidelle engeance:
Que puis que sans pitié ce Tyran inhumain
Du sang Gabaonite a veu rougir sa main,
Il veut d'vne maison que sa fureur deteste
Par de honteux trepas faire perir le reste.

Ce Monarque pieux frappé soudainement
De la secrette horreur de cet euenement,
Fait appeller ce peuple à sa douleur sensible:
Et mes amys, dit-il, que void-on d'impossible
A l'amitié d'vn Roy qui pour vous obliger,
Pour vous combler de biens ne veut rien negliger?
Pour adoucir du Ciel la colere implacable
Qui depuis tant de iours de ses fleaux nous accable;

Pour rendre nos guerets feconds & plantureux,
Et ceſſer de nous voir mourans & langoureux;
Que me demandez-vous? Que faut-il que ie faſſe?
Par quel genre de mort voulez-vous que i'efface
La douleur d'vne iniure & d'vn reſſentiment
Dont mon peuple luy ſeul ſouffre le chaſtiment?

Ces hommes genereux ſans perdre le courage :
Grãd Prince, diſent-ils, pour vãger noſtre outrage,
D'Iſraël innocent la honte & le trépas
Ne peut nous ſatisfaire, & nous ne venons pas
Pour luy faire achepter de communes miſeres,
Et luy vendre l'honneur & le ſang de nos Peres :
Nòus voulõs que l'auteur de tãt de maux ſoufferts,
Que Saül, ce Tyran qui nous donna des fers
Periſſe tout entier : Que ſans laiſſer de trace
Par vne mort ſemblable on étouffe ſa race.
Grãd Roy nous demãdons que tous ſes ſucceſſeurs
Des ſaints ordres du Ciel, cõme luy tranſgreſſeurs,
Par ſa iuſte rigueur d'vn courroux legitime
Soient de nos derniers maux la derniere victime.
Fay qu'on nous mette en main ces reſtes ſuperflus
Que nous voulons éteindre, & qui ne ſeront plus
Que d'vn honteux gibet la mal-heureuſe proye
Et d'Iſraël vengé l'vniuerſelle ioye.

Ie veux vous le liurer, dit ce Prince affligé
De ſe voir à ce choix par ſon peuple obligé,
Mais ſe reſouuenant de l'amitié iurée
Et par tant de ſermens ſaintement aſſeurée
A ſon cher Ionathas, cet amy genereux,
Miſphiboſet ſon fils par vn ſort plus heureux,
Des crimes d'Iſraël ny témoin ny complice,
Luy ſeul eſt garenti de ce commun ſuplice:
Les deux fils de Reſpha naiz des ſales amours
Dont le pere fleſtrit les derniers de ſes iours

Et les cinq de Michol dont la couche inégale
Soüilla son premier lict & la foy coniugale:
Ces nobles reiettons des Princes & des Roys
Aux yeux de la Cité sur vne infame croix
Au milieu d'vne place à leur mort designée,
Esteignent de Saül la funeste lignée.
Respha qui void ces corps pendans sur vn poteau,
Couure leur nudité des haillons d'vn manteau,
Et la nuit & le iour les sauue des rauages
Des oiseaux carnaciers & des bestes sauuages.
    Dauid qui veut couurir d'vn triste monument
De ces corps exposez la honte & le tourment
Esmeu d'vne pitié qui perce ses entrailles
Prepare de Saül les tristes funerailles,
Et mesle auec honneur, pour leur dernier repos,
De tous ses successeurs les cendres & les os ;
Ainsi le iuste Ciel apres ce sacrifice
Aux saints vœux d'Israël se rend tousiours propice;
Ainsi ce sage Prince apres tant de trauaux,
Void cesser la famine & soulager ses maux;
    Mais qui peut raconter des guerres fortunées
D'vn Roy tousiours vainqueur les celebres iour-
Qui peut & qui sçauroit par de si foibles vers [nées
Fortement exprimer tant de combats diuers
Dont dés sacrez Heros la venerable Histoire
Ne marque qu'en passant la mort & la victoire?
    Muse, contentons-nous dans ce vaste argument
De publier l'horreur d'vn honteux monument
De ces fameux Geants à qui le cimeterre
De deux vaillans Heros, a fait mordre la terre.
Il suffit pour l'honneur de ce Roy satisfait
Par qui le Philistin fut quatre fois deffait,
De chanter auec luy ce superbe Cantique,
Cet Hymne glorieux dont sa voix prophetique,

Fit voir que son bon-heur de iour en iour croissant,
Fut des faueurs du Ciel tousiours reconnoissant.
   O grand Dieu, dit ce Roy, ma forte Citadelle:
Mon asseuré refuge & ma garde fidelle:
Toy qui de ma fortune as establi le cours,
Qui seul es auiourd'huy mon ayde & mon recours:
Grand Dieu des opprimez l'asile & la deffence,
Qui tousiours as pris soin de venger mon offence,
D'esloigner mes perils, & du plus haut des Cieux
De porter sur mes maux tes secourables yeux:
Toy seul as détourné de ma teste tremblante
De mes prochains mal-heurs la tépeste sanglante:
Toy seul par ta conduite inconnuë aux humains,
As dirigé mes pas & fait agir mes mains.
En tous temps, en tous lieux, ta sagesse infinie
A preuenu ma cheute & mon ignominie:
Par toy mes ennemis vainement aboyans
Rengés à leur deuoir, ou sous mon fer ployans,
Malgré leur resistance & cent diuers obstacles
Ont veu de ma valeur reüssir les miracles:
Puis que par toy ie suis la foudre des guerriers:
Puis qu'à toy seul ie dois ma force & mes lauriers,
Il faut que ie publie aux peuples plus étranges,
Du grand Dieu d'Israël les plus saintes loüanges:
Ie leur feray sçauoir que lors qu'il le falut
Il tira de mes maux ma gloire & mon salut,
De mon persecuteur la fureur inhumaine
Tousiours ingenieuse à ma nouuelle peine,
Et par le desespoir mon courage abattu
Vid éteindre ma force & ceder ma vertu.
A mes yeux éblouys la mort impitoyable
Dans tous ses appareils se fit voir effroyable,
Et l'hoste infortuné des tenebreux enfers
Estala deuant moy ses chaisnes & ses fers.

Mais lors que dans son téple au fort de mes mise-
I'imploreray son nom par celuy de mes peres [res,
Lors que plein d'amertume & détrempé de pleurs
Ie luy demanderay la fin de mes douleurs,
Ie verray sa bonté sans borne & sans pareille
Accorder à mes cris sa fauorable oreille :
Et lors que ie croiray sans resource perir,
Du dernier de mes maux on me verra guerir.
La fureur de ce Dieu sans mesure irritée,
Pour haster des méchans la peine meritée,
A fait mouuoir la terre, & par son tremblement
Crouler la pezanteur de ce ferme element :
I'ay veu des plus hauts monts les cymes ébranlées
En peril de tomber plus bas que leurs valées;
Et sur des fondemens dans l'abisme cachez,
Chanceler les rochers de leur centre arrachez.
Il pousse de son nez vne épaisse fumée :
On void auec frayeur de sa bouche allumée
Des flammes s'élancer, & rougir au dedans
Vne horrible fournaise & des charbons ardans:
Des plus grands des mortels l'orgueilleuse malice
Dans ces feux deuorans rencontre son supplice,
Et souffre sans iamais voir finir son mal-heur,
D'vn brazier eternel l'eternelle chaleur.
Ce Dieu qui des mortels regle la destinée,
Baisse des Cieux branslans la machine inclinée;
Et descendant excite vne soudaine peur,
Et roule sous ses pieds vne noire vapeur.
Sur le dos lumineux d'vn Cherubin celeste
Porté dans cet estat aux criminels funeste,
Il marche enuironné de foudres & d'éclairs,
Et d'vn rapide vol fend le vuide des airs.
Ce redoutable Dieu dont la face voilée
Des nuages ardans de la voute estoilee,

Estonne également les morts & les viuans,
Tombe auec maiesté sur les aisles des vens.
On void autour de luy pour appareils funebres
D'effroyables cachots & d'épaisses tenebres;
Et de la nuë enflée il fait à gros ruisseaux
Descendre auecque bruit les orageuses eaux:
On entend sous ses pieds éclatter le tonnerre
D'vne voix enroüée épouuanter la terre,
Et n'escrazer pas moins les testes des méchans,
Que battre de sa gresle & dépoüiller les champs.
De tous ses traits lancés les blessures mortelles
Ont fait sur le carreau tomber les infidelles;
Et d'vn coup de sa foudre il fait soudainement,
De tous ses ennemis vn vaste monument.
On void dans sa fureur, sans port & sans refuge,
Des fleuues & des mers le general deluge:
Il détache les gonds, & du vaste vniuers
Fait voir sans l'abismer les fondemens ouuerts:
Dans ce fatal desordre & dans cette aduanture
Qui faillit à noyer & perdre la nature,
Pour arrester nos maux ce grãd Dieu des Humains
Tendit à mon secours ses salutaires mains.
Au milieu des perils de la terre & de l'onde
Qui sembloient preparer le naufrage du monde
Par sa bonté supreme il exauça ma voix,
Et luy seul me sauua de mes derniers aboys.
Par luy seul i'euitay la colere indomptable
D'vn ennemi puissant, d'vn Prince redoutable:
Qui sans iamais se voir ny las ny rebutté
M'a cent fois pour me perdre en vain persecuté.
Ce grãd Dieu toûjours iuste & toûjours debõnaire
A repoussé les coups d'vne main sanguinaire,
Et pour me garentir de ces mortels assauts
Il a guidé mes pas & preuenu mes maux.

Tandis qu'il a pris foin d'ayder mon impuiſſance;
Qu'il a voulu des ſiens proteger l'innocence
Qu'il affermit les coups de mon glaiue ſanglant,
On ne me vid iamais ny vaiacu ny tremblant.
Par luy ie fus conduit dans vne vaſte plaine,
Ou pour faire ceſſer la fureur inhumaine
D'vn Camp qui me preſſoit auec trop de fierté,
Il me rendit le iour auec la liberté.
I'ay marché ſur ſes pas, i'ay taſché de luy plaire,
I'ay touſiours redouté ſes fleaux & ſa colere:
On ne me vid iamais égaré du chemin
Qui conduit mon ſalut à ſon heureuſe fin:
Il euſt touſiours pour moy les tendreſſes d'vn pere,
C'eſt de luy que i'attends, c'eſt de luy que i'eſpere,
Dans l'eternel ſeiour du celeſte pourpris,
De mes iuſtes deu oirs l'incomparable prix.
De tous ſes ennemis la profane malice
Iamais de leurs complots ne m'a rendu complice;
Ie deteſte le crime, & du ſang des Humains
Ie n'ay iamais ſoüillé mes innocentes mains.
Ie tremble, ie fremis quand mon ame contemple
Ce que peut, ce que fait la force de l'exemple;
Des vices naiſt le vice, & leur ſocieté
Communique leur lepre & leur impieté:
On ſçait que les peruers, on ſçait que les coupables
Ou rencontrent par tout, ou ſe font des ſemblables,
Et rarement on void les plus religieux
Se ſauuer ſans peril d'vn mal contagieux:
Ainſi l'homme vaillant d'vn deſſein magnanime
Par la valeur d'autruy dans le combat s'anime,
Et ceux que la vertu charme de ſes appas
Suiuent des innocens les ſalutaires pas:
Dans toutes mes douleurs, ainſi que dans mes ioyes
Ie me ſuis éloigné des criminelles voyes,

Que suiuent les méchans que toufiours i'ay quittez
Rebutté par l'horreur de leurs iniquitez.
Ce Dieu qui me conduit de peur que ie m'égare :
Luy qui seul est mon guide & mon vnique Phare,
Eclaire également & mes nuits & mes iours
Et perce des chemins les plus cachez détours:
Seigneur tu m'as fait voir, ainsi qu'vn fresle verre
Des Tyrans orgueilleux precipitez à terre,
S'écrazer de leur cheute, & sous mon fer soufmis
Pour venger ton honneur, perir mes ennemis:
Les mutins me verront haster leurs funerailles,
Abbatre leurs rempars & forcer leurs murailles,
Et par ta seule main maistresse de mon sort
Ton peuple triompher de leur honteuse mort.
Sa parole est vn feu qui porte dans nos ames
Le saint embrazement de ses diuines flammes;
Son nom est le bouclier, & sa bonté l'appuy
Du Iuste qui l'appelle & qui se fie en luy.
Quel autre que ce Dieu dans sa fureur desserre
Sur les coulpables chefs la foudre & le tonnerre?
Quel autre est son semblable? & parmi les mortels
Qui void-on meriter des vœux & des autels?
Il a fortifié mes mains & mon courage,
Et pour presser la fuite: & faire auec outrage
Perir ses ennemis dans l'infidelité,
Il m'a donné des Cerfs la prompte agilité.
Ie marchay sur leur dos ; ie prenins leur vitesse,
Et lors qu'ils me croyoient accablé de tristesse
Et reduit à tenter des efforts impuissans,
On les vid sous mes pieds foibles & gemissans.
Dans ce funeste estat de peril & de crainte
Le Ciel inexorable a méprisé leur plainte:
Ils ont dans leur mal-heur, par des cris odieux
En vain sollicité le secours de leurs Dieux

Par luy des Philiſtins dans vne vaſte biere
L'orgueil ne ſera plus que cendre & que pouſſiere:
On la verra voler, & ſeruir aux viuans
De ſuiet de riſée, & de iouët aux vents.
Par luy i'euiteray dans mes foibles années
Les perfides complots & les laſches menées
Du changeant Iſraël qui ſans crainte & ſans foy
Ne ſuit qu'auec regret les ordres de ſon Roy.
Ce grand Dieu ſatisfait de mon obeiſſance,
Aux ſiecles aduenir fera voir ma puiſſance:
Il veut qu'obſcurement de l'eternel decret
I'annonce dans mes vers l'ineffable ſecret.
Il m'a choiſi pour chef de la troupe fidelle
Qui l'adore luy ſeul d'vn legitime zele:
Et les peuples futurs que ie ne connois pas
Voudront ſuiure mes loix & marcher ſur mes pas.
Ainſi de mes ayeux la triomphante gloire
Surpaſſe des Humains la derniere memoire:
Ainſi puiſſe le Ciel de cette verité
Faire voir le ſuccez à ma poſterité.

Dauid, l'Oingt du Seigneur; ce renōmé Prophete
Par cet Hymne fameux publia la deffaite
Et les frequens mal-heurs d'vn ennemy peruers,
Et chanta de ſon Dieu les miracles diuers:
Ce Prince qui ſe void dans le declin de l'aage,
Comme vn Cigne mourāt par vn noueau langage
Acheue d'entonner ces chants deuotieux
Dont le monde Chreſtien ſollicite les Cieux:

Mais diſoit-il encor, dans l'ardeur qui le touche,
Faut-il que le Seigneur s'explique par ma bouche?
Il faut donc que ſans voile & ſans empeſchement,
Sçauant de ſes ſecrets ie ſois ſon truchement?
Ainſi qu'au point du iour la renaiſſante aurore
Qui de ſes feux noueaux ſe bigarre & ſe dore,

Apres auoir chaſſé les ombres de la nuiĉt ,
Sur vn tranquille Ciel ſans nuage reluit :
Ainſi que la fraiſcheur d'vne douce roſée
Dont la terre beante attend d'eſtre arroſée ,
Rend fertiles les Champs , & de mille couleurs
Dans leur iuſte ſaiſon fait eſclatter les fleurs.
Ie me ſens éclairé d'vne ſainte lumiere
Dont la ſçauante ardeur à moy ſeul couſtumiere,
Illumine mon ame , & déja luy fait voir
Ce que l'eſprit humain ne ſçauroit conceuoir.
Quoy le Dieu d'Iſraël par vn bien fait inſigne
Et par vne faueur dont ie me ſens indigne ,
Veut il déuelopper dans ma poſterité
D'vn miracle futur la ſainte obſcurité ?
Il veut que mes neueux par leur race ſeconde ,
Et ſans nombre & ſans fin, durent plus que le mon-
Et tout ce que ſa foy m'a ſi ſouuent iuré,   [de,
Par vn paĉte eternel qu'il me ſoit aſſeuré.
Ce puiſſant proteĉteur de mes Ayeux fidelles ;
Ce Dieu qui tant de fois les a mis ſous ſes aiſles
A couuert des perils & de tant d'accidens ,
Veut faire auec honneur regner leurs deſcendans.
Mais ce Fils criminel ; mais ces iniques Peres ,
Gemiront ſous le poids de leurs lentes miſeres :
On les verra languir auec leurs ſeĉtateurs
Et de leur infamie eſtre les ſpeĉtateurs.
Ainſi que par le fer iuſques à leurs racines,
Comme vn bois inutile on abat les épines ,
Et d'vne main armée on les void arracher
Pour ſeruir d'aliment aux flammes d'vn bucher :
Par vn deſtin ſemblable à ces malignes herbes ,
Sous le glaiue vengeur on verra les ſuperbes
Trebucher dans leur ſuite , & laiſſer ſur leurs pas
Les veſtiges ſanglans de leur honteux trépas.

Ainſi parle ce Roy dont la reconnoiſſance
A toûjours reueré l'eternelle puiſſance,
Et le preſent ſecours de ſon liberateur,
Qui le ſauua des mains de ſon perſecuteur :
On le void au milieu des fameux Capitaines
Dont le glaiue a rendu tant de preuues certaines
De leur haute valeur qui ſeule a merité
L'immortelle faueur de la poſterité :

Entre tous ces guerriers l'inimitable audace
Du vaillant Fils d'Hacmon tient la premiere pla-
Ce valeureux Heros d'vn ſeul de ſes efforts , [ce
Signala le combat par d'innombrables morts.

Le braue Eleazar ce miracle du monde,
Ce fameux General merite la ſeconde,
Lors que le Camp Hebreu par vn ſoudain effroy
Preſſé des Philiſtins abandonna ſon Roy :
On le vid arreſter dans cette laſche fuite
Au dernier deſeſpoir honteuſement reduite,
Et luy ſeul ſouſtenir le choq impetueux
D'vn ennemy toûjours fier & preſomptueux,
Iuſqu'à tant que ſon bras impuiſſant & debile,
Rendit ſa main glacée & ſon bras immobile :
L'admirable combat dont ce noble vainqueur
Releua d'Iſraël l'eſperance & le cœur,
Rappella les fuyards , & par cet auantage
Du barbare butin leur laiſſa le partage.

L'inuincible Samma , ce guerrier renommé,
Apres les deux premiers s'attend d'eſtre nommé :
Ie voy que de ſes faits la glorieuſe Hiſtoire
Appelle ce Heros l'auteur d'vne victoire
Qui fit d'vn ennemy redoutable & nombreux,
Dans vn ſecond gueret triompher les Hebreux
On le vid repouſſer cette effroyable armée
Qui meditoit le ſac de Solyme alarmée :

Il garantit son peuple, & sa rare valeur
Par le secours du Ciel destourna son malheur.

Mais il faut acheuer dans la rude peinture
De ces vers mal polis, la celebre aduanture
De trois autres guerriers dont le cœur & la foy
A serui de matiere à la vertu du Roy.

Tandis qu'à Bethleëm la troupe Philistine,
Pour faire redouter sa colere mutine,
Auoit assis son Camp : & que ses fiers soldats
Prouoquoient Israël à de sanglants combats :
Le Prince de Sion qui passe dans sa tante
L'incommode chaleur d'vne saison ardante,
Accablé de la soif dont l'aride rigueur
A laissé son poulmon sans poux & sans vigueur.

Quel genereux soldat ! Quel hardi Capitaine ?
Voudroit de Bethleëm puiser dans la fontaine,
Et m'apporter, dit-il, cette aymable liqueur
Qui seule me peut rendre & la force & le cœur.

A ces mots prononcez d'vn accent pitoyable,
De ces trois champions la vitesse incroyable
Et la fidelle ardeur paroist soudainement,
Et donne de la ioye & de l'étonnement.
Ils partent : Et poussez d'vn courage & d'vn zele
Qui méprise l'effort de la troupe infidelle,
Perçant sans resistance & sans empeschement
Du camp des Philistins le vain retranchement :
Ils vont puiser de l'eau dans vne claire source :
Puis hastant leur retour d'vne soudaine course,
Se rendent dans leur camp, & portent à Dauid
Ce present qui d'abord le charme & le rauit.

Mais ò tendresse extreme ! O rare temperance !
Ce Prince moderé, contre toute apparance,
Dans l'ardeur d'vne soif dont l'effort violent,
Estouffe la vigueur de son corps pantelant ;

A a.

Se fait voir au milieu de sa fidelle troupe
Portant les yeux au Ciel & dans sa main la coupe,
Et d'vn ton éleué, ie ne veux pas, dit-il,
Boire au prix inhumain du sang & du peril ,
Ny souffrir qu'on adiouste aux crimes de nostre   [aage
Que ma soif a cessé par vn cruel breuuage.
Il acheue en ces mots , & dans ce mesme lieu
Il répand l'eau par terre & la consacre à Dieu.
   Du fier Abisaï la valeur memorable.
Aux perils de Dauid tant de fois secourable ,
Me demande son rang parmi tant de guerriers.
Auec qui ce grand Roy partagea ses Lauriers.
   Ie ne puis , ie ne veux par vn silence iniuste
Obscurcir la vertu d'vn Athlete robuste
De Banaja la fleur des plus forts champions
Qui sous ses bras nerueux vid tomber les Lions.
   Mais qui pourroit nombrer tāt de Heros illustre s
Dont la gloire a duré tant d'innombrables lustres ,
Et qui dans cette Cour par tant de beaux exploits.
Ont merité l'honneur des plus fameux emplois ?
Qui pourroit raconter cette heureuse vaillance
Qui de ce grand Monarque acquit la bien-veillan.   [ce,
Et qui fit dans l'éclat de sa félicité
Fleurir auec honneur son regne & sa cité ?
Il suffit pour ne pas dans vn si foible ouurage
Par de lasches efforts faire agir leur courage ,
D'aller voir ces grands noms dans le sacré cayer
Qui donne à leur vertu son rang & son loyer.

DAVID.

HVITIEME.

D........... la fierez fauorable,
.... peine l'orgueil infepara-
Auoit enflé le cœur & la ....té   [ble,
De ce peuple infolent dans fa profperité.
L'eternel .... dans fa iufte colere
Regarder .... mil fa peine & fon falaire,
Se venge .... dans fon fein
De .... deffein :
David, ... vafte puiffance
De .... obeïffance,
Flatté d'vn .... criminel
Fait appeller .... fon Colonnel,
Ce celebre a .... cent d'homicides
De tant de fang verfé foüille fes mains perfides,
    Et Ioab, luy dit-il auec empreffement,
Ie veux fçauoir l'effet de le denombrement.

A 4

Du peuple fortuné qui fans crainte refpire
Et vit paifiblement fous l'vn & l'autre Empire :
Dans mes iuftes fouhaits ne fois pas negligent,
Execute mon ordre , & d'vn foin diligent
Vifite exactement cette double Prouince
Qui n'adore qu'vn Dieu, qui ne connoift qu'vn
Il faut qu'à ton retour vn recit curieux　　[Prince;
Rende certain fon nombre & l'expofe à mes yeux.

　Ainfi mon digne Roy , dit ce flatteur Miniftre,
N'éprouue tu iamais la fortune finiftre :
Ainfi faffe le Ciel par d'eternels neueux
Multiplier ta race & reüffir tes vœux :
Tes ordres n'ont iamais rebuté ma conftance ;
Mais dis moy de quel fruit & de quelle importance
Doit eftre le fuccés de ce commandement
Que ie feray fans crainte & fans retardement?

　Quoy Ioab c'eft ainfi, dit ce Prince en colere,
Que tu fers tô Monarque & que tu luy veux plaire?
Ne fçais tu pas qu'il regne & qu'il eft abfolu ?
Que tout ce qu'il defire , & qu'il a refolu ?
Eft vne deftinée , vn Decret inuincible ,
Par vn droit fouuerain toufiours iufte & poffible ?
N'as tu pas entendu ce que i'ay demandé ?
Ou pour mieux difcourir ce que i'ay commandé ?
En des termes plus clairs veux tu que ie m'explique?
Et des mots fi precis fouffrent ils de replique ?
Quoy tu veux t'oppofer fans refpect & fans foy,
Par vn hardi caprice aux ordres de ton Roy ?
Veux tu que ie t'impute vn refus qui t'a cufe
D'auoir defobey fans honte & fans excufe ?
De qui fans t'offenfer pouuois-ie cette fois
Que de toy feul Ioab faire ce premier choix ?
Pouuois ie deuiner contre toute apparence
Qu'auec fi peu de zele & tant d'indifference ,

A'pres t'auoir connu toûiours ardent & prest,
A faire ton bon heur de mon seul interest ,
Auiourd'huy sans daigner m'offrir ton assistance
A mes commandemens tu ferois resistance ?
Haste donc ton voyage & profite du temps ;
Et sans plus t'informer du fruit que i'en attends ,
Souuiens toy que tu dois à la bonté d'vn maistre,
Ce glorieux employ qu'il t'a voulu commettre?
  Ce General touché d'vn si pressant repart,
Pour contenter Dauid prepare son depart ;
Et sans plus differer vn ordre temeraire
Que le Ciel renuersa par vn destin contraire,
Suiuy de ses amys loin des murs de Sion
Des peuples d'Israël fait la description.
Il passe du Iourdain les pacifiques ondes
Qu'on a veu tant de fois en merueilles fecondes ;
Il foule de Sidon les fertiles guerets :
Il trauerse de Dan les sauuages forests ;
Il approche de Tyr les superbes murailles,
Qui de tant de nochers ont veu les funerailles ;
Et bien tost acheuant ce long & vaste tour
Il satisfait le Roy par vn soudain retour.
  Il se rend au Palais ; Et dans la conferance,
Pour flatter de Dauid la superbe esperance,
Deuenu plus facile & plus officieux,
Remplit d'vn faux honneur ce Prince ambitieux,
Il éleue sa gloire ; il charme ses oreilles :
Il vente adroitement ses forces nompareilles,
Et bien tost luy fait voir dans vn funeste écrit
Les noms des plus vaillans de ce peuple proscript,
Ce Monarque à l'aspect de ce nombre innombrable,
Qui rend à ses sujets son sceptre venerable,
Se sent d'abord touché de cette vanité
Que le Ciel n'a peu voir auec impunité ;

Mais bien toft en fecret la trifte repentance
Qui de fon foible cœur fait ceder la conftance,
L'abandonne aux tranfports d'vne iufte douleur,
Qui luy fait conceuoir fon crime & fon malheur:
Et lors fans plus cacher le regret qui le preffe
Et qui déja fait voir fa pieufe detreffe
Par des pleurs que fes yeux font couler à gros flots,
Pour parler de la forte arrefte fes fanglots.

　Mon Seigneur & mon Roy fi iamais du Tonnerre
Les redoutables coups ont fait tomber à terre
Le chef infortuné d'vn Prince criminel :
Si iamais vn fupplice infame & folemnel,
Par fes honteux apprets ; par fa rigueur extreme,
Malgré tous fes efforts, malgré fon Diadéme,
A puni fon orgueil & fa temerité,
Ie l'aduouë, ô grand Dieu, Dauid l'a merité:
Mais fi i'ay veu toufiours ta clemence infinie,
Eloigner ma difgrace & mon ignomine ;
Si mes maux fans iamais paffer au lendemain,
Ont toûjours rencontré ta fauorable main :
Si perdant le refpeĉt & la reconnoiffance,
Trompé du vain efpoir de l'humaine impuiffance,
Dauid à peu tomber dans ce dereglement,
Pardonne fon erreur & fon aueuglement.
Mais s'il faut de mon cœur confondre la malice,
Souuiens-toy qu'Ifraël ne fut pas mon complice,
Que fon dénombrement qui bleffa mon deuoir
Arma contre moy feul ta foudre & ton pouuoir :
Détourne loin de luy tes fleaux épouuantables,
Et de ton bras puiffant les coups ineuitables,
Et ne fai point paffer dans vn peril preffant
Mon crime & mon fupplice à ce peuple innocent,
Il n'a pas merité de fon Dieu tutelaire,
Parce que i'ay peché, l'inflexible colere.

Il suffit puis que seul i'ay méprisé ta loy,
Que ta fureur m'accable & s'arreste sur moy.
Le Roy passe la nuict dans ces tristes alarmes,
Et quitte au point du iour son lict moüillé de lar-
Dans ce trouble de sens il void venir à luy   [mes:
Le Prophete qui doit irriter son ennuy ;
Ce Ministre des Cieux fait voir sur son visage
D'vn trop prochain mal- heur l'infaillible presage.
Et lors, ô Roy, dit-il d'vne tonante voix,
L'eternel offensé t'offre par moy le choix
D'vne peste qui doit des Prouinces entieres
Par de frequents trépas faire des cimetieres ;
Ou d'vne auide faim dont la triste longueur
Verra bien tost ton peuple accablé de langueur:
Ou si tu l'aimes mieux, d'vne guerre inhumaine
Qui de tes ennemis doit assouuir la haine :
Choisis de ces trois fleaux celuy que tu voudras,
Et n'attends pas de Dieu le secourable bras :
Il veut que l'innocent: Il veut que le coupable [ble:
Tombent d'vn mesme coup; & d'vne mort sembla-
Il veut que dans ces maux, & ton cœur, & tes yeux
Soient les tristes témoins de la fureur des Cieux ;
Maintenant ô Dauid consulte & deliberes
Et sans plus differer de choisir de misere
Malgré toy determine à celle que tu veux
Ta volonté forcée & tes funestes vœux.
A ces mots de langueurs, de sang, de funerailles,
Le Prince sent fremir son cœur & ses entrailles ;
Ses yeux ne peuuent plus faire cesser leurs pleurs,
Ny sa langue exprimer sa plainte & ses malheurs:
Quand tout à coup rompant ce malheureux silece.
Grand Prophete, dit-il, ie souffre violence,
Ie ne puis me resoudre & me determiner
A faire choix d'vn mal qui doit exterminer
Bb

Par les sanglans efforts de sa rage mortelle,
Israël innocent & son Prince infidelle :
Mais s'il faut voir gemir son peuple & sa cité ;
Si le Ciel m'a soufmis à la necessité
De choisir ou la faim, ou la peste, ou la guerre :
S'il veut à leur rauage abandonner sa terre :
I'ayme mieux du grand Dieu tôber entre les mains,
Et par luy me sauuer de celles des Humains.
Ie consents, puis qu'il plaist à sa bonté supreme,
Que la peste ce fleau dont la rigueur extreme
N'a iamais distingué dans ces communs dangers
Les chaumes, des Palais ; Les Princes, des Bergers,
Sans voir par sa fureur ma pourpre respectée,
Ny du malheur d'autruy ma fortune exceptée,
Exerce contre moy son courroux animé
Et verse sur mon chef son fiel enuenimé :
Qu'auant que ce beau iour ait caché sa lumiere
Ie sois de sa rigueur la victime premiere :
S'il veut m'enuelopper dans vn mesme trépas,
Qu'il prepare ses traits ; Qu'il ne m'épargne pas,
Mon ame est à ses loix sans contrainte asseruie,
Il peut seul me donner ou la mort ou la vie :
Dans l'vn & l'autre sort i'ay suiuy son decret
Dont il m'a reuelé l'admirable secret.
Mais il ne voudra pas, ny que son Oingt perisse,
Ny que de ses faueurs la source se tarisse ;
Il ne souffrira pas que de zele enflammé,
Dauid dans ses perils l'ait en vain reclamé :
Ie sçay que de son nom la puissance adorable
Iamais à mes clameurs ne fut inexorable :
Que par vn prompt secours sa grace & sa bonté
Dans mes iniquitez toûjours ont surmonté
Ou fléchi la rigueur de sa haute iustice
Au delà de mes vœux indulgente & propice :

A son iuſte pouuoir ie veux m'abandonner ;
C'eſt à luy de me perdre, ou de me pardonner.

Apres ce triſte choix vne maligne peſte
Dont le rapide cours ſeme vn venin funeſte,
Par de ſanglans charbons s'allume dans Sion ;
Exerce ſa fureur ; Et ſans diſtinction
Des moindres ny des grands : du ſexe ny de l'aage,
De tous les habitans fait vn triſte carnage.
Cette ville infectée, aux prochaines cités
Communique ſes maux par ſes maux excitez :
On ne void en tous lieux que de vaſtes voiries :
Et les viuans reſtez de tant de boucheries
Pour garentir les morts de la faim des corbeaux,
N'ôt ny place ny têps pour creuzer des tombeaux.
On n'apperçoit par tout qu'horreurs & que miſeres
Que liuides tumeurs & qu'ardantes vlceres ;
On n'entend que les cris & les dolentes voix
Des malades reduits à de mortels aboys :
Qui parmy les douleurs dont les viues atteintes
Mépriſent ſans pitié les larmes & les plaintes,
Tandis que de ce mal on void durer le cours
Attendent vainement le celeſte ſecours.
L'Eternel eſt pour eux ſans mains & ſans oreilles ;
Et les langueurs qu'on void par tout eſtre pareilles,
Que le remede empire ou ne ſoulage pas
Leur liurent à la fin de ſemblables trépas.

Mais déja du Soleil la clarté rougiſſante
A trois fois éclairé la troupe gemiſſante,
Et veu des maux venus dans leur dernier excez
Par de ſoudaines morts le funeſte ſuccez.

Grand Dieu, diſoit Dauid, ta colere & ta haine
Peut elle ſi long-temps faire durer ma peine ?
Quand verra-t'on ceſſer le ſuplice importun
D'vn peuple qui languit dans vn malheur commun ?

Veux tu de tes enfans voir fermer la paupiere,
Et les precipiter dans vne mesme biere ?
Peux tu les voir perir, & par vn vain effort
Sans force & sans secours, lutter contre la mort?
Tourne contre moy seul tes foudroyantes armes,
Et te laisse fléchir par d'innocentes larmes :
Par les tendres soûpirs d'Israël gemissant :
Considere ses maux; Tends luy ton bras puissant:
Il est leur seul remede, & leur playe incurable,
Attend les appareils de ta main secourable.
Dissipe d'vn regard salutaire & benin
Les mortelles vapeurs d'vn funeste venin :
Voy comme ta Sion n'est plus qu'vn cimetiere:
Que d'vn cruel mépris l'insolente matiere;
Et que si de ses maux tu ne la viens guerir,
Dans sa derniere cheute on la verra perir.
Tu vois son innocence, & tu sçais que mon crime,
Par son indigne orgueil, & par tes fleaux l'opprime;
De son peuple affligé ie suis le destructeur,
Et s'il souffre la mort, son Prince en est l'autheur.
Luy seul en est coupable : Et c'est sans indulgence
Que tu dois sur Dauid exercer ta vengeance :
Precipite sur moy sans paroistre si doux
De ta pezante main les redoutables coups :
Il faut que l'vniuers auec terreur reuere,
Dans vne iuste peine vn exemple seuere
De la sanglante fin de ces superbes Roys,
Qui méprisant du Ciel les venerables loix
Ont fait voir, quand par eux leur terre est desolée,
Qu'aux maux qu'ils ont causez leur teste est im-
I'ay merité, Seigneur, ce hideux chastimét; [molée
Et puis que i'ay perdu ce noble sentiment
Des bien-faits dont i'ay veu ta supreme puissance,
Signaler mon amour & ma reconnoissance :

Il faut que ie perisse ; Il faut que mon orgueil
Haste mon infamie & creuze mon cercueil :
Il faut dans tous les cœurs que ta colere imprime
L'horreur de mon supplice & celle de mon crime :
Ainsi tu laisseras à la posterité
Vn honteux monument de ma temerité :
Ainsi tu feras voir par mon ignominie
Ton peuple satisfait & sa douleur finie.

Le Roy parle en ces mots, & du cœur & des yeux
Sollicite ardemment la colere des Cieux :
Quand cét Ange vengeur par qui Solyme endure
De toutes les rigueurs la rigueur la plus dure,
Commandé tout à coup par vn ordre nouueau
De retirer son glaiue & d'arrester son fleau,
Appaise son courroux ; prend sa face seraine,
Et rend à la Cité des citez souueraine
Apres ses maux passez sa premiere santé,
Sa ioye & son seiour autrefois si vanté.

Ce Monarque qui void, par la bonté celeste
En cet heureux moment cesser l'ardante peste
Qui consuma Sion par ses embrazemens
Et fit voir tant de mots & de gemissemens :
Par le conseil de Gad ce fameux interprete
Des ordres du Seigneur & de sa voix secrette,
En l'honneur d'vn bien-fait qu'il doit rendre im- [mortel,
Esleue auec respect vn magnifique autel
En cet endroit celebre où l'Ange impitoyable,
Quand il frappoit Sion de sa verge effroyable,
Auoit paru visible auec estonnement
A ce Prince touché de cet euenement.
Il porte au Ciel ses vœux ; Et par vn sacrifice,
Qui luy rend de son Dieu l'indulgence propice,
Et sauue du trepas tant d'hommes languissans,
Prepare vn Holocauste & fait fumer l'encens :

Bb iiij

Israël deliuré de sa triste souffrance,
Sans crainte & sans peril chante auec asseurance,
Loin des funestes coups d'vn fleau persecuteur,
L'adorable bonté de son liberateur.
    Mais déja de Dauid l'importune vieillesse
Qui ne peut soustenir sa tremblante foiblesse,
De ses beaux iours passez auec rapidité,
Void sans cesse approcher le terme limité:
Il a déja perdu l'vsage d'vne vie,
Sans ioye & sans repos de tant de maux suiuie:
Il est du deüil public le funebre argument,
Et sans quitter son lict il court au monument:
La force l'abandonne ; Et sa vigueur debile
Et de son corps glacé l'impuissance immobile,
Reçoit à tous momens par des soins superflus
Vne foible chaleur qui ne l'échauffe plus:
Ses amys pour donner à ce mal incurable,
Quelque soulagement qui luy soit agreable,
Et qui par le secours d'vne estrangere ardeur,
Enflamme d'vn vieillard l'eternelle froideur.
    Du Prince, disent-ils, les nombreuses iournées,
Ont amorti le feu de ses ieunes années,
Et n'ont pour l'animer dans ses veines placé
Que les boüillons éteints d'vn peu de sang glacé:
Il faut pour r'allumer sa mourante estincelle,
Luy donner pour compagne vne noble pucelle,
Qui puisse de ce froid adoucir la rigueur,
Et luy communiquer sa force & sa vigueur.
Sa vie à ses amys est toûjours precieuse ;
Et nostre pieté doit estre soucieuse
De faire reuenir pour nous rendre contens,
De son aage doré l'agreable Printemps:
Mais qui pourroit changer l'ordre fatal des choses
Et d'vne autre saison voir renaistre les roses?

Le penible sejour de l'homme criminel
Dans ces terrestres lieux ne peut estre eternel :
Puis que nous ne sçaurions luy rendre cet office ,
Il suffit d'employer les vœux & l'artifice :
Pour retarder sa fin , & de ses derniers iours
Aussi loin qu'on le peut porter le digne cours, [stes
Conseruons par nos soins , les chers, les nobles re-
D'vn Roy que les perils, que les faims, que les pe-
N'ont peu faire perir par les mortels efforts [stes:
Dont on vid trebucher tant d'innombrables corps.
    Par tout où d'Israël la fameuse Prouince
Reçoit les iustes loix de cet auguste Prince,
On cherche auecque soin ; Et dans vne cité
On trouue le secours de sa caducité :
La celebre Abisag : Cette charmante fille;
La ioye & l'ornement d'vne illustre famille,
Dans la couche Royale entre auec ce bon heur,
D'auoir dans ce peril conserué son honneur;
Et sans iamais soüiller , ny son corps, ny son ame,
Eschauffe nuict & iour d'vne pudique flamme
Ce pudique vieillard qui d'vn mesme dessein
Reçoit la sainte ardeur de cet aymable sein:
De deux cœurs differens l'innocence est egale ,
Et quoy que par les loix de la foy coniugale
Ils eussent peu gouster de licites plaisirs,
Ils n'ont iamais conceu que de chastes desirs.
    Cependant qu'affoibli des disgraces de l'aage:
Dauid attend sa fin : Cependant qu'on soulage
Par des soins assidus, & des iours & des nuicts
De ce Prince mourant les extremes ennuys :
Le fier Adonias par vn dessein contraire
Aux vœux anticipez de voir regner son Frere;
Dans les ardents transports de son ambition
Medite de rauir le sceptre de Sion.

                                Bb iiij

Tous les iours entouré de ces nouueaux Gendarmes
Qui iettent dans les cœurs de secrettes alarmes ;
Suiui des factieux & d'vn superbe train ,
Il fait déja le maistre & marche en Souuerain:
D'vn pere trop benin l'indulgence facile
Fortifia du fils l'arrogance inciuile ;
Et iamais sa priere , ou son commandement,
N'a peu contribuer à son amandement :
Ce ieune homme par tout fait éclatter ses brigues,
Et des ses coniurez descouure les intrigues
Qu'il croit ne pouuoir pas reussir à son gré,
Qu'en portant l'insolence à son dernier degré :
Il fait sans employer la feinte & l'artifice ,
Hors des murs de Solyme vn sanglant sacrifice.
Et flatté de l'espoir d'vn plus heureux destin ,
Prepare auecque pompe vn superbe festin.
Ses Freres inuitez à la réjouissance,
Considerant l'éclat de sa magnificence ;
Et suiuis des plus Grands de cette illustre cour ,
Signalent par leur ioye vn si celebre iour.
On voit en cet estat Solyme partagée ,
Et dans son interest par son choix engagée ;
Les cœurs sont diuisez ; Et d'vn commun malheur
On voit naistre à son tour la ioye ou la douleur.
Le traistre Abiathar & son lasche complice ,
Ioab l'indigne chef de la sainte milice ,
Abandonnent leur Prince , & d'vn sens peruerti
S'exposent au peril de ce foible parti:
Mais ceux qui par l'effort d'vn genereux courage,
Ne peuuent plus souffrir le temeraire outrage
Qui blesse d'vn cadet l'auguste qualité ,
Fermes dans les deuoirs de la fidelité ;
Offrent à Salomon leurs bras & leurs épées,
Et ne refusent pas de les voir occupées

Dans vn iuste combat dont le prix glorieux,
Doit ceindre d'vn bandeau son chef victorieux :
Ils disent que Sion par leur valeur prospere,
Le veut faire monter sur le Thrône d'vn pere,
Qui luy mettant en main le Sceptre preparé,
Fera voir de sa mort le malheur reparé :
    Mais Nathan à ce bruit reuenu dans la ville
Pour preuenir du Roy la creance facile :
Pour dompter les mutins, & pour les faire voir
Par ses sages conseils soûmis à leur deuoir ;
Aborde Bersabée, & plein de confiance :
    Grande Reyne, dit-il, la iuste deffiance,
Que i'ay de voir sans ayde & sans soulagement,
Dans la maison Royale vn soudain changement,
Me force de parler, & me deffend de taire
A l'interest public vn aduis salutaire :
Ie l'adoüe, Il est vray qu'on m'a veu negliger,
Le soin de ce rapport pour ne pas t'affliger ;
Mais sçachant qu'auiourd'huy le peril est extreme,
Qu'il faut, ou conseruer l'authorité supreme,
Ou la laisser tomber dans vne indigne main,
Et te la voir rauir par vn meurtre inhumain.
Mon deuoir m'a forcé de rompre le silence,
Et de te conseiller d'arrester l'insolence
Des vœux precipités d'vn frere qui pretend,
Qu'il doit seul commander : Que Solyme l'attend,
Et qui veut par auance auec cet auantage,
D'vn Prince encor viuant occupper l'heritage :
Ie sçay qu'Adonias s'est fierement vanté
De voir ta race éteinte & ton Fils supplanté :
Ie veux regner, dit-il, Et l'honneur que i'espere
De bien-tost posseder le Sceptre de mon pere,
Me fait dire sans crainte & sans temerité,
Que le Ciel contribuë à ma prosperité :

Il dit que méprisant l'impuissante ieunesse
D'vn frere qui pretend rauir le droit d'aisnesse,
Il veut deuenir maistre & répandre du sang
Pour deffendre sa cause & soustenir son rang.
De tous ses coniurez le courage il prepare ,
Pour le fatal succez de ce dessein barbare ;
Il croit que dans ce iour des siens enuironné,
Par leurs vœux & leurs mains il sera couronné.
Il s'attend par l'adresse ou par la force ouuerte
De seduire ton fils & de haster ta perte ;
Et déja ses desirs le tiennent occupé
Aux soins de s'affermir sur vn Trône vsurpé.
Il faut le preuenir dans sa vaine esperance ;
Et sans fortifier par nostre tolerance
Ce parti malheureux dans son commencement ;
Arrester son progres & son accroissement.
Mais plutost haste toy de garentir ta vie
Et celle de ton fils sans cesse poursuiuie,
Par vn lasche assassin qui pour changer son sort,
Veut fonder sa grandeur sur l'vne & l'autre mort,
Va parler à Dauid ; Dis-luy que son empire,
Où d'vn fils reuolté l'ambition aspire ,
Doit, contre sa parole & contre la raison
Par vn crime inhumain sortir de sa maison :
Dis luy que sans vser d'vne tendre indulgence,
Il faut, & que la force , & que la diligence
Arreste auec vigueur les flots impetueux
De l'orage excité par ce presomptueux :
Par ce superbe aisné qui déja par ses armes,
Dont sa prompte fureur prepare tant d'alarmes,
De Solyme affligée agite le repos ;
Tandis que tu tiendras de semblable propos,
Et que par les accens d'vne si iuste plainte ,
Tu luy feras sçauoir ta raisonnable crainte,

Tu me verras entrer , & d'vn triste discours ,
Pour redoubler ton deüil continuer le cours.

 Alors sans differer la Princesse affligée ,
Aux aduis de Nathan tendrement obligée ;
Entre secrettement dans la chambre du Roy ,
Et d'vn front abattu de tristesse & d'effroy ;
S'approche de son lict : Et grand Prince, dit-elle,
Si de mes maux pressans la souffrance mortelle,
Sollicite ton cœur & touche ta pitié ;
Si i'ay peu quelquefois plaire à ton amitié :
Si i'ay conçeu des vœux : Si i'ay versé des larmes
Quand ie t'ay veu courir la fortune des armes ;
Et si ma passion , dont tes yeux sont témoins ,
A gaigné ton estime & merité tes soins.
Tu sçais bien , si tu veux rappeller ta memoire ,
Qu'en des temps plus heureux : Qu'en vn estat de
Par des sermens sacrez cét fois tu mas iuré, [gloire,
Que ton fils Salomon de ton Sceptre asseuré ,
En l'honneur eternel d'vn second Hymenée,
Quand le Ciel finira ta derniere iournée,
Montera sur ton Trône ; Et malgré ses riuaux
Possedera l'Empire acquis par tes trauaux.
Ie viuois en repos dans l'infaillible attente,
D'établir sa fortune , & de me voir contente ;
Ie croyois que fondé sur ta Royale foy ,
Au paisible Israël il donneroit la loy :
Qu'auant qu'à mes souhaits la mort iniurieuse,
Eust coupé de ses ans la trame glorieuse ;
Esleué de tes mains sur ce faiste eminent,
Ie luy verrois porter ce Sceptre dominant
Sur les saintes Tribus de nostre aymable terre ;
Qu'arbitre de la paix ; Que maistre de la guerre ,
Vn iour il feroit voir à sa posterité,
Le trophée eternel de sa prosperité :

Mais ie voy qu'aujourd'huy pour éteindre ſa race,
Pour me faire perir dans la meſme diſgrace,
Adonias vſurpe auec impunité
Des Princes de Sion l'auguſte dignité :
Il occupe ta place, Il regne ſans attendre
Que de tes os ſacrez la pacifique cendre
Ait rempli ton ſepulchre ; Et qu'auec tes Ayeux
Tu partages la gloire & le bon-heur des cieux.
Haſte toy d'étoffer auec ignominie
De ce fils coniuré l'indigne tyrannie :
Fay tomber ce méchant que le Ciel depité,
Dans vn honteux malheur veut voir precipité.
Détruits dans ta colere à leur cheute fatale,
De ces foibles mutins la naiſſante cabale :
Tes peuples qui ſur toy portent leurs triſtes yeux,
Demandent aujourd'huy ce bien fait precieux ;
Et remplis pour Dauid de reſpect & d'eſtime,
Attendent de ſon choix vn Prince legitime.
Si tandis que tu peux les rendre ſatiſfaits,
Et de ta pieté ſignaler les effects ;
Qu'on te void poſſeder la couronne & la vie,
Tu ne preuiens les coups de la future enuie :
Ie crains, que quand le Ciel par la fin de tes iours,
De mes felicitez aura borné le cours,
Quand ſeparé du monde, ainſi que tu l'eſperes,
On te verra dormir dans le ſein de tes peres :
Berſabée & ſon fils tous deux perſecutez,
Tous deux par les mépris de la Cour rebutez,
Pour contenter des ſiens l'ambitieuſe rage
Souffriront, ou la mort ou le dernier outrage.
Vous tu, par ta bonté que accraiſtre ſeduit,
Tandis que tu uintas voir Salomon reduit
A tomber ſans ſecours dans ce funeſte piege,
Et luy rauir l'eſpoir de monter ſur ton ſiege :

Dans ce cruel deſſein , tu dois le preuenir,
Arreſter ſa fureur , & te reſſouuenir
Qu'il faut qu'à ta rigueur leur arrogance cede, ſde:
Et qu'vn mal ſi ſoudain demande vn prompt reme-
C'eſt de toy ſeul Dauid qu'à ce coup ie l'attends :
Tu ſçais que dans ce iour ſans plus perdre de temps,
Et ſans qu'en ſa faueur ton pouuoir ſe retienne,
Il faut que Sion voye ou ſa cheute, ou la mienne.

Tandis que Berſabée arroze de ſes pleurs
Son viſage troublé par ſes prochains malheurs :
Que déja de ſon fils la future detreſſe
Sollicite du Roy la crainte & la tendreſſe,
Tandis qu'vtilement & du geſte & des yeux
Elle fait le recit des ſoins ambitieux
Du traiſtre Adonias qui roule dans ſa teſte,
Du Sceptre d'Iſraël la ſuperbe conqueſte ;
Nathan auec deſſein heureuſement conduit,
Dans la chambre du Roy par vn garde introduit,
Incline auec reſpect ſon corps & ſon viſage ;
Et cachant le ſecret de ce ſoudain meſſage :

Tout à coup, ô grand Roy, dit-il, adroitement,
N'eſt-ce pas que ton ordre & ton conſentement,
D'vn fils trop éleué les deſſeins fauoriſe ,
Et d'vn regne nouueau la puiſſance autoriſé ?
On voit qu'Adonias dans Sion reſpecté ,
Exerce ſans peril vn empire affecté ;
Que d'vn peuple eſtourdy la foule l'enuironne,
Que par vn droit acquis de ſceptre & de couronne,
Sans auoir de ſon Prince attendu le trépas,
Il a fait auiourd'huy le criminel repas,
Où l'orgueilleux Ioab , Où ce Pontiſe indigne
L'impie Abiathar par vne audace inſigne
Auec leurs coniurez plein de ioye & de vin,
Contre le droit des gens , Contre le droit diuin,

Sans auoir inuité ny Salomon son frere,
Ny Nathan qu'il sçait estre à ses desseins côtraire,
Ny Sadoc donc il craint l'inuiolable foy ,   [Roy.
L'ont proclamé sans honte , & leur maistre & leur
Mais s'il tient de ta main la supreme puissance ;
Et si pour obseruer le droit de la naissance,
Tu veux en sa faueur determiner ton choix
Si tu consens qu'il gaigne & nos cœurs & nos voix
Nous voulons sans côtrainte à tes vœux satisfaire:
Il faudra qu'Israël à cet ordre deffere :   .
Il pourra commander : Il pourra nous haïr ;
Mais non pas nous oster la gloire d'obeïr :
Qu'il possede en repos la grandeur Souueraine ,
Qu'il soit l'auteur des maux d'vne dolente Reyne ,
Que Salomon luy cede , & qu'il voye à ton gré
Adonias tenir ce superbe degré !
Ne tiens plus en suspens nostre commune attente ;
Et puis qu'à ton repos cette cause importante
Fait craindre dans l'Estat vn triste changement
Haste toy de donner vn dernier iugement.
  Par ces mots de Dauid la colere excitée ,
Et de l'orgueil d'vn fils l'histoire recitée,
Par le pressant discours du Prophete irrité,
Luy conseille d'vser de son authorité:
Il appelle la Reyne , & termine auec elle
Du sceptre disputé la fameuse querelle.
  Ie te iure , dit-il , par le Dieu de Sion ,
Qui toûjours a fait voir dans mon affliction ,
Ainsi que m'a promis sa parole adorable ,
De son bras foudroyant la force secourable :
Qu'auant que le Soleil ait sa route acheué,
Tu verras Salomon sur le Trône éleué :
I'accorde aux vœux publics leur pieuse demande,
Que d'vn droit souuerain dans Solyme il commâde ;

Ie veux faire connoistre à ce frere obstiné,
Que ton Fils par le Ciel au sceptre destiné,
Malgré des coniurez l'inutile assistance,
Et de tant d'ennemis la vaine resistance :
Peut exercer sur luy cet absolu pouuoir
Qui renge les sujets aux loix de leur deuoir.
Ie veux, qu'en ce saint iour on celebre la feste,
Qui du bandeau Royal verra ceindre sa teste ;
Ie veux que cet Estat paisiblement conquis,
Sans répandre du sang à luy seul soit acquis.
Il faut que de Sion le temple retentisse,
Puis que le Ciel le veut, du bruit de ma iustice :
Ie veux, tandis qu'on void le bel Astre du iour,
Esclairer mes vieux ans dans ce triste sejour,
Et que d'vn foible corps on échauffe la glace,
Qu'il regne dans Solyme, & qu'il dône en ma place,
Au paisible Israël les venerables loix,
Qu'il fera redouter par ses futurs exploits.
  Apres ces derniers mots dont la sainte asseurance
De la triste Princesse affermit l'esperance,
Il fait venir soudain ceux que le zele a mis
Au nombre reserué de ses meilleurs amis.
Et pour lors entouré d'vne troupe choisie,
Sans que cet accident trouble sa fantaisie ;
  Vous, dit-il, mes amys dont la fidelité
Cherit & mon honneur & la tranquilité
D'vn Estat dont le Ciel m'a donné la conduite :
Puis qu'auiourd'huy ie vois ma vieillesse reduite
A luy donner vn maistre, & le rendre plus seur
Par le choix inspiré d'vn digne successeur ;
Faites voir Salomon à mon peuple qui l'ayme,
Reuestu de ma pourpre & ceint d'vn Diademe
Dont le superbe éclat orne la Royauté ;
Et s'il paroist surpris de cette nouueauté.

Dittes luy que ie veux pour étouffer l'enuie,
Qui n'a pas respecté mon repos ny ma vie,
Qu'il commence à regner auant que de mes iours
Vne mort attenduë ait acheué le cours.
Toy Sadoc ; Toy Nathã de vos mains secourables,
Pour rendre son empire & son bon-heur durables :
Pour luy gaigner des siens le respect & le cœur,
Oignez ce nouueau Roy d'vne sainte liqueur :
Mais tandis qu'Israël d'vn soin tendre & fidelle,
Témoignera l'ardeur d'vn legitime zele :
Et quand auec honneur vous aurez terminé,
Par vn succez heureux ce Sacre inopiné :
Il faut que vostre ioye au bruit de la trompette
Fasse voir qu'elle n'est, ny feinte, ny muette :
Qu'elle porte en tous lieux ses agreables sons,
Et des concerts publics les confuses chansons.
  Grand Roy, dit Banajas, ainsi tes vœux prosperes
Te rendent par ce choix le plus heureux des Peres :
Ainsi de Salomon l'éclatante grandeur
Augmente de l'Estat la force & la splendeur :
Ainsi puisse-t'on voir longues & fortunées,
Couler paisiblement tes futures années ;
Voir sans iamais souffrir de tristes accidens ,
Et sans nombre & sans fin regner tes descendans.
  Ses confidens remplis d'vne iuste allegresse,
Pour garentir Sion du peril qui la presse,
Rompent leur conferance, & sans retardement,
Vont accomplir du Roy l'heureux commandemét.
Dans les lieux destinez à la ceremonie,
On void venir en foule vne troupe infinie
Qui suiuent de leurs chefs les ordres & les pas ,
Tant l'amour & la ioye ont de puissans appas.
Salomon sur les siens , & sur la vaste presse ,
Qui par deuers diuers explique sa tendresse ,

Des

Eminent & visible à toute la cité,
Peut luy seul dans l'éclat de sa felicité,
Des traits qu'auec tant d'art sa docte main employe
Peindre assez dignement son bon-heur & sa ioye.
Au moment qu'on le croit de tous abandonné ;
On le void triomphant ; On le void couronné ;
Il paroist plein de ioye à cette multitude ,
Qui n'aguere plaignoit sa triste solitude ;
Et reçoit de leurs cœurs les desirs genereux ,
De voir toûjours son regne également heureux.
  Tandis qu'Adonias & sa troupe mutine ,
Au malheur de son frere auec fureur s'obstine ;
Lors qu'il le croit deffait dans les lasches combats,
Que liure la chaleur des verres & des plats :
Salomon souuerain dans la sainte Prouince,
Dont par la voix publique il est declaré Prince :
Possede par vn droit promis à ses ayeux ,
Du celebre Israël le sceptre ambitieux.
Sion pour faire voir dans son obeïssance,
Quelle est & sa tendresse , & sa réjouïssance :
Dans son vaste pourpris , & loin de ses rempars,
Porte confusément ses cris de toutes parts.
  Adonias sorti de sa funeste table
Au bruit de cette feste à luy seul redoutable ,
Dans son timide cœur frappé soudainement ,
De la secrette horreur d'vn triste euenement.
  Quel tumulte nouueau! Quelles voix répanduës!
Et par des sons aigus en tous lieux entenduës ?
Mais quel bruit, ie ne sçay par quel ordre excité ,
Remplit, dit-il, de ioye, ou trouble la cité?
  Il prononçoit ces mots , quand plein de defiance ,
Attendant la nouuelle auec impatience ;
Il void entrer le fils du Prestre coniuré ,
Jonathan qui d'vn front pasle & mal asseuré ,

                                              C c

Vient luy faire ſçauoir la deplorable hiſtoire
D'vn malheur qui détruit ſa fortune & ſa gloire.

Adonias cachant ſa crainte & ſa douleur ;
Et tout à coup changeant de voix & de couleur,
Amy, touſiours, dit-il, genereux & fidelle,
Viens tu pas m'annoncer l'agreable nouuelle ?
Il vouloit acheuer, quand de ce vain diſcours
Le triſte Ionathan interrompant le cours.

Non, dit-il, tu vois bien ſur ce triſte viſage,
L'infortuné ſubject de ce haſté meſſage ;
Tu ſçauras, ô Seigneur, que Dauid aduerti,
Qu'on voyoit dans Solyme éleuer vn parti
Qui te vouloit donner par vn iuſte partage,
De ſon ſceptre promis le ſuperbe heritage
A rompu ce deſſein qui ſans obſtacle euſt mis,
Par l'ayde & par les vœux de tes meilleurs amys,
Sur ta brillante teſte vne auguſte couronne
Dont l'éclat precieux auec ioye enuironne,
Le chef de Salomon qu'on appelle auiourd'huy,
De l'Eſtat d'Iſraël l'eſperance & l'appuy :
Ce Monarque indulgent : Ce ſage & tendre pere,
A ce degré ſupreme a fait monter ton frere :
Et Nathan & Sadoc apres l'ordre donné,
De leurs pieuſes mains l'ont oingt & Couronné,
Le peuple de Sion dont la ſainte lieſſe,
A fait voir de leur cœur la noble hardieſſe,
L'a déja proclamé par de communes voix,
Monarque d'Iſraël & le plus grand des Roys.
Les Princes de ſa Cour reuerent ſa puiſſance,
Par les ſacrez ſermens de leur obeïſſance ;
Et pour plaire à ce Roy plein de ioye & d'honneur
Publient ſon triomphe & ſon nouueau bon-heur.
Ils preſchent hautement ſa gloire & ſon merite,
Ce n'eſt pas ſans raiſon, diſent-ils, qu'il herite

De la felicité d'vn fceptre precieux
Que l'vn & l'autre tient de la faueur des Cieux.
On void dans le Palais vne agreable preffe,
Qui par des chants pieux exprime fa tendreffe :
On void Solyme heureufe & fon peuple raui ,
De fe voir fous ce ioug fans contrainte affeiui.
Dauid reçoit fans crainte & fans inquietude,
L'agreable concours de cette multitude
Dont l'ardeur genereufe & les finceres vœux ,
Promettent fon empire à fes futurs neueux.
Cet augufte vieillard dans fa Royale couche :
O grand Dieu, difoit-il , & de cœur & de bouche :
Toy qui fus dans mes maux mon vnique recours,
Toy qui de tes bienfaits n'a pas borné le cours ;
Tu fais voir à mes yeux tandis que ie refpire,
Salomon fans riual maiftre de mon empire ;
Tu veux que ce cher fils : Ce digne fucceffeur
Herite de mon fceptre & regne auec douceurs :
Tu permets qu'Ifraël fans peril & fans guerre
Cultiue heureufement cette feconde terre
Dont tu fis pour luy feul le partage & le choix
Qu'il fuiue de fon Roy les pacifiques loix ;
Et que pour profiter d'vn exemple fi rare,
De fon iufte deuoir iamais il ne s'égare :
Que par des vœux communs ce Prince & fes fubiets,
D'vn reciproque amour foient les dignes obiets ;
Qu'ils ne perdent iamais de l'eternelle gloire ,
Ny de tous tes bienfaits l'agreable memoire.
Ainfi ton facré nom , foit craint , foit adoré,
Par tout ou du Soleil le vifage doré
Sans iamais acheuer fa route couftumiere
Fait voir à l'vniuers fon errante lumiere.
  Ce hardy meffager trouble par ces propos,
Des triftes coniurez l'efprit & le repos :

Leur complot se diffipe , & leur frayeur s'apprefte
De porter loin de là leur fuite & leur retraite ;
Et pour fe garentir d'vn funefte trépas,
D'abandonner l'auteur de ce cruel repas.

Adonias faifi d'vne frayeur foudaine,
Qui luy fait voir fon crime & redouter la peine,
Dont il fe croit déja frappé d'vn coup mortel,
Va d'vn pas chancelant embraffer vn autel,
Pour feruir à fa peur d'vn prompt & faint afile:
Quand le bruit tout à coup épandu par la ville,
De ce grand accident inftruit ce nouueau Roy.

Grand Prince , luy dit-on , le peril & l'effroy
D'vn crime qu'on a veu fans borne & fans exéple,
Vient de precipiter dans vn augufte temple
Le trifte Adonias à l'autel attaché ,
Dont par fa feule mort il peut eftre arraché ,
Si tu ne luy promets fon pardon & fa grace:
Il dit que par fon nom , par fon rang, par fa race,
Il doit de ta clemence obtenir ce bienfait ,
Dont il croit que déja ton peuple eft fatisfait
Qu'auecque confiance , il l'attend, il l'efpere,
Et que pour imiter la vertu de ton Pere,
Dans le iufte pardon d'vn frere malheureux,
Le Ciel veut que tu fois fenfible & genereux.
Il te iure : il promet que par fa foy conftance,
Tu verras la douleur d'vne ame repentante :
Apres tant de fermens, grand Roy, que voudras tu,
Que deuienne vn coupable à tes pieds abattu ?

Ie veux, dit Salomon, qu'on luy donne affeurance,
Que pour ne pas tromper fon heureufe efperance,
S'il veut eftre innocent , ie veux luy faire voir,
Que mon affection égale fon deuoir :
Qu'il verra mon iniure & fes fautes paffées ,
Par vn fincere oubly de mon cœur effacées :

Qu'il passera ses iours auec tranquilité,
Dans le constant bon-heur de sa fidelité :
Sans que iamais la peur, le soupçon, ou le blasme,
D'vn chagrin importun viennent troubler son ame:
Mais s'il veut oublieux de sa condition
Ne mettre point de borne à son ambition ;
S'il veut dans mes Estats par sa fureur mutine,
Allumer le flambeau d'vne guerre intestine;
S'il affecte l'empire, & perdant le respect,
S'il se rend par ses mœurs criminel ou suspect:
Qu'il sçache que malgré le sang & la nature,
Ie verray sans regret sa funeste aduanture:
Qu'il ne pretende plus que ma benignité,
Souffre d'estre offensée auec impunité.
Il sçait que l'indulgence alors qu'elle est blessée,
Excite vne rigueur inflexible & glacée,
Qui de toute pitié perdant le sentiment,
Ne conçoit que la haine & que le chastiment.
Si d'vn nouueau forfait la peine meritée,
Allume contre luy ma vengeance irritée,
Si toûjours inquiet : Si toûjours mécontent
Il veut porter ses yeux où son orgueil pretend:
Si par vn vol trop haut son aisle audacieuse
Cherche de signaler sa cheute ambitieuse :
S'il fait dans mes Estats du desordre & du bruit,
Qu'il sçache que bien tost par son espoir détruit
Sans me ressouuenir de ce doux nom de frere,
Ie feray voir qu'il fut à mon bon-heur contraire;
Et pour le voir perir d'vne honteuse mort
Que i'ay fait sur moy-mesme vn genereux effort.
    Adonias reçoit cette heureuse nouuelle ;
Et cachant dans son ame vn dessein infidelle,
Se iette aux pieds du Roy qui sans autre propos,
Va chez toy, luy dit-il, & demeure en repos.

Mais, ô Muſe, acheuons la penible carriere
A qui Dauid mourant doit ſeruir de barriere:
Allons luy voir donner proche de ſes aboys,
Les preceptes ſacrés de ces dernieres loix :
Auſſi ie ſens tarir mon inféconde veine
D'où quelque foiblevers ne ſort qu'auecque peine:
Et déja de mes ans la peſante rigueur
Eſteint de mon eſprit la premiere vigueur

　Ce Prince plein de iours & d'vne ſainte enuie,
De iouïr du bon-heur d'vne meilleure vie ,
Et d'aller poſſeder l'eſtat delicieux
De la felicité qu'on gouſte dans les Cieux :
Languiſſant dans le lict , & dans vne foibleſſe
Qui doit bien-toſt finir ſes maux & ſa vieilleſſe,
Vers ſon cher Salomon tournant ſes triſtes yeux,
Et ſouffrant de la vie vn dégouſt ennuyeux.

　Tu vois, dit-il mon Fils, que ce grand Dieu m'ap-
A l'eternel ſeiour d'vne gloire immortelle:　[pelle
Et qu'il veut qu'au tombeau ce periſſable corps,
Ne ſoit qu'vn peu de cédre & giſſe entre les morts,
Tu ſçais que par vn droit acquis à la nature ,
Les hommes en naiſſant vont à la ſepulture:
Que iamais , ny l'honneur , ny la felicité,
N'ont peu le diſpenſer de ſa neceſſité.
Tout ce qu'on void icy , qui vid & qui reſpire,
Par vn deſtin commun fléchit ſous ſon empire,
Et ſans diſtinction , les Bergers & les Roys
Cedent également à ſes fatales loix.
Puis qu'accablé de maux dôt le poids dans cet aage
Sur des membres tremblans à fait tant de rauage,
Que pour ceſſer de viure il ne me reſte plus,
Qu'à paſſer des moments triſtes & ſuperſlus:
N'irrite pas ton deüil par d'inutiles larmes ,　[mes,
Qui ſont contre la mort ſans ſecours, & ſans char-

Sers toy de ta constance, & sans estre abattu,
Contre vn mal sans remede exerce ta vertu:
Il faut, & que ie meure, & que tu te consoles,
Puis que pour écouter mes dernieres paroles
Tu te trouues icy dans cet heureux instant,
Qui rendra l'vn & l'autre également content :
  Suy les ordres du Ciel sans iamais qu'on te voye,
Abandonner de Dieu la salutaire voye:
Préds pour guides les loix que son doigt souuerain,
Pour instruire son peuple imprima sur l'airain:
Attache toy sans feinte & par des vœux sinceres
A la religion de nos illustres Peres;
Et ne souffre iamais que d'vn culte odieux
On donne de l'encens à de profanes Dieux :
Tandis qu'auec honneur & qu'auec innocence
On verra ta valeur digne de ta naissance,
Exterminer du Ciel les foibles ennemis :
Ainsi qu'auec serment l'Eternel m'a promis,
Ie te iure auec luy qu'heureux & magnifique,
Tu porteras long temps vn sceptre pacifique:
Qu'on le verra fleurir, & passer tout entier,
En la centiéme main d'vn puissant heritier.
Ainsi de ce grand Dieu la parole asseurée,
Pour ne pas limiter leur fin & leur durée,
Veut que mes successeurs dans leur deuoir constans,
Sur le saint Israël regnent dans tous les temps.
Il veut que leur seconde & nombreuse lignée
Possede à leur bon heur cette terre assignée:
Et qu'elle passe entiere à la posterité,
Apres que de mon sceptre ils auront herité.
Mais puis qu'il veut encor par vn bienfait insigne,
Dont sa seule bonté ne te croit pas indigne,
Dans l'infaillible espoir d'vn meilleur changement,
Donner à sa sainte Arche vn digne logement:

Esleue auec éclat ce superbe edifice :
Ce Temple où tant de cœurs feront leur sacrifice,
Et chante incessamment dans cet auguste lieu,
L'ineffable grandeur de l'ineffable Dieu.
Fay seruir sans reserue à sa riche structure
Dont l'art doit auec pompe égaler la nature
Des thresors infinis l'amas prodigieux
Que ie t'ay preparé d'vn soin religieux.
Mais tu sçais que Ioab cet homme sanguinaire,
Par vne perfidie à son crime ordinaire,
A laschement commis d'vne barbare main
D'Abner & d'Amaza le massacre inhumain :
Venge le sang versé sans cause legitime ,
Et pour gaigner des tiens & l'amour & l'estime,
Fay voir à ta Sion que tu ne souffres pas,
Qu'il porte dans la biere vn paisible trépas.
Il faut qu'auec plaisir cette ville contemple,
De ta iuste rigueur le memorable exemple :
Et que pour l'immoler à ton ressentiment,
Cet assassin endure vn digne chastiment.
Mais aussi si tu veux que ta reconnoissance,
Fasse éclatter par tout ta gloire & ta puissance :
Et que tes seruiteurs heureux & satisfaits ,
Puissent à leurs enfans voir passer tes bienfaits :
Conserue tendrement le souuenir d'vn pere,
D'vn genereux vieillard qui seul dans ma misere,
Pour garentir mon camp de la fureur des miens,
Ne me refusa pas le secours de ses biens ,
En faueur d'vn bienfait, si saint, si profitable ,
Donne ta bien-veillance & l'honneur de ta table
A ce fils valeureux de qui l'affection
A merité les soins de ma protection
C'est par ce digne prix : C'est par ces recompenses,
Qui tôt des plus grãds Roys les plus nobles dépẽses
                                                      Que

Que tu dois couronner vn homme vertueux,
Pour attirer sur luy des yeux respectueux.
Vn seruice rendu doit auoir son salaire,
Pour le faire estimer & le rendre exemplaire :
Le merite a toûjours plus d'éclat & de bruit,
Quand on sçait qu'il aura son honneur & son fruit.
Mais aussi souuiens toy qu'il faut que la malice
Soit toûjours malheureuse & quelle ait son suplice;
Que tu dois la flétrir d'vn opprobre eternel,
Et qu'vn pardon iniuste est lâche & criminel.
Souuiens toy Salomon de cet indigne outrage,
Que Semée agité d'vne indiscrette rage,
Me fit iadis souffrir par l'insolent discours
Dont sa mort sans mon ordre eust arresté le cours.
Il est vray qu'au retour de la guerre inhumaine
Que me liura des miens la parricide haine,
Ie le vis tout à coup plein de honte & d'effroy,
Implorer à mes pieds la bonté de son Roy :
Ie t'aduouë, ô mon fils, que ses cris & ses larmes
Pour flatter ma tendresse eurent assez de charmes;
Ie luy dis que iamais mon innocente main,
N'auoit pour se venger versé le sang humain:
Mais toy sans deuenir, ny traistre, ny parjure,
Tu peus te satisfaire & venger mon iniure,
Tu peus auec honneur rompre ce vain accord,
Et le faire perir d'vne sanglante mort.
Ie laisse à ta vertu, Ie laisse à ta sagesse,
Dont le Seigneur déja te comble auec largesse,
Agissant par le choix d'vn libre sentiment,
D'ordonner à ton gré d'vn iuste chastiment.
Mais ie sens que la vie & la voir m'abandonne,
Souffre donc mon cher fils que ton pere te donne,
Rendant le cher dépost qu'il a receu de Dieu,
La derniere faueur de son dernier adieu.

Dd

DAVID,

Ainſi parle Dauid, quand la mort qui s'approche,
Rēd ſō corps immobile & plus froid qu'vne Roche;
Ses yeux perdent leur iour , & l'ame qui s'enfuit,
Les plonge dans l'horreur d'vne eternelle nuiĉt.

Ainſi mourut ce Prince : Ainſi ſa longue vie
De bon-heur & de maux également ſuiuie ,
Quitta paiſiblement ſon ſejour ennuyeux ,
Et luy fit prendre part à la gloire des Cieux.

Solyme en ce moment, pieuſe & deſolée
Prepare auec douleur vn riche Mauſolée;
Et va creuſer la foſſe ou giſent en repos
De ſes fameux ayeux les venerables os.

On void méler leur cendre; Et pour rendre celebre
Le dernier appareil de la pompe funebre,
Le peuple dans l'excez d'vn raiſonnable deüil ,
Arroze de ſes pleurs ce funeſte cercüil.

Cependant qu'on gemit, cependant qu'on ſoûpire,
Salomon reſolu d'affermir ſon empire,
Se fait voit ſur le trône , & par vn doux aſpeĉt
Inſpire dans les cœurs l'amour & le reſpeĉt,
La Cour repréd ſon luſtre, & d'vn plus doux viſage
Qui fait de ſon bon-heur l'agreable preſage,
Felicite ſon Prince , & par des vœux conſtans
Souhaite à ſes longs jours vn eternel printemps;
Son peuple ſatisfait qui void & qui reuere
Le venerable objeĉt de ſon amour ſincere,
Suit ſes pas, l'enuironne , & de cœur & de voix
Préche par tout qu'au Ciel on doit ce digne choix,
Cependant qu'Iſraël dans cette ioye extreme
Reſpeĉte de ſon Roy l'autorité ſupreme ;
Qu'on deffere auec ioye à ſes commandemens,
Et qu'on void de l'eſtat croiſtre les fondemens ;
Adonias de qui l'ambition ſecrette ,
Flatte encor vainement ſa penſée indiſcrette,

D ij

De l'eſpoir de l'empire, & d'vn funeſte amour,
Qui doit preſque auſſi toſt mourir que voir le iour,
Va trouuer Berſabée, & pour toucher ſon ame
L'entretient de l'ardeur d'vne nouuelle flamme:
　Grande Reyne, dit il, auec ſoufmiſſion,
Qui ne ſçait que l'amour & les vœux de Sion,
Par vn droit que mon aage & que mon rang me
Deſtinoit à moy ſeul ſa ſuperbe couronne: [donne,
Mais ie vois qu'auiourd'huy par l'eternel Decret,
Dont iamais ie n'ay peu découurir le ſecret;
Ce maiſtre ſouuerain des ſceptres qu'il diſpenſe
A la vertu qui doit auoir ſa recompenſe;
Et qui pour étonner l'attente des Humains
Les fait ſouuent paſſer en d'étrangeres mains:
Ce Dieu changeant vn droit reglé par la naiſſance,
Qui deffere aux aiſnez la ſupreme puiſſance:
Contre l'ordre preſcrit aux familles des Roys,
M'impoſe d'vn cadet les agreables loix.
Conſidere auiourd'huy quelle eſt ma defferance,
Puis que touiours nourri dans la haute eſperance
De ne iamais me voir à ſes ordres ſoûmis,
Tu ſçais ſi ie manquois & de cœur & d'amys.
　Mais ſi ie ſuis ſuiect, Mais s'il faut qu'il côman-
Fay que par toy i'obtienne vne iuſte demande: [de,
Dis luy que d'Abiſag les adorables yeux,
Sont deuenus des miens les objets precieux.
Qu'il apprenne de toy que ie brûle pour elle
De la pudique ardeur d'vne flamme fidelle,
Et qu'il faut pour ne pas rebuter mes deſirs,
S'il veut contribuer à de chaſtes plaiſirs,
Qu'auant que le Soleil acheue la iournée
Il reſolue auec toy cet heureux Hymenée:
Excite de ton fils le genereux deſuoir
Qui ne refuſe rien à ton iuſte pouuoir.

Apres ce grand bienfait, ie confens que ma vie
A tes commandemens fans referue afferuie,
Se paffe dans l'honneur de voir tes plus beaux iours
De leur profperité n'acheuer point le cours.

　　Berfabée à ces mots émeuë auec tendreffe
D'vn mal dont cet amant fe plaint auec adreffe:
O cher Adonias, dit-elle, affeure toy
Que ie vay de ce pas folliciter le Roy;
S'il eft touché pour toy de quelque tendre eftime,
Et des vœux innocens d'vn amour legitime;
S'il ne s'oppofe pas à ton contentement
Par le trifte refus de fon confentement,
Souuiens-toy que ce iour te fera voir la fefte
Qui doit de ton amour couronner la conquefte;
Te donner Abifag & d'vn mefme lien
Vnir étroitement ton cœur auec le fien.

　　Elle part; Et bien-toft inclinant fa paupiere,
Mon fils ne vueille pas rebutter ma priere;
Et, dit elle pour voir mon vifage confus,
Ne me fais point fouffrir la honte d'vn refus.

　　Quand ce Prince, ô ma mere à qui tout eft pof-
Crois-tu, dit-il, crois tu Salomon infenfible? [fible
Ie feray donc fans foy, fans refpect, fans amour,
Pour toy de qui ie tiens & le fceptre & le iour?
Crois tu que ie t'outrage, & que tu fois reduite
A voir honteufement ta demande éconduite?
Pourrois-ie te déplaire & te des-obliger?
Et que peux-tu de moy vainement exiger?
Il faut que i'obeïffe, & que dans ton attente
Par mon devoir foûmis ie te rende contente.
Demande; Et tu verras de tes vœux fatisfaits,
Sans referue & fans fin, les folides effects.

　　Berfabée admirant cette noble tendreffe;
O Seigneur, luy dit-elle, Adonias me preffe

De te faire sçauoir le sincere dessein
Que depuis quelques iours il nourrit dans son sein:
On void, & dans ses yeux,& sur sa face peinte
Sa passion qui n'est, ny profane, ny feinte:
Il vient de m'aborder , & d'vn ton douloureux
Il m'a fait le recit de ses soins langoureux.
Ma pitié s'est émeuë , Et l'amour qui le touche
Pour auoir du secours, te parle par ma bouche:
S'il se plaint ; S'il gemit; Si tu dois le cherir;
Si tu veux m'obliger , Si tu veux le guerir:
Esteins par vn hymen son amoureuse flamme,
Et luy donne Abisag pour amante & pour femme,
   A ces mots Salomon sans mesure irrité ,
Quoy , dit-il , ce méchant par sa temerité
Que ie voy maintenant sans honte & sans limite,
Pretend donc d'épouser la chaste Sunamite?
Ce lâche Adonias, Ce feint ; Ce faux amant ,
Dit qu'elle a son estime & qu'il l'ayme ardemment;
Il se plaist de conter sa flamme imaginaire;
Mais foüillant dans ce cœur perfide & sanguinaire,
Qui ne void , qui ne sçait que c'est vn imposteur,
Qui veut de mon pouuoir se rendre vsurpateur.
Dans l'humeur dont il est ; S'il brule ; S'il soûpire,
I'en suis trop asseuré, ce n'est que pour l'empire ;
De la belle Abisag la vertu ny les yeux ,
Ne sollicitent pas ses vœux audacieux :
Il les porte plus haut ; Et sa fiere insolence ,
Medite le dessein de quelque violence.
Ouy Madame ce traistre apparemment discret,
Pour te mieux deceuoir, te cache son secret:
Pour voir la triste fin d'vn dessein plus sublime,
Demande moy pour luy le sceptre de Solyme ;
C'est là l'vnique obiet de cette ambition
Qu'il couure du faux nom d'vne autre passion.
                              Dd iij

Auec Abiathar & le fils de Saruie
Deux ennemis iurez du repos de ma vie;
Par le fatal succez d'vn complot inhumain
Il tente de m'oster le sceptre de la main :
Mais puis que contre moy sa trahison conspire,
Ie te dis par le Dieu qui soustient mon empire,
Et qui me fait regner auec tranquilité,
Que la mort confondra son infidelité.
Ie veux que ma vengeance à sa fureur égale,
Esteigne dans son sang sa flamme coniugale :
Ie veux haster sa peine, & du mesme flambeau
Que l'amour luy prepare, éclairer son tombeau.
    Apres ces tristes mots le Prince inexorable
A l'indigne pardon de ce crime execrable,
Commande à Banajas de faire son deuoir ;
Ce ministre deffere au souuerain pouuoir,
Et puis sans conceuoir l'horreur d'vn sacrilege,
Sans respecter du lieu le sacré priuilege,
Aborde Adonias, & d'vn cruel effort
Teint l'autel de son sang, & luy donne la mort.
    Ainsi tomba le chef de la ligue funeste
Dont on verra bien-tost perir le dernier reste;
Ainsi d'Adonias la desastreuse fin
Rencontra le poignard de ce iuste assassin.
Le Pontife honoré du sacré caractere,
Luy seul par le respect de ce saint ministere,
Perdit le Sacerdoce, & du temple chassé
Vid son nom & son titre auec honte effacé.
Tu deuois, dit le Roy, par ta peine mortelle
Expier les forfaits d'vne troupe infidelle,
Mais ie veux te sauuer de ce pressant peril,
Et changer ton trépas en vn honteux exil.
    Ioab qui dans son cœur de tant de maux cõplice,
Craint la iuste rigueur d'vn semblable suplice,

De ce triste accident soudainement instruit
Par les soins d'vn amy qui deuance le bruit,
Sans trouuer sous ses pas d'ennemy ny d'obstacle,
Court embrasser l'autel du sacré Tabernacle;
Et prest à se resoudre à l'vn & l'autre sort
Attend en cet estat & la vie & la mort.

Salomon qui bien-tost apprend cette nouuelle,
Il a choisi, dit-il, vn asile infidelle,
Son crime ne peut estre impunément caché,
Et du sein des autels il doit estre arraché:
Banajas si tu veux dans vne iuste haine,
Me rendre en ce moment vne preuue certaine
Et d'vn deuoir sincere & d'vn cœur genereux,
Va faire sans pitié perir ce malheureux.
Va plonger dans ses flancs vne sanglante lame,
Et dans les noirs cachots precipite son ame.

Banajas part sur l'heure, & sans se rebutter
De l'ordre rigoureux qu'il doit executer,
Aborde ce vieillard qui fait voir que la crainte,
N'est pas dans ce peril sur son visage empreinte;
Et lors, Ioab, dit-il, abandonne vn autel
Qu'embrasse vainement vn indigne mortel;
Crois-tu que sans espoir de garentir ta vie
Que par vn iuste glaiue on te verra rauie,
Tu puisses ménager au bord du monument
Du dernier de tes iours quelque triste moment? ne
Tu sçais qu'à ceux qu'ô void languir dâs l'infortu-
Quelque mort que ce soit n'est iamais importune;
Tu dois auoir appris que le sang répandu
Prepare à son auteur vn suplice attendu;
Que iamais on n'a veu la barbare manie
Du traistre & du meurtrier demeurer impunie;
Sors d'icy promptement, & ne differe pas
Par vn lâche dessein ta honte & ton trépas.

Ie ne veux point quitter cette sainte retraite,
Sçache, dit ce vieillard, sçache que ie m'appreste
A mourir de ta main dans cet auguste lieu,
Où Sion sans peril sacrifie à son Dieu.　　　　[aage,
Ie sçay bien que mes maux m'ont appris dans cet
De ne iamais manquer d'honneur ny de courage:
Crois-tu que sur mes sens ie faße vn grand effort,
Quand d'vn œil ferme & sec ie vois venir la mort?
Approche Banajas, & du mesme visage
Dont i'attends la rigueur de ton cruel meßage,
Acheue ma deffaite, & ne differe plus
De rauir à mes iours des restes superflus.

Banajas pour ne pas s'approcher de ce traistre,
Sans vn ordre nouueau qu'il attend de son maistre,
Retourne sur ses pas: Et dit-il, ô grand Roy
Ioab qui son peril regarde sans effroy,
S'abandonne aux transports d'vne rage obstinée,
Et sans quitter l'autel attend sa destinée.

Qu'il meure, dit le Roy, que son sang criminel
Soit versé dans le temple aux yeux de l'eternel:
Puis qu'il a tant de fois, sans pitié, sans courage,
Soüillé dans les transports d'vne ialouse rage
Contre l'ordre du Ciel & les loix des humains,
Dans le sang innocent ses infidelles mains:
Cet homme iniurieux à l'honneur de mon pere,
Dont luy seul excita l'iniuste vitupere,
Par vne perfidie indigne des guerriers
D'Abner aßaßiné fit tomber les Lauriers.
Amaza dont l'adreße & la noble vaillance,
Auoit gaigné du Roy la iuste bien-veillance,
Par vne mesme main, & par vn mesme effort
Fléchit sous la rigueur d'vne semblable more.
De ces fameux Heros les implacables manes,
Pour irriter l'horreur de ses crimes profanes,

Me

Me font voir leur bleſſure, & découurant leurflanc,
Demandent qu'il periſſe & qu'on venge leur ſang;
Leur ſang qui doit tomber ſur ſa teſte execrable,
Et ſeruir à ſa mort d'inſtrument memorable;
Leur ſang qui fera voir à la poſterité,
L'exemple & le ſuiet de ma ſeuerité.
Son crime eſt ſans pareil : Sa rage eſt ſans exemple,
Et quand il croit trouuer ſon ſalut dans le temple,
Où l'on void adorer le grand Dieu de Sion
Il haſte ma vengeance & ſa punition.
Il vouloit ſans reſerue exterminer ma race,
Et rauir laſchement apres cette diſgrace
Le ſceptre de Dauid qu'auec ſes ſectateurs,
Il creut faire paſſer à des vſurpateurs.
On ne verra iamais par vn malheur ſemblable
Ny cheoir, ny chanceler ce throſne inebranlable;
Son protecteur fera dans la meſme ſplendeur,
Autant que l'vniuers ſubſiſter ſa grandeur :
Mais toy, lâche Ioab, d'vne main violente
Tu verras accabler ta vieilleſſe inſolente ;
Tu feras publier que les plus ſaints autels
Laiſſent perir des Roys les ennemis mortels :
Pour ne plus differer l'exemple ſalutaire
D'vne mort que i'attends de ton ſeul miniſtere;
Banaias haſte-toy : Va porter de ce pas
Dans ce perfide ſein le glaiue & le trépas;
Mais quoy que de ſon cœur l'inflexible malice,
De l'honneur du tombeau deuſt priuer ſon ſuplice,
Enſeuely ſon corps, & dérobe à mes yeux
Par ce dernier deuoir, vn obiet odieux.
   Banaias auſſi-toſt par vn funeſte office,
Fait de Ioab mourant vn ſanglant ſacrifice,
Et iette ſans honneur ce corps encor fumant,
Dans l'eternelle horreur d'vn triſte monument.
                                        E

Mais il faut acheuer par la mort de Semée
D'éteindre de ce Roy la colere allumée :
Ce malheureux auoit contre l'ordre donné ,
Sans congé de Sion les murs abandonné;
Quand ce Prince cachant d'vn genereux courage,
Le fâcheux souuenir du paternel outrage ,
Resolu de punir cette temerité ,
Excita sa vengeance & sa seuerité.

Pourquoy lâche effronté, contre mon ordónance
De ton iuste deuoir perdant la souuenance ,
Sans crainte & sans respect as tu quitté , dit-il ,
La cité qui seruoit de borne à tón exil ?
Tu sçais que ie te dis que mon ame insensible,
Rendroit par sa rigueur ton pardon impossible ?
Tu sçais que par la foy d'vn serment solemnel,
Dont iamais les Humains n'ont trompé l'Eternel,
Ie iuray qu'aussi tost mon courroux legitime
Te feroit deuenir sa funeste victime ;
Et que sans qu'on te peut, ou plaindre, ou secourir,
Que pour ce lâche crime on te verroit mourir:
Tu me dis que iamais tu ne serois capable
Par ta déloyauté de me rendre implacable ;
Ie receus ta parole & ton consentement
De ne pas t'opposer a mon commandement.
Tu iuras comme moy , mais ta bouche infidelle
Sans honte m'a blessé d'vne offence mortelle,
Contre le ciel vengeur du mépris insolent
Qui te fera perir d'vn trépas violent.
Par l'exemple d'autruy tu te deuois instruire,
Quand tu creus vainement me perdre & me détruire;
Et sans respect du thrône & de ma dignité
Me faire cette iniure auec impunité.
Solyme attend de moy : Solyme me demande,
De ton sang criminel la memorable offrande ;

Ie veux te satisfaire, & la voir auiourd'huy
Immoler par mon ordre & par la main d'autruy.
Il se tait : Et soudain dans sa iuste colere
Pour rendre des méchans la disgrace exemplaire,
Le liure à Banajas qui d'vn funeste abord
Approche cet impie & luy donne la mort.
Ainsi permit le Ciel par les frequens suplices
De tant de coniurez & de tant de complices,
Que du saint Israël on vid l'estat changé,
Et de deux Roys fameux l'vn & l'autre vengé.

  Muse c'est à ce coup que ie sens mon courage
Ceder sous les efforts de ce penible ouurage:
Ie voy que mon esprit dans ce dereglement,
En des termes confus s'explique foiblement.
Le sens mysterieux de ce sacré volume
A cent fois rebuté mon ignorante plume ;
Et ie la voy sans guide, encor à cette fois
Ne marcher qu'en rempant & tôber de mes doigts:
Ainsi dans le progrez de ce dessein sublime
De faire triompher & Dauid & Solyme,
I'ay toûjours redouté l'iniure & le mépris
D'vn trauail sans succez & sans gloire entrepris.

  Grand Dieu toy qui cônois qu'vne vaine apparâce
D'vn faux éclat d'honneur trompe nostre esperâce:
Toy qui sçais mieux que moy que sâs autre recours
De toy seul i'ay tiré ma force & mon secours:
Prends, sans la partager, la gloire toute entiere
De m'auoir confié cette auguste matiere;
Et sois, puis que tu m'as heureusement instruit,
De mon labeur fini l'esperance & le fruit.

  Et toy MERE DE DIEV ne sois pas indignée,
Si parlant de l'auteur de ta noble lignée,
Puis que dans ton honneur il est interessé,
Mon cœur à ton saint nom ne s'est point adressé;

Ne crois pas que de toy iamais on le separe;
Tu fçais ce qu'il medite & ce qu'il te prepare:
Tu fçais qu'apres auoir pour dégager ma foy,
Commencé par Dauid, ie dois finir par toy.
Ta main me souftiendra dans cette fainte lice
Si d'vn pied chancelant ie trébuche ou ie gliffe:
Mais au moins pour tracer vn portraict glorieux
Du plus grand & des Roys & de tous tes ayeux,
Si mes vers n'ont ny l'art ny la delicateffe
Qui charme des efprits la docte politeffe;
S'ils n'ont pas merité leur eftime & leur voix,
O VIERGE, affeure les apres ce digne choix,
Que le temps ne fçauroit effacer leur peinture;
Et qu'on verra paffer à la race future
Au de là de ma cendre & de mon monument,
La durable beauté de ce faint argument.

FIN.

TABLE
DES ARGVMENS
SERVANT D'ABREGE'
AVX HVIT LIVRES,
de l'Histoire de DAVID.

ARGVMENT DV PREMIER LIVRE.
Tiré des chap. 16. & 17. du premier Liure
des Roys.

L'Autheur declare qu'il s'attache à la verité de l'Histoire, & que dans son ouurage il ne suit point d'autre ordre que celuy des saintes auantures qui le composent. Son inuocation. *page 3. 4. 5.*

Le Prophete Samuel inspiré de Dieu pour oindre Dauid qu'il destine au Sceptre d'Israel & de Iuda, se rend en Bethleem, où il fait l'onction en presence de Iessé son pere, & de ses freres, *p. 5. iusqu'à la page 13.*

Saül Roy d'Israel & de Iuda est possedé du mauuais demon. On cherche un ioüeur d'instrumens qui puisse soulager sa peine. Dauid est choisi, & luy donne du soulagement. Saül le fait son Escuyer. *p. 13. iusqu'à la p. 16.*

Les Philistins viennent auec une puissante armée con-

Ee

tre Saül. Il leur oppose ses troupes. Le Geant Goliath
paroist à la teste des Philistins. Description de ses armes. Il deffie les Israelites auec des discours pleins de
blaspheme & d'insolence contre l'honneur de Dieu.
p. 16. iusqu'à la p. 20.

Dauid qui auoit quitté la Cour & s'estoit retiré en la
maison de Iessé son pere, où il gardoit ses troupeaux, est
par luy enuoyé à l'armée de Saül, pour apprendre des nouuelles de ses freres. Il entend le deffi que Goliath fait aux
Israelites, & les promesses de Saul, de donner en mariage
sa fille aisnée à celuy qui le combattra. Les Capitaines
de Saül n'osant entreprendre ce combat, Dauid se presente
& demande de combattre contre le Geant. Saül le luy
refuse par la crainte qu'il a de le voir mourir de la main
du Geant. Dauid raconte ses combats contre les Lions &
les Ours, & persuade Saül de luy permettre de combattre.
Il est couuert des armes de Saül dont il est accablé. Il les
quitte, & va droit à Goliath auec son baston de Berger,
auec sa fronde & cinq cailloux. Discours de Goliath &
de Dauid auant leur combat. Goliath est tué par Dauid
d'vn coup de pierre, qu'il luy porte dans le front. Il luy
oste l'épée & luy en coupe la teste. Armée des Philistins
en defroute. Dauid porte à Saül la teste de Goliath &
son espée. Saül demande à Abner General de son armée,
s'il connoist Dauid. Saül interroge Dauid de sa patrie
& de son extraction. Il la luy declare. Saül & Dauid
auec le peuple vont au Temple rendre graces à Dieu de la
victoire,   p. 21. iusqu'à la p. 40.

ARGVMENT DV SECOND LIVRE.

Tiré du premier Liure des Roys, depuis le chapitre 18. iusqu'au chap. 24.

IOnathas fils aisné de Saül conçoit vne tendre & estroite
amitié pour Dauid. Il loüe par tous sa valeur & son

E e iii

ARGVMENT DV III. LIVRE.

Tiré du premier liure des Roys, depuis le chapitre
24. iusques à la fin, & du premier chapitre
du second Liure.

SAul retourne contre Dauid, il entre dans la cauerne
où Dauid estoit caché, Dauid se contente de couper
vn lambeau de son manteau, sans attenter sur sa personne. Saul presse Dauid de retourner aupres de luy, &
le coniure de se souuenir des siens apres qu'il sera éleuè
au throsne d'Israel. Dauid se deffie de Saul & s'enfuit,
p. 83. iusqu'à la p. 87.

Il se campe dans les deserts de Mahon proche du Carmel, où il demande à Nabal des viures qu'il luy refuse.
Il marche contre Nabal pour vanger son iniure. Abigail
femme de Nabal luy va au deuant auec des presens &
l'appaise. Nabal meurt & Dauid prend Abigail pour
femme.   p. 88. iusqu'à la p. 93.

Saul poursuit Dauid dans les deserts de Ziph. Dauid va de nuict auec Abisay dans le camp de Saül. Il le
trouue endormy dans sa tente auec ses gardes. Il prend
la coupe & la pique de Saül & sort du camp. Il appelle à
haute voix Abner general de l'armée de Saül, luy dit de
mieux garder son Roy, & d'enuoyer quelque soldat pour
prendre sa coupe & sa pique. Saül se reueille, feint de s'a-
uoir du repentir, & inuite Dauid de reuenir aupres de
luy. Dauid se deffie & s'enfuit.   p. 94.
iusqu'à la p. 98.

Dauid se refugie à la Cour du Roy Achis, qui luy
donne pour ostage la ville de Sifelag, & combat tous les
iours contre les Amalecites. Achis faisant la guerre à Saül, l'exhorte de prendre les armes contre leur

DES ARGVMENS.

commun ennemy. Dauid se ioint à luy auec ses trou-
pes.   p 99. 100 101

Saül consulte la Pitonisse d'Endor pour apprendre
le succés de la bataille, elle euoque l'ombre de Samuel,
qui predit à Saul qu'il sera deffait, qu'il se tuera de sa
propre main, & que tous les siens y seront tuez.   p. 02.
iusqu'à la p. 106

Achis fait camper son armée dans les campagnes
d'Aphis Il donne à Dauid le commandement de l'arriere
garde Ses Satrapes s'en plaignent Dauid est obligé de
quitter le camp d'Achis, & de prendre auec ses troupes
le chemin de Siceleg. Il trouue qu'elle a esté pillée par les
Amalecites. Il marche aussi-tost contre eux, les défait,
& reprend le butin qu'il partage auec ceux qui auoient
gardé le bagage,   p. 107. iusqu'à la p. 112

Saul perd la bataille. Ionathas & ses freres y sont
tuez. Saul blessé prie son Escuyer de luy donner la mort,
qui la luy refuse. Saül se la donne luy mesme, & se iette
sur son épée, son Escuyer se tuë aussi. La teste de Saül
coupée est monstrée aux soldats, son corps & ceux de ses
enfans sont pendus aux creneaux des murailles de la ville de Bethsan, dont ils sont enleuez de nuict & enseue-
lis,   p. 112. iusqu'à la p. 116

Dauid de retour à Siceleg apres la victoire remportée
sur les Amalecites, apprend la defaite de l'armée de
Saül, sa mort, & celle de Ionathas & de ses freres, par
un soldat Amalecite qui luy apporte la couronne & le
bracelet de Saül, & qui se vante de l'auoir tué. Punition
de l'Amalecite. Plaintes de Dauid pour la mort de Saul
& de Ionathas. Sés imprecations contre les montagnes
de Gelboé,   p. 117. iusqu'à la p. 129

TABLE

ARGVMENT DV IV. LIVRE.

Tiré du second Liure des Roys, depuis le chapitre
2. iusques au chap. 11.

*D*Auid est couronné Roy de Iuda dans Hebron. Il
recompense les soldats qui auoient enleué & enseuely les corps de Saül & de ses enfans, p. 124

Abner General de l'armée de Saül fait voir aux soldats Isboset fils de Saül, & le fait proclamer Roy d'Israel.
p. 125

Combat des soldats des deux partis autour de la piscine de Gabaon, qui meurent de blesseures mutuelles.
Leur combat allume la guerre des deux partis. Abner tuë
Azael frere de Ioab, General de l'armée de Dauid,
Ioab poursuit Abner pour vanger la mort d'Azael. il
feint de se reconcilier auec Abner, p. 125. iusqu'à la p.
130

Isboset reprend seuerement Abner sur les amours ille-
gitimes qu'il a auec Respha concubine de Saül, & le
menace de le punir. Abner luy reproche de luy auoir donné le sceptre, & le menace de se reconcilier auec Dauid.
Abner enuoye vn de ses amis à Dauid en Hebron, &
luy fait sçauoir qu'il desire l'entretenir sur le dessein
qu'il a de luy procurer le sceptre d'Israel. Dauid se tesmoigne
qu'il le receura auec toute sorte de bon accueil. Il demande Michol sa premiere femme. Isboset l'oste à Phaltiel
son mary, & l'enuoye à Dauid. p. 130, iusqu à la
p. 134.

Abner sollicite les Grands d'Israel en faueur de Dauid. Il va trouuer Dauid qui le traitte magnifiquement.
Ioab blasme le procedé de Dauid. Fait par finesse rappeller Abner, & le tue en trahison. Dauid fait des imprecations

TABLE

ARGVMENT DV V. LIVRE.

ARGVMENT DV. VI. LIVRE.

Tiré du ſecond Liure des Roys, depuis le chapitre
15. iuſques au chapitre 20.

le conseil d'Absalon, Il rencontre Chusay qui le veut
suiure. Il luy commande de retourner dans Hierusalem
pour rompre les desseins d'Architophel. Siba Gouuerneur
de Misphiboset vient au rencontre de Dauid, & accuse
Misphiboset de vouloir parmy ces troubles enuahir le
sceptre. Dauid adiouste foy aux discours de cét infidelle
Gouuerneur, & luy donne les biens de Misphiboset.
p.212.213.214

Dauid estant en Bethurie rencontre Semée qui luy dit
des iniures. Dauid les souffre sans permettre qu'Abysay
venge son offence par la mort de Semee.   p.215.216.217

Chusay pour seruir Dauid vtilement se presente à
Absalon, & s'attache à son seruice. Absalon par le conseil d'Architophel viole à la veuë du peuple dix femmes de Dauid. Architophel est d'auis d'aller secretement
à Dauid, de le surprendre, & de le tuer. Chusay détourne ce coup, & conseille Absalon de leuer des troupes pour
aller contre Dauid, & s'il se refugie dans quelque ville,
de le ceindre de cordeaux, & de le precipiter dans l'eau.
p. 217. iusqu'à la p. 221.

Dauid sur l'auis que Chusay luy donne passe le Iourdain. Les espions envoyez par Dauid se sauuent dans
vn puits qu'vne femme couure d'vn linge. Architophel
indigné de voir son conseil méprisé s'estrangle d'vn cordeau.   p. 221. iusqu'à la p. 225.

Dauid dispose ses soldats au combat contre l'armée d'Absalon. Il veut estre present à la bataille, mais il est prié
par les soldats de s'absenter, & de ne vouloir pas exposer
sa personne. Il leur accorde leur priere, & leur defend de
tuer Absalon L'armée d'Absalon défaite par celle de
Dauid. Absalon fuyant demeure suspendu par la teste à
vn arbre. Ioab le perce de trois Dards, les soldats l'acheuent & le iettent dans vne fosse. p. 226. iusqu'à la p.232.

Achimaas & Chusé apportent à Dauid la nouuelle

ARGVMENT DV VII. LIVRE.

Tiré du ſecond Liure des Roys depuis le chap.19. iuſques au chapitre 24.

Dauid fait parler à Amaza General de l'armée d'Abſalon, & luy offrir la charge de General de ſes armées. Dauid s'en retournant à Hieruſalem, & paſſant le Iourdain, rencontre Semée qui ſe iette à ſes pieds. Abiſay veut venger l'outrage qu'il a fait à Dauid, Dauid le luy defend, & pardonne à Semée.   *p. 243 iuſqu'à la p. 249*

Miſphiboſet luy vient au deuant, & luy témoigne la ſatisfaction qu'il a de le voir victorieux. Dauid accuſe ſon ambition, & luy declare que pour punir ſon ingratitude il a donné ſes biens à Siba ſon Gouuerneur. Miſphiboſet ſe iuſtifie de l'impoſture de Siba, & ſe plaint de ſon infidelité. Dauid luy rend ſeulement le moitié de ſes biens, & veut que Siba iouyſſe de l'autre moitié.   *p. 250. 251. 252*

Berzelay Galaadite vieillard, qui auoit donné des viures aux troupes de Dauid fuyant Abſalon luy vient au denant Dauid le prie de venir à la Cour, il s'en excuſe par vn diſcours qu'il fait ſur les miſeres de la vie de la Cour, & ſur le repos que ſa vieilleſſe demande, & qu'il ne ſçauroit trouuer dans cette ſorte de vie. Il luy d'une ſon fils que Dauid reçoit comme le gage de ſon affection. Il congedie ce noble vieillard, & luy donne vn baiser, p. 253. 254. 255

Le peuple de Iuda accompagne Dauid dans son triomphe. Les Israelites en conçoiuent de l'enuie, & par les
discours seditieux de Seba leurs troupes se separent de celles de Iuda, & quittent le Roy. Dauid entre dans Hierusalem, il chasse du Palais ses femmes qui auoient esté
violées par Absalon, & leur donne vne sainte retraite.
p. 256. iusqu'à la p. 259

Dauid commande à Amaza d'aller querir du secours
en Iudée pour sousmettre Seba & les Israelites. Le retardement d'Amaza le fait soupconner de trahison. Dauid donne ordre à Abisay d'aller combattre Seba. Ioab
ioint ses troupes à celles d'Abisay son frere. Il rencontre
Amaza proche Gabaon, il l'aborde & le tuë en le saluant
p. 259. iusqu'à la p. 262 Ils assiegent Seba dans Abelle,
ville fameuse par ses escholes. Vne femme parle mente &
empesche que la ville ne soit mise au pillage. On
iette par la muraille la teste de Seba. Ioab l'emporte &
leue le siege. Il est fait par Dauid General de son armée. p. 264. iusqu'à la p. 267

La famine rauage les Estats de Dauid pendant trois
annees. Dieu veut que pour appaiser son courroux, &
faire casser ce fleau on mette à mort les restes de la maison
de Saül. Ils sont tous mis en croix à la reserue de Misphiboset. La famine cesse. p. 268. iusqu'à la p.
270

Cantique de Dauid, dans lequel il celebre les loüanges
de Dieu, & les graces qu'il en a receuës. p.
271. iusqu'à la p. 276

Il parle de la doctrine prophetique dont Dieu a daigné
l'honorer, & la compare à l'aurore & à la rosée, il parle
de la gloire de ses descendans, & de la cheute des orgueilleux. p. 277

Eloges des principaux Chefs des armées de Dauid, du

Gg ij

ARGVMENT DV VIII. LIVRE.

Tiré du chap. 24. du fecond liure des Roys, & du premier & fecond chapitre du troifiefme Liure.

Dauid donne à Ioab la commiffion de faire le de-nombrement de fon peuple. Ioab demande à Dauid quel eft fon deffein, & quel fruit il en attend. Il eft fe-uerement repris par Dauid. Ioab execute le commande-ment qui luy eft fait, & va dans tous les lieux de l'o-boyffance de Dauid, où il fait le denombrement de fes fuiets, & en rapporte l'eftat à Dauid qui en conçoit de l'orgueil, & puis fe repent de ce deffein, & en de-mande pardon à Dieu. p. 283. iufqu'à la p. 287

Le Prophete Gad vient à Dauid, & luy propofe de la part de Dieu le choix d'vn des trois fleaux : de la pefte, de la famine, ou de la guerre, par l'vn defquels Dieu veut punir fon ambition fur les peuples qui luy font fouf-mis. Dauid choifit la pefte, qui fait de grands rauna-ges dans fes Eftats. Dauid prie Dieu pour faire ceffer la pefte. Dieu fe rend fauorable à fes prieres, & à l'affliction de fon peuple, & fait ceffer la pefte. Dauid dreffe vn Autel, & fait vn facrifice dans le lieu où il auoit veu l'Ange exterminateur frappant fes

Fin de la Table.

ERRATA.

PAge 4 v.23. inftruits. lifez inftruis.

p. 5. v. 32. chaftimen. lif. chaftiment,

p. 6. v. 25. oingts. lif. oings,

p. 10. v. 26. arroufer. lif. arrofer.

p. 14. v. 12. tempeter. lif. temperer.

p. 17. v. 21. d'vn épais bouclier. lif. de fon épais bouclier

p. 19. v. 31. & p. 20. v. 11. plaints. lif. plains.

p. 23. v. 27. rrembler. lif. trembler.

p. 24. v. 25. anec. lif. auec.

p. 26. v. 23. connoy. lif. connois.

p. 28. v. 3. q. lif. qu'il.

p. 29. v. 7. & par. lif. ny par.

p. 30. v. 31. de pofer. lif. depofer.

p. 31. v. 22. verru. lif. vertu.

p. 37. v. 9. file. lif. fille. v. 25. faus lif. fans.

p. 48. v. 2. infallible. lif. infaillible,

p. 53. v. 25. l'implacabie. lif. l'implacable.

p. 60. v. 22. mmobile. lif. immobile.

p. 74. v. 15. de reuolter. lif. des reuoltez.

p. 76. v. 16. il foufflent, lif. il fouffie.

p. 91. v. 19. verra. lif. verras.

p. 91. v. 21. faits. lif. fay.

p. 91. v. 29. veux. lif. vœux.

p. 98. v. 9. fais. lif. fay.

p. 112. v. 25. abandonner. lif. abandonné,

p. 114. v. 19. qui alors le void. lif. quid'abord le void.

p. 120. v. 10. forts. lif. forts.

p. 133. v. 28. ms. lif. mes.

p. 134. v. 22. voir. lif. voit.

p. 138. v. 26. leurs. lif. les.

p. 138. v. 31. trembante, lif. tremblante.
p. 179. v. 33. ton refus. l. fon refus.
p. 181. v. 28. confome. lif, confumé.
p. 190. v. 27. pa. lif. pas.
p. 214. v. 19. à la. lif. ta.
p. 225. v. 34. confommeé. lif, confumée.
p. 228. v. 33. éparts, lif. épars.
p. 232. v. 29. dea, lif. deja.
p. 235. v. 1. ne la-on. lif. ne la t'on.
p. 265. v. 4. le fcience lif. la fcience.
p. 267. v. 5. retour, lif. retour.
p. 291. v. 22. mots, lif. maux.
p. 302. v. 23. voir fans. lif. & fans , & v. 24. & fans
lif. voir fans.

PRIVILEGE DV ROY.

LOVIS PAR LA GRACE DE DIEV ROY DE FRANCE ET DE NAVARRE: A nos Amez & feaux Conseillers les gens tenans nos Cours de Parlement, Maistres des Requestes ordinaires de nostre Hostel, Baillifs, Seneschaux, Preuosts, leurs Lieutenans, & à tous nos Iusticiers qu'il appartiendra, Salut, Nostre cher & bien Amé Maistre BERNARD LESFARGVES, Aduocat en nos Conseils, & au Parlement, Nous a fait remonstrer qu'il desireroit faire imprimer vn Liure intitulé *La vie de Dauid, tirée de l'Escriture, Poëme Heroique en vers François*, s'il nous plaisoit de luy accorder nos Lettres sus ce necessaires humblement requerant icelles, A CES CAVSES, Nous luy auons permis & permettons par ces presentes, de faire imprimer vendre & debiter dás toutes les terres de nostre obeissance, par tel Imprimeur ou Libraire qu'il voudra choisir ; ledit Liure, en vn ou plusieurs volumes, en telle marge, tels caractcres, & autant de fois que bon luy semblera : durant l'espace de vingt années entieres & accomplies, à compter du iour que chaque volume sera acheué d'imprimer pour la premiere fois Et faisons tres-expresses deffenses à toutes personnes de quelque qualité & condition qu'elles soient, de les imprimer, faire imprimer, vendre & debiter durant ledit temps en aucun lieu de nostre obeissance, sans le consentement de l'Exposant, ou de ceux qui auront droit de luy, soux pretexte d'augmentation, correction, changemens de tiltre, fausses remarques ou autrement, en quelque sorte & maniere que ce soit, à peine de quinze cens liures d'amende payables sans deport, nonobstant oppositions ou appellations quelconques par chacun des contreuenans, & applicables vn tiers à Nous, vn tiers à l'Hostel Dieu de nostre bonne ville de Paris; & l'autre tiers à l'Exposant, ou au Libraire duquel il se sera seruy, de confiscation des exemplaires contrefaits; & de tous despens, dommages & interests. A condition qu'il sera mis deux exemplaires en blanc de chaque volume dudit Liure qui sera imprimé en vertu des presentes en nostre Bibliotheque, & vn en celle de nostre tres-cher & feal le sieur Seguier, Cheualier Chancelier de France, auant que de les exposer en vente à peine de nullité des presentes, du contenu desquelles, vous mandons que vous fassiez jouyr & vser pleinement & paisiblement l'Exposant, & tous ceux qui auront droit de luy, sans qu'il leur soit donné aucun trouble ny empeschement. Voulons aussi qu'en mettant au commencement ou à la fin dudit Liure vn Extrait des presentes, elles soient tenuës pour deuëment signifiées, & que foy y soit adioustée & aux coppies collationnées par l'vn de nos Amez & feaux Conseillers & Secretaires comme à l'original. Mandons au premier nostre Huissier ou Sergent sur ce requis de faire pour l'execution des presentes, tous exploits necessaires, sans demander autre permission,

CAR TEL EST NOSTRE PLAISIR, Nonobstant clameur de Haro, Chartre Normande , &
autres Lettres à ce contraires. Donné à Paris le
dernier iour de Decembre, l'an de grace 1659. Et de
nostre regne le dixseptiesme. Signé par le Roy en
son Conseil , CEBERET.
Et seellé du grand sceau de cire iaune.

ET ledit sieur Lesfargues a cedé & transporté
son droit de Priuilege à Pierre Lamy, Mar-
chand Libraire à Paris , aux conditions par eux ar-
restées le 20. Aoust 1660.

Acheué d'imprimer pour la premiere fois le 20. Aoust
1660.

Les Exemplaires ont esté fournis, ainsi qu'il est
porté par les lettres de Priuilege cy-dessus.

Registré sur le Liure de la Communauté le 10.
Septembre 1660. conformément à l'Arrest du Parle-
ment du 8. Auril 1653.
Signé, G. IOSSE Syndic.

A PARIS, De l'Imprimerie
D'ANTOINE CHRESTIEN , ruë
des Sept-Voyes, deuant le Col-
lege de Forter.